El traductor

HARRIET CRAWLEY

El traductor

Traducción de Ignacio Alonso Blanco

ℐ

ALMUZARA

Título original: The Translator
First published in the United Kingdom in 2023
by Bitter Lemon Press, 47 Wilmington Square,
London wc1x oet
www.bitterlemonpress.com

Primera edición: agosto de 2024

Editorial Almuzara • Colección Tapa negra
Edición de Javier Ortega

www.editorialalmuzara.com
pedidos@almuzaralibros.com - info@almuzaralibros.com
@AlmuzaraLibros

Editorial Almuzara
Parque Logístico de Córdoba. Ctra. Palma del Río, km 4
C/8, Nave L2, n° 3. 14005 - Córdoba

Imprime: Liberdúplex
ISBN: 978-84-10520-00-4
Depósito Legal: CO-1250-2024
Hecho e impreso en España - *Made and printed in Spain*

Para Spencer, mi amado hijo,
quien creyó en mí
desde el principio y me vio
cruzar la línea de meta.

Y en homenaje a Julian,
que iluminó mi vida.

Ищи ветра в поле, а правду на дне морском

Busca al viento en el campo y a la verdad en el fondo del mar
PROVERBIO RUSO

AGRADECIMIENTOS

Dos amigos comenzaron conmigo este largo viaje y se quedaron hasta el final; sin sus conocimientos y absoluto compromiso no se podría haber escrito esta novela. Uno de esos amigos desea permanecer en el anonimato, pero eso no cambia el hecho de que mi deuda con él y con Ilya Kachaev sea inmensa.

También otros amigos fueron pródigos en ayuda. Mi más profundo agradecimiento a Paul de Quincey, Ksenia Pletner, Ben Amado, Alexis Ashot, Tamara Joffe, Chris Alexander, Olga Shurygina y Dicky Wallis. Me habéis salvado de cometer numerosos y atroces errores y dado la confianza para continuar.

Otros amigos y, de vez en cuando, algún desconocido, me facilitaron ayuda urgente; y a todos ellos agradezco su amabilidad y entusiasmo: Francesco Goedhuis, Louis d'Origny, Alexandra Dieterink, Chris Barter, Timmy Pleydell-Bouverie, Rob Bates, Simon Giddins, Grace Cassy, Rachel Polonsky, Alina Isachenka, Irina Abdalyan, Sir Tim Berners-Lee, Charlie Ward, Mikki Mahan, Jeffa Murray, Apoorv Agarwal, Luke Harding y al difunto Michael Markham.

A François von Hurter, mi erudito y exigente editor, le debo más de lo que puedo expresar con palabras por su salto de fe y su experto juicio al dirigir este libro hasta su versión definitiva. También deseo darle las gracias a Gillian Stern por su incisivo e inspirador trabajo de edición; a mi agente, Natasha Fairweather, por su apoyo incondicional; y a Bryan Karetnyk, por su escrupuloso trabajo de corrección.

Por último, mi mayor deuda es con mi hijo, Spencer, por su fe, no solo en la historia, sino también en su madre; por su aguda crítica del manuscrito, del cual leyó y releyó varios borradores, y, sobre todo, por su firme ánimo, sin el cual esta novela hubiese permanecido como «en preparación».

1

Clive llegó jadeante, casi sin aliento, a la cima de un pico de las Tierras Altas escocesas. El sudor corría por su frente hasta dejarle una marca salada sobre el labio superior. La cinta del pulsómetro ajustada alrededor de su pecho también estaba empapada. Deslizó una tira de la mochila sobre el hombro y sacó el teléfono para consultar los datos de su nueva marca. Por si acaso se olvidaba, el aparato le recordó que era sábado, 9 de septiembre de 2017, y que esa mañana el tiempo de carrera había sido de dos horas y cuarenta y dos minutos. Frecuencia cardiaca media: 152 ppm. Calorías consumidas: 2.100. No estaba mal para un hombre de cuarenta y un años y, además, era tan buena como la del año pasado.

Para Clive Franklin, coronar un *munro*[1] escocés en septiembre se había convertido en una adicción, algo que hacía todos los años cada vez que el ansia por la quietud y la soledad se hacía irresistible. Y ahí estaba él, como un triunfante rey en su castillo en la cima del Na Gruagaichean y rodeado por los escarpados picos de las Tierras Altas, defendiendo su terreno con el viento azotándole el rostro. Feroces nubes blancas se desplazaban muy rápido por encima de su cabeza, pero tan bajas que casi podría tocarlas, y un águila trazaba círculos sobre el púrpura brezal, que parecía en llamas bajo la luz matutina. Tenía las piernas llenas de rasponazos. Allá, mucho más abajo,

---

1   Cualquier montaña escocesa con más de 910 metros (3.000 pies) de altura. *(N. del T.)*

podía ver el lago Leven y el pueblo de Kinlochleven, donde, con un poco de suerte, pasaría la tarde en El Hombre Verde escuchando a Mollie Finch tocar el violonchelo.

Clive arrancó una hoja ancha, se puso a limpiar un reguero de sangre que bajaba por su gemelo y en ese momento oyó el agudo tono de llamada brotando del bolsillo de su mochila. El sonido, tan fuera de lugar en Na Gruagaichean, lo asustó. Se esforzó por no hacer caso del tono de llamada hasta que el frenético zumbido de *El vuelo del moscardón*, de Rimski-Kórsakov sonó en todo su apabullante esplendor. En la pantalla vio el letrero de NÚMERO OCULTO. «Bien, no *tengo* porqué coger esa llamada —se dijo—, puedo elegir *no responder*». A continuación, con un profundo suspiro, presionó «contestar» y, al hacerlo, el viento amainó. Había buena señal.

—*Por el amor de Dios, Franklin, ¿se puede saber dónde se ha metido? ¡Llevo llamándolo dos horas y cuarenta minutos!*

—¿Quién es usted? —respondió Clive, seguro de que alguno de esos frikis del FCO había logrado encontrar su rastro y estaba a punto de estropearle la jornada.

—*Soy Martin Hyde. Trabajo para el gabinete de la primera ministra.*

—Me temo que hay un error —dijo—. Yo trabajo en el Departamento de Asuntos Exteriores y de la Commonwealth, quiero decir el FCO...

Clive sabía que era pomposo citar el nombre completo del departamento, pero es que estaba algo irritado.

—*No hay ningún error, se lo aseguro.*

—¿Y entonces a qué viene el «número oculto»?

—*En eso tiene razón. Quédese donde está. Lo vuelvo a llamar.*

Clive se quedó cara al viento, fijándose en el frente de nubes oscuras agolpadas sobre el horizonte. El teléfono sonó de nuevo.

—¡Ahí está! —dijo la voz perentoria—. *Ya tiene mi número. Bien, vamos al grano. Se le ha trasladado al gabinete de la primera ministra. Aquí dice que usted es uno de los mejores intérpretes de todo el país.*

Clive hizo una mueca al oír la palabra «intérprete». Por sus propias y arcanas razones, se contemplaba a sí mismo como un traductor, pero la cima de una montaña de las Tierras Altas, con el viento azotándole el rostro, no le pareció lugar adecuado para entrar en detalles.

—*De ruso a inglés* —gritó Hyde.

—Y viceversa —respondió Clive, gritando también, pensando en Mollie y su fogoso cabello rojo.

—*Sí, eso, y viceversa. Eso es lo que pone aquí.*

—Con el debido respeto, señor Hyde. Estoy en un año sabático. Y aún me quedan tres meses.

—Estaba *en un año sabático* —dijo Hyde, escupiendo las palabras a borbotones—. *Lo necesitamos. Hay una reunión importante. Mañana. En Moscú. Con el presidente Serov. Cogeremos un vuelo esta misma noche. No vamos a emplear a los intérpretes de la embajada. Llevaremos a nuestro propio equipo.*

«Así que de eso se trata —pensó Clive—. Se me fastidió la jornada. Y también la tarde viendo a Mollie Finch tocando a Brahms como si su vida dependiese de ello. A lo mejor depende...»

—Señor Hyde —dijo Clive—. Con el debido respeto, pero *no* creo que de verdad me necesiten. Tienen a Martin Sterndale. Es un profesional de primera clase.

—*Será de primera categoría* —replicó Hyde—, *pero ahora mismo yace en coma en el Hospital de St. Mary, en Paddington. Esta mañana, a las siete en punto, sufrió una caída yendo en bicicleta por Hyde Park. ¡Su país lo necesita, Franklin! Baje pateando ese munro escocés suyo y preséntese esta tarde en el muelle de Kinlochleven a las dos en punto. Un helicóptero irá a recogerlo.*

Clive frunció el ceño al escuchar las instrucciones.

—Perdone, pero... ¿Cómo... cómo... cómo sabe dónde estoy?

De pronto el viento se calmó, y también la voz de Hyde.

—*No se comporte como un triste zoquete, Franklin. Siempre sabemos dónde se encuentra.*

Digan lo que digan, bajar es mucho más sencillo. Clive caminaba ligero por el brezal. De vez en cuando se estiraba para acariciar las flores purpúreas. Formaban parte de su infancia, parte de él. Pensó en su padre, que lo llevó por primera vez a las Tierras Altas cuando tenía seis años. Y después en Hyde y en lo que se avecinaba: el fin de su pacífica y productiva existencia en compañía de su escritor ruso preferido, Antón Chéjov; el fin de su amada soledad. Saldría de entre las sombras para situarse en primera página, en el caos y el mal talante de las relaciones internacionales. Sabía exactamente a dónde regresaba. Clive había trabajado en Dios sabe cuántas secretarías de Asuntos Exteriores y asistido a docenas de cumbres desde Helsinki hasta Hangzhou. Era especialista en ruso: de inglés a ruso o viceversa, según requiriese la ocasión. También podría hacerlo en francés, si fuese necesario, pero había montones de especialistas en francés y, en cualquier caso, lo suyo era el ruso. Amaba al alfabeto cirílico, a la gramática bizantina y al soporífero y sensual sonido de la lengua rusa. En su tiempo, amó a una mujer rusa.

A la una en punto Clive ya estaba de vuelta en Kinlochleven, un pueblo compuesto por una veintena de casas de campo, el típico bar y un *Bed & Breakfast*[2] situado frente a la orilla donde se alojaba. Se detuvo un instante para oír el suave sonido del agua lamiendo el embarcadero y observó el brillante reflejo de las barcas sobre la agitada superficie. El lugar lo había tratado bien. Encontró inspiración en todas partes… en las colinas de las Tierras Altas, en el cielo o en el brezal. Pasaba largas horas trabajando, a veces hasta bien entrada la noche, y lo hacía mejor que nunca. Y entonces iban a sacarlo de aquella vida lenta y meditabunda. Le apetecía gritar algo como: «¡Dejadme en paz! ¡Dejadme tranquilo!».

Se vio reflejado en el espejo de la entrada al llegar a su alojamiento. Un hombre alto, de miembros largos, con una mata de ondulado cabello negro, ojos oscuros y melancólicos y el rostro colorado y radiante por la caminata. Estaba mirando su desastrada camiseta y la brillante piel de sus brazos y rostro, cuando se le ocurrió algo que quizá le permitiese quedarse en Kinlochleven. ¡No tenía ropa! Solo unas botas de senderismo, pantalones cortos, una camiseta vieja, unos vaqueros y una sudadera. ¿Cómo iba a reunirse con el presidente ruso con esa pinta? Clive cogió su teléfono y seleccionó la última llamada.

—¿Señor Hyde?

—¿*Franklin*?

---

2   Establecimiento hotelero que ofrece cama y desayuno (su significado literal) a precios económicos. *(N. del T.)*

—Me temo que van a tener que buscar a otra persona. Solo tengo ropa de senderismo. Nada elegante.

—*Tenemos todo lo que necesita, Franklin. Camisas, corbatas y trajes, el lote completo.*

—Pero... No puedo llevar ropa vieja. Quiero decir... ¿Cómo sé que son de la talla adecuada?

—*Lo son, Franklin* —aseveró Hyde con tono cansado—. *La ropa le quedará de maravilla. Confíe en mí.*

—¿Y mi insulina? No puedo salir sin ella. Soy diabético, ¿sabe?

—*Lo sé todo sobre usted, franklin. Tenemos su insulina. Suministro para un mes, aunque no estará allí tanto tiempo, por supuesto. Una semana, a lo sumo.*

¡Solo una semana! Clive se animó. La casa de campo estaba alquilada hasta fin de mes; podría hacer una rápida llamada al dueño del *B&B*, decirle que se ausentaría unos días, dejar sus pertenencias y enviarle un wasap a Mollie.

—Entonces, una semana —apuntó Clive—. Y después puedo retomar mi año sabático. ¿Ese es el trato?

—*Ese es. Bien, entonces todo acordado. Ah, y gracias por aceptar, a pesar de la escasa antelación.*

—¿Tenía elección?

—*No nos pongamos existencialistas* —dijo Hyde con un nuevo tono de voz, más despreocupado—. *Solo una cosa más... ¿Por qué ha tomado un año sabático? Quiero decir, ¿para qué? Si se puede saber...*

Clive se refrenó. La pregunta era una intromisión en su más profunda intimidad. Sin embargo, merecía una respuesta.

—Tomé un año sabático para traducir veintisiete relatos cortos de Antón Pavlovich Chéjov —entonó Clive con voz solemne, como si leyese la homilía.

—*Dios nos ampare* —expresó Hyde entre dientes—. *El estudiante definitivo del alma humana. ¿También lo es usted, Franklin? La humanidad en toda su complejidad. Etcétera. Bueno, quizá su perspectiva sea útil en la mesa de negociaciones... Ya veremos.*

Lugareños y turistas con sus hijos atestaban el embarcadero de Kinlochleven deseando ver cuál era la fuente de todo aquel ruido y señalaban a las aspas en movimiento del AgustaWestland 109S mientras el aparato maniobraba para realizar un complicado aterrizaje al final del espigón. Apenas se detuvieron las aspas, un funcionario del FCO desabrochó el cinturón del asiento del copiloto y bajó de un salto. Era un hombre macizo y de aspecto jovial que se presentó como John antes de coger la bolsa de viaje de Clive y su mochila de lona llena de libros y colocarlas en una repisa lateral.

—Es una pena sacarlo de aquí —comentó John llevando la mirada hacia el embarcadero y la ordenada línea de casas blancas para contemplar después la luz del sol danzando sobre el lago—. Mire, solo es una formalidad, pero tengo que ver alguna clase de identificación. Últimamente, las medidas de seguridad son un poco rígidas.

—Tengo el pasaporte en Londres. En mi casa. Gilbert Place 18. Detrás del Museo Británico. ¿Cómo lo vamos a recoger?

—No vamos —respondió John—. ¿Carné de conducir?

—No conduzco.

—Sin problema. —John hizo con su teléfono una fotografía a corta distancia del rostro de Clive y se apartó dándole la espalda. Mientras John susurraba al teléfono con tono de urgencia, se tomó un instante para admirar al aparato volador: blanco como lo nieve y con una línea roja insertada entre dos franjas azules atravesando los lados. De pronto John dio media vuelta.

—Todo bien. Tiene permiso —dijo con una ancha sonrisa—. No todo el mundo llega a volar en este pajarito, se lo aseguro. Está reservado para los *vivips*. Si acaso no lo sabe, esas son las personas muy, muy importantes. —Mientras hablaba, John observaba a Clive lanzar miradas dubitativas a su enmarañado cabello y su ropa arrugada—. Por alguna razón, amigo mío, le han sacado la alfombra roja.

John apartó a la pequeña multitud de curiosos lugareños y turistas agolpada demasiado cerca del helicóptero, llevó a Clive hasta el asiento del pasajero dispuesto en la cabina trasera, le dijo que se abrochase el cinturón y emplease los auriculares con micrófono. Al final, subió a la cabina delantera junto al piloto y, por encima el rugido de las aspas del rotor, impartió una última instrucción:

—Disfrute del paseo.

2

«¿De verdad va a ser solo una semana? —se preguntaba Clive mientras repostaban en Carlisle antes de regresar al suave cielo de septiembre iluminado por un sol bajo, cercano al horizonte—. En algún momento deberás dejar de preocuparte. Deja que se desarrollen los acontecimientos. Piensa en otra cosa».

Antes de que se diese cuenta, York Minster se alzaba bajo ellos como un arrogante monstruo marino sobre los pequeños edificios de la ciudad; la catedral no está rematada por un chapitel en espiral, sino por una enorme torre que proclamaba el poder y la fe al mundo medieval.

—Me crie en York —dijo Clive al micrófono, bajo la ensordecedora vibración del helicóptero.

—Tuvo suerte —contestó John.

«No crea», pensó Clive.

Todavía podía oírlo: el sonido de la atiplada voz de un niño de diez años alcanzando rápido y sin esfuerzo la cima de la nave de Minster, la catedral de York, mientras cantaba un solo con los ojos fijos en los movimientos de las manos de su padre, Barry Franklin, maestro y director de coro, que de vez en cuando asentía su aprobación. Esos fueron los años felices. Después todo fue cuesta abajo. Su madre desarrolló la enfermedad de Parkinson y ver su lento e inexorable declive supuso una agonía. Ella se mostró amable y paciente hasta el final, pero era incapaz de moverse y apenas hablaba. La carta de Cambridge ofreciéndole una plaza en Trinity llegó al día siguiente de su funeral.

—Sé que te admitirán —le había susurrado el día antes de morir—. Creo en ti.

El helicóptero dejó York Minster atrás y Clive comenzó a observar la tierra que amaba, su Inglaterra, y los parches que conformaba el paisaje de parcelas cosechadas y el amarillo rastro del bálago; los pueblos con las iglesias rurales y sus estrechas agujas apuntando como flechas al templado aire del final del estío; y de vez en cuando, en el prado de algún pueblo, vio pequeñas figuras blancas jugando una última partida de críquet antes de la conclusión de la temporada.

«Ya es hora de cambiar al registro adecuado —se dijo recostándose y cerrando los ojos—. Adiós, Kinlochleven. Hola Moscú». ¿Cuánto tiempo había pasado desde la última vez que pisó ese lugar? ¿Dos años? ¿Es posible? ¿Dos años enteros?

Clive había sido diplomático en Moscú como miembro del FCO, al servicio de su majestad. Estaba casado, sobre el papel, pero en la práctica se encontraba en proceso de divorcio y vivía solo en un piso de soltero. En la embajada británica había desempeñado el cargo de subsecretario y después el de consejero político. Y después nada más. Pasada la etapa moscovita, anunció que no deseaba hacer carrera en el Cuerpo Diplomático, pero que aceptaba trabajar en el FCO como traductor e intérprete de ruso. El FCO lo cargó de trabajo: una cumbre G20 por aquí, una del G8 por allá, una reunión de ministros de Asuntos Exteriores, el Comité Olímpico Internacional, el de los Juegos de Invierno, conferencias en la ONU sobre el cambio climático... Hasta que temió volverse loco y exigió un año sabático.

El trabajo tenía sus ventajas, por supuesto. Recordó la última cumbre del G20, mantenida un año antes en Hangzhou y la emocionante sensación de estar sentado en una sala con las personas más poderosas del mundo. En cierta ocasión, el presidente Serov le estrechó la mano felicitándolo por su ruso. Clive se sintió halagado; igual de halagado que cuando aquella mañana Hyde le habló de su traslado al gabinete de la primera ministra. Era la primera vez. Nunca lo habían trasladado. «Espabílate», se dijo.

El helicóptero llegó a la base de la RAF en Northolt cuando el sol tocaba la línea del horizonte y teñía el cielo de un color rojo como la sangre. En el pavimento lo recibió un joven ataviado con un traje de tres piezas y pajarita que se presentó como «George Lynton, del gabinete de la primera ministra» e insistió en llevar su bolsa de viaje mientras lo guiaba hasta la terminal VIP. Al atravesar varios puntos de control, él presentaba un pase especial con aire prepotente; a Clive lo registraron una y otra vez.

—Ay, todo esto es un tedio —dijo George, que no debía de tener más de veinticinco años y, a pesar de eso, parecía pertenecer a otro siglo con su exagerada confianza en sí mismo, sus gestos lánguidos y su acento de clase alta que no parecía auténtico. En realidad, decidió Clive en cuestión de minutos, su forma pija de arrastrar las palabras era aprendida, como se aprende una lengua extranjera: con esfuerzo y empeño.

La terminal VIP estaba casi vacía, a excepción de dos grupos apiñados en diferentes rincones de la sala. En uno de los grupos, Clive vio a varias personas de origen chino.

—El vestidor número uno es todo suyo —dijo George—. En las perchas encontrará un conjunto de ropa nueva. Todo lo demás está en el maletín, incluida una bolsa de aseo con pasta de dientes, maquinillas de afeitar y todo lo demás. Y también insulina para cuatro semanas. Es Humalog.

—¿*Cuatro* semanas?

—Fue idea mía. Dijeron «dos semanas» y pensé: ¿por qué no cuatro? Mejor prevenir que curar —añadió despreocupado—. Tome una ducha. Ah, y recogerán y lavarán todo lo que deje. Está todo incluido. No se apresure. Aún estaremos aquí un par de horas.

En vez de preguntar quién iba en el vuelo, Clive sabía que era mejor no hacerlo, preguntó:

—¿A qué hora despegamos? ¿En qué vamos a volar?

—En un Voyager de la RAF. Tiene una cabina especial en la parte frontal para los peces gordos, sean quienes sean. Las primeras veinte filas son bastante lujosas, el resto es absolutamente normal. Nosotros viajaremos en la parte posterior, por supuesto. En cuanto tenga el horario, se lo haré saber. La prensa está allí, junto al bar. Ah, antes de que se me olvide, va a necesitar esto.

George le tendió un pasaporte nuevo, emitido ese mismo día con una fotografía del año pasado, guardada en un archivo en el Ministerio de Asuntos Exteriores.

Clive abrió las rígidas páginas del pasaporte de color burdeos y se sintió aliviado al ver que aún conservaba su acreditación como diplomático.

—Pasaporte diplomático —confirmó George—. Puede ser muy útil, sobre todo en Rusia.

George intentó esbozar una sonrisa cansada, pero desistió y le tendió un ordenado mazo de tarjetas de visita.

—Son para usted. Sir Martin cree que le pueden ser útiles.

—¿*Sir* Martin?

—Sí... ¿No lo sabía? Qué extraño... ¿No lo ha *gugleado?*

—No he tenido tiempo —respondió Clive con la mirada fija en la tarjeta de visita.

Clive Franklin
Traductor
Departamento de la Commonwealth y Asuntos Exteriores
Calle King Charles
Londres SW1A 2AH

—Me han dicho que debía poner «traductor» y no «intérprete» —dijo George—. ¿Alguna razón?

—Sí —contestó Clive mirando a George, a su nuez de Adán apretada contra el cuello de su camisa blanca y a la pajarita azul cobalto—. Es comúnmente aceptado que uno es un «intérprete» si transmite un discurso oral y un «traductor» si trabaja con un texto. Pero en ruso solo hay un término para esa habilidad: *perevodchik.* Traductor. Uno lo es de audios, *ustny perevodchik,* o de escritos, *pismenny perevodchik.* Yo lo soy de ambas cosas. Así que «traductor» es lo más apropiado en mi caso. ¿Le encuentra sentido?

—Bueno, sí —dijo George, con la mirada fija en Clive como si este fuese un raro espécimen de mariposa.

Clive abrió el pequeño maletín en el vestidor y encontró tres camisas blancas perfectamente dobladas, un surtido de calcetines y *bóxers,* unos vaqueros, tres camisetas y un par de sudaderas informales de colores sobrios: azul marino y gris oscuro. Le gustaron las dos. De una percha colgaba un traje Mark & Spencer que le sentaba a la perfección. Tomó una ducha, se vistió con los vaqueros, una camiseta y una sudadera y salió sintiéndose fresco y sediento. Se estaba sirviendo un rioja cuando George regresó para preguntarle si todo se encontraba a su gusto.

—Es perfecto —dijo Clive y alzó su vaso, invitando al joven a beber con él. George murmuró que estaba de servicio, pero echó un vistazo por la sala para cerciorarse de que no iba a ser necesario en ninguna otra parte antes de servirse media copa de vino tinto y dejar caer que nunca había estado en Rusia y que estaba bastante nervioso. Mientras, Clive sacó su ordenador portátil para buscar «Martin Hyde» en Google.

—Estuvo veinte años en el MI6 —dijo Clive, mirando directamente a George.

—Sí. ¿Y?

—Ya sabe qué dicen...

—No. ¿Qué dicen?

—Entras en el MI6, no sales del MI6.

—¿En serio? Bueno, durante aquellos años sir Martin fue el principal consejero del primer ministro acerca de asuntos rusos.

La absoluta inexpresividad plasmada en el rostro de George le dijo todo lo que necesitaba saber: ese hombre era completamente leal. Las filtraciones del gabinete de la primera ministra no saldrían de George Lynton.

—Hábleme de usted —propuso Clive, cambiando de estrategia—. ¿De dónde es?

—¿Qué quiere decir?

—¿Dónde nació?

—En Gales. En Anglesey. Famosa por sus ovejas.

—Y hubo un tiempo en el que tenía un fuerte acento galés, ¿no?

—Lo tuve... Un acento galés bien fuerte... ¿Cómo lo sabe?

—Porque todavía está ahí, sepultado bajo sus muy correctas vocales inglesas.

—¿Lo dice en serio? —dijo George, de pronto nervioso—. Creí haber borrado mi rastro. Dejé al galés cuando estuve en Oxford, aquel primer verano... Fue cuando decidí ingresar en el Servicio Civil de su majestad y mi amiga Rose, muy inteligente, me dijo que mi voz sonaba a mastuerzo galés y que me olvidase de todas esas historias de la diversidad y la inclusión, pues si se daba la remota circunstancia de que aprobase los exámenes, entonces habría de enderezar la lengua para ejecutar esas limpias vocales inglesas. Así que lo hice.

—¿Cómo?

—Con la tele. Tom Bradby y unos cuantos más.

George se puso en pie moviendo el cuello como si la pajarita le apretase demasiado. Clive detectó el embarazo del joven por haber filtrado tanta información.

—No entraremos en Rusia con aparatos personales —dijo George, una vez recuperada su despreocupación—. Antes de subir a bordo le pedirán que entregue su móvil y su ordenador. El MI6 insiste en hacerlo. Es un fastidio, lo sé, pero le devolverán todo a su regreso. La embajada le proporcionará un teléfono nuevo, nada del otro mundo. Uno de tarjeta. Tendrá de sobra, y si necesita un ordenador, pida uno en la embajada. ¿Hay algo más que pueda hacer por usted? ¿No? Bueno, pues con su permiso...

Clive observó a George dirigiéndose a otra zona de la sala para trabajar con un grupo. Abrió la aplicación de contactos y apuntó unos cuantos números en su teléfono, después tecleó *Meduza* en Google. Había llegado el momento de ponerse al día con las últimas noticias rusas y averiguar qué quedaba de la oposición política. Clive había pasado ya a los boletines de noticias de Yandex para ver el mundo según el Kremlin, cuando algo le hizo levantar la mirada y ver a un nervioso George Lynton sujetando la puerta de la sala para franquear el paso a la señora Maitland, la tercera primera ministra del Reino Unido. Todos se pusieron en pie, incluido Clive.

Nunca había visto a Martha Maitland en persona y su baja estatura y lo elegante que estaba con aquel traje burdeos de corte perfecto lo sorprendieron. Observó con admiración como aquella cincuentona bajita atravesaba la sala rebosando energía y optimismo, con el jefe de gabinete a un lado y los subalternos revoloteando su alrededor, presentando a varios de los asistentes a la primera ministra. Un hombre destacaba; era alto, de hombros anchos, mandíbula fuerte y espeso cabello castañorojizo con mechones grises en las sienes. Había llegado con la primera ministra, pero se apartó de inmediato para dirigirse directamente al bar, donde se sirvió un güisqui solo. Clive lo supo al instante: ese tipo debía de ser Martin Hyde.

Entonces le tocó a Clive estrechar la mano de la primera ministra, que tenía una mirada muy franca.

—Señor Franklin, no sabe cuánto le agradezco que haya interrumpido su año sabático para unirse a nosotros. Sir Martin le informará de todo durante el vuelo.

—Encantado de poder cooperar, señora primera ministra —afirmó, y era sincero. Encontrarse frente a la primera ministra de su país le hizo sentir un solemne sentido del deber. ¿Qué había dicho Hyde? Su país lo necesita. «Bueno, pues aquí estoy», pensó.

Sir Martin Hyde se dirigió a él extendiendo una mano. Clive advirtió sus gemelos y sus ojos azules, muy claros y gélidos como carámbanos.

—Encantado de conocerle, Franklin. Me agrada poner cara a las voces. A Franklin le gusta Chéjov —añadió Hyde, mirando a los rostros en torno suyo.

—¿Acaso no nos gusta a todos? —apuntó la primera ministra con ese encanto natural que, según la prensa, había contribuido en gran medida a su inesperada victoria.

Clive siguió las elecciones durante el primer mes de su año sabático. Entonces todos los periodistas especializados coincidían en que Martha Maitland era más que la suma de sus partes: viuda con tendencias progresistas, creyente (anglicana) y con un rebelde hijo adolescente expulsado del colegio por consumo de drogas. Ese fue su as en la manga, recordó Clive. En el momento en el que estalló el escándalo, la intención de voto a favor de la señora Maitland aumentó un veinte por ciento. Todos los padres del país comprendían su situación y millones le dieron su voto. También Clive, aunque por otra razón. Estaba harto de ver a hombres destruyendo el planeta y asesinando a sus congéneres. Votó a Martha Maitland por ser mujer.

Era casi medianoche cuando el Voyager de la RAF tomó vuelo con rumbo este. La primera ministra y su equipo se sentaron en la parte delantera del avión, separados por una cortina beis. Clive y George se sentaron al fondo, pero el joven se levantó en cuanto se apagó la señal del cinturón abrochado y regresó un instante después.

—Sir Martin le invita a reunirse con él. No será mucho tiempo. Solo unas breves indicaciones.

Martin Hyde estaba sentado en un sillón de primera clase frente a una mesa, en su mano sujetaba un vaso de güisqui de malta solo. La superficie de la mesa se veía atestada por un revoltijo de archivos y papeles.

—Siéntese —dijo, señalando a un sillón vacío frente a él—. ¿Una copa?

—Un agua, gracias —respondió Clive, que ya había bebido un par de riojas y necesitaba mantener la cabeza despejada.

—Sírvase —indicó Hyde—. Quisiera disculparme por mi brusquedad al teléfono esta tarde. Necesitábamos embarcarlo de inmediato. —Bebió un buen trago de güisqui y se recostó contra el reposacabezas de su asiento.

—Este es un viaje... —prosiguió—. ¿Cómo diría yo? Inesperado. Capricho de nuestra querida primera ministra. Quiere entregarle el mensaje al presidente Serov en persona, mirándole a los ojos. ¿Por qué no? Las cosas entre nuestros países a duras penas podrían ir peor, a no ser en lo relativo a las artes. En asuntos culturales seguimos siendo grandes amigos. Por cierto, todo esto le costará muy poco al contribuyente. Es una escala de camino a China. Mañana, después de la reunión, la primera ministra vuelve a embarcarse en este mismo aparato rumbo a Pekín. En cuanto a usted, le agradecería mucho si se quedase en Moscú el resto de la semana y se uniese a nuestras negociaciones comerciales en el Ministerio de Asuntos Exteriores, que no parecen ir a ninguna parte. ¿Acaso los nuestros han perdido la chaveta? ¿O se nos escapa algo? Creo que es hora de abordar esas conversaciones desde una nueva perspectiva y usted parece la persona adecuada para hacerlo. Probablemente ya lo sabe, pero el lunes es festivo, Moscú celebra el octingentésimo septuagésimo aniversario de su fundación, así que tendrá el día libre. Los asuntos comerciales se retoman el martes. —Hyde exhaló un profundo suspiro y se recostó en su asiento—. No pido la luna…, ¿verdad? —Entonces se incorporó de un brinco y fijó su mirada en Clive—. Usted, como intérprete…

—Traductor —interrumpió—. Si no le importa. Sé que no se ajusta a la terminología habitual, pero yo…

Hyde agitó una mano indicando que la explicación no le interesaba lo más mínimo.

—Como traductor —prosiguió Hyde—, usted se encuentra en una posición excepcional, pues… ¿Cómo diría yo? Es invisible. Se funde entre bambalinas y ahí se queda. En un lugar donde puede ver y escuchar. ¿Quién sabe qué podría oír?

—No soy un espía, sir Martin. Soy un traductor.

—Sí, pero *está* dispuesto a ayudar, ¿no? —dijo Hyde, con voz apremiante—. Necesitamos ayuda, Franklin. La necesitamos con urgencia. Todos tenemos que arrimar el hombro.

—Por supuesto que estoy dispuesto a ayudar, pero, con el debido respeto, no sé de qué me habla.

—Estoy a punto de decírselo. Durante los últimos meses, los rusos han estado colocando docenas de microsatélites de comunicación. Esos aparatos pesan menos de una tonelada y miden unos dos metros de diámetro. No sabemos el número exacto, pero creemos que al menos son ochenta. Quizá más. ¿Por qué? Luke Marden, nuestro embajador, un buen hombre, ha sacado las antenas. Al parecer, y esto se ha publicado en toda la prensa, por cierto, los rusos debieron decir algo así como: «Vaya, somos un país muy grande, vamos a necesitar más satélites de comunicaciones. Debemos dar cobertura de banda ancha a toda Siberia…», o alguna payasada semejante. Por lo visto, hasta el *Financial Times* se ha tragado la propaganda. —Hyde se inclinó hacia delante y golpeó el papel salmón situado frente a él sobre la mesa—. Aquí hay un artículo que le da vueltas y más vueltas al asunto del *tamaño* de Rusia. Más de diecisiete millones de kilómetros cuadrados, setenta veces el Reino Unido. Rusia, el país más grande del mundo incluso después de la caída de la Unión Soviética, etcétera, etcétera, etcétera. Entonces, ¿qué se supone que quieren *hacer* con esos ochenta y tantos microsatélites de comunicación.

—*¿Espiarnos?*

—¿Entonces para qué van a lanzar ochenta? Son demasiados.

—¿Para espiar a todo el mundo?

Hyde negó con un gesto.

—Como ya sabe, Serov fue agente del KGB, así que podemos considerarlo un hombre metódico que todo lo hace por alguna razón. Guarda algo en la manga.

Hyde se detuvo y subió la persiana de la ventanilla. Clive le pareció estar a la misma altura que la luna creciente, tan cercana que casi podría tocarla.

—Si lo observamos desde otro punto de vista —continuó—, Rusia libra una dura lucha económica. Las sanciones occidentales impuestas tras su anexión de Crimea están haciendo daño y, según tengo entendido, el oso ataca al sentirse acorralado. Por supuesto, aquí no hablamos de un ataque convencional. En la actualidad, la guerra es *asimétrica*. Encubierta. Difícil de detectar. El ciberespacio y todo eso. Las últimas elecciones están plagadas de rastros digitales rusos. Usted lo sabe tan bien como yo. Los rusos bombardearon nuestras redes sociales con bulos, ataques de bots y sabe Dios qué más. Hicieron todo lo que estuvo en su mano para sembrar la duda y la confusión con un solo objetivo: hacernos dudar de nosotros mismos. Una vez conseguido, nuestra cohesión política y social se desmorona. De pronto nos encontramos degollándonos unos a otros y divididos caeremos.

Clive se peinó el espeso cabello con los dedos.

—La verdad es que no es mi mundo.

—*Es* su mundo, Franklin. No hay manera de escapar. Nadie puede, ni usted ni nadie —dijo Hyde con voz cortante—. He leído su archivo. Conoció a Serov el año pasado, durante la cumbre del G20 en Hangzhou. ¡Eso está bien! Quizás incluso se acuerde de usted.

—Lo dudo —murmuró Clive, negando con la cabeza.

—Mire, Franklin —prosiguió Hyde inclinándose hacia delante y fijando sus ojos en él—. Solo le pido que mantenga los ojos y los oídos abiertos. Quizá oiga algo que nos sirva de ayuda, nunca se sabe. Como ya le dije, es asombroso cuánto se relaja la gente en compañía de los intérpretes, cómo bajan la guardia y dicen cosas que no deberían…

Hyde sonrió y apuró su güisqui.

—Me alojaré con el embajador —añadió—. Usted en el hotel Metropol. Aquí tiene mi tarjeta, por si necesita contactar conmigo. Mi nuevo móvil estará pinchado, cómo no, y el suyo también, así que hable solo de las negociaciones comerciales. Si es urgente, diga el nombre de una marca, como Range Rover o mermelada Tiptree. No, nada de Range Rover, esa la ha escogido Tata. Usted diga Tiptree. O JCB. O Dyson. Bueno, esa es la idea. Creo que recuerda todo esto de sus días en la embajada…

—Lo recuerdo.

Hyde observaba a Clive con severidad.

—Me gustaría preguntarle algo, Franklin. Después de su estancia en Moscú, que ejecutó extremadamente bien, por cierto, hizo las maletas, abandonó el servicio diplomático y se dedicó a tiempo completo a trabajar como intérprete… Vale, vale… como traductor. ¿Por qué?

—Una labor con demasiada carga política. Como acabo de decir, no es mi mundo. Y, además, echaba de menos a Chéjov.

Hyde pareció satisfecho con la respuesta y se recostó en su asiento.

—¿Sabe? En Cambridge leía en francés y ruso, como usted. Mi francés aún es bastante bueno, pero digamos que mi ruso se ha… esfumado. No recuerdo ni una palabra. De todos modos, ahora está usted aquí y los demás podemos relajarnos. Es bueno tenerlo a bordo, Franklin. ¿Hay algo que quiera *preguntarme*?

—¿Voy a hacer de inglés a ruso?

—Sí, eso es lo que pone en el libro de instrucciones —respondió Hyde, tocando un archivo colocado sobre la mesa frente a él.

—Bien. Así me gusta.

Clive esperó a la inevitable pregunta: «¿Por qué? ¿No le resulta más fácil traducir el ruso a su lengua materna?». Tenía preparada la respuesta: «No, porque se trata de controlar lo que la otra parte va a oír». La respuesta quedó donde la tenía, en la punta de la lengua, pues Hyde se limitó a bostezar y añadir:

—¿Algo más?

—¿Sabemos el nombre de mi contraparte? ¿El traductor ruso?

—Ni idea. ¿Acaso importa?

—La verdad es que no. Solo era curiosidad.

—Durmamos un poco —dijo Hyde—. Mañana, perdón, quiero decir hoy, va a tener que estar en plena forma. Ahí tiene el libro de instrucciones —Hyde tocó el archivo sobre la mesa—. ¿Está al día con la jerga de ahora? Ya sabe, la posverdad, los hechos alternativos y todo eso... ¿Cómo se dice bulo en ruso?

—*Feykoviye novosti* —respondió Clive sin perder un instante—. Pero los puristas se sublevarían. *Feykoviye* no es una palabra rusa. Es un préstamo del inglés. Ellos creen que debería decirse *lozhniye novosti*. Noticias mentirosas.

—En cualquier caso, los rusos son muy buenos en eso.

Clive se estaba levantando para marchar cuando Hyde los sujetó por el brazo; tenía un agarre férreo.

—El FSB, el Servicio Federal de Seguridad, lo estará vigilando, por la mañana, por la tarde y, sobre todo, por la noche, así que no ande dando bandazos por ahí. ¿Lo ha entendido?

Antes de que Clive pudiese responder, Hyde le colocó en la mano la edición para el fin de semana del *Financial Times* y el libro de instrucciones y murmuró:

—Lectura para antes de dormir.

Clive encontró a George en la parte trasera de la cabina, sentado muy derecho en su asiento y con un desacostumbrado aspecto sombrío.

—Tengo malas noticias —dijo—. Mientras usted participa en la reunión entre la primera ministra y el presidente Serov, yo me quedo todo el día en el aeropuerto con el equipo chino. Ni siquiera voy a poner un pie en Moscú.

La voz de George se apagó. Se había caído su máscara cosmopolita y parecía un niño pequeño decepcionado.

—Es una pena, sí —dijo Clive, sintiéndolo de verdad.

—¿Puedo pedirle un favor? —preguntó George—. ¿Podría llevar esto? Déjelo en la recepción del Metropol.

George le tendió un paquete muy bien envuelto; parecía un libro.

—¿Qué es?

—*Bajo el bosque lácteo*, de Dylan Thomas. Es un regalo de cumpleaños para mi amiga Rose. La misma Rose que me dijo que sonaba a mastuerzo galés. Está en Moscú, trabajando para el Consejo Británico.

—¿Rose qué más?

—Friedman. Rose Friedman. Sir Martin no la soporta. Y no sé por qué. ¿Lo llevará? Gracias. Muchas gracias. Le enviaré un mensaje cuando aterricemos. Es una gran amiga. No me malinterprete... —añadió, aturullado de pronto—, no hay nada entre nosotros.

George decidió no concluir la oración. En vez de eso, le entregó el paquete, maldijo su suerte una vez más y se fue a dormir.

Clive miró a través de la ventanilla hacia la infinita negrura del universo. Regresaba a donde no quería volver, a un mundo de tonos de llamada, fechas límite, mensajes de WhatsApp e intrigas políticas. En otras palabras, estaba de vuelta a la cancha.

Observó, presionando el rostro contra la ventanilla del avión, al amanecer extendiéndose sobre la gran megalópolis de Moscú, hogar de más de dieciséis millones de personas. Los destellos de las primeras luces matutinas rebotaban sobre las opacas aguas de los lagos dispersos alrededor de la capital; de vez en cuando, la luz del amanecer estallaba con un centelleo cegador sobre los tejados de aluminio de las miles de nuevas e impresionantes casas de tres pisos construidas con ladrillo, ocultas a la vista por altos muros, puertas eléctricas y los densos y oscuros bosques moscovitas. A veces, Clive encontraba un superviviente, un viejo pueblo con sus dachas de madera tallada a mano; casi podía oír los chirridos de las ajadas contraventanas azules, el crujido de las manzanas del huerto al caer al suelo, el aroma de las rosas y los disparejos altramuces junto al desvencijado porche y el canto de los gallos. Pero incluso a tres mil metros de altura esos viejos pueblos parecían escasos y alejados unos de otros. La madera había dado paso al ladrillo, los caminos de barro al asfalto y los reflectores de las antenas parabólicas brotaban como hongos sobre los tejados de aluminio. Clive se imaginó, en algún lugar por allí abajo, a los guardias de seguridad armados y sus perros adiestrados patrullando el perímetro vallado de la mansión de algún oligarca o algún influyente burócrata. Entonces, con la llegada de las primeras luces, consultarían sus relojes para comenzar a contar los minutos que faltaban para concluir el turno de noche.

Se preparaban para aterrizar. Clive lanzó un vistazo a George, que dormía profundamente, se recostó en su asiento y cerró los ojos. Al norte estaba la antigua capital, San Petersburgo. A cuatro horas en el tren rápido. Solo cuatro horas. ¿Habría pensado en él alguna vez?

«No seas idiota —se dijo—. ¿Qué te hace pensar que aún esté allí? Es probable que se haya casado de nuevo y viva en Berlín, París o incluso Estambul. ¿Cuántos idiomas habla?

Muchos. Olvídalo. *Olvídala.*

3

Marina Volina, ataviada con unos pantalones cortos de carrera y una camiseta sin mangas, miró por la ventana de la cocina al advertir la primera luz del alba rompiendo el cielo moscovita. Otro día. Otra jornada que jamás vería Pasha, su hijo de acogida. Diez días antes lo había encontrado muerto en el suelo de su piso cerca del Dinamo, con los ojos abiertos y una jeringuilla en la mano. El día anterior, el noveno después de su muerte, había visitado su tumba y llorado. Se culpaba por la muerte de Pasha. Tenía que haber hecho algo más para salvarlo de su adicción; *debería* haberlo hecho.

Sobre la mesa de la cocina estaba una tarjeta de felicitación por su cuadragésimo cumpleaños; la había enviado León, el secretario personal del presidente y su único verdadero amigo en el Kremlin. En ella estaban impresas las palabras: *Mejoras con los años, como el vino.*

«Vaya tontería», pensó Marina, y entonces vio a Sasha, el portero y encargado del mantenimiento del edificio. Su larga barba blanca y rala le confería el aspecto de un viejo creyente[3] paseando entre los coches aparcados allá abajo, en el patio, seguido por *Iván el Terrible*, su demacrado perro lobo. Marina se sobresaltó con las campanadas del reloj suizo de cuco; eran las cinco de la mañana. Odiaba las cinco de la mañana. A esa hora, desde los cinco años, su padre la había

---

3 Perteneciente a una rama de la Iglesia ortodoxa seguidora de una moral estricta. *(N. del T.)*

sacado de la cama para ir a nadar. Quería hacer de ella una campeona. Pues bien, nunca llegó a serlo. Pero sí se aficionó a correr. Maratones. Y correr era lo único que la mantenía cuerda en aquellos días.

«A estirarse», pensó Marina. Cruzó el recibidor octogonal con sus librerías de cristal pasadas de moda y entró en el cuarto de estar, que dominaba la calle Mamonovsky y el bar Taiga, abierto todos los días las veinticuatro horas, y más a la izquierda la calle Tverskaya, la más importante de Moscú. Colocó una pierna sobre la lustrosa mesa del comedor. Siempre se estiraba allí, en la habitación donde su abuelo, un famoso tenor del Bolshói, había cantado romanzas a un selecto público soviético. La tensión en sus isquiotibiales era buena. Marina inclinó la cabeza hacia la rodilla hasta sentir molestia. De pronto, una estridente carcajada estalló en la calle, donde vio a un joven ebrio cruzar la calzada tambaleándose mientras su novia intentaba mantenerlo erguido. El bar Taiga, recordó, presume de ofrecer treinta y tres tipos de vodka; allí, solo unos meses antes, el día 9 de mayo, Pasha y ella vieron el desfile del Día de la Victoria. Unidades de todo el ejército ruso habían desfilado retumbando por la calle Tverskaya, frente a sus ojos, mientras ellos bebían caipiriñas con una pajita sentados en la terraza y miraban boquiabiertos a la inacabable procesión de carros de combate, lanzadores de cohetes y misiles balísticos intercontinentales avanzando en dirección a la plaza Roja. Le pareció surrealista.

Pasha estaba muerto. Entonces eso también le parecía surrealista.

«Hora de concentrarse —se dijo—. Hora de correr». Al ponerse sus Newton de carrera, que siempre dejaba junto a la puerta de entrada, vio las botas de caña alta que el día anterior había llevado al cementerio. Aún tenían barro pegado. Observó el calzado, sobre todo el barro, y recordó el montón de pegajosa y húmeda tierra marrón sobre la tumba recién cavada. La muerte de Pasha le asestó un golpe brutal, otro más, pero al final venció el peso de toda una vida de disciplina, evitó la oleada de pesar que estuvo a punto de engullirla, de beberla de un trago, y se dirigió a la puerta.

***

Luke Marden, un hombre bajo y bien cuidado, con una espesa mata de cabello plateado y una abundante barba blanca y gris, recibió a la primera ministra y a su equipo en el aeropuerto de Vnukovo. Estaba erizado por la energía y las novedades del momento. Había un cambio de planes, explicó. La reunión con el presidente Serov no tendría lugar en el Kremlin, sino en Novo-Nikolskoye, una villa a las afueras de Moscú, su residencia campestre oficial. No los esperaba hasta pasado el mediodía, lo cual implicaba disponer de unas horas para descansar y «refrescarse».

Antes de darse cuenta, Clive se encontró sentado solo en el asiento trasero de un Range Rover de la embajada, manejado por un conductor al servicio de esta llamado Fiódor, incorporándose a toda velocidad en el tráfico moscovita muy cerca del coche insignia vip, un Jaguar nuevo y fabricado para estas ocasiones, provisto de una fila extra de asientos y la Union Jack flameando sobre el capó. Clive veía la nuca de la primera ministra a través del parabrisas trasero del Jaguar. A su lado se sentaba Hyde y frente a ellos se encontraban el embajador y el jefe de gabinete. Era la primera vez que formaba parte de una comitiva vip y los detalles lo divertían: los cuatro policías en motocicletas BMW con destellantes luces azules y los tres coches de policía (todos de la marca Ford, según advirtió Clive) que de vez en cuando encendían sus sirenas y hacían añicos la tranquilidad del amanecer.

Aplastó el rostro contra la ventanilla, ansioso por ver cuánto había cambiado su amado Moscú. Parecía haber más de todo: más torres de apartamentos, más coches caros y más supermercados abiertos las veinticuatro horas. La comitiva se dividió en dos cerca del Kremlin. La escolta policial siguió al coche insignia y el Range Rover se abrió paso en solitario hasta el hotel Metropol. Un portero ataviado con chistera, capa negra y guantes blancos recibió a Clive y mantuvo una posición de firmes mientras mantenía abierta la pesada puerta de bronce. Pero Clive le hizo esperar. Quería saborear el momento de su regreso, entretenerse en la entrada del hotel mirando a esos monumentos que tanto significaban para él. No recordaba al teatro Bolshói tan más blanco; la estatua de Lenin se veía más oscura, pero seguramente la inscripción aún estaba allí, con letras doradas: *¡Proletarios del mundo, uníos!* El tráfico era más ruidoso, desde luego, y los mosaicos modernistas bajo el tejado del Metropol más brillantes. Sobre las azoteas se podían ver las torres gemelas que flanqueaban la entrada a la plaza Roja, con sus águilas bicéfalas destellando bajo la luz el sol naciente. El regreso le estaba sentando bien.

Hasta volverse hacia el portero que aguardaba su salida no fue consciente de todos los golpes y sacudidas que se oían a su alrededor, causadas por docenas de trabajadores dedicados a erigir algún gigantesco edificio encaramados en andamios.

«El Metropol no ha perdido ni una pizca de su absurda opulencia», pensó, subiendo la escalera de malaquita del vestíbulo. Casi podía ver su rostro reflejado en el suelo de mármol. Cuando trabajaba en la embajada, entraba y salía el Metropol a menudo, en busca de algún visitante vip, y en ese momento, años después, se alegraba porque no hubiese cambiado nada: cascadas de arañas sobre su cabeza, grandes butacas de cuero negro, lámparas de pie verdes y doradas, de tres metros de altura, brillando con cientos de bombillas encendidas. «Excesos —se dijo—. Rusia es un país de excesos».

Clive le entregó su pasaporte a una recepcionista que, según su placa identificativa, se llamaba Liza y le preguntó si le podía dar una habitación con vistas. Liza miró al pasaporte y después a él.

—Por su forma de hablar, creí que era ruso —dijo con una brillante sonrisa carmesí iluminando su rostro—. Déjeme ver... Sí, su habitación... Está en la quinta planta y tiene vistas. Bueno, algo así. En realidad solo podrá ver el Bolshói. Ah, y la pantalla gigante para las celebraciones de mañana... ¡Es el Día de Moscú! Han puesto gradas en la plaza Roja... Habrá asientos para cuarenta mil personas. ¡Y todo gratis! ¡No hay que pagar nada de nada! Actuará el coro de veteranos, el infantil y un *ballet* de cosacos. ¡Hasta nuestro campeón ruso nos dará una sesión de yoga! Y también se pronunciarán discursos, desde luego, el alcalde... Él...

—Viví aquí —la interrumpió Clive, aunque con amabilidad, pues no quería aguarle la fiesta a Liza—. Me encantan las celebraciones del Día de Moscú. Los coros rusos son lo mejor... Estoy impaciente.

Mientras, tenía que pedirle un favor. ¿Podría averiguar qué obras de Chéjov están en cartelera y dónde se representan? Le gustaría verlas todas. Ah, ¿tiene un mapa? Sí, uno de esos mapas de papel pasados de moda, del nuevo parque (casi trece hectáreas en el centro de la ciudad) abierto justo detrás del Kremlin. El parque de Zaryadye... ¡Exacto! Tenía que explorar esa gran zona verde. De hecho, tenía que hacer un montón de cosas. Pensó en todos los museos y galerías que iba a visitar y en los paseos que pensaba dar al atardecer por aquellas viejas y conocidas calles. Casi le parecía estar de vacaciones.

Tomó una ducha en su habitación, preparó una taza de café y se tumbó en la cama observando el techo, preguntándose dónde se encontrarían las cámaras de vigilancia. Quizá no hubiese ninguna. Probablemente lo consideraban un personaje de bajo riesgo. Aun así, era mejor asumir que cada gesto podía ser grabado. «No te metas el dedo en la nariz», se dijo mientras marcaba en su teléfono un número moscovita. No hubo respuesta y dejó un mensaje. Después se concentró en la labor entre manos. La preparación mental siempre era la misma, una especie de calentamiento, una rigurosa revisión de sí mismo. Realizó varios ejercicios lingüísticos; por ejemplo, lanzar al aire palabras y expresiones en inglés como si fuesen pelotas de tenis y devolverlas en ruso al otro lado de la red. La prueba salió natural, sin esfuerzo; se sentía perfectamente bien en cualquier idioma. Pero, sobre todo, tenía que estar fresco. Miró al libro de instrucciones. La primera ministra no tenía ánimo conciliador; iba a encararse con el presidente Serov y protestar por el comportamiento de Rusia, pues se inmiscuía en asuntos británicos a su antojo. El trabajo de Clive no consistía en traducir palabras, sino en traducir *significado*, y para eso habría de estar muy atento. «Duerme una siesta, anda», se dijo.

Estaba adormilándose, aún con el sabor del café en la boca, cuando advirtió la dos páginas impresas en inglés que Hyde había deslizado dentro del libro de instrucciones.

Resumen de un discurso pronunciado por el general Kurnikov en la Academia Rusa de Ciencias Militares de Moscú y publicado como documento informativo general por el Ministerio de Defensa.

Se están desarrollando, como prioridad, sistemas asimétricos y no militares de confrontación con el enemigo. El mejor procedimiento sería el siguiente. En primer lugar, es importante desestabilizar al enemigo con guerra informativa y psicológica, con el fin de difuminar las líneas entre lo verdadero y lo falso. Una vez se haya debilitado en ese aspecto, deberíamos avanzar por varios frentes simultáneos empleando todos los medios para penetrar e influir en la economía, la transmisión de información (televisión, redes sociales, etc.) y el estado mental general de la nación señalada. El objetivo aquí es crear un ambiente de caos y pérdida de control.

Nosotros, Rusia, superamos a Occidente en capacidad y conocimiento no militar. Gracias al presidente Serov, nuestros novedosos y optimizados recursos nos permiten desencadenar este tipo de guerra en cualquier parte del mundo. Incluso en el espacio.

Clive leyó la última frase dos veces.

4

Marina corrió lo que llamaba el «circuito corto»: cruzar la plaza Roja, bajar hasta el Moscova, regresar por el Bolshói, subir por Petrovka y torcer a la izquierda en Kuznetsky Most para llegar a Tverskaya. A las ocho ya estaba de nuevo en casa, tirando de la pesada puerta de caoba del número 25 de la calle Tverskaya. Revisó su endeble buzón de latón al entrar y sacó un puñado de cartas; ya estaba a punto de subir por la desconchada escalera de mármol cuando oyó una voz conocida surgiendo del descansillo superior.

—¿Eres tú, Marina Andreyevna? ¿Ya vuelves de tu carrera matinal? Ven y cuéntame lo de ayer. ¿Cómo te fue? Siento no haber podido estar contigo.

Oxana Denisovna Belkina, una mujer rolliza, de cabello blanco y a punto de concluir su sesentena, era la «ascensorista»; además, le dolía la espalda y tenía dedos artríticos. Pasaba los días en el descansillo abierto en la cima de la escalera de entrada, junto al ascensor, sentada en una vieja silla giratoria dispuesta al lado de una mesa desvencijada y un estrecho camastro en el que pernoctaba. Trabajaba turnándose con Nadia, la otra ascensorista, ambas retiradas y ambas abuelas que se alternaban para hacer guardia continua y garantizar que ningún elemento «indeseable» ingresara en el edificio. En invierno hacía tanto frío que durmieron con el abrigo puesto hasta que Marina las proveyó de gruesas mantas.

—Nueve días… —murmuró Oxana con los ojos puestos en Marina, que ya subía las escaleras.

—No creo en esas tonterías religiosas —dijo Marina, hundiéndose en el camastro de Oxana con sus pantalones cortos y su botella de agua—. El alma está perdida… Intenta encontrar el Cielo… ¡Por eso uno va el noveno día a darle un empujoncito! Es absurdo.

—Aun así, has ido —indicó Oxana.

Marina se miró las manos.

—Era muy joven, Oxanoska. Veinte años.

—La droga es una maldición —murmuró la ascensorista.

—Debería haber hecho más… —susurró Marina.

—No empieces a culparte… Ya hemos hablado de eso. ¡Hiciste todo lo que estuvo en tu mano y más por ese chico! No es culpa tuya que se metiese una sobredosis de… ¿cómo se llama? Tiene un nombre largo, difícil…

—Metanfetamina.

—Sí. Eso es. Una tragedia, una absoluta tragedia. Pero *no* es culpa tuya.

Oxana tenía la mirada clavada en Marina, que suspiró y apartó la cara.

—¿Y dónde está ese hermano suyo? —preguntó con aspereza.

—No lo sé. Siempre anda de aquí para allá, pero vino a verme hará cosa de un par de meses… Creo que en mayo… No estabas… Me dijo que se había metido en esas partidas de póker en línea y yo le dije que era un idiota. Pasó la noche en casa y dejó la ropa tirada por el suelo; también le dije que ya era mayor para portarse así. Se enfadó, me espetó que era una maniática controladora y se fue.

—¡Después de lo que has hecho por él! Si quieres saber mi opinión, es mala gente.

—No —respondió Marina, empática—. Es un chico adorable. Como su… —rectificó—. Como era Pasha. Los dos son un amor.

Sentada en el borde de la cama de Oxana rememoró su vida con Vania y Pasha. Los conocía desde hacía diez años. Había pasado casi todo ese tiempo en San Petersburgo, cuando vivía en Fontanka con Alexei, su esposo, mientras este luchaba contra el cáncer sin ceder un centímetro. Tenían un piso grande en la primera planta de un viejo edificio. Encima vivía una mujer, pero nunca parecía estar en casa, con dos hijos asilvestrados que bajaban las escaleras corriendo, chocaban con la gente, se reían lanzando fuertes carcajadas y juraban como carreteros. Un día chocaron con Alexei. Cogió a Vania, lo llevó hasta su casa, con el chico debatiéndose entre chillidos, lo sentó y lo alimentó con helado. Aquél fue el comienzo de la amistad. Y luego salieron todas las miserias: el padre los había abandonado; la madre trabajaba en un club nocturno y nunca estaba en casa. Faltaban a clase. Fue Alexei quien los metió en cintura. No tenía hijos y Marina había descubierto que era estéril, algo de lo que culpaba a las continuas sesiones de natación de su juventud, así que Vania y Pasha se convirtieron en «nuestros chicos».

Marina bebió un trago de su botella de agua.

—Lo que me preocupa es no tener modo de contactar con Vania —dijo—, quizá no sepa que su hermano está… —Marina tuvo que armarse de valor para decir la palabra. Tomó una profunda respiración y murmuró—: Muerto. —Después se estiró y tomó la nudosa y artrítica mano de Oxana—. Ojalá pudiese quedarme contigo, Oxanoska, pero debo darme una ducha e ir a trabajar.

—¡Ir a trabajar! ¡En domingo! Deberías estar en tu dacha respirando aire puro… Aquí, en Moscú, tenemos una polución terrible.

—El presidente me necesita —dijo Marina, levantándose.

Oxana parecía impresionada.

—Claro, por supuesto… Para *él*… Eso es diferente… Si Nikolái Nikolayévich te necesita, entonces tienes que ir, claro… ¡Le debemos tanto a nuestro presidente! ¡Ay, Dios mío!

Marina, ya en su piso, se tumbó en la cama y cerró los ojos.

El funeral había sido un acontecimiento extraño: muchos ingenieros informáticos de la granja de troles; jóvenes llorando abiertamente mientras contemplaban el rostro aniñado de Pasha Orlov, en el ataúd a los veinte años; un gran ramo de lirios blancos enviado por el general Varlamov, entregado por matones del FSB. Pero nadie de la familia. Ni su hermano ni su madre ni siquiera su antigua novia.

Marina tiró el puñado de cartas sobre la mesa de la cocina y tomó una ducha. Se cubrió con una toalla. Y volvió a las cartas con el cabello todavía húmedo. Un folleto de un cirujano plástico. Una petición de donaciones para cierto orfanato. Un sobre blanco sin remitente. Dentro había una postal del parque Gorki y, escrito con letras mayúsculas, unos versos en ruso del poema *Ruslan y Ludmila*, de Pushkin:

У лукоморья дуб зелёный;

Златая цепь на дубе том:

И днём, и ночью кот учёный

Всё ходит по цепи кругом…

Cerca del mar hay un roble
Con una cadena de oro en sus ramas
Día y noche un gato sabio
Da vueltas encadenado…

Marina sonrió por primera vez aquella jornada. Sujetó la postal entre el índice y el pulgar sintiendo su textura. El parque Gorki era una señal aún más reveladora que el poema. De alguna manera, Vania había entrado a hurtadillas, sin ser visto. ¿Cómo solía llamarlo de niño? Gato. Gato callejero.

Solo entonces detectó una tarjeta dentro del sobre, una tarjeta blanca con el borde negro… Y un mensaje. PASHA FUE ASESINADO. POR LOS TUYOS.

Marina emitió un grito parecido al trino de un pájaro herido. Para bien o para mal, en el fondo siempre tuvo esa certeza.

Eran las diez menos cinco de la mañana y Clive se encontraba en el ascensor dirigiéndose a su cita con el coche de la embajada, a las diez en punto, cuando recordó el libro de George. Regresó a toda prisa a su habitación y advirtió con cierto agrado (él nunca se atrasaba) que eran las diez en punto cuando entró en el recibidor en busca de Liza. La vio en el mostrador de recepción, pero no estaba sola; frente a ella se encontraba una joven inquieta ataviada con unos ajustados pantalones de cuero negro y una cazadora roja de motorista. Tenía un casco a los pies y protestaba.

—*Tiene* que estar ahí. Por favor, compruébelo de nuevo —suplicaba la joven pasándose una mano por su rubia cabellera, donde tenía un elemento distintivo: una flamante línea roja a un lado.

—¿Rose? —preguntó Clive alto y claro.

La joven giró la cabeza y lo miró. Tenía alrededor de veinticinco años, un aniñado rostro redondo y ojos grandes. Clive le tendió el libro.

—Tú debes de ser Clive —dijo Rose, cogiendo sonriente el libro—. Mi amigo George me habló de ti. Dijo que eres *fiable*. Cosa que yo no soy. —Después, inclinándose hacia delante al tiempo que sus ojos recorrían las paredes desde el suelo al techo, murmuró—: ¿Qué te parece? Esta cantidad de mármol... Ese muro es de alabastro rosa ¡y las escaleras son de pórfido! ¿Has visto esos jarrones chinos? ¡Joder, son tan grandes que una podría esconderse ahí dentro! ¿Y qué me dices de esas butacas de cuero? Más bien parecen camas, ¿no crees? Es una locura. Todo este lugar está tan pasado... Quiero decir... Bueno... Coño, es que hay demasiado. Gracias por el libro. ¡Nos vemos!

Clive se deslizó en el asiento trasero del Range Rover de la embajada y le dedicó un cálido saludo a Fiódor. El coche se puso en marcha.

—Pavimento nuevo —comentó—. Muy bueno.

Fiódor sonrió al espejo retrovisor y Clive vio su rostro ancho y plano y su amistosa mirada. Sabía, por el tiempo pasado en Moscú, que todos los conductores rusos al servicio de la embajada británica debían informar al FSB, así que procuraba facilitarles la vida haciendo comentarios positivos. Cosa que no resultaba difícil aquella mañana concreta, con la ciudad tan limpia y majestuosa.

—Tenemos un buen alcalde... Se preocupa por la ciudad —dijo Fiódor—. Pero el verdadero patriota es nuestro presidente, Nikolái Nikolayévich. ¡Él sí cuida de Rusia! Y hoy lo va a conocer. ¡Cuánto honor!

—Sí, desde luego. Su presidente ocupa una posición muy destacada. Es una figura mundial. ¿Sabe una cosa? Nos saludamos en cierta ocasión.

Fiódor enarcó una ceja. Parecía impresionado.

Le pidió que redujese la velocidad al cruzar el puente Kammeny. Aquella era su vista preferida del Kremlin: la poderosa fortaleza con sus murallas rojas como la sangre y sus torres verdes alzándose sobre el río Moscova y, en la ribera opuesta, una elegante mansión blanca, residencia del embajador británico.

En el patio frontal flameaba una enorme Union Jack en lo alto de su astil. Clive entregó su pasaporte al oficial de servicio y esperó. Instantes después lo condujeron a una biblioteca cubierta con paneles de roble. Apenas había comenzado a echar un vistazo a los libros colocados sobre la mesa de caoba y, a juzgar por sus títulos, escogidos con sumo cuidado para impresionar a los rusos (*Grandes palacios de la aristocracia rural*, *Palacios reales*, *La Casa de Windsor...*), cuando la puerta se abrió de par en par y Luke Marden entró con una mano extendida.

—Siento haberle hecho esperar —se disculpó el embajador, dándole un vigoroso apretón de manos—. Encantado de que se una a nosotros... Necesitamos a alguien con un ruso perfecto... Ojalá el mío lo fuese... Oswald tiene su móvil... Apuesto a que se ha sentido desnudo sin uno... Le pasa a todo el mundo... Los coches están fuera... Salimos... Hay una manifestación... Un acontecimiento *bastante raro* estos días... Dios ampare a los manifestantes... La villa es todo un espectáculo... Espere a verla.

Clive escuchaba a medias la charla del embajador; le interesaba más *cómo* lo decía. Sabía que Marden hablaba ruso con fluidez, pero en algún momento habría de cambiar al inglés por respeto a la primera ministra. ¿Y entonces qué? Sabía que era difícil mantener el ritmo con aquel tono desligado, las frases sin concluir, el discurso apresurado. Pero se las apañaría.

Clive ya no estaba solo en el Range Rover. Junto a él se sentaba el asesor político, Oswald Martindale, un hombre sobrio, con el cabello afinado por el paso del tiempo y una sonrisa sarcástica y cansada. Desde el momento en el que los presentaron, supuso (correctamente) que se trataba del jefe del puesto. Un espía. Con gesto lánguido, Martindale le entregó un viejo iPhone.

—Limpio como una patena —le dijo—. No tiene cámara.

El número estaba guardado con su nombre en la agenda de contactos.

—Ah, y el FSB estará a la escucha.

Por supuesto.

Saldrían de Moscú tomando la avenida Kutuzovsky Prospekt con el fin de no quedar bloqueados por la manifestación, según les explicó Fiódor. Clive vio un constante flujo de jóvenes dirigiéndose al Kremlin con pancartas en las que se podía leer: Libertad para Nikita Strelnikov.

—¿Quién es Strelnikov? —preguntó a Martindale. Pero se detuvo al reparar en Fiódor—. Bueno, ya me lo dirás luego.

—Te lo puedo decir ahora —respondió Martindale, mirando por la ventanilla para evitar establecer contacto visual con el conductor—. Es la nueva estrella de rock de la oposición… Antes cantaba música pop. Ahora canta canciones protesta y sube sus vídeos a *WhatsApp*, *Telegram* y *VK*. Al parecer, ha conseguido cabrear a Serov. Lo han encarcelado por una acusación falsa de evasión fiscal… Se enfrenta a cinco años de cárcel. Es parte de la nueva política de mano dura.

Fiódor miró por el retrovisor al oír la palabra «Serov», pero Martindale continuó hablando.

—Sabe Dios por qué te han sacado de una montaña escocesa para traerte a una reunión que no llegará a ninguna parte… Deberían haberte dejado allí, oliendo el brezal.

—¿No te gusta esto? —preguntó.

—¿Qué me puede gustar? —replicó Martindale con voz cansada.

—La gente. El arte. La literatura.

—Vamos, *por favor*. Este país está corrupto de arriba abajo. De aquí se va todo el que puede. ¿No lo has notado? Y no me extraña… Las historias que he oído… La gente que he conocido… No sabes de la misa la media.

—La sé. Sé la media. Y estoy contento de volver.

Las sirenas aullaron, una formación con escolta policial rebasó bloques con miles de apartamentos en dirección a la MKAD, la carretera de circunvalación. Un rato después resplandecía el lujoso pueblo de Barvikha, junto con algunas de las tiendas más caras del mundo (Chanel, Ermenegildo Zegna, Bulgari) y la nueva sala de conciertos con la forma de un gigantesco hueso de ballena. Clive reparó en un cartel anunciando el inminente concierto de Vanessa-Mae.

—¿Sabes cuál es el salario medio ruso? —preguntó de pronto Martindale—. Trescientas libras esterlinas al mes. ¿Y la pensión estatal? Quince mil rublos. Es decir, ciento noventa libras. En los pueblos hay gente que no cobra más de ocho mil rublos al mes. Eso equivale a cien libras. Uno no puede vivir con cien libras al mes. Mientras, el presidente y sus acólitos roban a manos llenas.

Los ojos de Fiódor se fijaron en el espejo retrovisor mirando a Martindale.

—Hace buen tiempo —comentó Clive.

La formación abandonó la carretera general y realizó un brusco cambio de dirección internándose en un espeso bosque de abetos cuyas copas bloqueaban el sol septembrino. Había vallas electrificadas a ambos lados del camino y Clive advirtió cámaras de vigilancia dispuestas cada veinte metros. Pasaron por siete controles de seguridad.

—Tengo entendido que ya has conocido al nuevo zar —dijo Martindale—. Rebosa malicia campesina. Su imagen es la del típico tipo amistoso aficionado a los chistes que simula tener amigos. La verdad es que no los tiene. Básicamente, es un solitario.

—Le gustan los gatos —dijo Clive—. En su página oficial, hay una foto de él con un rabón de las Curiles.

El Range Rover se detuvo inmediatamente detrás del Jaguar, frente a una impresionante villa decimonónica que, según Martindale, Nicolás II la había empleado como pabellón de caza. Desde el asiento posterior, Clive tuvo una panorámica perfecta de los escalones de mármol; en la cima aguardaban el presidente ruso y su séquito.

Las cámaras destellaron cuando un sonriente Nikolai Serov recibió a Martha Maitland y su comitiva. Clive cerraba la retaguardia, junto a Martindale, lo cual le concedió cierto tiempo para observar al presidente. Serov era un hombre grande, de más de un metro ochenta y dos centímetros, con anchos hombros de boxeador y el cabello blanco peinado hacia atrás sin crencha. A sus setenta años, se conservaba en buena forma y su suave piel lo hacía parecer considerablemente más joven. De pronto llegó el turno de que le presentaran a Clive. Le dio la mano. Serov la retuvo.

—¡Conozco a este hombre! —dijo el presidente con una carcajada—. Nos presentaron en la cumbre del G20 en China. Hacía de inglés a ruso. Fue realmente impresionante. ¿Podría recordarme su nombre…?

—Franklin. Clive Franklin.

Clive no era un hombre que se sonrojase, por eso su rostro no lo delató, pero se sentía incómodo siendo el centro de atención. Su trabajo era traducir, no conversar. Se sintió aliviado al ver al embajador susurrando algo al oído de la primera ministra, sin duda traduciendo los comentarios del presidente.

—¿Hay muchos como usted, Franklin? —continuó Serov—. ¡Porque entonces habríamos de andar con cuidado! Este hombre habla ruso sin acento. ¿Podemos igualar eso? No estoy seguro. ¿Cuántos de nuestros intérpretes hablan inglés sin acento?

El presidente lanzó un vistazo a sus funcionarios, que no supieron cómo reaccionar.

—¿Dónde *está* todo el mundo? —preguntó, dirigiéndose a León Ignatiev, su secretario personal, un hombre alto, calvo y a punto de entrar en la treintena, que avanzó y le dijo algo al oído—. ¿De verdad? ¿Y Dimitri?

—Por favor, traslade mis disculpas a la primera ministra —le dijo a Clive—. Estamos a la espera de mi traductor y del ministro de Asuntos Exteriores. Ambos metidos en un atasco. ¡Y encima es fin de semana! —Entonces se volvió hacia Martha Maitland y lo confió todo a su encanto. En ese momento, Clive recuperó su confianza y sustituyó al embajador traduciendo las palabras sin una sola interrupción.

—En la vida hay circunstancias que se escapan a nuestro control —apuntó Serov, sofisticado—. ¿Para qué apresurarnos? ¡Estamos entre amigos! Así podremos conocernos. ¿Un café? ¿Té? ¿Quizá algo más fuerte?

La primera ministra decidió que había llegado el momento de presumir. ¿El presidente era pariente de Valentín Alexándrovich Serov, cuyo cuadro, *Niña con melocotones*, tanto le gustaría ver en la galería Tretyakov? (Hyde había pensado e investigado con atención esa línea de conversación informal; incluso le mostró la pintura a la primera ministra en su ordenador personal). Clive, mientras traducía, supuso que la respuesta sería «sí» y se complementaría con «un primo», pues los rusos llamaban «primo» incluso al más lejano de los parientes. Y estuvo en lo cierto. En efecto, era pariente por parte de madre. Un primo lejano.

Y, más importante aún, el presidente estaba impresionado (esa, por supuesto, había sido la intención de Hyde).

Luego ofrecieron a la delegación un refrigerio en la principal sala de recepciones, opulentamente amueblada con sofás y sillas doradas, además de retratos de gobernantes rusos (Pedro el Grande, Catalina y Nicolás II) entremezclados con pinturas de bodegones y escenas de caza, la mayoría holandesas.

El presidente Serov le propuso a la señora Maitland un recorrido por las pinturas, oficiando él mismo como guía. El Landseer captó la atención de la primera ministra: un imperioso ciervo con magníficas astas de doce puntas situado en la ladera de una escarpada montaña, rodeado de helechos y observando el reino que era suyo por derecho: las Tierras Altas escocesas.

—Me pregunto cómo ha llegado aquí esta pintura —dijo la señora Maitland dirigiéndose a Clive—. ¿Lo sabemos? ¿Se lo podríamos preguntar al presidente?

—Fue un regalo de su rey, Jorge V, a su primo, el zar Nicolás II —respondió Serov con voz suave, encantado por mostrar su conocimientos de arte—. Según el director de su Galería Nacional, que estuvo aquí el mes pasado, esta es una de las mejores obras de Landseer.

Después invitó a Martha Maitland a dar un paseo por la veranda, desde donde se podía disfrutar de una excelente vista de los jardines italianos. El embajador británico le sugirió a Clive que quizá le gustaría tomarse un descanso mientras él defendía el castillo durante los siguientes cinco minutos. «Me pregunto por qué», pensó Clive. ¿El embajador y la primera ministra tenían que compartir algún secreto? Puede que sí y puede que no. En cualquier caso, Clive se alegró por poder regresar al Landseer. Cuanto más miraba el cuadro, más fuerte era la sensación de encontrarse de nuevo en las Tierras Altas con el viento azotándole el rostro y el brezo arañándole las piernas. Entonces oyó una voz inexpresiva.

—No soporto las pinturas de animales, ni vivos ni muertos —comentó Oswald, mordisqueando un crujiente trozo de apio; su traje gris marengo colgaba suelto sobre su escuálida estructura—. Por si le interesa, ahí está el presidente de Gazprom, así que podemos asumir que BP y esos enormes depósitos petrolíferos de Sajalín se incluyen en las conversaciones. Por lo demás, esto está repleto de FSB.

—Por supuesto —intervino Martin Hyde, uniéndose a ellos—. ¿Qué esperaba? Por aquí hay demasiado pan de oro, ¿no creen?

—Allí —dijo Martindale de pronto—. Varlamov. El Lobo.

En la esquina opuesta de la sala se encontraba un hombre alto, recién comenzada su cincuentena e impecablemente vestido. Su áspero cabello negro estaba rapado y en punta. El nacimiento del pelo era un tanto extraño, formaba un pico en la frente sobre un rostro largo y puntiagudo, de nariz estrecha y labios finos. Sus párpados colgaban bajos sobre unos ojos oscuros, confiriéndole un falso aspecto adormilado… Y, sí, parecía un lobo. A Clive le recordaba a Casio: un hombre delgado y hambriento.

—¿Y el Lobo es…? —preguntó Clive.

—El general Grigory Varlamov, vicedirector del FSB. Destinado a dirigir la organización cualquier día de estos. El presidente es el padrino de su hija.

Se hizo el silencio en la sala al regreso del presidente Serov y la primera ministra Maitland. Los delegados, ya fuesen rusos o británicos, no pronunciaron ni una palabra. La tensión era palpable.

Clive conocía esa atmósfera febril. La había vivido en numerosas ocasiones y siempre le parecía inquietante. Jamás logró comprender por qué la gente cambiaba su comportamiento en presencia del poder, por qué se permitían sentirse tan sobrecogidos, paralizados, incapaces de hablar. Pero siempre era así, y Clive observó la, para él, conocida escena de un grupo de personas inmóviles, presas de en una especie de trance, a la espera de que sucediese algo. El ministro ruso de Asuntos Exteriores, Dimitri Kirsanov, llegó con discreción. Presentó sus excusas al presidente, en ruso, y después se dirigió a Martha Maitland y le ofreció una elegante disculpa en un enrevesado inglés, rogando por su indulgencia y repitiendo «*mea culpa*». Después reparó en Clive.

—Nos conocemos —dijo Kirsanov—. Mil perdones, pero he olvidado su nombre...

—Clive Franklin —intervino el embajador con una cortés cabezada.

—¡El señor Franklin! ¡Pues claro! —continuó Kirsanov, alzando las manos—. ¡Volvemos a encontrarnos! Usted es de ascendencia rusa, creo recordar.

—Letona —respondió Clive, en modo alguno cómodo con la dirección de la charla y agradecido porque de pronto el presidente tomó las riendas.

—Creo que ya no podemos esperar más —anunció Serov—. ¡Mi traductor está atrapado en un embotellamiento! ¿Pero para qué voy a necesitar traductor cuando tenemos al señor Franklin entre nosotros? ¡Dediquémonos a nuestros asuntos, amigos míos!

Y, como si hubiese sido una señal, se abrió la puerta y entró una mujer de rostro eslavo, plano, con los ojos separados y su cabello caoba recogido en un moño. Mantenía una postura muy erguida, como una bailarina.

Marina no llevaba maquillaje y tampoco había hecho el menor esfuerzo por ocultar las canas alrededor de sus sienes. Vestía una ropa un tanto aburrida (tarje gris y blusa blanca), escogida con gran cuidado con el fin de componer una figura tan anónima como fuese posible. No tenía ganas de llamar la atención, de sobresalir.

Y entonces vio a Clive.

—Señora primera ministra —dijo Serov, haciendo un extravagante gesto con la mano a Marina, urgiéndola a acercarse—. Le presento a Marina Volina, nuestra versión del señor Franklin. Como puede ver, ¡no somos tan machistas! ¡También tenemos mujeres en puestos importantes! Embajador, ¿se ocupa usted de hacer las presentaciones?

Clive tradujo mecánicamente mientras no dejaba de repetirse que debía mantener el control, no fijar la mirada demasiado y no soltar prenda. Pero una voz dentro de él no dejaba de gritar. ¿Esa es Marina? *¿De verdad* es Marina? Parecía tan delgada, tan demacrada, tan triste. ¿Qué le había pasado a la hermosa joven de la que se había enamorado? ¿Qué le había hecho la vida?

Marina estrechó la mano de todos los miembros de la delegación británica, repitiendo «Marina Volina, encantada de conocerle» hasta llegar a Clive, momento en el que dudó y se volvió, perpleja, hacia León, la mano derecha del presidente.

El embajador comprendió de inmediato la situación y se adelantó.

—¿Quizá esperaba encontrar a Martin Sterndale? —dijo en inglés—. Por desgracia, sufrió un accidente y está hospitalizado. El señor Franklin se presentó en el último momento. Es uno de nuestros mejores intérpretes.

Marina se volvió hacia Clive y sonrió, y Clive supo de inmediato *por qué* sonreía: porque recordaba cuánto odiaba la palabra «intérprete» y podía sentir su enfado. Era una sonrisa cómplice; más aún, era una señal. Y en ese momento sucedió algo más, cuando Marina se situó frente a él sonriendo con su maravillosa sonrisa; su cansancio y tristeza se desvanecieron y Clive se encontró mirando a la joven y bonita mujer a la que una vez amó hasta la locura. La ilusión solo duró un segundo antes de que el rostro amado desapareciese. Solo pudo ver sus oscuros círculos bajo los ojos cuando ella le tendió la mano y lo miró sin mostrar la menor señal de reconocimiento. Volviéndose hacia el embajador, y en beneficio de la primera ministra británica, Marina habló en inglés.

—Por favor, dele recuerdos al señor Sterndale y dígale que le deseo una pronta recuperación.

Clive pensó haber visto algo travieso en la mirada de Marina cuando se volvió de nuevo hacia él.

—¿Nos han presentado? Me parece… conocido.

Clive quedó sin palabras. «Es un juego —se dijo—. A ella siempre le gustaron los juegos».

—¡El maratón! —dijo Marina, alegrando su rostro—. Corrimos juntos maratón de Nueva York cuando trabajábamos en ONU, ya hace muchos años…

Entonces le tocó sonreír a Clive. Marina acababa de cometer sus primeros dos errores: había olvidado el determinante antes de «maratón de Nueva York» y de «ONU». «Está nerviosa», pensó.

—¿Quién realizó mejor marca? —preguntó Serov.

—Yo no terminé —respondió Clive.

—¿En serio? —dijo el presidente—. Marinoska siempre los termina.

¡Marinoska! La palabra sacudió a Clive. Nunca la llamó de ese modo. Para él, Marina era «Marisha».

—Y ya se está preparando para la siguiente carrera —continuó—. Falta poco para que corra el maratón de Moscú... ¿Cuándo es?

—Dentro de dos semanas —contestó Marina con voz serena, sin dirigirse a nadie en particular.

—Quizá al señor Franklin le gustaría participar.

La propuesta del presidente sorprendió a Marina. Se sonrojó un instante.

—Con el debido respeto, Nikolái Nikolayévich, uno no puede correr un maratón por las buenas... Se necesita entrenamiento.

—Pues a mí me parece que está en buena forma —rebatió Serov—. ¿Qué opina, señor Franklin? ¡Extienda su estancia y participe en el maratón de Moscú! ¡Será una buena publicidad para la estrecha colaboración entre nuestros dos países! Saldrá en televisión corriendo al lado de Marina, dos expertos en el noble arte de la traducción. ¡Pero esta vez lo concluirá!

—Solo me quedo hasta el fin de semana, señor presidente —aseveró Clive, deseando terminar con aquella cháchara sin sentido—. Gracias por la invitación.

Clive entendía perfectamente que aquella absurda pérdida de tiempo charlando acerca del maratón de Moscú formaba parte de un plan diseñado por el presidente para incomodar e incluso menospreciar a la señora Maitland, que mantenía una gélida compostura. Entonces una especie de lealtad tribal entró en juego y, ofendido por la descortesía, sintió una animosa hostilidad hacia su anfitrión. Pero su rostro no reveló nada. Para él fue un alivio seguir al presidente Serov y a la primera ministra a la sala de reuniones, donde las paredes cubiertas de roble mostraban trofeos de caza: jabalíes, corzos y ciervos. Martha Maitland se detuvo un instante frente a un oso pardo disecado, la boca del animal estaba abierta, mostrando unos afiladísimos dientes, y sus zarpas se alzaban exponiendo sus grandes y amenazadoras garras.

—No es el original —dijo Serov—. Al original se lo comieron las polillas y hubo de ser reemplazado. Por fortuna, Rusia está llena de osos. Por favor, tome asiento.

5

«Una maldita pérdida de tiempo», fue el veredicto de Oswald Martindale. El consejero político lo murmuró entre dientes cuando se dirigieron a la dorada sala de recepciones para almorzar una vez concluido el encuentro. Sin embargo, Martin Hyde discrepaba. Según escribió aquella tarde en un correo electrónico encriptado y confidencial, la primera ministra había dejado muy clara su posición. Había pasado a la ofensiva desde el principio. Le dijo a Serov con un tono monocorde e impasible que su Gobierno estaba al tanto de los esfuerzos rusos por entrometerse en las elecciones británicas y en el referéndum del Brexit y que, a pesar del fracaso general de esas tentativas, ya era hora de poner punto final a los ataques cibernéticos contra las instituciones y los partidos políticos del Reino Unido. A buen seguro, el presidente podía comprender que esa conducta no ayudaba en absoluto a la construcción de una relación cordial entre ambos países, ¿verdad? Incluso mencionó la existencia de una nueva granja de troles en Moscú para demostrar que estaba al tanto de la situación.

El presidente Serov y Kirsanov, el ministro de Asuntos Exteriores, parecieron sorprendidos, incluso agraviados, ante esa explosión de críticas abiertas e intercambiaron miradas de perplejidad, pero guardaron silencio.

A continuación, la primera ministra pasó al segundo asunto polémico: las habituales incursiones de bombarderos rusos en el espacio aéreo británico, a las que calificó como «hostigamiento». El último incidente, señaló, tuvo lugar la semana anterior e implicaba la presencia de un Tu-95 bordeando las Shetland. Sí, la movilización regular suponía un buen ejercicio para los pilotos de los Typhoon, ¿pero es que no tenemos nada mejor que hacer?

En ese momento el ruso de Franklin adquirió un tono acerado para ajustarse a la creciente irritación de la primera ministra. El presidente y su ministro de Asuntos Exteriores intercambiaron más miradas, pero permanecieron en silencio.

El tercer punto de Martha Maitland consistió en demandar, bajo los términos más enérgicos, el fin de la perpetración de asesinatos en territorio británico por parte de agentes rusos.

La reunión se había convertido en un combate feroz y Clive Franklin hubo de hablar con tono duro. Su ruso recibió la ira del presidente Serov y Marina expresó el «asombro», e incluso la «indignación» de su presidente ante «tales fantasiosas e infundadas acusaciones». El ministro de Asuntos Exteriores intervino, hablando en ruso en beneficio de su presidente, pero entonces Marina suavizó el tono retórico para favorecer la diplomacia. «Todo eso es pura fantasía, casi una provocación», se convirtió en «todo eso es pura fantasía». Clive, al detectar la omisión, se volvió hacia su primera ministra y completó la oración con un susurro.

—¿Ha dicho provocación? —replicó Martha Maitland—. ¿Y cómo llama a su invasión de Crimea?

Hyde había predicho el enfrentamiento por Ucrania. El presidente Serov golpeó la mesa y se refirió a la oposición ucraniana como «ultranacionalista»; Martha los calificó como «demócratas» y añadió que los ucranianos tenían todo el derecho a exigir el cese de las hostilidades y la devolución de Crimea. Rusia había invadido territorio ucraniano, insistió la primera ministra, y le arrebató los derechos al pueblo. Clive escogió las palabras rusas con gran cuidado, seleccionando los términos más duros. «Arrebatar los derechos» se convirtió en «la violenta supresión de los derechos». Tanto el presidente como el ministro de Asuntos Exteriores se ofendieron, pero la señora Maitland había cogido ritmo y continuó con la denuncia de la guerra en el este y los cientos de soldados rusos posando como «separatistas». Sus palabras hicieron efecto. El presidente ruso golpeó el tapete verde de la mesa con la punta de su bolígrafo, se puso en pie y dio la reunión por concluida.

—¿Vamos a almorzar? —preguntó sin el menor entusiasmo.

La primera ministra se dirigió a Clive para decirle, con una resuelta sonrisa, que ya no lo necesitaba, pues iba a sentarse en una pequeña mesa entre el embajador y el ministro ruso de Asuntos Exteriores, que hablaba un fluido y elaborado inglés. Los servicios del traductor eran, de momento, prescindibles. Clive tenía hambre.

Se dirigió al bufé y se tomó su tiempo para escoger entre el suntuoso despliegue de langosta, esturión, caviar y ostras servido por chefs con gorros blancos y, una vez tuvo el plato lleno, fue en busca de una mesa en la veranda que dominaba los jardines italianos y sus barrocas fuentes. Podía ver y oír al agua saliendo a chorros por las bocas de los delfines. Clive tenía hambre y necesitaba comer; solo entonces podría pensar con claridad acerca de Marina. Estaba rompiendo la pinza de una langosta cuando Martin Hyde se sentó a su lado.

—Bien hecho, Franklin. He visto que ha rellenado algunos huecos. ¿Qué pretendía Volina?

—Intentaba aliviar la tensión, supongo —respondió Clive, extrayendo la blanca carne de la pinza con meticulosidad y soltura. Hyde lo observó, absorto. Ni él ni Clive advirtieron la delgada sombra que cayó sobre la mesa.

—¿Puedo unirme a ustedes?

Hyde se levantó y le ofreció una silla a Marina Volina.

—Creo que le debo una disculpa al señor Franklin —dijo sonriendo a Hyde mientras se sentaba—. Clive, siento mucho no haberte reconocido de inmediato…

—Bueno, ya hace mucho tiempo de aquello —respondió, despreocupado, mirando a su plato. Si Hyde no estuviese allí, se enfrentaría a ella preguntándole a qué estaba jugando. ¿Esa era su idea de broma? ¿O acaso le estaba insinuando algo?

—Clive fue miembro de nuestro grupo de lectura ruso, en el decimocuarto piso del edificio de la ONU —dijo Marina, mirando a Hyde.

—Lo fui —convino Clive, mirando directamente a Marina, fijándose en los detalles del rostro que había bloqueado durante una década mediante el empleo de toda su fuerza de voluntad. También había olvidado de la particular musicalidad de su inglés, que siempre la delataba como extranjera. De vez en cuando, sus oes eran demasiado largas y sus erres un poco fuertes y, tarde o temprano, se olvidaba de poner algún determinante, como acababa de hacer. Su inglés era casi perfecto. Casi. En realidad, eso formaba parte de su infinito encanto.

—Los británicos estaban en el duodécimo piso y nosotros en el decimocuarto; como también lo estaba nuestro club de lectura —explicó Marina—. Clive era un asistente habitual. El único británico. Me pregunto si aún existe. Me refiero al club de lectura.

—Me temo que no la puedo ayudar en eso —intervino Hyde, observando a Marina con una mirada suspicaz.

Clive cogió las plateadas tenazas y se disponía a romper la segunda pinza cuando dudó y lanzó un vistazo a Marina, sentada a la mesa con recato y una fina sonrisa dibujada en su rostro impasible. «Así que quieres jugar, ¿eh? —pensó Clive—. Pues, juguemos».

—Tus amigos intentaron reclutarme como espía, ¿recuerdas? —dijo, rompiendo el rosado hueso con las tenazas.

Al oír la palabra «espía», Martin Hyde echó ligeramente la cabeza hacia atrás, entornó los ojos y los mantuvo fijos en Marina, cuya expresión había cambiado. Parecía divertida. Su rostro se relajó y sus ojos rieron.

—¿De verdad? No recuerdo nada de eso —aseveró.

«Por supuesto que te acuerdas —pensó Clive—. Mírate, la mentirosa consumada… Y lo haces muy bien, eres muy convincente. Bien lo sé… Pero no te odio, a pesar de todo. No te odio en absoluto…»

«Sabe que miento, por supuesto —pensó Marina—, ¿pero sabe el porqué? Es el único modo que tengo de captar su atención… Lo averiguará. Es muy inteligente». Estudió el rostro que otrora conociese tan íntimamente y sintió una súbita ternura por Clive, una ternura combinada con admiración por haberse sobrepuesto a ella, continuado su vida y llegado a lo más alto de su profesión. «Después de todo, le rompí el corazón», se recordó.

Clive tuvo la repentina necesidad de estirar una mano y tocar el triste y delgado rostro de la mujer. No lo hizo, por supuesto.

—Recuerdo que te gustaba Chéjov —dijo Marina con un nuevo tono, más amable.

—Y sigue gustándome.

Clive escudriñó sus ojos de color castaño claro con motas verdes y creyó ver en ellos simpatía, incluso afecto, pero antes de poder asegurarse, León captó la atención de Marina haciéndole un gesto con la mano desde el otro lado de la sala. Eso solo podía significar una cosa: el presidente la necesitaba. Se fue aprisa mientras Hyde se dirigía al bufé en busca de algo para comer.

—Por supuesto que intentaron reclutarle —dijo al regresar a la mesa con un plato repleto de cangrejo, blinis y caviar—. El único inglés en el club de lectura…

—Fue una tentativa a medias —indicó Clive, recordando vagamente a la muchacha ucraniana que se había apretado contra él en el ascensor. Todos sabían que era del FSB, incluso Marina, que lo avisó para que tuviese cuidado—. Los rusos comprendieron que no estaba interesado en absoluto. Se lo conté al embajador. Me dijo que intentaban reclutar a todo el mundo…

—Entonces, Marina Volina y usted son viejos amigos —comentó Hyde, preparándose un grueso rollito relleno de caviar y crema agria.

—No la había visto desde hace, ¿cuánto? ¿Diez años? No me reconoció.

—O quizá sí, pero tuvo un lapsus momentáneo y se quedó sin palabras. ¿Qué pasó en el maratón de Nueva York? ¿Por qué no lo concluyó?

Clive apartó su plato a un lado.

—Habíamos quedado tres para correr juntos: Marina, Alexei Ostrovsky (su esposo) y yo. Unos diez kilómetros antes de llegar a la meta, sufrí una cetoacidosis diabética, que suele suceder cuando uno es diabético y no lo sabe. Uno muere a no ser que le inyecten insulina de inmediato. Cuando me desplomé, Marina advirtió al instante un olor afrutado en mi aliento, como a peras pasadas. Ese olor fue la señal reveladora… Y ella supo de qué se trataba.

Clive se quedó en silencio. Lo recordaba todo a la perfección. Él perdía y recuperaba la conciencia a ratos con Marina inclinada sobre él.

—¿Cómo? —preguntó Hyde—. ¿Cómo supo de qué se trataba?

—Porque cuando iba al colegio, su mejor amiga pasó por lo mismo… Y luego leyó cosas al respecto.

—¿Y después?

—Después le dijo a Alexei que consiguiese insulina de inmediato. Y Alexei fue a toda velocidad hasta la ambulancia más próxima… Los sanitarios llegaron corriendo. No recuerdo nada. Pero Alexei y Marina me salvaron la vida.

Clive pudo sentir a Hyde mirándolo mientras contemplaba su plato.

—¿Y dónde está ahora ese modélico esposo?

A Clive no le gustó el tono sarcástico de la pregunta, pero mantuvo su voz neutra.

—Muerto. Le diagnosticaron cáncer de pulmón en Nueva York. No fue exactamente una sorpresa, pues fumaba como un carretero, como casi todos los rusos. El primer tratamiento tuvo éxito y se mudaron a Ginebra, donde Marina había obtenido un importante puesto en la ONU para modernizar la escuela de intérpretes, pero entonces volvió el cáncer de Alexei. Los vi en Ginebra hace unos diez años. Alexei me dijo que quería morir en San Petersburgo. Cosa que hizo hace un par de años.

—¿No buscó a Marina y a su esposo cuando estuvo destinado aquí, en Moscú?

—No. Solo hablé con ella una vez. Se habían mudado a San Petersburgo, pero Alexei no quería ver a nadie. La quimioterapia hacía que se sintiese fatal. Ya había regresado a Londres cuando Marina colgó un vídeo del funeral en *VK*; alguien me lo envió. No recuerdo quién.

Clive jamás olvidaría el atractivo rostro de Alexei en el ataúd abierto y a Marina, solemne, pero sin llorar, inclinándose para besarle la frente.

—Entonces Volina es su apellido de soltera —dijo Hyde con una despreocupada indiferencia que a Clive le pareció molesta.

—Es Volin, sin la «a» —indicó, a punto de añadir que «Volina» era la forma femenina, pero en ese momento recordó que Hyde había estudiado ruso—. Su padre, Andréi Volin, fue un general soviético y amigo íntimo de Serov en Berlín y Dresde antes del colapso de la Unión Soviética.

—Ya veeeooo —comentó, estirando las vocales como una goma al limpiarse las comisuras de los labios con una servilleta—. ¡Ahora lo entiendo! Tienen una larga historia… Así que podemos asumir la pertenencia de la señora Volina al círculo íntimo de Serov.

—No sabría decirlo.

—Ah, pues yo estoy seguro. Estoy seguro al cien por cien —afirmó Hyde—. No me sorprendería que lo llamase tío Kolya cuando están a solas.

Una sonrisa vacía cruzó el rostro de Hyde. Después se levantó para reunirse con la primera ministra.

Según informó Reuters, había sido una reunión con cuerpo. En la fotografía de grupo, que dio la vuelta al mundo, se veía en los escalones de villa Noko-Nikolskoye a una adusta primera ministra británica estrechando la mano del presidente Serov, este con rostro imperturbable. Junto al presidente ruso se encontraba una mujer bonita, que no sonreía, ataviada con un aburrido traje gris; al lado de la primera ministra británica se hallaba un hombre de ondulado cabello negro que parecía un poco desconcertado. (Un fotógrafo ruso pensó que era igual que el poeta Alexander Blok). El inglés no miraba a la cámara; miraba a Marina Volina.

—Entonces ha venido para eso —murmuró Serov plantado en la escalera de la villa con Rurik, su gato de las Curiles, observando al coche insignia desaparecer en el bosque—. Para echarnos una bronca. ¿Sabes qué me ha molestado *de verdad*? El aire de *superioridad* con el que actúan esos malditos británicos. Son unos hipócritas. ¡Todos! La *City* londinense es la capital mundial del blanqueo de dinero… Durante años… *Durante años* los británicos han estado encantados de la vida con *nuestro* dinero ruso. *Sin preguntas.* En cuanto a esa Martha Maitland; esa no es más que una puta testaruda. ¿Has visto cómo me sermoneó?

Marina siempre se quedaba de piedra cuando oía hablar al presidente con tan crudos términos. Pero él, como les dijo a sus muchos biógrafos, era hijo de un campesino que combatió en el Frente Oriental y murió el mismo día que Stalin. El joven Serov había pasado sus primeros años en una remota aldea, viviendo en una pequeña casa de madera con electricidad pero sin agua corriente. Después de que su padre muriese de un ataque al corazón a los cuarenta y un años de edad, su madre y él se mudaron a una deteriorada urbanización de Chelíabinsk, cerca de los Urales, donde a los tres años tuvo que aprender a defenderse.

—Esas mujeres políticas son todas iguales. —Serov deambulaba enojadísimo bajo la columnada de mármol con Marina a su lado—. El poder saca a la niñera que hay en ellas. Todo es blanco o negro. No hay grises. No se bromea. ¿Cuándo fue la última vez que oíste a una de esas contar un chiste?

El presidente observó el bosque infinito y suspiró.

—Esos *no* son amigos nuestros. Gran Bretaña, América, la Unión Europea, toda esa maldita caterva... No *quieren* una Rusia fuerte. ¡Crimea! ¡Y venga joder con Crimea! ¿No saben que Crimea era rusa hasta que Jrushchov la cedió...? ¿Cuándo fue eso?

—1954 —contestó Marina.

—¡Ahí lo tienes! ¡Ayer! Jrushchov cedió Crimea ayer y ahora la queremos recuperar. ¿Por qué tanto lío? Pues porque Occidente nos quiere castigar, humillar. Míralos, apilando sanciones. ¡Ridículo! No tenemos otra opción, Marinoska, te lo digo yo. Debemos contraatacar. Defendernos. Y la mejor defensa es un ataque, ¿no?

—Si tú lo dices.

Nunca en el pasado Marina había pronunciado una opinión política y no iba a hacerlo entonces. Su filosofía siempre consistió en mantener un perfil bajo.

—Yo lo digo, Marinoska. Pronto, muy pronto, les vamos a dar donde más les duele. No te asustes. Nada de carros de combate. Ni invasiones. Tampoco bombas. De hecho, no se realizará ni un solo disparo. Pero, créeme, vamos a dejarlos sin respiración.

Caminaron en silencio, el único sonido era el del agua borboteando en las fuentes de abajo. De pronto, Serov se detuvo y, volviéndose hacia Marina, dijo:

—Entonces, ¿cómo es que fracasaste en el reclutamiento de Franklin, el traductor británico?

—No le interesaba. No todo el mundo quiere ser un espía, Nikolái Nikolayévich.

Serov estalló en carcajadas.

—¡Eso es lo que me gusta de ti, Marinoska! ¡Te enfrentas a mí! No como esos idiotas serviles. —El presidente vio a León apoyado contra la balaustrada, de espalda a los jardines, consultando su teléfono—. Pero no León —añadió—. Él no es un adulador. Tiene algo de valor, como tú.

—Nikolái Nikolayévich, todo eso de que lleve a Franklin a la carrera… Era una broma, ¿verdad?

—Por supuesto, estaba de guasa… Pero, por otro lado, ¿por qué no? Puede volver a desplomarse y entonces tendríamos una fotografía de Franklin dando bocanadas… ¡Gran Bretaña de rodillas!

Serov lanzó otra animada carcajada; sus guardaespaldas, hombres corpulentos del Servicio Federal de Protección, levantaron la mirada, como también hizo el general Varlamov. ¿El presidente hablaba con Marina Volina y *reía*? ¿Cómo era posible? Marina Volina *no tenía sentido del humor*. ¿O acaso la había subestimado?

—Y, dime, ¿qué es todo eso acerca de tu hijo de acogida, ese inteligente joven? ¿Cómo se *llamaba*? Orlov, ¿no? Pasha Orlov. *¿Murió* de infarto? ¿Por una sobredosis de metanfetamina?

—Eso parece.

«Ten cuidado —se dijo—. Ten mucho cuidado». *Los tuyos asesinaron a Pasha*. Las palabras escritas por Vania en el trozo de papel retumbaban en su cabeza. ¿Qué significaba exactamente «los tuyos»?

«Ten mucho cuidado», se repitió mientras fijaba su mirada en el rostro del presidente.

—Y fuiste tú quien encontró su cuerpo —continuó Serov, empático—. Eso tuvo que resultarte muy duro, Marinoska. Muy duro. Lo siento por ti. Sé cuánto querías a ese chico. Era como un hijo para ti, ¿verdad? Sí, es una tragedia personal… —Posó ambas manos sobre los hombros de Marina y contempló su rostro cansado—. Pero la vida debe continuar. Y tú eres valiente, como tu padre. Necesitas unas vacaciones. Estás demasiado delgada.

—¿Unas vacaciones? —repitió Marina con genuina sorpresa—. Bueno, estaría bien tomarme unas después del maratón de Moscú. Me gustaría ir a Italia.

—¿Qué pasa con Crimea? ¿No te agrada tu casita cerca de Yalta? Esa con vistas al mar...

La «casita» de Crimea había sido otro regalo del presidente que, según León, no tenía posibilidad de rechazar. Incluía su parcela de playa privada, una lancha motora, un encargado de mantenimiento, gimnasio y tres habitaciones de invitados para los amigos.

—Puedes utilizar mi helicóptero para ir y venir —prosiguió—. ¿Quién necesita ir a Italia?

Serov cogió al gato, que maullaba frotándose contra su pierna.

—Te lo agradezco, tío Kolya... Has sido muy amable.

Serov sonrió. Le gustaba el sonido de esas dos palabras: tío Kolya. Le recordaban tiempos más felices, cuando su esposa aún vivía, era tan cariñosa... La mujer junto a él era una niña inocente, con el asombro plasmado en sus ojos y muy agradecida por cualquier regalo sin importancia.

—Le prometí a tu padre que cuidaría de ti y eso es exactamente lo que hago, pues él cuidó de mí durante todos aquellos años, cuando yo era joven y me estaba poniendo al tanto de las cosas. Lealtad, Marinoska. Se trata de lealtad.

De pronto, Serov arrojó a Rurik al suelo.

—¡Demonio de gato! —exclamó, lamiendo una gota de sangre en el dorso de su mano. Su guardaespaldas se adelantó, pero el presidente lo detuvo con un gesto mientras chupaba la herida. León se acercó dando largas y relajadas zancadas con un pañuelo blanco e impoluto en la mano; Serov lo aceptó.

—Ven a Crimea este fin de semana —le propuso a Marina—. Volamos el viernes por la tarde y regresamos el domingo, temprano. Es mi cumpleaños... Habrá un buen banquete... Solo unos cuantos amigos íntimos... Te necesitaré un par de horas por la mañana... el resto del tiempo es libre... León, ¿podrías arreglarlo, por favor?

—Sin problema —respondió León arrastrando las palabras mientras sonreía a Marina, que le devolvió la sonrisa. «Qué extraño se me antoja en este momento que este joven alto, calvo y tatuado tenga el rostro de un niño», pensó ella.

El presidente la condujo de regreso a la villa, donde al llegar al abovedado vestíbulo se separó de ella para hablar con

Varlamov. No hubo nada distendido en esa conversación; se trataba de algún asunto urgente y mantuvieron sus cabezas juntas, casi tocándose, mientras deliberaban. Solo se separaron para permitir que el ministro de Asuntos Exteriores se uniese a ellos.

Marina observó desde cierta distancia a los tres hombres más poderosos de Rusia apiñados. Las palabras de Vania seguían retumbando en su cabeza: *Los tuyos asesinaron a Pasha*. ¿Qué cosa tan grave podría haber hecho Pasha? *Los tuyos*. ¿A quién se refería? ¿Al presidente? ¿Has matado a Pasha, Nikolái Nikolayévich? Mírate, riendo, echando la cabeza hacia atrás, mostrando una fila de dientes blancos y perfectos. Todos tuyos, según me dijiste una vez, cenando. ¿O acaso fuiste tú, Kirsanov, ministro de Asuntos Exteriores? ¿Mataste a Pasha? ¿No serías tú, general Varlamov? ¿O es que Vania se lo había inventado todo?

—Qué manera tan espantosa de pasar un domingo —le comentó Oswald Martindale a Clive mientras este se encontraba en el vestíbulo examinando las pinturas del techo sobre sus cabezas; contó hasta una docena de regordetes querubines con guirnaldas de flores, flotando, elevándose en un cielo rosado.

—¡Domingo! —dijo Clive, de pronto nervioso—. Me había olvidado de que es domingo. ¿A qué hora abre el Bolshói los domingos?

—No tengo ni idea. No voy si puedo evitarlo. No soporto todos esos destellos… La pintura dorada siempre me ha deslumbrado… Pero, mira, vamos a preguntarle a tu amiga Marina.

Oswald Martindale lo condujo a través de las ventanas francesas abiertas hasta un balcón que dominaba el jardín. Encontraron a Marina Volina junto al general Varlamov, que aspiraba con fuerza un cigarrillo electrónico.

—Disculpe la interrupción, señora Volina —dijo Martindale con el más suntuoso de los tonos al tiempo que saludaba al general con una cortés cabezada—, pero Clive, aquí presente, desea saber a qué hora abre el Bolshói los domingos.

Marina giró sobre sus talones.

—A las seis. ¿Por qué? ¿Va a ir?

—Sí —dijo Clive—. Voy a ir.

—Estaba seguro de que Marina Volina lo sabría —comentó Martindale sin dirigirse a nadie en particular.

—Esta noche representan *La dama de picas* —dijo Marina, mirando más allá de Martindale, a Clive—. Tengo una entrada, pero no pienso ir. Las críticas son horrorosas. Esperemos, por tu bien, que por una vez se equivoquen. Ah, y recuerda llevar algo de efectivo. No admiten el pago con tarjeta en el bar del piso superior.

Clive no se inmutó. En Nueva York, Marina y él habían desarrollado infinitos modos de burlar al FSB. Siempre empleaban juegos literarios, pasándose información mediante sus propios códigos o, simplemente, dejando pistas.

—Somos de la misma sustancia que los sueños, y nuestra breve vida culmina en un dormir —dijo Marina sin venir a cuento. Su rostro mostraba una expresión solemne, como correspondía, pues hacía años, en Nueva York, cualquier cita de *La tempestad* era una alerta roja; significaba «tenemos que reunirnos». Ahora.

«¿Cómo? ¿Dónde?», pensó Clive. Escrutó el rostro de Marina, pero esta evitó el contacto visual. Entonces lo entendió: ella lo arreglaría, encontraría el modo.

—Será mejor que te vayas si quieres llegar a tiempo —indicó ella, consultando su reloj.

—¡Vamos! —dijo Martindale cogiendo a Clive por un brazo.

Desde la galería, Marina y el general observaron a los ingleses saliendo a bordo del Range Rover. Marina podía sentir el fastidio de Varlamov.

—A ver, ¿a qué venía todo eso? —preguntó.

—Solo intentaba seguirle la corriente al señor Franklin con una breve cita de Shakespeare.

—La próxima vez, que sea de Pushkin.

El general Varlamov le dio una profunda calada a su cigarrillo electrónico, deseando que supiese más a verdadero tabaco.

—Ese consejero político tiene la palabra «espía» tatuada en la frente —dijo el general—. Incluso viste como uno. ¿Se ha fijado en su traje? ¿Y su camisa? Tenía el cuello raído.

—Me temo que no lo advertí, Grigory Mijáilovich.

Marina siempre mostraba una escrupulosa cortesía y un gran respeto frente al general. En cierta ocasión, se había tomado la confianza de llamarlo «Grisha» y su respuesta fue definitiva:

«Nadie me llama "Grisha" excepto mi mujer, mi madre y el presidente». Desde entonces, siempre fue «Grigory Mijáilovich».

—¿Y ha visto a Martin Hyde, el llamado «asesor especial»? ¿*Sir* Martin Hyde? MI6 de arriba abajo. Pero, por supuesto, eso no es ningún secreto. Lo sabemos y él sabe que lo sabemos. Se queda una semana. Me pregunto por qué. Debe de tener algún plan secreto. Quizá también esté implicado el otro inglés. El señor Franklin, ¿no? ¿Cuál es su nombre de pila?

—Clive. Clive Franklin.

«Se me hace extraño pronunciar su nombre en voz alta después de tantos años —pensó Marina—. Creí haberlo enterrado para siempre».

—¿Sabe qué me acaba de decir el presidente? ¿Se lo digo con las palabras textuales? —comentó Varlamov regresando a la villa—. Dijo: «Grisha, asegúrese de tener vigilado a ese Clive Franklin. No confío en nadie que tenga tan buen ruso». Y coincido *plenamente* con él.

—Bueno, estoy segura de que, en cualquier caso, ya lo tiene bajo vigilancia.

—Por supuesto. Y a Hyde. Desde que llegaron hasta que se vayan. En lo referente a la vigilancia, nuestros medios son... ¿Cómo diría yo? Infinitos. Tenemos más agentes de inteligencia per cápita que los chinos.

—Grigory Mijáilovich, hay una cosa que siempre me he preguntado... Y estoy segura de que usted podrá ilustrarme. Ahora, en la era de la inteligencia artificial, ¿por qué aún se necesita seguir a las personas? Pongamos, por ejemplo a Clive Franklin. ¿Por qué no seguirlo a través de su móvil?

—¿Y si le da por no llevarlo? ¿Y si consigue uno prepago imposible de rastrear? ¿Y si emplea el de otra persona? Además, el seguimiento de aparatos solo es una parte. Quizá queramos saber con quién se encuentra... Con quién habla. Un móvil no nos dirá nada de eso. Por el amor de Dios, Marina Andreyevna, hoy no piensa con claridad. Las sombras son indispensables. Bien, ya metidos en harina, ¿qué más me puede decir de su amigo Clive?

—La verdad es que no es amigo mío...

El general no la escuchaba. Había guardado el cigarrillo electrónico en el bolsillo y tecleaba algo en su teléfono.

—Clive Franklin —dijo leyendo la pantalla—. Veamos… Trabajó en la ONU desde 2003 a 2005. Formaba parte del equipo de traducción británico en las Naciones Unidas. Después ingresó en Asuntos Exteriores. Se casó con Sarah Woodall en 2006 y se divorció en 2007. Estuvo en Georgia desde 2009 hasta 2011, regresó a Londres y desde 2013 hasta 2015 vivió en Moscú. Se le trasladó al gabinete de la primera ministra para este viaje. Deben de tenerlo en gran consideración.

El general Varlamov guardó el teléfono en el bolsillo interior de su elegante y carísimo traje italiano azul noche y miró a Marina.

—Me extraña que no lo reconociese.

—¿Sí? Bueno, no lo había visto desde hacía más de una década —comentó, recordando su sensación de perplejidad, y después de pánico, al ver a Clive por primera vez—. Simplemente me quedé en blanco. Sucede a veces.

—A mí no. A mí nunca. Así que hace todos esos años intentamos reclutarlo y fracasamos. Quizá debería intentarlo de nuevo, ¿no cree? Llévelo a la carrera. ¿Lo podría tantear?

—La verdad es que no tengo tiempo. El maratón es dentro de dos semanas. Estoy entrenándome a fondo, Grigory Mijáilovich.

—Y hablando de apariencias…

—¿Hablamos de apariencias?

—Le guste o no, Marina Andreyevna, usted es un personaje público. Hoy la han fotografiado periodistas de todo el mundo en la escalera de la villa, junto al presidente. Y, bien, ¿puedo serle franco? Usted solía presentar una aspecto razonablemente bueno, pero durante los últimos meses se ha descuidado. Le estoy hablando como amigo, Marina Andreyevna.

—¿Podría ser un poco más concreto?

Sabía que el tono irónico de su voz no pasaría desapercibido. Pero también sabía que el general era un hombre sincero y que contaba con la confianza del presidente.

—Su cabello. Ha tenido la mala fortuna, amiga mía, de que se le ponga prematuramente gris, pero las cosas son como son y, la verdad, es que debe comenzar a poner remedio a la situación. Con eso quiero decir, y espero que no le parezca que me estoy metiendo en un asunto demasiado personal… Quiero decir que de verdad *debe* teñirse el cabello. El cabello gris hace que las mujeres parezcan mayores y, bueno, bastante desaliñadas. Desde luego, no es la imagen adecuada para una traductora de élite que se encuentra en la esfera pública y la fotografían junto al presidente. Estoy seguro de que lo comprende.

—Creo que *mi* aspecto es asunto mío, ¿no?

—Pues no. Me temo que no. Usted es parte de un *equipo*, Marina Andreyevna. Haga el favor de recordarlo. Y también el de no ofenderse. Como le he dicho, estoy hablando como... como un amigo. Todo esto se lo digo por su bien, créame. Todos debemos dar lo mejor de nosotros mismos por el bien de Rusia.

—¿Teñirme sería un acto de patriotismo?

—Bueno, podría describirlo así.

Marina soltó una carcajada para ocultar el profundo odio que en ese momento sentía hacia el general Varlamov.

—No le veo la gracia —murmuró dándole la espalda para contemplar los jardines—. El presidente está de acuerdo conmigo. Debe arreglarse.

Detectó la ira en la voz de Varlamov y se preparó para lo que pudiese venir a continuación. El general se volvió para encararse a ella y escupió cinco palabras.

—Una pena lo de Pavel.

Varlamov jamás empleaba diminutivos, ni siquiera con sus subordinados; le gustaba mantener las distancias. Pavel nunca fue Pasha, siempre fue Pavel, ya estuviese vivo o muerto.

—¡Ese muchacho fue un estúpido al destruir su vida de ese modo! —continuó el general—. Pavel Orlov era la estrella de nuestro instituto de investigación en Moscú. Tenía un gran futuro como nuestro más creativo... —Varlamov dudó.

—¿Pirata? —sugirió Marina.

—Desarrollador informático. Era el más ingenioso de todos los desarrolladores informáticos a mi servicio. Lo puse al cargo del referéndum británico sobre el Brexit. Tu muchacho era un buen elemento... Avivó el fuego en la derecha y en la izquierda. Es fácil si uno sabe cómo hacerlo. Esas fueron sus palabras exactas. Y cubrió su rastro, *nuestro* rastro... Los británicos sospechan de nosotros ¡claro! Hoy pudo oír cómo echaban humo, resoplando hasta quedar sin aliento, pero no pueden demostrar nada gracias a nuestro chico, Pavel, que no dejó una sola huella. Bueno, casi ninguna. Saben de nuestra pequeña operación moscovita... Me pregunto cómo. Supongo que siempre queda alguna huella digital... En cualquier caso, su Pavel era magnífico. Y va y lo arruina todo... con una sobredosis de alguna droga recreativa. Metanfetamina, si mal no recuerdo. Una pena.

—Pasha *me* dijo que no *consumía* drogas —respondió Marina despacio, tomándose su tiempo, mirando directamente al general, sopesando lo que le acababa de decir, preguntándose por qué tenía la intuición de que Varlamov mentía—. *Me* dijo que solo fumaba hierba, lo cual, según él, no es... —Entonces se contuvo—. No contaba. Grigory Mijáilovich, tengo que pedirle un favor. ¿Podría ver el informe de la autopsia? Soy... —Se corrigió—: *Era* su madre de acogida, después de todo. Quizá no de modo oficial, pero sí *de facto*.

El general negó con la cabeza.

—El informe de la autopsia solo lo puede leer el pariente *legal* más próximo. Su relación con Pavel no tenía una base jurídica. Desde el punto de vista *oficial*, usted no era nada suyo. Solo una amiga. Una amiga muy cercana. Corríjame si me equivoco... —El general le dedicó una mirada condescendiente, como diciéndole «lo he consultado y sé de qué hablo».

—Me dijo que era como una madre para él —espetó Marina, a punto de llorar.

—Sí... Bueno... —dijo el general, volviéndose para darle una calada a su cigarrillo electrónico—. Por cierto, ¿dónde están sus parientes más cercanos? ¿Qué hay de su madre biológica? ¿Y su hermano? ¿Cómo se llama?

La pregunta se había formulado con mucha naturalidad, pero Marina sabía que debía contestar. No tenía otra opción.

—Iván... Vania.

—Alguien durmió en el piso de Pavel, en el suelo. ¿Tiene idea de quién pudo ser?

—No. Pero seguramente sus agentes puedan averiguarlo.

—Sabemos que había un hombre en el piso de Pavel, pero ningún vecino fue capaz de proporcionar una descripción. Al parecer, siempre llevaba puesta una capucha. ¿Pudo ser Iván?

—Lo último que oí es que estaba en Vladivostok, trabajando para la mafia.

—¿Qué mafia? —se mofó Varlamov—. Ha estado leyendo propaganda antirrusa.

—Ayer visité la tumba de Pavel —dijo Marina—. Era el noveno día. No soy religiosa, pero quise ir. Me preguntaba si Vania acudiría, pero no fue. Dejé flores.

—Dejó girasoles. Pero alguien dejó un ramo de tulipanes amarillos. ¿Tiene alguna idea de quién pudo ser?

—¿Me estaba *vigilando*? —Marina sintió un escalofrío en la nuca.

—No a usted. A la tumba.

Entonces recordó a un joven ataviado con un chubasquero que había caminado con paso inseguro por los pasillos abiertos entre los terrosos sepulcros. Parecía absolutamente fuera de lugar.

—¿Quién pudo dejar esas flores?

—¿Quizá un amigo? Pasha tenía montones de amigos... ¿Se acuerda de su funeral? Estaba a rebosar...

—Mi agente se encontraba a la puerta del cementerio cuando lo abrieron a las siete de la mañana. Las flores ya estaban allí, así que alguien entró antes del amanecer. ¿Cómo lo hizo? ¿Por qué?

—No tengo ni idea, pero con toda honestidad, Grigory Mijáilovich, ¿acaso importa? Pasha está muerto. Nada nos lo devolverá.

Marina sintió una oleada de pesar, pero de ninguna manera iba a llorar delante de Varlamov. No derramaría ni una lágrima.

—Ah, ya recuerdo a ese Iván —dijo Varlamov—. A los dieciséis años le dimos empleo en la oficina de San Petersburgo. Después renunció y se esfumó. Sí... Ese chico era inteligente. Casi tan inteligente como su hermano. Si Iván contacta con usted...

—No lo hará —respondió Marina un poco demasiado rápido.

—No quiero que piense que soy un desalmado, Marina Andreyevna, pero Pavel no era un jugador de equipo. Era un rebelde... Le molestaba la autoridad. Me han dicho que todos esos niños prodigio del desarrollo informático son así. Siempre revoltosos. Indisciplinados. No les gusta que les digan lo que tienen que hacer. Creen saberlo todo... Y que cualquiera con más de veinte años es un dinosaurio...

—No le hace concesiones a esos jóvenes y brillantes desarrolladores, Grigory Mijáilovich. Viven en otro mundo.

—Tiene razón. Son una raza aparte. He tenido que aprender un léxico nuevo: *spear-phishing, phishing, smishing* y *vishing.* Por no hablar del *malware,* el *ransomware* y los *ataques de fuerza bruta...* Sí, muy estimulante todo. Cuando la llevé a ver el Instituto de Investigación de Redes, el lugar no era nada especial... Solo un par de salas llenas de ordenadores. Fue usted quien advirtió de la falta de máquinas de café. Pues bien, le gustará saber cuánto han cambiado las cosas. Ahora el instituto ocupa tres pisos y, respecto a las máquinas de café, ¡hay seis!

6

«¿Qué pasa con el Bolshói y su cuarta columna de la izquierda? ¿Por qué la gente siempre quiere quedar ahí?», se preguntaba Clive mientras recogía un fajo de rublos en el cajero automático próximo al metro antes de apresurarse a cruzar la plaza del Teatro, rebasar la fuente y los bancos y subir a la carrera los escalones del Bolshói. Los tardones y los revendedores se encontraban tras el pórtico sostenido por ocho grandes pilares. Allí, en la cuarta columna de la izquierda, aguardaba una señora anciana con la mirada fija en la pantalla de su teléfono; tenía más de ochenta años, el cabello blanco y corto y sus ojos castaños brillaban enérgicos. Al ver a Clive, su rostro se iluminó con una hermosa sonrisa y extendió sus brazos.

—¡Mi Clive! —exclamó—. Mi guapo hijo inglés... Me alegré tanto al recibir tu mensaje... Te llamé al móvil, pero no contestaste. Llevo media hora esperando.

—Siento llegar tarde. Mil perdones —dijo Clive, inclinándose para abrazar a Vera. Era tan baja como bonita—. Tengo un teléfono nuevo, pero solo para este viaje. Te daré el número.

—No es propio de ti llegar tan justo de tiempo —rezongó Vera, enseñando sus entradas al portero del Bolshói; regalo de un estudiante, según explicó. Pasaron el puesto de seguridad situado en el recibidor y Clive tuvo el tiempo justo para comprar dos programas.

Ocuparon sus asientos en la décima fila de la platea y Clive se sintió muy cómodo en su butaca de felpa roja, contemplando el telón de terciopelo más grande del mundo; tenía bordadas el águila bicéfala y la palabra «Rusia» con hilo de oro. Alzó la mirada hacia las siete filas de palcos, todos dorados de arriba abajo, y decidió que quizá Martindale tuviese algo de razón.

—Me alegro mucho de verte, Vera —dijo Clive, rodeándola con un brazo, encantado por volver a tenerla cerca. Guardaban un contacto regular vía WhatsApp. Una semana antes le había enviado fotografías de las Tierras Altas y siempre se acordaba de su cumpleaños. De vez en cuando la llamaba con el único propósito de oír su voz.

Vera Seliverstova fue la profesora de ruso de Clive, pero de hecho, y ya desde el principio, fue mucho más. En su año sabático, tras el fallecimiento de su madre, Clive pasó el verano con Vera y su hija Ana en la dacha que tenían a las afueras de Moscú, y fue durante esos placenteros meses, entre baños en el estanque local y partidos de tenis en una pista de piso irregular y hierba demasiado crecida, cuando Vera lo instruyó no solo en la lengua rusa y su literatura, sino también en política. La mujer comprendía perfectamente qué estaba sucediendo en Rusia; veía la creciente censura, la dictadura aproximándose cautelosa, y la denunció sin abandonar jamás la lucha por tener lo que ella consideraba «una vida normal». Pero, sobre todo, quería a Clive y lo llamaba su «hijo inglés», y ese cariño era correspondido. Ana, la hija de Vera, era una célebre abogada de los derechos humanos; Clive la seguía en Instagram.

—¿Cómo está Anya? —preguntó.

—Anuska está en una comisaría intentando sacar del calabozo a unos cuantos estudiantes... —respondió, bajando la voz—. Han cambiado muchas cosas desde la última vez que estuviste por aquí. Y me temo que no para mejor.

Vera le echó un vistazo a su reloj.

—¿Por qué el Bolshói nunca comienza puntual? —Cogió una mano de Clive y la sujetó con fuerza—. Mañana es día festivo. Ven a la dacha, iremos a buscar setas.

Las luces se atenuaron y una voz recordó a los asistentes que pusiesen sus teléfonos en silencio y se abstuviesen de sacar fotografías con *flash*, lo cual estaba *rigurosamente* prohibido.

La nueva producción de *La dama de espadas* se ambientaba en un manicomio y no pasó mucho tiempo hasta que un hombre situado en un palco lateral próximo a Clive y Vera comenzase a gritar «¡Esto es una porquería!» cada pocos minutos y a reírse en voz alta. Un acomodador provisto de linterna le llamó la atención con seriedad y lo amenazó con expulsarlo de inmediato si continuaba molestando durante la actuación. No obstante, el individuo continuó y poco después dos guardias de seguridad lo acompañaron hasta la salida del teatro. Pero incluso mientras se iba, ese amante de la ópera gritó con el rostro enrojecido de indignación:

—¡Esto es una vergüenza! ¡Una vergüenza, Bolshói, permitir esta porquería!

Vera se dirigió a Clive al llegar el primer entreacto.

—Ese hombre que no hacía más que chillar... ¡Tenía razón! Esta producción es *espantosa*... ¿Por qué han tenido que invitar a un director alemán? Ningún ruso habría presentado algo como esto.

—Necesitamos un trago —dijo Clive—. Vamos arriba.

El bar del séptimo piso estaba abarrotado y a Clive le agradó ver cómo la gente aún se arreglaba para ir al Bolshói (trajes y ajustados vestidos con lentejuelas) y que las niñas pequeñas todavía andaban por ahí vestidas con ropa de organza y lazos en el cabello. Clive compró dos copas de champán ruso y un par de bocadillos abiertos de esturión y luego miró a su alrededor en busca de un lugar donde sentarse.

Fue entonces cuando la vio, como sabía que iba a suceder, sentada sola en un banco rojo frente a una larga mesa situada bajo un espejo, bebiendo una copa de vino tinto y ataviada con el mismo traje gris que había vestido en la villa.

Marina, al verlo, lo saludó con la mano y le sonrió. Él lanzó un instintivo vistazo a su alrededor, pues sabía que en alguna parte, entre el ruidoso y alterado gentío, lo vigilaba el agente encargado de seguirlo. Después se dirigió hacia Marina con Vera a su lado.

—Pensaba que no ibas a venir —dijo, colocando su bandeja en la mesa de Marina.

—Ojalá no lo hubiese hecho —respondió, sacudiendo la cabeza—. ¡Vera Petrovna! ¡Qué sorpresa verte aquí!

—Vengo a menudo al Bolshói —dijo Vera, envarándose.

—Vera Petrovna y yo somos vecinas en Peredélkino —le dijo a Clive, hablando despacio y con claridad, y él comprendió que jugaba al mismo juego del gato y el ratón que tanto habían perfeccionado en Nueva York. Era importante hablar bien alto de asuntos triviales para que la sombra pudiese informar—. Nos encontramos de vez en cuando por algún camino cuando saco al perro. La he invitado a merendar en varias ocasiones, ¿verdad? —En ese momento miró directamente a Vera—. Pero siempre encuentras alguna excusa para no ir.

La anciana estaba sentada con la espalda muy rígida y el rostro pétreo, endureciéndose frente al encanto de Marina. Su deber consistía en tenerle aversión a esa mujer.

—En otro tiempo fui la mejor amiga de Ana, la hija de Vera —continuó—. Íbamos a la misma escuela en Moscú, nos sentábamos juntas en clase. Fue entonces cuando pasé en Peredélkino una semana. ¿Te acuerdas, Vera Petrovna? Yo debía tener unos catorce años. Fue una época feliz. Ana y yo jugábamos interminables partidos de tenis en aquella horrible pista del bosque... No se veían las líneas y la red tenía agujeros... Pero lo pasamos muy bien. Y recogíamos setas. Y nos dejabas ver películas americanas hasta la una de la mañana.

Con todo, Vera se negaba a sonreír; en vez de eso, le dio un mordisco al bocadillo y un sorbo al champán.

—Es increíble cuántas setas hay este año —prosiguió—. Los bosques están repletos.

—Hay una cantidad asombrosa —le dijo Vera a Clive, aún evitando el contacto visual con Marina—. Lo verás por ti mismo cuando vengas mañana.

—Hemos tenido un verano horroroso, ¿verdad, Vera Petrovna? —perseveró Marina, decidida a establecer alguna clase de diálogo—. Nada más que niveladoras y construcción... Los ricos están destruyendo nuestro pueblo.

—Tus amigos —apuntó Vera.

—Pero si *no* son mis amigos, Vera Petrovna —objetó Marina con una sonrisa—. Los evito como a la peste. La mayoría de la gente rica me parece pretenciosa e inmensamente aburrida.

Marina cogió el programa de Clive, grueso y satinado.

—Estos programas cuestan una fortuna. Ya no los compro. Y lo de esta noche ha sido tirar el dinero. Una producción demoníaca. ¿Habías visto alguna vez algo peor, Vera Petrovna? Dime la verdad…

Vera pudo sentir cómo menguaba su resistencia. Para evitar la derrota, se excusó y fue al baño de señoras. Clive se inclinó hacia delante, miró muy serio a Marina y le habló en inglés.

—¿Cómo estás? —preguntó.

—Más vieja. Más sabia. ¿Y tú?

—Más viejo, sin duda. No sé si más sabio… A ver, ¿de qué iba todo eso?... Me refiero a la villa; a ti haciendo como si no me conocieras.

—Me pilló por sorpresa… Me dijeron que vendría Sterndale… Y de pronto te encuentro allí plantado. No pude pensar con claridad. Menudo sobresalto. Después comprendí que era mi *sudba*, mi destino… Y todo cobró sentido.

—Creo que me he perdido… No sé de qué estás hablando.

Clive veía las motas verdes en los claros ojos castaños de la mujer. También veía miedo en ellos.

—¿Estás bien? —preguntó.

La pregunta quedó en el aire.

—¿Por qué lo dices?

—Pareces tan… tan distinta…

—Quieres decir vieja.

—Quiero decir triste. ¿Crees en el *sudba*? —preguntó de pronto.

—Como todos los rusos.

Marina abrió el programa y pasó las páginas hasta que llegó a una con la fotografía del director invitado, un alemán vanguardista de Wuppertal. Le mostró el retrato a Clive, que se acercó. Sus cabezas casi se estaban tocando cuando susurró:

—Ya no puedo vivir más aquí. Quiero salir.

—Ah —dijo Clive; en esa pequeña exhalación se contenía un mundo de entendimiento. Se recostó sobre el respaldo de felpa roja y fijó su mirada al frente. En ese momento Vera regresó a la mesa y murmuró algo acerca del decepcionante nivel de la vestimenta en el Bolshói. Ay, en los viejos tiempos…

—Vuelvo ahora —interrumpió Marina, poniéndose en pie y cogiendo el programa para dirigirse al servicio de señoras.

Sonó la primera llamada a la sala y una voz metálica recordó al público que la actuación se reanudaba en cinco minutos. Pero Marina no asistiría, pues regresó anunciando que se iba.

—No lo soporto. Es la peor producción que he visto jamás. Disculpadme, pero yo me voy. —Dejó el programa sobre la mesa con gesto despreocupado y lo acercó a Clive. Después añadió hablando alto y claro en ruso—: ¿Te gustaría salir a correr una mañana de estas? Fue sugerencia del presidente, no sé si lo recuerdas...

Clive había advertido la presencia de un hombre ataviado con un traje azul marino y corbata roja bebiendo una copa sentado en una mesa del rincón y mirándolos directamente.

—Creo que va a ser complicado en cuanto al tiempo —dijo Clive—. He venido por cuestiones laborales. Pero gracias de todos modos.

—Llámame si cambias de opinión. Aquí tienes mi tarjeta.

Marina se la estaba tendiendo cuando de pronto la tarjeta cayó de su mano. Al inclinarse para recogerla, advirtió el estado de los zapatos de Clive.

—No les vendría mal una limpieza —comentó; luego tosió y, con la boca tapada por un puño a medio cerrar, añadió—: Prueba con el armenio del Metropol, el primero a la izquierda según entras.

Marina estaba a punto de marchar cuando una llamativa joven vestida con una brillante camisa de seda verde y pantalones de cuero negro dejó el taburete que ocupaba en la barra del bar y se acercó a ellos.

—¡No lo puedo creer! ¡El maldito Clive Franklin! ¡Proveedor de Dylan Thomas y mi nuevo mejor amigo!

Con un cálido apretón de manos, Rose Friedman se presentó a Marina y a Vera como un faro de la cultura británica, seguido por un «Me llamo Rose y estoy encantada de conocerte» pronunciado en un ruso espantoso pero con brío. Por si acaso a alguien le hubiese quedado una sombra de duda, la joven explicó que su misión en la vida consistía en promocionar a Shakespeare a lo largo y ancho de las once zonas horarias rusas. Después les entregó a todos una tarjeta de visita.

CONSEJO BRITÁNICO EN RUSIA
Rose Friedman
Directora de proyectos culturales
rose.friedman@britishcouncil.ru
Móvil +7 985 766 8321

—No me malinterpretéis —dijo, dirigiéndose a todos—. *Amo* la cultura de los *ruskis*. Por eso estoy aquí. Conseguí una entrada ahí fuera, en la reventa. ¡Estoy entusiasmada por haber venido! Es una *producción magnífica, ¿*no os parece? —Vera, evidentemente encantada con Rose, negó vigorosamente con la cabeza. La joven pareció decepcionada—. ¿No? ¿Por qué? ¿Qué es lo que no gusta? ¿Tchaikovsky? ¿Pushkin? ¡Es magnífica en todos sus aspectos! *La dama de espadas* trata de una adicción... Al juego. Pues bien, *eso* es una especie de desequilibrio mental, así que, *obviamente,* la historia tiene que desarrollarse en un manicomio.

—No es tan obvio para *mí* —comentó Marina con amabilidad, sin pretender ser demasiado dura con la bulliciosa joven, pues la admiraba por mantener su posición.

Llegado ese momento, Vera sintió la necesidad de expresar su opinión.

—Señorita Friedman —intervino la anciana—, respeto su opinión, por supuesto, pero no puedo compartirla. ¡Esta producción me resulta ofensiva! Sí, en serio, ¡me siento ofendida!

—¿Y tú, Clive? —dijo Rose—. ¿Eres amigo o enemigo? ¡Ay, Dios mío! ¡Un enemigo! ¡Lo veo en tu cara! Me superáis tres a uno. ¿Cómo podría hacéroslo entender? ¡No hay tiempo! Van a dar la segunda llamada en cualquier momento. ¿Cómo podría haceros pensar de modo creativo? ¡Tenéis que abrir vuestras mentes! ¡Dejad que entre aire fresco!

La llamada de los tres minutos sonó apremiante.

—¡No hay tiempo para haceros ver la luz! —se lamentó Rose—. Clive, amigo mío, un día de estos... Quiero decir una noche de estas… deberíamos salir de copas. —Y dicho eso, Rose se fue aprisa a su asiento en el gallinero.

Vera no encontraba sus gafas, y cuando las encontró ya sonaba el aviso de un minuto y hubo una estampida hacia el ascensor. Clive, Vera y Marina fueron los últimos en apretujarse dentro. Marina observó al joven vestido con traje corriendo escaleras abajo, intentando frenéticamente mantener el paso del ascensor de cristal. Mientras el aparato siseaba descendiendo los siete pisos, un americano narró una historia acerca de un rodeo en Texas, atestando la cabina con estallidos de estrepitosas carcajadas. Marina se encontraba a escasos centímetros del rostro de Clive.

—Sé cómo funcionan estas cosas —susurró—. Pregúntales a los tuyos qué quieren.

La gente se dispersó al salir del ascensor mientras el bebedor solitario de la corbata roja se situaba jadeante frente a la entrada de la cabina con los ojos fijos en Clive. Cuando se abrieron las puertas que llevaban a la platea, Marina le tendió la mano a Vera, que la estrechó muy a su pesar. Después, mirando a Clive, le dijo con voz cantarina:

—Y todos nuestros ayeres han iluminado a los necios el camino a la polvorienta muerte.

Segundos después ya se había ido.

Macbeth… ¿Qué quería decir una cita de *Macbeth*? No lo recordaba, pero ella había pronunciado la palabra «muerte», que debería de significar «peligro». Aunque, a pesar de eso, había recitado las palabras con gran despreocupación. ¿Era para la sombra? ¿Era un poco de diversión para recordar viejos tiempos? ¿O era una trampa?

De nuevo en su asiento, Clive intentó concentrarse en el segundo acto, pero no lo consiguió. Solo podía pensar en Marina, en sus palabras y su aspecto; al llegar el segundo entreacto Vera confesó que incluso ella había tenido suficiente de aquella diabólica producción y él se sintió encantado por marchar y acompañarla hasta la parada del metro.

—Nos vemos mañana, mi guapo y querido Clive —se despidió, acariciando su mano frente al torno—. Creo que deberías salir con Anuska… Haríais una pareja encantadora… —Vera revolvió su bolso buscando su abono de pensionista, lo encontró y lo agitó con gesto triunfante. Después le dio un beso de despedida y lo miró a los ojos.

—Lo comprendo todo... —añadió—. Eres mi hijo inglés y no tienes secretos para mí. Sé que amaste a esa mujer hace años, en Nueva York... Pero recuerda: ahora Marina Volina es *uno de ellos*...

Cinco minutos después, Clive atravesaba el vestíbulo del Metropol en dirección al bar, donde se sentó en una mesa vacía. La sala estaba abarrotada, pero advirtió a una elegante pelirroja sentada sola en un rincón mientras estiraba un vodka con naranja y observaba expectante a cualquiera que entrase. No tuvo que esperar demasiado. Dos gigantes rubios (fineses, según Clive) se acercaron a ella y la invitaron a un trago. Clive pidió un Whisky Sour y comenzó a ojear el programa del Bolshói. En las páginas centrales encontró la esquina rota de un pañuelo de papel blanco. El mensaje de Marina era breve: *Lunes, 8 p. m., en la parte trasera del huerto de V, junto a la valla*. Debajo estaban escritas unas letras mayúsculas rusas (ЮРБФ) y el tosco dibujo de un pie.

Clive no pudo evitar sonreír. Recurría al juego del alfabeto. Muy sencillo y práctico. Solo que en esa ocasión había añadido un dibujo. El equivalente de ЮРБФ en alfabeto latino es URBF: entonces, en inglés... U = *you*, o sea, te; R = *are*, es decir, están... ¿Y «B»? ¿Y «F»? Clive observó el pie. ¡Pues claro! *Being followed*... Te están siguiendo.

«¿Cómo? ¿Aquí? ¿Ahora? ¿En el Bolshói? ¿En el bar? ¿Arriba en mi habitación?», pensó. De pronto se sintió demasiado cansado para que el asunto le importase. Hizo una bola con el pedazo de pañuelo, que pensaba arrojar al inodoro de su habitación, y se metió en el ascensor para subir al quinto piso, donde apenas prestó atención a la rubia sentada en el descansillo ataviada con una minifalda plateada. Cuando Clive la rebasó sin dedicarle apenas una mirada, la mujer escupió una palabra: «Pederasta».

Clive se tumbó en la cama, demasiado preocupado para dormir. ¿De verdad el día anterior por la mañana estaba en las Tierras Altas con el viento salvaje azotándole el rostro? ¡Cuánto daría por regresar y olvidarse del mundo! Pero en vez de eso, allí estaba imaginando una conversación con Marina. ¡Es inútil,

Marisha! ¡Olvídalo! Sea lo que sea eso que tienes en mente, no va a suceder. Hubo un tiempo en el que por ti hubiese caminado descalzo sobre ascuas al rojo vivo, pero ya hace mucho de eso. Estás tomando el rábano por las hojas.

Inevitablemente (pues no lo pudo remediar), se preguntó cómo traducir «tomar el rábano por las hojas». En ruso solo se le ocurría una expresión: «llamar a la puerta equivocada», aunque, por alguna razón, el dicho no parecía contener la misma fuerza.

«Entonces, eso es. Nada que hacer», se dijo. Pero aun mientras llegaba a esa conclusión sabía que una cosa era tomar una decisión respecto a Marina cuando *no* estaba frente a él y otra muy distinta era tomarla cuando *estaba*. Su presencia lo ponía nervioso y le causaba... ¿Qué? ¿Nostalgia? ¿Pena? No, pena no. Marina nunca le daría pena. ¿Ternura? ¡Sí! Una ternura abrumadora. Pudo ver la angustia plasmada en sus ojos de color castaño claro y quiso coger sus delgados hombros para estrecharla contra él y decirle que todo iba a ir bien. «¿De verdad? ¿Eso es todo? —impugnó su sarcástica voz interior—. ¿No sientes más que *ternura*?».

Entonces, inesperadamente sonó en sus oídos la voz de Byron dando la alarma: «pisotea las reanimadas pasiones...» ¿Pasión? ¿Quién ha hablado de pasión? Clive sabía que se engañaba a sí mismo al no reconocer cómo se habían despertado sus sentimientos hacia Marina, durante tanto tiempo dormidos, tomándolo por sorpresa.

Comenzó a preguntarse si estaba volviéndose loco. Tomó una profunda respiración, apartó la ropa de cama y se acercó a la ventana... Se veía el Bolshói, nada más. «¿*Nunca* vas a aprender? —preguntó su mordaz *alter ego*—. Bailaste a su son en Nueva York y te abandonó por otro. ¡Y ahora te pide ayuda! ¡Vamos, *hombre*!».

—¡Basta! —dijo Clive en voz alta, sorprendiéndose ante el sonido de su propia voz. Volvió a tumbarse en la cama, le zumbaba la cabeza. «Tengo que calmarme —se dijo—. Tengo que apartarme de este mundo». Cogió el libro de Chéjov que siempre llevaba consigo y comenzó a leer *La estepa*. A pesar de haber leído la historia en incontables ocasiones, aún hubo de leer unas cuantas frases, bastantes, hasta lograr encontrarse sentado en una desvencijada carreta junto a un niño de nueve años, su tío y un sacerdote, para llevar a cabo un viaje a través de Rusia realizado en otro siglo. Las descripciones eran tan vívidas, tan meticulosas, tan realistas que olió el heno cargado en una carreta que se cruzó con ellos, tocó la hierba sin segar mecida por el viento y oyó el traqueteo de las ruedas de los carros rodando sobre un camino embarrado. Incluso vio oscuros nubarrones agolpándose sobre el infinito horizonte, a pesar de que aún no las mencionase, pues la tormenta se desencadenaría mucho después. En cualquier caso, Clive no llegó a esa escena, pues cayó dormido en la página veintiocho.

7

«¿De verdad lo he dicho? —se preguntaba Marina mientras caminaba a casa desde el Bolshói—. ¿De verdad he dicho "Ya no puedo vivir más aquí. Quiero salir"?». Se detuvo en una cafetería para comprar un helado y repasó todas y cada una de las palabras pronunciadas en la conversación mantenida con Clive en el bar y en el ascensor. Su lenguaje corporal le indicaba que no confiaba en ella. ¿Por qué habría de hacerlo? Lo había abandonado para ir a vivir con otro hombre y nunca le dijo cuáles fueron las verdaderas razones de su decisión. Sin embargo, no se arrepentía; no lo lamentaba. Pero, a pesar de todo, no podía evitar preguntarse «¿y si...?». Al observar el rostro de Clive en el Bolshói, se sintió sobrecogida por la gentileza, la simpatía destellando en sus ojos oscuros. Los rusos no tenían unos ojos así. Alexei no, desde luego.

Apenas eran las diez de la noche cuando empujó la pesada puerta de caoba del número 25 de la calle Tverskaya, subió la desconchada escalera de mármol procurando no molestar a Oxana, que roncaba con suavidad tumbada sobre el camastro dispuesto en el descansillo junto al ascensor, y al subir un piso más hasta llegar a su apartamento casi tropezó con una figura encogida, dormida frente a la puerta con la cabeza apoyada en una mochila.

—Vaniuska —susurró Marina, acariciando la cabeza—. Mi querido Vaniuska.

Vania se despertó con un sobresalto, y por un instante pareció como si no supiese dónde estaba. Siguió a Marina al interior del apartamento sin decir palabra, pero se envaró entre sus brazos cuando ella intentó abrazarlo.

—Me alegré mucho al recibir tu carta —dijo Marina—. Me hizo muy feliz saber que te vería... Después leí la postal... Dios mío, si es cierto...

—¿Qué quieres decir con «si es cierto»? —replicó Vania, furioso, dirigiéndose hacia la puerta—. ¿Te digo que los tuyos mataron a mi hermano y no me crees? Me piro de aquí...

—Te creo, Vaniuska, te lo juro... No debería haber dicho eso. Por favor, no te vayas. Voy a prepararte una buena cena.

Vania cedió y fue directamente a la ducha. Marina se preparó una taza de café turco, una afición adquirida en un viaje a Estambul con Alexei, durante uno de esos espejismos de esperanza que se dan entre tratamientos de quimioterapia. Lo bebió despacio y esperó; sabía que su relación con Vania pendía de un hilo. El chico regresó con su espesa mata de cabello rubio empapada. Se sentó en la mesa de la cocina sin decir una palabra, bebió una cerveza y después se dispuso a comer un enorme plato de pasta; de vez en cuando susurraba lo buena que estaba. ¿Podía echar algo más de queso? Marina se sentó frente a él, contenta por oír su profunda voz y su particular pronunciación: tenía problemas para pronunciar las erres. Se había dejado barba, lo cual le daba un aspecto corriente, pero bajo toda esa incipiente barba rubia había un rostro muy joven y suave, de frente alta y nariz chata. Estaba terriblemente delgado, aunque, a decir verdad, siempre lo había estado. Sus ojos azules, que saltaban de un lugar a otro sin cesar, parecían más cansados que nunca; justo lo que cabría esperar de un pirata informático de diecinueve años al servicio del mejor postor.

—¿Oxana no te detuvo? —preguntó Marina.

—Nadie me detuvo. No había nadie ahí abajo... Y la puerta trasera estaba abierta. Menuda seguridad.

—Ay, Vaniuska... —Marina se estiró y le posó una mano en el brazo—. Me siento fatal por Pasha... Yo lo quería, Vaniuska. Lo quería de verdad. Igual que a ti.

—Pasha vino a Moscú por ti.

—Sí. Por mí. Y eso hace que me sienta horriblemente mal. Me culpo... por... por todo. ¿Pero no recuerdas cuánto aborrecía San Petersburgo? ¿Cómo decía una y otra vez lo aburrido que era?... No hacía más que rogar para que le consiguiese un trabajo en Moscú, y eso hice. Un trabajo bueno de verdad. Bien pagado. En su misma calle, algo más arriba. Estaba encantado... Y entonces, una mañana, el general Varlamov me llamó diciéndome que Pasha no había acudido a una reunión, cosa rara en él, y me preguntó si sabía dónde podría estar. La verdad es que no tenía ni idea. En realidad apenas había visto a Pasha ese mes. Se pasaba el tiempo trabajando. En cualquier caso, fui directamente a su apartamento... Tenía llaves. Y así fue como lo encontré tirado en el suelo. Después me dijeron que no llevaba mucho tiempo muerto... Apenas unas horas. Yo le cerré los ojos, Vaniuska.

Fue un momento que no olvidaría jamás. El recuerdo aún era terriblemente vívido: con un gesto suave, empleando los dedos pulgar y corazón, tiró de los fríos párpados sobre los ojos abiertos y sin vida de Pasha. Marina ocultó su rostro con las manos al recordarlo.

—Toma —indicó Vania, colocando frente a ella su taza de café sin terminar.

Marina se secó los ojos y bebió. Después se estiró y acarició el rostro de Vania, y al hacerlo vio lágrimas en sus ojos.

—Me dijeron que murió por una dosis de metanfetamina.

—Ni la probó —replicó con desprecio. Después se levantó para servirse otro café, que bebió en pie.

—Vaniuska, ¿cómo supiste que Pasha estaba... había muerto?

Vania no respondió. Se quedó dándole la espalda a Marina, vuelto hacia el fregadero.

—Te eché de menos en el funeral —añadió en voz baja.

Vania giró sobre sus talones, airado.

—¡Ni loco iba a ir! No con todos esos gorilas del FSB husmeando por ahí para informar después a tu amigo Varlamov.

—No es mi amigo.

—Conozco a ese pedazo de mierda —dijo Vania con repentina vehemencia—. Trabajé para él en San Petersburgo, ¿recuerdas? Un par de semanas.

—Quien lo recuerda, y te recuerda, es Varlamov. ¿Por qué no viniste ayer al cementerio, Vaniuska? Ya sabes, el noveno día.

—Fui. Acudí y marché. Me aseguré de que nadie me viese, sobre todo esos idiotas del FSB. Dejé tulipanes amarillos. No me digas que no los viste.

—¿Cómo te las arreglaste...? —La pregunta de Marina se consumió en el aire. ¿Había ido al cementerio antes del amanecer? Cualquier cosa era posible cuando se trataba de Vania—. Vaniuska, perdona, pero no lo entiendo... Pasha me dijo que te habías mudado a Bakú.

Vania hizo como si no hubiese oído la pregunta. Estaba muy inquieto; dejó la cocina y comenzó a deambular por el vestíbulo octogonal abriendo cajones y las puertas de cristal de las librerías pasadas de moda, levantando la vista hacia el techo y llevándola después hacia el oscuro comedor. Vania negaba con la cabeza iluminado solo por un haz de luz amarilla procedente de una farola callejera.

—Este lugar me da escalofríos... ¿Te han puesto micros?

—Por supuesto que no —Y al contestar se lo planteó. Según León, la sometían a un ligero protocolo de vigilancia, pero las cosas podían cambiar en un abrir y cerrar de ojos.

—Recibiste mi postal, ¿no? Sabrías de inmediato que era mía... ¡Pushkin! —rio Vania—. No me dabas la paga si no sabía el poema de memoria. ¿Recuerdas? Hice que otra persona escribiese los versos, por si acaso... Hay que ser cuidadoso. Uno no puede fiarse de nadie, ¿verdad?

—Vania, tu mensaje... No me refiero a los versos, me refiero a la nota... ¿Cómo puedes estar tan seguro?

Marina dejó de hablar. Vania la observaba enfadado, quizá incluso furioso. Después sus cansados ojos se dirigieron al techo.

—Hace calor aquí —dijo Marina—. Salgamos al balcón.

Marina encendió la radio de la cocina a buen volumen. Cogió dos vasos, sacó una botella de vodka Beluga del frigorífico y salió al balcón, donde se sentó en una vieja silla de plástico orientada hacia el parque infantil y los coches aparcados. Vania se colocó de espalda al parque, con su mochila a los pies y la capucha echada, de modo que Marina no podía verle la cara. La mujer sirvió el licor. Vania echó la cabeza hacia atrás, lo bebió de un trago y se limpió la boca con el dorso de la mano. Habló con voz baja y tensa.

—Sé exactamente cómo murió Pasha. Estaba *allí*.

—Cuéntamelo todo —susurró Marina—. Por favor.

—Llevaba un par de semanas en Bakú cuando encontré un trabajo en Moscú, hace cosa de un mes, y necesité un lugar donde dormir un par de noches. Pasha me dijo que podía quedarme en su casa. Trabajaba día y noche haciendo algún pequeño proyecto para el mierda ese de Varlamov, todo muy confidencial, algo acerca de rastrear dinero robado. Estaban a la caza de algún oligarca. Necesitaban entrar en sus correos, cuentas bancarias y toda esa mierda. Los desarrolladores del FSB se estrellaron contra un muro. Pasha no. Él lo destruyó. Después se quedó sin nada que hacer. Como se aburría, se dedicó a husmear por el cuartel del FSB. ¿Has estado en Lubianka? Pasha decía que era un vertedero. Bueno, el caso es que estuvo husmeando por ahí y le dijo al general Varlamov, a la cara, que el sistema de seguridad interna del FSB era una porquería. Pasha tenía una palabra especial. *Vulnerable*. «General, su sistema de seguridad es *vulnerable*». Así se lo soltó. El general le dijo que cerrase la boca y siguiese a lo suyo. Pasha se lo tomó mal. Dijo que Varlamov había sido irrespetuoso. Se cabreó de cojones. Me contó que iba a desquitarse y hacerle quedar como un imbécil. Y lo hizo. Y ahora está muerto.

Vania guardó silencio. Marina no se movió. Ni siquiera había probado su vodka. Se escuchaba una pelea de gatos en medio del silencio.

—Pasha se tomó un tiempo —continuó—. Le dijeron que trabajase desde casa. Fue entonces cuando aparecí yo y salimos por ahí un par de días. Jugamos al Fortnite… Pasha estaba como siempre… Ya sabes, riendo sin parar. Para él todo era un chiste. Me contó un par de cosas que había hecho. Cosas locas… De las que asustan… «Estás chiflado», le dije. Pero no le importó. Se creía inmortal.

Un gato negro saltó al balcón desde alguna parte, sobresaltándolos, y salió corriendo.

Vania se inclinó hacia delante.

—Era viernes por la tarde. Se nos había acabado la cerveza, así que fui al bar para pillar algunas. Me dijo que bajaría en un momento. Solo tenía que hacer alguna cosa, algo rápido. Para el trabajo. Esperé al ascensor. Llegó un tipo vestido con un uniforme de la MGTS, ya sabes, los del teléfono. Llevaba una escalera. Hablé con él. Iba a trabajar en el cuadro de distribución, que estaba en el descansillo del piso de Pasha. «No le cortes Internet», le dije mientras se subía a la escalera y abría el cuadro. «No te preocupes. Tengo cuidado con esas cosas», contestó. Así que me fui al bar de enfrente, me senté en un taburete y llamé a Pasha para decirle que se apurase y que, por cierto, había un tipo de la compañía telefónica en el descansillo. El caso es que mientras le hablaba lo oí decir «mierda, no tengo conexión». Lo volví a llamar unos diez minutos después, pero no contestó. Luego vi al tipo de la MGTS saliendo del edificio. Llevaba una bolsa al hombro y la escalera. Se fue caminando calle abajo. Esperé cinco minutos más, compré unas cervezas y volví al piso. Subí en ascensor.

Vania alzó su vaso de vodka. Marina le sirvió otro trago.

—Gracias —dijo antes de echar la cabeza hacia atrás y, de nuevo, beberlo de un trago—. Pasha estaba tirado en el suelo. Tenía los ojos abiertos. Sujetaba una jeringuilla en la mano. Me acerqué a él y le tomé el pulso... Nos enseñaste esas cosas de primeros auxilios cuando éramos pequeños, ¿recuerdas? Pues nada. Le puse la mano en la nariz y en la boca. Nada. Miré su brazo. Le salía un reguero de sangre de la vena. El hijo de puta le había inyectado algo.

Vania hablaba tan bajo entonces que Marina tuvo que acercarse para oírlo.

—Faltaban sus dos portátiles. Y su teléfono. Me arrodillé junto a él y después... después posé la cabeza sobre su pecho... Aún caliente... Y le dije adiós... Le hice una promesa. Le juré a Pasha que acabaría con el puto general Varlamov. Y luego me fui a tomar por saco de allí antes de que alguien me viese.

Vania se pasó una manga por la cara.

—Vaniuska —dijo Marina, despacio—. ¿Estás diciendo que el general Varlamov envió a alguien para matar a Pasha?

—A alguien no. Era un «pro». ¿A qué viene tanta sorpresa? El FSB lo hace todo el rato. Lo sabes. Vives en Moscú. Y *trabajas* para esos tipos...

Marina se inclinó hacia delante en la oscuridad.

—No trabajo *para* esos tipos. Trabajo con ellos. Mantengo las distancias. Soy una *intérprete*. Mira, Vaniuska, me llamó el general Varlamov en persona y me dijo que Pasha no se había presentado a cierta reunión. Estaba preocupado por él. Me pidió si podía ir a verlo…

—Te utilizó.

—No —replicó, negando con un gesto—. No. —Una arcada subió hasta su garganta.

—Lo tenía todo planeado. Se aseguró de que la muerte de Pasha pareciese un accidente. Se aseguró de que *tú* encontrases su cuerpo.

—Vaniuska, *¿por qué* iba Varlamov a quererlo muerto? Era el chico de oro, el héroe…

—¿Por qué? —Por primera vez aquella tarde, Vania rio; una risa breve y cortante—. Porque a tu amigo el general se le metió en la cabeza que quizá, solo quizá, Pasha hubiese entrado en su cuenta de correo privada. Y la verdad es que tenía razón, joder.

—¿Qué?

—Sí. Pasha lo abrió y se llevó cientos de correos de tu amigo el general… —Vania rebuscó en un bolsillo y le mostró un pincho USB a Marina—. Aquí hay más de seis putos meses de correos. Hizo una copia… Me la dio… por si acaso… Eso dijo. «Por si acaso».

Marina jadeó.

—Necesito dinero. No tengo ni un duro —añadió—. Estos correos… ¿Qué te parece? ¿Pueden tener algún valor? Quizá lo tengan… para algún tipo que quiera acabar con ese hijo de puta. A lo mejor puedes encontrarme un comprador.

Entonces le llegó a Marina el turno de beber su chupito de vodka de un solo trago.

—Todo depende de lo que haya en esos correos.

—Asuntos personales.

—¿Puedo verlos?

—Aquí no. En mi casa. Ven mañana… No, mañana no. Voy a salir de la ciudad. Ven el martes. Cuando haya anochecido. Y ven en metro. Nada de Prius molones…

—¿Cómo sabes que tengo un…? —Marina se detuvo. El chico siempre iba un paso por delante—. Iré a pie. No te preocupes. No le enseñes a un padre a hacer hijos.

—¡Dichos! —dijo Vania con una amplia sonrisa—. Tú y tus dichos...

—En inglés es más divertido: No le enseñes a tu abuela a freír un huevo.

—Tú y tu maldito inglés... Me leías partes de *El príncipe feliz*, e incluso cosas del puto Shakespeare... No entendía nada, pero me decías: «Las palabras son como la música; escucha su sonido».

—Alexei te leía a Pushkin.

—Tenía una gran voz... Y hacía las partes inquietantes realmente aterradoras. —Vania miró a lo lejos—. Lo echo de menos —añadió en voz baja—. Lo echo mucho de menos. —Después se volvió hacia Marina con los ojos brillantes—. Alexei tenía una especie de manía con la gramática. Me decía que debía hablar un ruso prístino. *Prístino*... Esa era su palabra preferida. «Emplea el caso instrumental y no el puto acusativo».

—Tenías una memoria asombrosa... Eras el más rápido en aprender.

La luz del piso de al lado se apagó y luego, en cuanto una nube negra ocultó la luna naranja, se encontraron sentados en la más absoluta oscuridad.

—Pues ahora tú vas a tener que recordar esto —dijo Vania, mirando a la oscuridad extendida a su alrededor. Sacó su teléfono y escribió una dirección en un mensaje de texto. Marina la memorizó e hizo un asentimiento. Después Vania borró las palabras.

—Vaniuska..., dime una cosa antes de irte. ¿Cómo lo consiguió? Me refiero a eso de los correos. ¿Lo sabes?

—Pues claro que lo sé. No dejaba de hablar de eso. Joder, estaba encantado de haberse conocido.

Vania hundió su encapuchada cabeza y habló con una voz tan baja que Marina hubo de pedirle que repitiese alguna que otra frase. Tiritaba de frío, pero no había nada del mundo que pudiese hacerla entrar y romper el hechizo.

—Así que ya lo sabes —dijo Vania poniéndose en pie y recogiendo su mochila—. Si solo hubiese mantenido la boca cerrada. —Se detuvo al llegar a la puerta del piso—. Gracias por la ducha, por el papeo y por el vodka.

—¿Me das tu número?

—Sería inútil. Lo cambio todas las semanas. A veces de un día para otro.

—Espera, Vaniuska... ¡Espera un momento! —dijo Marina con voz suplicante—. Deja que te abrace, aunque sea una sola vez. Por favor.

El joven dudó y después dejó que lo abrazase.

Marina pasó casi una hora sentada en el oscuro comedor, con un haz de luz amarilla procedente de la calle alumbrando el suelo de parqué mientras escuchaba la absurda risa de un borracho allá abajo, en el bar Taiga. En la oscuridad decidió de una vez por todas que no quería tener a Rusia como hogar y que haría lo que fuese necesario para salir de allí. Se lo había dicho a Clive, ¿pero la había creído? Y, más importante, ¿la ayudaría? Tenía que demostrarle que hablaba en serio, terriblemente en serio...

Cuando el reloj de cuco le recordó que eran las tres de la mañana, Marina decidió ir a dormir.

8

Clive se despertó temprano aquella mañana de lunes y, por un instante, no supo dónde se encontraba. Las cortinas de color beis no le resultaban conocidas, como tampoco el cuadro colgado en la pared... Un litoral rocoso con un viejo bote varado sobre un costado en la arena. Y entonces recordó. Estaba en Moscú. Y en Moscú también estaba Marina.

Decidió calzarse unas botas. Iba a recoger setas con Vera... No sabía nada más. Pero las botas de piel, que habían viajado con él desde las Tierras Altas de Escocia hasta Moscú, estaban mugrientas y necesitaban una buena limpieza. Clive bajó saltando las escaleras, pasó un dedo por la fría pared de malaquita y se sentó en una silla alta situada a la derecha de las puertas giratorias. Ese era el lugar de trabajo de Narek Arkapyan, el limpiabotas armenio; un hombre joven, bajo, musculoso, con ojos y cabello negros y, además, recién llegado de Ereván, según le dijo a Clive en medio de un chorro de amigable información. Había pasado el verano en Moscú alojado en casa de su tío y realizando todo tipo de quehaceres al servicio del hotel. El sueldo no estaba mal, era el doble de lo que hubiese ganado en Ereván, donde se dedicaba a estudiar. Pero no tardaría en regresar a casa. Lo cual era una pena porque, bueno, se había enamoriscado de Liza, la recepcionista. Narek exhaló un profundo suspiro al mencionar su nombre.

Clive, sentado en la alta silla con Narek acuclillado a sus pies, estaba a punto de abrir el ejemplar del *Financial Times* facilitado por Hyde, y que aún no había leído, cuando el limpiabotas le tendió el nuevo número de la revista interna del Metropol. Clive miró a su alrededor. Por lo que sabía, la silla donde estaba se encontraba fuera del alcance de las dos cámaras de seguridad que, evidentemente, cubrían la entrada. No obstante, debía asumir que su sombra lo vigilaba. Pasó las satinadas páginas del folleto mientras Narek pulía a fondo su calzado. Junto a «Katya, experta masajista… visitas a domicilio», había dos palabras escritas al margen: «¿Hay noticias?».

Clive, sin realizar la menor señal de apuro, dejó la revista a un lado y ojeó despreocupado las páginas del arrugado periódico como si nada en el mundo lo preocupase, cuando en realidad su mente trabajaba desbocada. No tenía ni idea de qué hacer a continuación. Entonces el artículo acerca de la cobertura de banda ancha, mencionada por Hyde, llamó su atención. Clive sacó su bolígrafo.

—¿Se te dan bien los crucigramas, Narek?

—Para nada —replicó, empleando su trapo para darle un glorioso lustre a las botas.

Clive regresó al artículo, marcó una palabra rodeándola con un círculo y garabateó algo al margen. Después continuó ojeando páginas muy atento a los titulares.

—Ya está —dijo Narek con un último toque de paño.

Clive arrojó el ajado periódico en el asiento, sacó un billete de mil rublos y le dijo a Narek que sus botas jamás habían tenido mejor aspecto.

Toda la fuerza del Día de Moscú le golpeó el rostro en cuanto salió del Metropol: a lo largo de la gigantesca pantalla corría el número 1147 como ayuda a los moscovitas que hubiesen olvidado, o que no supiesen, cuán antigua era la ciudad. Muy antigua, en efecto. El príncipe Yuri Dolgoruky la fundó en 1147. El sonriente rostro del alcalde de Moscú, se presentaba para su reelección en los comicios que tendrían lugar en pocas semanas, aparecía en la pantalla a intervalos de tres minutos deseando a los dieciséis millones de moscovitas un ¡feliz Día de Moscú!

Clive advirtió un constante flujo de gente dirigiéndose hacia la plaza Roja, aunque solo eran las nueve de la mañana, donde, según Liza, podrían escuchar a una banda de veteranos y al coro del Ejército, además de ver baile cosaco e incluso participar en una sesión de yoga. «Que haya suerte», pensó Clive mientras se dirigía a la calle principal, decidido a tomar un «taxi gitano». Extendió una mano y esperó a que parase un coche, *cualquier* coche. Solo entonces se le ocurrió pensar en que quizá hubiese concluido la época de los taxis gitanos y que estaba perdiendo el tiempo plantado en el bordillo. Sin embargo, no pasó mucho tiempo hasta que se detuvo un vehículo, un viejo Ford, y el conductor le preguntó a dónde deseaba ir.

—Al cementerio Novodévichi —indicó Clive.

Acordaron un precio y se deslizó en el asiento trasero. Poder parar cualquier coche y convenir el precio de una carrera siempre había sido una de las grandes ventajas de Moscú. Así los moscovitas obtenían de modo sencillo un poco de dinero extra. «No debo olvidarme de comprar lirios blancos —pensó Clive mientras inspeccionaba la calle en busca de una floristería—. Tengo una cita con mi héroe. Está muerto, pero muy vivo en mi cabeza».

Media hora después, Clive recorría el pasaje central del cementerio con un gran ramo de lirios blancos. Saludó, mientras caminaba, a las estatuas de bronce a tamaño natural que adornaban las tumbas de célebres científicos, escritores y artistas soviéticos, todos muertos hacía ya mucho tiempo: el comediante bailarín de claqué con su sombrero de paja y su perro; la bailarina con su tutú; el escritor con gafas y ojos soñolientos fumando un cigarrillo. ¡Buenos días a todos!

La lápida de Chéjov mostraba una proverbial modestia. A Clive le recordaba a una de esas viejas casas de los canales de Ámsterdam: un estrecho bloque de mármol blanco de dos metros de altura rematado con un techo de pizarra gris y un nombre grabado con letras negras: Antón Pávlovich Chéjov. Había flores desparramadas sobre el sepulcro, unas frescas, otras marchitas y algunas de plástico.

Clive posó los lirios blancos a los pies de la lápida con solemnidad y luego miró a su alrededor: cerca de allí, un jardinero escarbaba el suelo con una azada y una mujer joven caminaba aprisa entre las tumbas comprobando las inscripciones, nerviosa y perdida, con un ramo de rosas blancas. ¿Esa era su sombra? ¿O lo era el jardinero? De pronto dejó de importarle. Clive se dirigió en ruso a la lápida hablando con voz alta y vibrante.

— Antón Pávlovich, estoy aquí para decirle «gracias». Mi deuda con usted es inmensa. Usted ha cambiado mi modo de vivir la vida, mi modo de pensar. ¡De verdad! No es ninguna exageración. Usted me ha hecho el más precioso de los regalos: un profundo conocimiento de la naturaleza humana. Me ha hecho reír y llorar en el lapso de apenas unas páginas. Y hay algo más… Para mí, sus personajes no son criaturas de ficción; son seres reales y amigos míos. En ocasiones han sido mis *únicos* amigos. Descanse en paz.

El hombre de la azada levantó la mirada y sonrió.

Clive salió del cementerio y se dirigió directamente a la estación de Kiev, donde compró un billete a Peredélkino, un pueblo situado a veintisiete kilómetros al oeste de Moscú. Aquella misma mañana, en la habitación de su hotel, había visto en televisión al alcalde de Moscú alardear de cuánto dinero se estaba invirtiendo en la modernización del sistema de transporte moscovita. «Pues la verdad es que no se ve nada de eso en los barrios», pensó Clive al sentarse en el duro banco de madera del tren de cercanías (el *elektrichka*) y mirar al deprimente paisaje de la ciudad de Moscú a través de la mugrienta ventana: montones de basura a los lados de las vías, parcelas diminutas y decadentes bloques de pisos de la era Brézhnev.

Ese *elektrichka* no era diferente del que había tomado cuando fue a Rusia por primera vez, a los quince años. Se veían por todos lados vestigios de la Unión Soviética en aquellos primeros días de la Federación rusa. Qué bien recordaba los quioscos alineados a lo largo de las carreteras principales, ofreciendo helados, tabaco, Coca Cola del tiempo y *shashlik*, una brocheta cocinada en rescoldos de carbón; las tiendas locales vendían yogur y crema agria por cacillos; no había papel de regalo, aunque sí hermosos adornos navideños pintados a mano que no costaban nada. Recordaba pasar por un pueblo tras otro compuestos por dachas arruinadas con huertos sorprendentemente limpios, carreteras embarradas llenas de baches, altramuces descuidados y rosales sobresaliendo entre vallas rotas. Para Clive, que por entonces apenas había salido de York, aquello le parecía un lugar de imposible exoticidad.

Y aún se lo parecía.

No hizo caso de las lastimeras voces de un buhonero vendiendo ambientadores y, sentado en el vagón, fijó su mirada en la sucia ventana para retroceder en el tiempo, quince años o más, hasta aquellos embriagadores días en Nueva York cuando Marina Volina había sido su amante.

Se conocieron en el ascensor del edificio de la sede de las Naciones Unidas, en Nueva York. Estaba tan ensimismado con un volumen de los cuentos de Chéjov que sobrepasó su planta, la duodécima, cuartel del servicio británico de traducción, y acabó en la decimocuarta, donde se encontraba el equipo de traductores rusos. Se abrieron las puertas del ascensor y allí estaba una joven de poco más de veinte años, cabello castaño claro y unos ojos separados y de color avellana que lo miraban directamente.

—¿Bajas? —preguntó en inglés. Clive asintió al sentirse arrancado de Chéjov y situado en el presente por aquel bello rostro. Tenía la boca ancha y modales desinhibidos—. Ah, Antón Pavlovich —dijo la joven, esta vez en ruso, mirando al libro en la mano de Clive—. Dime, ¿cuál es tu cuento preferido?

—*Del amor* —respondió, y con esas dos palabras se sintió como si hubiese desnudado su alma frente a esa desconocida, diciéndole todo lo que ella necesitaría saber. Era su turno para averiguar algo acerca de ella—. ¿Y el tuyo? —preguntó—. Déjame adivinar… ¿*La dama del perrito*?

—¡De ninguna manera! —exclamó. Su tono era juguetón—. Muy sombrío. Y todo se demora demasiado. Me gusta *Las grosellas*. Ese nos muestra cómo somos de verdad. Tozudos y no muy majos. Por cierto, tu ruso es perfecto.

Las puertas se abrieron en el duodécimo piso, donde Clive tenía que bajar, pero la joven mantuvo la puerta abierta con el pie y continuaron charlando.

—¿Y cómo sabes que no soy ruso? —preguntó Clive—. ¿He cometido algún error?

—Ninguno, pero llevas el *Financial Times* en el bolsillo, lo cual te delata hasta cierto punto. —Después le tendió la mano—. Marina Volina. Intérprete de la delegación rusa en las Naciones Unidas. Creo que deberías estar en nuestro club de lectura. Verás, nuestros miembros son…, digamos, algo «perezosos», por decirlo de modo cortés. ¿Vendrías? Este viernes, a las siete. Decimocuarto piso.

Al principio fueron solo amigos. No, no es verdad. Clive se enamoró de ella desde el instante en que la vio. Marina era amiga de todos, aunque no intimaba con nadie… O eso parecía. Quedó deslumbrado por ella, demasiado deslumbrado; le parecía inalcanzable. Salieron a correr juntos casi todas las mañanas, temprano, a través de Central Park y Riverside Drive abajo hasta terminar con un desayuno en el Sarabeth's del hotel Wales, entre la calle 92 y la 93. Era primavera; corrían sobre pétalos y entre cerezos en flor. De vez en cuando salían a cenar con amigos y, a veces, al cine, donde Clive se sentaba con las manos cruzadas en su regazo deseando cogerla de la mano, pero sin osar hacer un movimiento. Todas las semanas se encontraban en el club de lectura del decimotercer piso.

Entonces un día, tres o quizá cuatro meses después de haberse conocido, Clive se detuvo en el puente Gapstow, junto al estanque, y le dijo a Marina que estaba enamorado de ella. Se lo confesó todo: estaba desesperado, no podía dormir ni comer y, sobre todo, no podía salir con ella como amigo. Marina soltó una carcajada y lo besó.

Hicieron una escapada de fin de semana a Maine y compartieron una cama doble en la que Clive le propuso matrimonio.

—¿Por qué tanta prisa? —preguntó Marina.

—¿Por qué no? ¿Para qué esperar? Casémonos y vayamos a vivir… ¡a cualquier parte!

Marina se mudó al edificio de Clive y alquiló un apartamento en el piso superior. Tenemos que ser cuidadosos, le dijo. Los tuyos, y los míos, estarán vigilándonos. Todo se debe hacer con discreción y a puerta cerrada. Clive pasó un mes flotando entre las nubes. Pasaban juntos casi todas las noches. Se quedaban en la cama después de hacer el amor, fumando y hablando de sus escritores preferidos. Presumían entre ellos, con Marina declamando a Pushkin y Clive citando a Shakespeare, y viceversa, cambiando del ruso al inglés y del inglés al ruso sin esfuerzo. Se lanzaban refranes y palabras abstrusas hasta morirse de risa. Se sentaban en la terraza del piso de ella para contemplar las estrellas en noches despejadas. El aroma de ella. Su suave aroma…

Todo regresó a él mientras la sucia *elektrichka* avanzaba estruendosa hacia Peredélkino.

Seis meses después, Clive regresó a Londres y Marina se fue a Ginebra. Aquel casi fue el fin de la historia. «Casi, pero no», pensó Clive mirando a través de la mugrienta ventanilla del tren. Hubo un maratón en Nueva York al que siguió una boda. La de ella. No la suya.

Una tarde, Marina llevó al club de lectura a un viejo amigo llegado de Moscú, Alexei Ostrovsky. Fue periodista en la televisión rusa y había trabajado para el canal NTV en los viejos y buenos tiempos de Yeltsin. Durante el mandato del presidente Serov, la NTV purgó a su personal y la cadena pasó a convertirse en otro portavoz gubernamental. Alexei dejó el periodismo y abrió un centro deportivo en Moscú, después otro y luego un tercero. En vez de escuchar música con los auriculares, insistía en poner extractos de libros de autoayuda para hacer que trabajase el cerebro además del cuerpo. La idea tuvo éxito y pronto todo el mundo quiso participar en un grupo de debate mediante una aplicación comunitaria de audios mientras se ejercitaban en la cinta de correr. Alexei pensó en expandir su negocio por el mundo y, naturalmente, recaló en Nueva York.

A Clive le cayó bien de inmediato: tenía unos grandes ojos azules, una espesa mata de cabello rubio, hablaba inglés con acento estadounidense y siempre se estaba riendo. Los tres salían a correr juntos. Alexei dejaba atrás a Marina y a Clive: era más rápido y estaba en mejor forma.

En menos de una semana, Clive comprendió que el idilio había concluido. De pronto Marina estaba ocupada todo el tiempo: demasiado ocupada para cenas tardías con Clive, demasiado ocupada para el amor y demasiado ocupada para dar explicaciones, pero nunca demasiado ocupada para sus carreras matutinas. Un bonito día primaveral, estando en Central Park, Marina dijo que deberían correr el maratón de Nueva York. Sería el primer maratón completo de Clive y el segundo para Alexei y Marina. Clive aceptó, aunque solo porque eso implicaba pasar más tiempo con ella.

Creyó que iba a perder la cabeza. Solo podía pensar en ella. Le dolía el corazón, casi literalmente. No podía comer ni dormir. Se esforzaba por sacar su trabajo de traducción, los boletines diarios de noticias que exigían toda su atención: las primeras maniobras militares conjuntas de Rusia y China. El huracán Caterina había sembrado el caos en Nueva Orleans y en la costa estadounidense del golfo de México, las bombas de los atentados terroristas perpetrados en el metro londinense... Nada de eso le afectaba. En absoluto. Y entonces se quebró. Una noche, abrió su corazón cenando con Alexei.

—Marina me está evitando —dijo con voz triste, mirando a su plato de comida sin probar—. Dice que está ocupada, siempre ocupada... No sé qué hacer. ¿He hecho algo mal? ¿La he ofendido de alguna manera? ¿Qué debo hacer, Alexei?

Alexei le pasó un brazo alrededor del hombro.

—Yo soy la última persona a la que deberías preguntar, amigo mío.

Clive apartó el brazo de Alexei y lo miró con unos ojos llenos de pesar.

—Tú... ¿Marina y *tú*?

Alexei le dedicó una apenada sonrisa.

Clive se recluyó un mes, como un animal herido, sin responder a mensajes ni llamadas, hasta que un glorioso día soleado Marina y Alexei lo sacaron de su apartamento para ir a correr al parque. Comieron en el que fuese su lugar favorito, Sarabeth's, y bebieron rioja hasta que, de pronto, Alexei se esfumó.

—Te debo una disculpa —dijo Marina una vez estuvo a solas con Clive—. Pero tienes que entender que esta historia no es nueva. Viene de antes.

Marina y Alexei habían sido amantes en San Petersburgo, pero él estaba casado y ella rompió la relación cuando le dijo que jamás dejaría a su esposa, así que se fue a Nueva York y continuó con su vida. Y entonces, de repente, apareció Alexei libre: su esposa lo había dejado *a él*; la pareja retomó la relación donde la había dejado. Se sentía mal, por supuesto. Muy mal. Nunca tuvo la intención de herir a su dulce amigo inglés que hablaba un ruso tan hermoso. A Clive no lo convencían esas explicaciones. ¿Lo había amado? ¿Fue todo una mentira? Marina apartó la mirada y negó con la cabeza, diciendo que estaba siendo muy duro con ella, que él no lo entendía. Ella era rusa, él inglés...

Se trataba de una situación imposible. Había mucho más de lo que parecía... Lo sentía mucho. ¿Podía perdonarla? ¿Por favor?

No pudo. Tampoco quiso oír más excusas ni sus enrevesadas explicaciones. Clive espetó la despreocupada observación de que Alexei no era de los que se casaban... No era fiel. Después salió del restaurante, pero en la puerta lo detuvo el propio Alexei, que lo cogió del brazo y lo llevó de regreso a la mesa pidiendo vodka a gritos para brindar por la próspera amistad de los tres.

La boda tuvo lugar en la oficina del secretario municipal, en la calle Worth, unos días antes del maratón. Marina se casó de blanco y Alexei llevó una rosa roja en el ojal de la solapa; Clive ofició de testigo. Bebieron champán en el jardín de la azotea del Península.

Fueron juntos a correr el maratón de Nueva York. No mucho tiempo después, a Alexis le diagnosticaron un cáncer de pulmón. Bueno, en realidad no fue así. Clive no corrió el maratón. Se desmayó. Alexei y Marina le salvaron la vida. Y en cuanto recibió el alta, ingresaron a Alexei. De pronto, y sin ningún motivo, encontraron un tumor en su pulmón. Después de seis meses de quimioterapia, los médicos le dieron el alta y la pareja se mudó a la sede de la ONU en Ginebra.

Tenían una casa a orillas del lago; dos años después, un lluvioso día otoñal recibieron la visita de Clive, aunque no fue una ocasión feliz. No había rastro de alegría. Marina estaba distante y Alexei enfermo y cansado; hablaban de regresar a San Petersburgo. Fue una conversación extraña, forzada. Marina sabía que Clive se había casado y le pidió que le enseñase una foto de su esposa. Le mostró una del teléfono, pero no mencionó que se encontraban en proceso de divorcio. Ella le contó que su padre, el general soviético, había muerto y que no lo echaba de menos.

Años después, mientras estaba al servicio de la embajada británica de Moscú, supo de la muerte de Alexei y que Marina trabajaba en San Petersburgo. Durante sus visitas a la ciudad se preguntaba si se encontraría con ella, quizá apoyada en un puente del Fontanka o contemplando un mosaico a media luz en la penumbra de la Catedral de San Isaac, pero nunca sucedió. El *sudba* los mantuvo apartados. Hasta entonces.

Clive advirtió la presencia de un hombre alto y joven regateando unas piezas de fruta en el apeadero de Peredélkino, donde varias mujeres vendían setas, pepinos, manzanas, zarzamoras y patatas. ¿Era el agente del FSB, su sombra? Clive le compró unas rosas de profundo tono rosáceo a una florista, se dirigió a la línea de taxis y pidió que lo llevasen a Peredélkino Viejo, el pueblo de los escritores. Al parecer, según murmuró el conductor, ya nadie lo llamaba así. ¡Era un lugar demasiado caro para los escritores! Uno ha de ser un oligarca para permitirse una casa ahí. En cualquier caso, se puede ir andando. Está bajo la colina.

—Lo sé —dijo Clive—. Le daré mil rublos. Usted lléveme.

Se recostó en el asiento trasero en cuanto subió al coche. Primero recoger setas con Vera, después Marina. ¿Y luego? Su instinto le decía que el encuentro iba a cambiar su vida. Pero ya no había marcha atrás. Tal era su sino, su *sudba*.

Clive vio la nueva iglesia de Peredélkino por primera vez, un templo lo bastante grande para contener a un millar de fieles, e hizo una mueca de dolor ante las provocativas y estridentes cúpulas de brillante color rojo, verde chillón y azul cobalto. Acercó el rostro contra la ventanilla con un gesto de urgencia. ¡Maldita sea! ¿Se lo había perdido? ¡No! ¡Allí estaba! El arco de piedra que daba paso al cementerio donde estaba sepultado Boris Pasternak. El taxi ya se lanzaba colina abajo cuando Clive tocó el hombro del conductor pidiéndole que hiciese una parada en el Museo Boris Pasternak. El coche se detuvo junto a una gran dacha de madera blanca situada en un manzanal.

No podía ser que aún estuviese allí. Por supuesto que no. ¿Cómo sería posible que Alyosha se encontrase en el mismo lugar después de todos esos años? Pero allí estaba. Con su aspecto demacrado, su cabello largo y su mirada de loco, Alyosha, el hombre que sabía de memoria todos los poemas de Pasternak, se encontraba en el porche, fumando.

Los dos hombres se abrazaron con cariño, no una vez, sino dos. Alyosha le rogó a Clive que se quedase.

—Bebamos un trago y charlemos —propuso.

Clive le explicó que, por desgracia, en ese momento no podía, aunque volvería a verlo.

—¿Dónde vives? —le preguntó.

—¿Dónde? Aquí, por supuesto —respondió Alyosha—. ¿Dónde si no?

Cuando el coche llegó al número 2A de la calle Lermontov, Clive advirtió que el gran portón verde todavía colgaba de sus bisagras. Pero el huerto y el jardín mostraban una meticulosa limpieza y la vieja dacha de madera lucía nuevas contraventanas de color azul. A Vera le encantaron las rosas rosas de Clive; dio una palmada como si fuese una jovencita y las colocó con gran cuidado en un jarrón. El interior de la dacha estaba tal como lo recordaba, anclado en el pasado por el sofá de felpa roja, los manteles de encaje y el samovar de plata. Clive reconoció la fotografía de la madre de Vera colgada del muro; había escrito un libro acerca de las heroínas de la Revolución francesa. Se lo dedicó a Stalin, quien en 1936 le concedió una parcela en el pueblo de los escritores, aunque un año después la denunciaron y hubo de pasar ocho años en un gulag. A pesar de todo, nunca culpó a Stalin. (Era culpa de esa camarilla de malvados que tenía a su alrededor). La rehabilitaron después de la guerra, como a miles de otras personas, y la parcela de Peredélkino fue devuelta a la familia.

Durante una suntuosa comida consistente en pepinos en vinagre y vodka helado, ensaladilla rusa (la preferida de Clive), sopa de pollo con fideos, blinis con caviar rojo y tarta de manzana hecha con las manzanas de su huerto (todo preparado en una minúscula cocina) Vera acribilló a Clive con preguntas acerca de su trabajo, el Brexit y la reina. Después le habló de los acaudalados rusos que habían arruinado Peredélkino con sus mansiones de ladrillo, los agentes inmobiliarios que no dejaban de presionarla para que vendiese («¡De ninguna manera!») y las ridículas nuevas leyes que prohibían la quema de maleza en el patio trasero, las cuales, por supuesto, no acataba.

—Y esa es la casa de Volina —indicó Vera, asintiendo de pronto hacia una dacha de madera situada a menos de cincuenta metros, más allá del manzanal. Después le dio un caldero y salieron al bosque.

Clive intentó mantenerse concentrado en las setas (¿cuáles eran venenosas? ¿Cuáles comestibles?), pero casi llenó su cubo sin ni siquiera advertirlo. Consultaba continuamente el reloj, pensando en la hora del encuentro con Marina, que se acercaba rápidamente.

Regresaron a la dacha de Vera caminando sobre un sendero cubierto con hojas de abedul aún blandas por la lluvia y la luz del suave sol septembrino filtrándose entre las ramas. El portón que daba a la calle estaba abierto; Ana se encontraba junto a su coche hablando por teléfono. Saludó con la mano a su madre, sonrió a Clive y retomó su conversación.

Había olvidado lo baja que era Ana, no tanto como su madre, pero probablemente no superaba el metro y medio. Era de complexión delgada, aunque atlética, tenía unos grandes ojos oscuros y llevaba el cabello, negro como el azabache, cortado por encima de los hombros con un elegante flequillo. Clive pensó que, de alguna manera, Ana siempre lograba mostrar un aspecto distinguido; también entonces, ataviada con unos vaqueros negros y una camisa, también negra, arremangada por encima de los codos. Pero también notó una diferencia: parecía más seria, más imponente.

A lo largo de los años, Clive había seguido en la prensa británica o rusa la carrera de Ana, ya fuese defendiendo a músicos y estrellas pop o a jóvenes rebeldes. Como resultado, ella era una de las abogadas defensoras de los derechos humanos más famosa del país, reverenciada por las nuevas generaciones. «Una piedra en el zapato del Estado ruso», según la había descrito una revista alemana.

Entraron en la dacha de Vera y se sentaron alrededor de una mesita, cuidadosamente dispuesta para tomar el té. La anciana estaba estirándose para coger la tetera cuando reparó en un moratón en el antebrazo de Ana.

—¿De dónde ha salido eso? ¿Es de ayer? ¿De la manifestación? Déjame ver el brazo. —Pero Ana se bajó la manga.

—*Mamuska*, no montes un escándalo. Sabes que no lo soporto. Me preocupa Nikita Strelnikov. Ha perdido once kilos en tres meses. Estamos intentando apelar la sentencia, pero no creo que sobreviva si fracasamos. No en la prisión de Perm y siendo homosexual. Para ti, esa es nuestra santa Madre Rusia. Mientras, ahora mismo, Serov está rastreando adolescentes en las redes sociales… Clive, por si no te habías enterado, vivimos en un Estado policial.

—Se ha enterado —dijo Vera mientras servía tres tazas de té. Después colocó una botella de vino tinto y un descorchador en la mesa frente a Clive, además de una de vodka helado, y se fue a la cocina.

—Te admiro, Ana —confesó—. Te sigo en la prensa rusa. Me temo que no soy mucho de redes sociales, pero supongo que tú…

—Venga —dijo, agitando una mano—. No me gustan los cumplidos.

Ana arrastró su silla para acercarse a él. La expresión de su rostro se suavizó.

—Me alegro de volver a verte, Clive. Eres un tipo majo. Y mi madre te quiere mucho… Te quiere como a un hijo. Antes de que llegases estaba recordando el primer verano que pasaste aquí… ¿Cuándo fue? ¿Hace veinticinco años? ¿Más aún? Te enamoraste de mi prima Anastasia. La besaste bajo el cerezo ¡justo ahí fuera! Os vi. ¿Sabes una cosa? ¡Tuve celos!

—¿En serio? No recuerdo nada de Anastasia… Pero tú, tú fuiste horrible conmigo, me encargabas los peores trabajos, como amontonar el compost…

—Era una elementa. Lo siento. —Puso una mano en el brazo de Clive—. Mi madre dijo…

—¿Qué dije? —preguntó Vera trayendo su *pièce de résistance*, su obra maestra: un esponjoso bizcocho rebosante de fresas y crema. Comenzó a cortar el *tort*[4] con mucho cuidado, chupándose los dedos de vez en cuando.

—Dijiste que Clive ayudaría con el jardín —continuó Ana—. A cambio de las lecciones de ruso que le dabas gratis, pues desde el principio fue tu preferido. ¡No había nada que hiciese mal! ¡Dios, cómo me fastidiaba eso!

Ana le dedicó una amplia sonrisa a Clive, haciéndole entender que lo había perdonado hacía tiempo. Ella apenas tocó el pastel; él, en cambio, zampaba golosos bocados para termi-

---

4   Un tipo de pastel ruso. *(N. del T.)*

nar limpiándose la crema de las comisuras de los labios con la servilleta.

—Deberíais pasar una tarde juntos —dijo Vera, llenando tres vasos de vino tinto.

—No tengo tardes libres, *mamuska* —señaló Ana, alzando su vaso—. Bienvenido de nuevo a Rusia, Clive. ¡A tu salud! —Brindaron los tres—. Por cierto —añadió con tono juguetón—, el tipo del FSB sentado ahí fuera en un Ford Scort... ¿Está ahí por ti o por mí?

9

Esa misma tarde de lunes, a unos setenta kilómetros de distancia, Marina asistía como invitada a una boda en el Lakeside Country Club. El novio era Igor Golikov, un extravagante oligarca ruso, amigo del presidente y miembro de su círculo íntimo. También era amigo de Marina desde su época en Ginebra. Igor la había llamado personalmente para invitarla a su (tercera) boda, esta vez con una veinteañera llamada Nastia; que flotaba por ahí ataviada con un vaporoso vestido blanco. Estaba terriblemente mimada y ya había sufrido su primer berrinche de la jornada después de que Igor le entregase las llaves de un Jaguar y no de un Porsche. La novia iba rodeada de damas de honor vestidas de tafetán rosa, todas ellas jóvenes y bonitas. El champán era Salon y el caviar negro. Así, Marina se encontró entre los hombres más poderosos de Rusia y, por definición, los más ricos de entre los ricos. Con un trabajo que hacer.

Aquella mañana se había dejado caer por el Metropol tras su carrera matutina. (La marca fue buena: quince kilómetros en una hora y treinta y cinco minutos). Había confiado en dejar un par de zapatos viejos a su amigo Narek, el limpiabotas armenio, pero este negó con un gesto y le dijo que no se podían arreglar. No obstante, tenía un regalo para ella: un número antiguo del *Financial Times* dejado por alguien. Le dijo, además, que últimamente era difícil conseguir prensa extranjera impresa.

Luego, sentada al volante de su Prius, Marina ojeó las páginas del periódico en busca de la respuesta de Clive a su pregunta «¿Hay noticias?», pero no encontró nada. Tomó una profunda y desalentada respiración. Le estaba dando la espalda. ¿Quién podría culparlo? Marina abrió el periódico una última vez y allí estaba, oculta en una entrevista en la que Víctor Romanovsky, el viceprimer ministro, le proclamaba al mundo que Rusia acababa de lanzar una nueva generación de satélites de comunicación capaz de proporcionar banda ancha hasta en el lugar más recóndito de la Federación rusa.

La palabra «satélites» se encontraba rodeada por un círculo negro y, a su lado, Clive había escrito cuatro palabras: «¿Cuántos? ¿Por qué ahora?».

Marina se apoyó en el reposacabezas. Allí estaba su primera tarea, una prueba que no debía fallar. Más aún, tenía que demostrar lo buena que podía ser, y para eso debía actuar rápido y proporcionarle a Clive la información en el encuentro que iban a mantener esa misma tarde. «Es el momento perfecto», se dijo, mirando a la invitación de boda gofrada en oro posada en el asiento del copiloto. Víctor Romanovsky estaba obligado a asistir y, como todos sabemos, la gente bebe mucho en las bodas y habla más de lo debido.

La fiesta nupcial ya estaba en pleno apogeo cuando Marina llegó al Lakeside Country Club. La gente abarrotaba la enorme carpa, entraba a través de un corazón de cinco metros de altura hecho con mil rosas rojas, donde los camareros se afanaban llevando bandejas de champán sobre un suelo de césped artificial importado de Miami. Al final del embarcadero había una ginebrería de estilo chino meciéndose sobre el lago artificial, lugar donde descansaban aquellos demasiado ebrios o cansados para ir a casa, mientras los niños de los dos matrimonios previos de Igor corrían por la blanca arena. Se rumoreaba que sus dos exesposas estaban presentes, aunque nadie pudo asegurarlo. Lo que estaba más allá de cualquier duda era que el matrimonio entre Igor, de cincuenta y un años, y Nastia, de veintiuno, tuvo lugar aquella misma mañana en la oficina del Registro Civil de Moscú y que la pareja había llegado en helicóptero a mediodía.

Marina levantó la mirada hacia el cielo despejado y vio al menos seis drones tomando fotos de la boda del año. Después entró en la carpa y se unió a la cola para felicitar a los recién casados. Mientras aguardaba comprendió que su vestimenta, un traje azul oscuro con una llamativa camisa rosa, no estaba a la altura, pues las demás mujeres lucían vestidos de noche aunque solo fuesen las dos de la tarde. Pero no le importaba. Le divertía la ostentación: abundaban por doquier los pendientes de diamantes, los broches con zafiros y los anillos con rubíes; Marina se sentía perfectamente bien a pesar de no lucir joyas. Sabía que toda aquella demostración de riqueza complacía a su amigo Igor, novio y anfitrión del evento, además de vicepresidente de una empresa petrolífera estatal con un sueldo oficial de veintitrés millones de dólares anuales, cantidad muy inferior a la real, como sabía todo el mundo.

Igor sí estaba a la altura con su chaqué gris y su clavel blanco. Era un hombre en buena forma, con cabello rojizo y una cuidada barba de tres días, y al ver a Marina extendió sus brazos y la abrazó. Después se la presentó a Nastia, que volvió su hermoso, inexpresivo y muy maquillado rostro hacia ella y compuso una falsa sonrisa.

«Bueno —pensó Marina—, ya he saludado. Ahora puedo concentrarme en el asunto que tengo entre manos. El hombre que me puede decir lo que necesito saber está por aquí, en alguna parte». Deambuló entre los invitados en busca del vice-primer ministro, pero en su lugar encontró al general Varlamov, sofisticado y seguro de sí, situado en el centro de la carpa y rodeado de aduladores.

Marina sintió una oleada de odio subir por su garganta hasta casi ahogarla al mirar a Varlamov. Según Vania, él había ordenado el asesinato de Pasha. Se sorprendió preguntándose, con el frío distanciamiento tan propio de ella, si de verdad resultaba tan sorprendente. Había pasado en el Kremlin el tiempo suficiente para comprender cómo veía las cosas el general. Pasha había violado todas las normas del manual y lo único importante, desde el punto de vista de Varlamov, era limitar los daños. Un juicio sería demasiado complicado y revelaría demasiadas cosas; el asesinato suponía una medida más aséptica. Casi podía oír a Varlamov defendiendo sus actos.

Al mismo tiempo, pensar en su hijo de acogida muerto casi la hizo vomitar y decidió echarse agua fría en el rostro. Se dirigió al servicio de señoras y allí, frente a un lavabo, se encontró junto a una de las damas de honor ataviada con nubes de tafetán rosa.

—Ay, Señor, mira qué pinta tengo —dijo la chica, contemplando su rostro en el espejo—. Estoy horrible. Se me está corriendo el rímel... No lo puedo creer. Y eso que en la caja ponía «no corre»... Nastia va a matarme... Ay, Dios mío.

Marina observó a la muchacha. Toda una delicia: el óvalo de su rostro era perfecto, tenía altos pómulos y unos ojos de un color azul muy claro. Su lustroso cabello rubio era casi blanco, su figura voluptuosa rezumaba juventud y vitalidad y sus larguísimas uñas estaban perfectamente cuidadas y pintadas de color ciruela.

—¿Has *visto* esos cuencos de caviar negro? —preguntó mientras observaba su rostro en el espejo—. ¿Y el champán? Nunca había bebido champán francés. Soy una cateta.

Marina consoló a la chica con una sincera expresión de afecto y le tendió una mano.

—Me llamo Marina Volina. Soy una vieja amiga de Igor.

—Katia Bogdanova —replicó la joven, estrechándole la mano y mostrando una sonrisa de agradecimiento—. Hermana de la novia, aunque en realidad no lo soy. Soy su amiga. Pero Nastia dice que debo ir por ahí diciendo que soy su hermana. Así la gente me prestará más atención y encontraré a un... un...

—¿Un qué?

—Un patrocinador. He venido en busca de un patrocinador. Una vez lo haya conseguido, me dedicaré al cine. Voy a ser la próxima Scarlett Johansson. —La chica rio con una encantadora actitud autocrítica.

—¿Y por qué no te dedicas a ello ya? —preguntó Marina.

—Porque no funciona así. Se necesita dinero... Se necesita dinero para todo. Solo tengo cinco mil rublos en el bolso, y ni un cópec más. Para dedicarse al cine, una tiene que parecer lista, llevar buena ropa y conocer a la gente adecuada. Todo eso cuesta dinero. Y yo no lo tengo.

Katia parecía ansiosa por compartir la historia de su vida. Nastia y ella habían crecido juntas en Jabárovsk, fueron compañeras de clase y compartían un sueño: llegar a Moscú. Nastia llegó primero y consiguió el premio gordo. Se casó con un millonario.

—Milmillonario —corrigió Marina.

—¿En serio? —dijo Katia con una pizca de envidia en la voz. Después contempló su rostro en el espejo y exhaló un profundo suspiro. En algunos casos, le contó a Marina, estuvo bien confesar que siempre estaba corta de dinero y que para ahorrar había llegado en tren. Desde Jabárovsk. Un rollo interminable. Y todos esos tipos molestándola. Seis días con sus seis noches.

—Rusia es tan grande… Demasiado grande… ¿No crees que Rusia es demasiado grande? —preguntó Katia mientras se aplicaba una pegajosa capa de pintalabios.

—Rusia es como es —respondió Marina con amabilidad—. Pero Moscú es una ciudad cruel y entiendo perfectamente que una joven pueda sentirse perdida por aquí. ¿Cuántos años tienes, Katia?

—Diecinueve. Pero Nastia dice que diga veintiuno.

—Pues, ¿sabes qué pienso? —dijo Marina mirando el reflejo de su rostro junto al de Katia—. No necesitas un patrocinador. Necesitas un trabajo.

—Un patrocinador *ya es* un trabajo —apuntó Katia, abriendo de par en par sus grandes ojos azules.

Las dos mujeres salieron juntas del servicio de mármol para ir cada una por su lado, disolviéndose entre el gentío.

***

Marina se sentó en un taburete de bar y se dedicó a inspeccionar el mar de cabezas de los invitados apretujados dentro de la carpa en busca de Víctor Romanovsky. Examinó los rostros de los cargos gubernamentales, funcionarios de alto rango, banqueros, magnates industriales y, por supuesto, a «la nueva nobleza» como llamaban entonces a los jefes de los servicios de seguridad (sobre todo del FSB). Todo el mundo parecía bastante feliz, ¿y por qué no? La vida de la élite rusa era una buena vida. Eso sí, siempre que uno no salte las barreras jerárquicas. Sé leal y vivirás seguro. Rompe la jerarquía y Dios sabe qué te puede pasar.

Se dirigió al camarero y le pidió un Virgen María. Estaba a punto de añadir que le gustaba con mucho limón cuando sintió un cálido aliento en la nuca.

—¿Te he dicho alguna vez que eres una mujer muy atractiva?

Giró en redondo y se encontró a varios centímetros de precisamente el hombre que estaba buscando: el viceprimer ministro Víctor Romanovsky. El pelma sexual.

—Me alegro de verte, Víctor Dimitrievich —dijo Marina, ofreciéndole su mejor sonrisa—. Y, sí, me lo has dicho. De hecho, en varias ocasiones. Aunque perteneces a una minoría. Al parecer, me he dejado bastante.

—¡Ay, si solo te hubieses dejado! ¡Ni siquiera puedo salir a cenar contigo! Soy viudo y tú viuda… ¡Estamos hechos el uno para el otro!

—¿Eso crees? ¿*De verdad* lo crees? —Los ojos de Marina brillaban expectantes.

—¡Sí! Desde luego que sí…

—Bueno —dijo Marina, pensativa—. Quizá.

«Qué engreído es —se dijo—. Vamos, sigue a lo tuyo».

—¿De verdad? —preguntó Víctor con expresión de genuina sorpresa—. Esto *sí es* un cambio. Un cambio radical, un *volte-face*, como dicen los franceses. Yo… Bueno… ¡Estoy entusiasmado!

El viceprimer ministro era un hombre alto y de aspecto juvenil, con el cabello ondulado y entrecano y la descarada confianza en sí mismo de un consumado seductor. Sujetó a Marina por un brazo; su agarre era fuerte, protector.

—Pues, entonces, no lo retrasemos más… Quedemos *esta semana*… Mi secretaria te llamará.

—Hablando de esta semana, acabo de leer un artículo en el *Financial Times* acerca del servicio de banda ancha en Rusia. Y te mencionan.

—Ay, *por favor*, no hablemos de trabajo. No *aquí*, no *ahora* —rogó Víctor.

—Bueno, pero es que me pareció muy *interesante*… Y fuiste tan *elocuente*… Dime algo…

Marina no fue capaz de terminar la frase. El ensordecedor ruido de un helicóptero aterrizando se llevó sus palabras, además de silenciar no solo a los invitados, sino también al maestro de ceremonias y a la banda. El helicóptero realizó su descenso con la gracia propia de un depredador, lanzándose hacia el suelo para ralentizar con ligeros rebotes en el aire antes de tocar el césped artificial hasta posarse como un ave enorme y saciada en el helipuerto próximo a la playa. Con un chirrido, las aspas serenaron su rotación hasta detenerse por completo; el motor se apagó.

Los invitados, que se habían tapado los oídos cuidándose de mantenerse bien apartados del estruendo de los rotores, acudieron a recibir a Nikolái Nikolayévich Serov, que salió del helicóptero con un estupendo ramo de peonías y flanqueado por guardaespaldas. A su lado se encontraba la inconfundible figura de León Ignatiev, el alto, joven y calvo amigo de Marina.

Luego descubrió, con desazón, que Víctor Romanovsky había desaparecido entre el estallido de ovaciones y aplausos. El novio, Igor, y su nueva esposa, Nastia, se adelantaron. La madre de la novia, muy nerviosa, perdió un zapato mientras grababa un vídeo de su hija con el presidente de la Federación rusa. Alguien le proporcionó un micrófono a Serov.

—Estoy muy contento por reunirme aquí con vosotros para celebrar la boda de mi amigo Igor… No es la primera, pero confiemos en que sea la última; además, es el Día de Moscú y en esta jornada celebramos el aniversario de la fundación de nuestra gran ciudad, la capital de nuestra nación, el país más grande del mundo. Igor Ivánovich, este es mi regalo de boda para ti y tu hermosa novia.

El presidente le entregó un sobre, que Igor abrió.

—Te regalo una semilla de roble —prosiguió Serov—. Una sola semilla de roble. Un gran roble brotará de ella. Esta semilla es el símbolo de nuestra fe en nuestro gran país y un signo de renovación.

El maestro de ceremonias presentó a un grupo de bailarines y cantantes cosacos. Mientras los artistas se situaban en el escenario, Igor invitó al presidente a colocarse en el frente, pero este declinó el ofrecimiento; debía marchar en quince minutos. Contemplaría el espectáculo desde el fondo y luego se iría.

Marina se situó junto a León.

—León, ¿tienes un nuevo tatuaje? —preguntó con la mirada fija en un lado de su cuello—. ¿Es la cabeza de un león?

—Mi signo zodiacal —respondió con su profunda voz de bajo—. ¿Te gusta?

—Sí —dijo Marina con una sonrisa—. Sí, me gusta.

Estaba a punto de ir en busca de Romanovsky cuando el presidente la vio y, agitando una mano, la llamó a su lado. Los miembros del servicio de seguridad se apartaron para dejarla pasar.

—Creía que no te gustaban las fiestas, Marinoska.

—Y no me gustan. Pero Igor fue muy amable conmigo cuando Alexei enfermó de cáncer. Esas cosas no se olvidan. Me pareció que debía asistir… por él.

—Eres una amiga leal. Esa es una cualidad que admiro más que cualquier otra…

El presidente cogió a Marina por un brazo y caminaron hacia la playa de sedosa arena.

—He estado pensando en ese chico tuyo —dijo Serov, empático—. ¡Qué desperdicio! Era brillante. Así se lo dije en persona. Era candidato para una medalla. Eso también se lo dije. Mi pequeña investigación no iba a ninguna parte hasta la entrada de Pasha en escena.

Marina lo sabía todo acerca de esas «pequeñas investigaciones», las cuales se convirtieron en una especie de obsesión para el presidente cuando comenzó a rebuscar entre las actividades sospechosas de aquellos en quienes no confiaba. De vez en cuando, Serov le había encargado la traducción de documentos sensibles, en ocasiones directamente de la pantalla de su ordenador cuando estaba solo en su oficina. Marina descubrió que había un sistema en funcionamiento. Vertical. De arriba abajo. Y funcionaba. Sal de la línea y, bueno, habrá consecuencias. Consecuencias desagradables. Hacía tiempo, Serov le había dejado claro a su círculo interno que no tenía objeción alguna en que sus componentes se enriqueciesen, pero solo con *su* conocimiento, *su* aprobación y según *sus* reglas, no escritas, por supuesto, pero conocidas por todos. Bueno, no todos, pues algunos trampeaban a su espalda ¡y con gran descaro! En 2014, durante los Juegos Olímpicos de Invierno, desaparecieron cincuenta mil millones. Serov se indignó de verdad. Llamó al general Varlamov y le pidió que investigase. No sucedió nada.

El equipo técnico del FSB se topó con un muro de cuentas en bancos suizos. Fue Varlamov quien habló de un chico nuevo en el instituto de investigación capaz, quizá, de aclarar las cosas. Pasha Orlov entró en escena, llegó al fondo del asunto en un santiamén y confirmó los peores temores del presidente... Estaba rodeado de mentirosos y tramposos.

El presidente y Marina se quedaron un rato en el embarcadero contemplando al dragón dorado que coronaba la ginebrería de estilo chino rodeados por los escoltas del FSO, el Servicio Federal de Protección. Alguien les llevó una bandeja con champán. El presidente tomó una copa, Marina prefirió agua.

—¿Has visto el último barómetro de confianza en el presidente?

Marina asintió y dijo:

—Setenta y dos por ciento.

Brindaron.

—Sin embargo, no hay que dormirse en los laureles; no en este trabajo. Ahí fuera hay gente a la que le gustaría perderme de vista. ¡Ah, sí, señor! Dicen que ya llevo mucho tiempo detentando el poder, que me estoy haciendo viejo. ¿Te parezco viejo? ¿Te lo parezco? No contestes. —Serov agitó una mano al aire—. Te voy a contar un pequeño secreto, Marinoska. Hacerse viejo va a ser cosa del pasado.

—¿Qué quieres decir, exactamente?

Serov señaló a León, que rondaba cerca de ellos.

—Pídele a la profesora que venga —le dijo, antes de explicarle a Marina que la profesora Olga Tabakova era la directora de un instituto dedicado a la investigación de células madre y respaldado personalmente por él. Esa era la última persona en el mundo que Marina deseaba conocer, pero no tenía escapatoria. Unos minutos más tarde se unió a ellos una morena glamurosa, de aproximadamente cuarenta y cinco años, ataviada con un traje Prada de color blanco y que, además, lucía la fibrosa figura de una practicante de yoga. Sin más preámbulos, Tabakova comenzó a hablar con un tono de vendedor perfectamente ensayado: su instituto contaba con la colaboración de los científicos más brillantes de toda Rusia y el plan de cinco años iba adelantado. En cualquier momento lograrían un avance asombroso: los hombres de noventa años aparentarían tener cuarenta.

—¿Puedo preguntarte una cosa, Nikolái Nikolayévich? ¿Acaso tienes pensado vivir para siempre? —preguntó Marina dirigiéndose a Serov.

—Para siempre no, por supuesto —respondió—. Pero si tengo un aspecto más joven y dispongo de energía, es posible que pueda servir a mi país una o dos décadas más…

—Debe, debe hacerlo… por el bien de Rusia —apostilló Tabakova, dedicándole a Marina la más fría de las sonrisas siberianas. Volvió su adoradora mirada a Serov y, más con el aliento que con la voz, susurró—: ¡Nuestro presidente *debe* continuar con su servicio al país!

Marina mantuvo la sonrisa.

—Perdone, profesora Tabakova, pero no conozco el nombre de su instituto…

—El IdL.

—El IdL. A ver, déjeme adivinar… ¿Instituto de la Longevidad?

—Exacto —concedió la profesora a su pesar.

—Ay, mi brillante Marinoska —intervino Serov alzando su copa de champán.

—Debería buscarlo en Internet.

—No nos encontrará en la Red —replicó Tabakova con aspereza—. Trabajamos en secreto. Y ahora, si me permiten…

El presidente observó a la profesora fundirse entre la multitud y después susurró entre dientes:

—Le he dado millones. Veremos qué es capaz de traernos.

Serov apuró la copa y dejó de beber alcohol; había llegado a su límite. A partir de ese momento solo bebería agua, le informó a Marina. León se acercó atravesando el césped con grandes y desgarbadas zancadas para recordarle al presidente que era hora de marchar.

—Marinoska, quiero que este fin de semana luzcas elegante —le dijo Serov. Después dirigiéndose a León, añadió—: León, Marina Andreyevna necesita fondos para cubrir sus gastos.

—No hay problema —respondió León, dando la respuesta más adecuada de su repertorio al más presidencial de los requerimientos. Luego enarcó una ceja y miró a Marina como diciéndole: «Eres afortunada».

—Dale todo lo que quiera —apuntó Serov—. Va a ir de compras.

Marina, en vez de un «gracias», citó su proverbio ruso preferido:

—Al principio te juzgan por la ropa, después por la mente.

Instintivamente, su cerebro buscó el equivalente en lengua inglesa. «No te fíes de las apariencias» sería lo más parecido.

Serov desechó el proverbio agitando una mano. Después el presidente se apresuró a atravesar el césped flanqueado por guardaespaldas provistos de auriculares y gafas oscuras, y con León dando zancadas tras él, hasta llegar al helipuerto donde Igor, el anfitrión, lo aguardaba para despedirse.

Marina observó al helicóptero elevarse hacia el sol.

Las trompetas anunciaron que se estaba sirviendo el banquete y, durante la hora y media siguiente, Marina mantuvo una conversación cortés en una mesa ocupada por banqueros y oligarcas que, por fortuna, hablaron entre ellos sin prestarle atención y asumiendo, como muy a menudo solían hacer con las mujeres en Rusia, que no tenía nada que aportar a la conversación, lo cual le resultó muy conveniente.

Continuó buscando a Romanovsky. De pronto lo vio apoyado en un pilar, flirteando con la novia. Marina abandonó la mesa con discreción y ocupó un lugar en el bar, a pocos metros del embarcadero. Llamó la atención de Víctor y sonrió, tras lo cual el novio, nada menos, lo apartó para reclamar el primer baile con la novia. Docenas de invitados se adelantaron para verlos, pero Romanovsky no; él se dirigió a donde se encontraba Marina.

—¿No vas a bailar? ¿Ni siquiera conmigo? —preguntó, ofreciendo una mano que Marina obvió.

—No me gusta bailar… Me gusta hablar, y estábamos manteniendo una conversación muy interesante antes de la irrupción del helicóptero. Esa entrevista que concediste al *Financial Times*… Bueno, la verdad es que me impresionó. No tenía idea de que se estaba llevando la conexión de banda ancha ultrarrápida a las zonas más remotas de Rusia, y todo gracias a esos nuevos microsatélites… Docenas y docenas de ellos. ¿Por qué tantos? Siento mucha curiosidad.

—Eres curiosa, ¿verdad? —dijo Víctor Romanovsky lanzándole una aguda mirada a Marina. Detrás del flirteo había una mente fría—. Bueno —prosiguió con una sonrisa aséptica—, permíteme ser curioso a mí y dime *por qué* sientes tanta curiosidad por esos microsatélites. Creía que tú eras más de poesía.

—Debo conocer las nuevas terminologías. Es parte de mi trabajo. ¿Cómo podría traducir algo del estilo «cobertura total de fibra óptica» si no sé de qué estoy hablando?

—¡Vale, está bien! —dijo Romanovsky cogiendo una copa de champán de la bandeja de un camarero—. Oficialmente el asunto trata de la banda ancha. Nuestro país es muy grande y necesitamos muchos microsatélites. De todos modos, sí que hay una buena historia, aunque es extraoficial. Me decapitarían si supiesen que digo una sola palabra. Pero, por ser tú, mi querida Marina, te diré que esos microsatélites le darán a Rusia cierta ventaja *cuando llegue el momento*. Y ese momento llegará pronto. —Llegado a este punto, Romanovsky bajó la voz—. Además, y que esto quede entre nosotros, he participado en el plan. Y *mucho*. Podrías decir, incluso, que fui el arquitecto de esta alocada aventurilla. Nuestro querido presidente no se encuentra precisamente en su primera juventud. Necesita el apoyo de… ¿Cómo diría yo? Mentes más jóvenes. Quería dejarlo en cincuenta aparatos. Le propuse doblar esa cifra. «Piensa en lo que hay en juego», le dije. Al final hemos lanzado noventa y cuatro microsatélites. He estado encantado de ser útil, por supuesto. ¡Pero ya es suficiente! ¡Se acabó el hablar de trabajo! Respecto a esa cena… Eres una mujer cautivadora, Marina Andreyevna. Inteligencia y belleza: la combinación perfecta. Y mejor no hablar de ese tremendo atractivo…

Marina se zafó de su brazo.

—Dime una cosa, Víctor Romanovsky, ¿cómo tienes *tiempo* para tantos… tantos *extenuantes* flirteos? ¿No se supone que andas ocupado con los asuntos de Estado?

—Siempre tengo *tiempo* para una mujer hermosa. Y para una hermosa e inteligente… Bueno, para esa ¡tengo toda la noche! —dijo apretando la mano de Marina.

Se estaba preguntando cuanto tiempo más podría soportar las tonterías de Romanovsky cuando los interrumpió una de esas personas que ocupan mucho espacio y hacen mucho ruido: el oligarca Boris Kunko. Ese hombre no tenía cuello; su cabeza cuadrada parecía brotar de sus hombros; tenía ojos pequeños y de mirada desconfiada y era calvo, a excepción de una tira de cabello gris alrededor de la nuca. Por alguna razón, Marina sentía debilidad por Boris. Y, al parecer, lo mismo le sucedía a Víctor Romanovsky.

—¡Amigo mío! —exclamó Boris con voz profunda y los brazos extendidos. Los dos hombres se fundieron en un abrazo fuerte y sincero.

—¿Conoces a Marina Volina? —preguntó Víctor—. Es la intérprete preferida de nuestro presidente.

—¿Quién no conoce a Marina Andreyevna? ¡Es una celebridad! Buenas tardes, querida.

Boris le tendió una mano sudorosa que ella estrechó.

—La próxima vez que vayas a Londres, Marina Andreyevna, haz el favor de llamarme. ¡Te invitaré a ver un partido de fútbol! ¿Has visto uno alguna vez? No, ¿verdad? Ya lo sabía yo. Pues ahí tienes una oportunidad. Mi equipo, bueno, aún no lo es, pero lo será pronto; estamos negociándolo…, es el Tótenam Jaspur.

—Tottenham Hotspur —corrigió Marina—. ¿Está en venta?

Boris agitó una mano indicando que el asunto no estaba ni cerrado ni abierto.

—Mi hijo, Dima, va a Eton y mi hija, Zoya… Juro por Dios que será la próxima Rostropóvich. Estudia en el Real Colegio de Música. ¡Zoya, ven aquí! —exclamó Boris agitando una mano hacia una joven ataviada con un largo vestido beis que se encontraba sola en un rincón.

A Marina le recordó a un pajarillo asustado. Se sintió avergonzada cuando su padre la llamó «genio», tendió una mano sin fuerza y murmuró que su ejecución con el chelo era mediocre y tendría suerte si conseguía un empleo en un cuarteto de cuerda.

De pronto la banda comenzó a tocar temas de los Rolling Stones y jovencitas cargadas de diamantes y esmeraldas se lanzaron a la pista de baile y comenzaron a contonearse de modo sugestivo. Las siguieron oligarcas de mediana edad que arrojaron sus chaquetas a un lado y comenzaron a bailar con sorprendente abandono, haciendo retroceder el reloj y reviviendo su juventud.

Marina se excusó y marchó abriéndose paso entre la ruidosa y creciente caterva de beodos en dirección a la playa y el aparcamiento sin que nadie, excepto el general Varlamov, sentado solo en una mesa junto a la salida, reparase en ella.

El general era de carácter observador, no participativo, y se enorgullecía de sus capacidades de observación. Había advertido que el presidente sudaba menos de lo habitual y vestía un elegante traje nuevo, y que por una vez, León, su desaliñado secretario personal, había hecho un esfuerzo. Volina tampoco ofrecía mal aspecto, aunque su traje azul marino era un poco aburrido. El general también se tenía por un perspicaz juez de la naturaleza humana y, en su opinión, una de las razones para asistir a este tipo de eventos era vigilar a esos oligarcas que de tanto crecer estaban a punto de sacar los pies del tiesto, incapaces de resistir la tentación de alardear e incluso de pensar en romper la cadena jerárquica.

El general conocía exactamente el lado por dónde se untaba *su* tostada. Serov no solo era su presidente, también era su patrón. Lo que era bueno para Serov era bueno para Varlamov; así de sencillo. Por supuesto, de vez en cuando el general se permitía algún pequeño desmán en secreto. Uno no puede ser siempre servil.

Marina ya salía de la carpa de la fiesta nupcial, vigilando de reojo al dron que volaba en el cielo azul, cuando Varlamov le bloqueó el paso.

—Así que fue al Bolshói, después de todo —le dijo, dejando caer el comentario con la suavidad de una hoja.

—Sí, fui al Bolshói —contestó Marina—. Cambié de parecer. Prerrogativa femenina ¿No le parece, Grigory Mijáilovich?

El general miró receloso a Marina. ¿Se burlaba de él? No estaba seguro.

Marina, solemne e implacable, sostuvo la mirada del general. Varlamov la apartó.

—En el Bolshói se encontró con el inglés que estaba con Vera Seliverstova. Esa tiene una hija llamada Ana, una activista política... Dicho de otro modo: una enemiga a la que mantenemos bajo vigilancia. —Y, con menos delicadeza, añadió—: La madre, Vera, no es mucho mejor, pero al menos es vieja. Usted se encontró con Vera en el Bolshói. ¿Cuándo pensaba mencionarlo?

—Iba a decirlo, por supuesto. Pero estamos en una boda y creí que, solo por una vez, podríamos pasar un buen rato. Y además, por si lo ha olvidado, es día festivo.

—Yo no tengo días festivos —apuntó Varlamov, sombrío. Levantó su copa hacia la luz y examinó el champán. Después la agitó en una y otra dirección y la bebió de un trago—. El otro día visité a una pitonisa. No es algo que suela hacer, pero esa mujer es amiga de mi hermana. Bueno, en cualquier caso, esa pitonisa dijo que me dirigía a una fuerte tormenta. No pudo concretar si saldré vivo de ella o no. Gracioso, ¿no?

—¿Ordenó detenerla? —preguntó Marina. Y antes de que Varlamov tuviese tiempo para contestar, añadió—: Es una broma. Solía reírse con mis chistes, Grigory Mijáilovich. Pero hoy no. ¿Lo preocupa algo? ¿Algo le está estropeando la fiesta?

—Pues ya que me pregunta, sí. Mi humor no es precisamente el mejor. ¿Por qué? ¿Quiere saber por qué? Permítame que se lo diga. Mi esposa derrocha demasiado dinero. Ahora resulta que quiere comprar un enorme chalé en Krasnaya Polyana para ir a esquiar. Mi hija adolescente no me habla porque los sábados la hago regresar a casa a la una de la mañana. Mi hijo de diez años no hace otra cosa a lo largo del día que no sea mirar el móvil o la tableta. Me levanto todos los días a las cinco de la mañana y me acuesto a medianoche. Sufro alopecia prematura y he engordado tres kilos. ¿Qué más quiere saber?

—Dios mío —dijo Marina—, necesita unas vacaciones. Ahora, si me permite…

Pero el general no había terminado.

—Al salir del Bolshói le dijo algo a Franklin en inglés. ¿Por qué?

—Me gusta presumir.

—¿Qué le dijo, exactamente?

—Una cita de *Macbeth*. «Y todos nuestros ayeres han iluminado a los necios el camino a la polvorienta muerte».

—¿Por qué tanto pesimismo? —preguntó el general.

—¿Por qué no? Los rusos tenemos vidas difíciles.

—Debería encontrar un nuevo esposo, Marina Andreyevna. Jamás he conocido a una mujer que sea feliz estando sola.

—¿Hay alguien feliz?

El himno nacional ruso sonó en el teléfono el general. Aceptó la llamada y Marina se escabulló. Era hora de regresar a casa, de encontrarse con el hombre que podía cambiar su vida y liberarla.

La señal de tráfico donde se leía «Área de descanso de Peredélkino» siempre le hacía sonreír, igual que la visión de su magnífico galgo afgano, *Ulises*, que se acercó a ella brincando a través del manzanal.

10

—¿Has venido por el camino de atrás? —preguntó Marina, inclinándose sobre la desvencijada valla que separaba su huerto del de Vera y mirando al bosque y la mortecina luz más allá de Clive.

—Sí. Y mi sombra está sentada en el Ford Escort aparcado frente a la dacha de Vera. Lo descubrí cuando regresamos de recoger setas. Es muy joven. Creo que está viendo una película.

—Pornografía, seguramente —dijo Marina—. También lo he visto. Parece tener quince años. Es posible que esté en periodo de instrucción.

Marina habló en ruso y continuó haciéndolo toda la tarde, lo cual a Clive le pareció muy bien. Entendía que necesitaba la seguridad de su lengua materna y, después de todo, tenía la excusa perfecta: estaban en Rusia.

—¿No le has dicho a Vera que ibas a verme? —le preguntó mientras cruzaban el descuidado manzanal frente a la dacha.

—No.

Clive le había dicho que iba a ver a Alyosha en el Museo Pasternak y ella simuló creerlo.

—Bien. Solo podemos encontrarnos así una vez. No es seguro. Para la próxima tendré que pensar en otro modo.

Clive estaba a punto de decir «no *habrá* una próxima vez» cuando *Ulises* se dirigió a ellos atravesando el jardín a la carrera para detenerse en seco frente a Clive, olfatear sus piernas y después lamerle una mano.

—Es precioso —dijo, acariciando a la querida mascota de Marina, un perro magnífico, grande y esbelto, con ojos inquietos y vigilantes.

—Es de raza, pero lo abandonaron o se escapó de alguna casa, porque lo encontré buscando comida en el basurero junto al garaje. Estaba en los huesos —comentó mientras abría el camino hacia la dacha—. Le di un bocadillo de jamón que había dejado en el maletín, uno que me sobró del almuerzo, y me siguió hasta casa. Se quedó a la puerta toda la noche. Por la mañana decidí adoptarlo. Cuando voy a trabajar se queda con Tonya, mi vecina. Tiene tres perros y juegan juntos. Todo el mundo quiere a *Ulises*.

Marina se estremeció. Se estaba poniendo fresco.

Una vez en la dacha, encendió la chimenea de la pequeña salita y sirvió dos vasos de vino tinto, regalo de una delegación china. Bastante caro y bueno, explicó. Brindaron. Ella vestía vaqueros y una camiseta negra que le quedaba grande y el cuello resbalaba hacia los brazos; de vez en cuando Clive veía parte del hombro desnudo. Su piel brillaba bajo la trémula luz del fuego. «Parece tan joven —pensó él—. Y tan bonita».

Clive se hundió en el viejo sofá y lanzó un vistazo a su alrededor, advirtiendo el escaso mobiliario… Lo justo. Incluso la librería estaba medio vacía. Todo parecía limpio y disperso, escaso, como si nadie viviese allí, como si no fuese un verdadero hogar.

Ulises se acercó arrastrando las zarpas y posó la cabeza en el regazo de Clive, mirándolo con ojos llenos de confianza.

—Le gustas —dijo Marina.

—No estoy seguro de por qué estoy aquí —espetó Clive de pronto—. No estarás intentando captarme, por un casual, ¿verdad?

El rostro de Marina se relajó y estalló en carcajadas.

—El presidente dijo algo acerca de eso… El general Varlamov también. ¿Te interesa?

—Ni lo más mínimo.

—Por supuesto que no —murmuró, acuclillándose para atizar el fuego—. ¿Saben de este encuentro?

—¿Saben?

—Hyde… El embajador…

—No.

—Sabía que podía confiar en ti.

—¿De verdad? —dijo Clive, cauteloso—. Me pregunto por qué. Ya me engañaste una vez. ¿Qué te hace pensar que puedas hacerlo de nuevo?

Marina se quedó de piedra. Miró a Clive, negando con la cabeza.

—¿Aún estás enfadado conmigo después de todos estos años?

«Sí —pensó—, aún estoy enfadado… ¿Por qué? Porque podríamos haber tenido una vida juntos, hijos… ¡Y lo arrojaste todo por la borda! Porque te amé como no he amado a nadie. Porque… Porque quizá siga amándote, ¡maldita sea!».

Clive mantuvo sus ojos fijos en Marina mientras bebía su vino. *Ulises* se acercó perezoso y se tumbó a sus pies.

Mientras, ella cogió una fotografía colocada sobre la repisa de la chimenea y se la tendió a Clive.

—Puedes quedártela, si quieres —le dijo.

Era una fotografía de Alexei, joven y saludable, ataviado con su *shapka* ruso en un nevado día neoyorquino.[5] Clive sonrió al rostro franco y confiado del hombre que le salvó la vida, le arrebató a su amada y continuó siendo su amigo; y todo eso a lo largo de un solo verano.

—Le gustabas mucho. Decía que eras un hombre bueno y honorable. Me dejó algo para ti antes de morir. Me alegro de poder dártelo después de todo este tiempo.

Marina se acercó a la librería y sacó dos volúmenes con bonitas tapas de cuero verde: las obras completas de Chéjov. En el primer libro, Alexei había escrito con su elegante caligrafía: «A mi amigo Clive, que piensa, habla y siente como un ruso».

—Gracias —dijo Clive, golpeando el cuero verde—. ¿Fuiste feliz con él?

—¿Feliz?

Marina se sentó en una butaca frente a Clive.

—Sí… Sí, lo fui —añadió—. Durante el primer año, quizá también en el segundo. Fui muy feliz. Y después… Después llegó…

---

5   Gorro ruso con orejeras y confeccionado de piel. (*N. del T.*)

—… ¿El cáncer?

—Mónica, una intérprete francesa. Y hubo otras…

—Te lo advertí.

—Me lo advertiste… Sí, me lo advertiste, mi querido Clive.

Él hizo una mueca al oír esas palabras.

—Deberías haberte casado conmigo —dijo.

Ulises se apartó de Clive para acercarse a Marina y acurrucarse a sus pies.

—Sí —respondió en voz baja—. Debería.

Esa admisión supuso una verdadera sorpresa para él. Y se sentó muy erguido en el sofá.

—¿Por qué no lo hiciste? —espetó—. La verdad es que nunca llegué a entenderlo… Creí que éramos… Bueno, que estábamos perfectamente bien juntos. Perfectamente bien en todos los sentidos. A ver, ¿qué se me pasó?

—No se te pasó nada —suspiró Marina—. Solo que el abismo entre nosotros era demasiado grande. No fui capaz de salvarlo, de hacer el salto de fe; llámalo como quieras. No podía hacer que mis padres pasasen el… Bueno, no sé, avergonzarlos. Supongo que de eso se trataba. ¡Sí, de la vergüenza! Mis padres eran soviéticos de la vieja escuela, ¿recuerdas? Mi padre era un general soviético y un tío mío estaba en el KGB. Mi deber era casarme con un ruso. No fue fácil. Le di muchas vueltas… Pasé días sin poder pensar en otra cosa. Créeme, lo valoré todo… Si me casaba contigo, perdería mi empleo y habría de comenzar de cero. Dependería totalmente de ti, cosa que no te gustaría, y tarde o temprano te sentirías molesto y dejarías de amarme. Eso pensaba entonces. Y había algo más… No te lo dije en su momento, pero los del FSB estaban haciendo preguntas. Estoy segura, o bastante segura, de que no sabían de lo nuestro, pero sí sabían que todos mis amigos eran extranjeros y eso no les gustaba. Me dijeron que si no cambiaba mi estilo me devolverían a Moscú. Estaba sometida a mucha presión, Clive, no te imaginas… De mi familia, del FSB… Me quebré. Alexei era una opción mucho más sencilla. Seguro que lo entiendes.

Marina exhaló otro profundo y espontáneo suspiro, le dio la espalda a Clive y se quedó mirando al fuego con las dos manos apoyadas en la repisa de la chimenea. Permaneció muy quieta. Al volverse, tenía el rostro enrojecido por el calor.

—Estaba segura de que me olvidarías por completo —dijo—. Que encontrarías a una encantadora esposa inglesa con la que tendrías cinco hijos y serías verdaderamente feliz. Esa es la vida que imaginaba para ti... ¿Tienes hijos?

—No. Y mi esposa y yo nos divorciamos.

—Lo siento. De verdad que lo siento.

Marina sirvió más vino, atizó el fuego, buscó un buen leño y lo colocó en el centro de la hoguera. La leña crepitó con un estallido de chisporroteos y surgieron nuevas llamas. Satisfecha, se volvió hacia Clive y esperó.

—¿Entonces cómo has acabado en Moscú? —preguntó. La expresión de su rostro se había suavizado.

—Me *llamaron*... Podría haberme negado, por supuesto. Alexei me previno para que me mantuviese apartada de Moscú y, sobre todo, de Serov. Lo repitió sin cesar durante su agonía.

—¿Y por qué no lo hiciste?

—¿Cómo? El presidente se encontraba en San Petersburgo por motivo del Foro Económico Mundial y el alcalde me puso al cargo del servicio de traducción. Alexei había muerto. Estaba sola. Y allí estaba Nikolái Nikolayévich diciéndole a todo el mundo cuánto quería a mi padre y que yo era como una hija para él. Lo siguiente fue que debía hacer las maletas y mudarme a Moscú. Había encontrado el chollo del siglo: intérprete personal del presidente. Era un enorme privilegio, un gran honor... O, al menos, eso me decía todo el mundo. ¿Cómo iba a *rechazarlo*? ¿Qué excusa podría dar? Nikolái Nikolayévich siempre fue amable conmigo. No había animosidad personal. Y respecto al régimen... Bueno, pensé que podría mantenerme a una distancia prudencial. Me enterraría en lengua y sintaxis.

Ulises dio un gran bostezo y estiró sus largas y desgreñadas extremidades frente al fuego. Marina lo apartó con un pie.

—No digas nada, aún no... Sé que te estoy abrumando con todo esto, así, de repente... Además, ¿por qué habrías de confiar en mí?... No tienes ninguna razón para hacerlo... Ni la más mínima... Sin embargo, aún hay cosas que debes saber. Al aceptar el trabajo en Moscú creí saber lo que hacía. Ser intérprete, asistir a conferencias, sentarme al lado del presidente y susurrarle al oído. Pero no resultó así. Serov requirió mi ayuda en todo tipo de asuntos… Investigaciones secretas de gente en la que no confiaba, ya fuese un político, un oligarca o cualquiera que le pareciese una amenaza. Los idiomas, evidentemente, son muy útiles, pero mucho… Hablar en francés con banqueros suizos en Ginebra, en inglés con abogados en las islas Vírgenes británicas, en alemán con antiguos empleados del Deutsche Bank, ya sabes, tipos cabreados con el hacha afilada… Ayudé a sacar los trapos sucios. Y hay un buen cargamento de eso, Clive, créeme. Hasta yo me contagié en parte de ese mundo. Acepté regalos. Grandes regalos. Una villa a orillas del mar Negro, por ejemplo.

—¿Por qué me cuentas todo esto?

—Porque quiero que entiendas cómo he llegado a este punto… Al punto de la traición… Dios mío, Clive, ¿crees que me resulta sencillo? ¿Crees que no sé lo que hago?

—Mi gente no te creerá, Marina. Pensarán que se trata de alguna triquiñuela.

—Lo sé. Y probablemente tú tampoco. ¿Por qué lo harías? Diría incluso que crees que este encuentro es una trampa. Bueno, pues no lo es. Y no soy una espía. He intentado ponerme en tu lugar. «¿Por qué ahora?», debes de estar pensando, ¿no? Cualquiera se lo preguntaría… Permíteme explicarme…

—¿Un momento damasceno?

—En absoluto. Al contrario, ha sido un proceso lento y gradual. No sé cómo explicarlo… Al final, fue la mentira. La mentira flagrante. Me harté. Y sigo harta. Me siento avergonzada. Sucia.

Marina cogió el atizador de hierro y movió un leño por aquí y otro por allá, aunque en realidad no hiciese falta. *Ulises* la observaba estirado en el suelo a su lado, con la cabeza apoyada en las zarpas.

—He reflexionado acerca de esta cultura de la mentira —prosiguió Marina—. He intentado comprender cómo hemos llegado a este punto en Rusia. Toda la Administración miente, comenzando por Serov. ¡Y están orgullosos! Tienen la excusa perfecta: «Todo el mundo miente, los Estados Unidos, Gran

Bretaña, todos… Así es el juego». Pues para mí ese fue el punto de inflexión, porque *no es verdad*. No. *No* todos los países desarrollan su política alrededor de la mentira, ni construyen su pensamiento a partir de ella.

Clive se inclinó hacia delante sentado en el sofá, sujetando su vaso con ambas manos con la mirada fija en sus pies. Las botas habían perdido el lustre tras el paseo por el embarrado bosque.

—A ver, Marina —dijo, manteniendo un tono formal y evitando decir «Marisha», no fuese que hubiera algún malentendido—. Perdona, pero *debías* saber dónde te estabas metiendo cuando aceptaste el empleo en Moscú… ¡Tú mejor que nadie!

—Nada puede prepararte para lo que te vas a encontrar dentro del Kremlin. Nada. Sabía que debía salir, ¿pero cómo? Y entonces apareciste tú.

El fuego despidió una pavesa con un chasquido similar al disparo de una pistola; la brasa cayó en el suelo de madera. Sin perder un instante, Clive se levantó, agarró el cogedor y devolvió el carbonizado trozo de madera al hogar.

—Puedes hablarle a tu gente acerca de la famosa paja que rompió la espalda del camello —en ese momento Marina cambió al inglés—. Por cierto, es un dicho complicado. No tenemos un equivalente, como sabes de sobra… Tú, maestro de idiomas. Nosotros hablamos de «la última gota» refiriéndonos a la que colma el vaso —hizo una pausa y volvió al ruso—. Pues bueno, para mí hubo algo así. Fue el asesinato de un veinteañero. Pasha, mi hijo de acogida. No legalmente, pero… Bueno, lo quería. Era como un hijo para mí. Y quiero a Vania, su hermano.

Con una voz que de vez en cuando decaía hasta un susurro, Marina le habló de los años en compañía de «sus chicos», de sus responsabilidades, de su amor y, sobre todo, de la culpa que sentía por la muerte de Pasha a manos de Grigory Varlamov.

—«Mía es la venganza» —dijo Marina—. Así reza el epígrafe de *Ana Karenina*… Arriba a la derecha, ¿recuerdas?

Clive negaba con la cabeza.

—Marisha…

—Eres la única persona que me ha llamado así —dijo en voz baja—. Alexei me llamaba Marinoska. El presidente también.

—Marisha, ¿qué quieres *exactamente*?

—Quiero una nueva vida lejos, muy lejos. Para Vania y para mí.

—Irán en tu busca.

—No si tu gente nos protege. No si conseguimos una nueva identidad.

—No dejarán de buscarte, ¿lo entiendes? Y te matarán si te encuentran. Para Serov serás una…

La voz de Clive se quebró, pero Marina concluyó la frase.

—… Una traidora. No temas emplear la palabra. Sé qué estoy haciendo. Los riesgos que corro. Pero el truco está en que no te atrapen, ¿no te parece? Escúchame, Clive. Podemos burlarlos. No son tan listos. Créeme, lo sé.

—Marisha, esto no es un juego.

—Lo es. Todo es un juego, mi querido, queridísimo Clive. Necesito tu ayuda. No puedo hacerlo sola… No puedo ni poner un pie fuera de Rusia sin un permiso oficial. Ya ves, soy un asunto de seguridad nacional. Pero no pido caridad. *Sé* cómo funcionan estas cosas. Por eso te dije: «Pregunta a tu gente qué quiere». ¿Lo hiciste? ¿O te inventaste todo eso de los satélites? Respondiste muy rápido. Quizá demasiado rápido…

Clive se levantó, hundió las manos en los bolsillos y deambuló sobre las tablas de madera desnuda, apartado del fuego.

—No le he preguntado a «mi gente» porque no necesito hacerlo. Durante el vuelo mantuve una larga conversación con Martin Hyde. Quiere saber exactamente cuántos microsatélites de comunicación ha lanzado Rusia y por qué todos al mismo tiempo.

—Noventa y cuatro —contestó Marina—. Este año hemos lanzado noventa y cuatro microsatélites. Mi fuente es el viceprimer ministro, Víctor Romanovsky. Aunque aún no he llegado al «porqué». De todos modos, Hyde hace bien en preguntárselo… Hay *algo* en marcha. El presidente no hace más que insinuar cosas acerca de un golpe demoledor. Lo dice él, no yo.

Clive miró a Marina allí plantada frente a las crepitantes y danzarinas llamas. Parecía ajada y demasiado flaca, una sombra de su exuberante persona, pero no le importaba. Sentía una ternura abrumadora por su desilusionada alma rusa. Y entonces, ella volvió a sorprenderlo.

—No tienes por qué hacerlo por mí —dijo Marina, esforzándose para pronunciar cada palabra. Se había acuclillado junto a *Ulises* y le acariciaba la cabeza—. No merezco tu confianza ni tu amistad. Lo entiendo. Ni siquiera tengo derecho a pedirlo... Pero piensa en tu país. Eres un patriota. Mi país quiere dañar al tuyo y tú puedes impedirlo si me ayudas. Piensa en mí como... una desconocida. Te ofrezco un trato. Tómalo o déjalo.

Marina pronunció las últimas palabras casi susurrándolas.

Clive la miraba fijamente, con el ceño fruncido, intentando leer entre líneas, intentando comprender qué quería decir *en realidad*.

—Entonces, ¿de *verdad* me amaste en Nueva York? —preguntó—. Quiero oírtelo decir... *Tengo* que saberlo.

—Sí, te amé, Clive —respondió, mirándolo con los ojos llenos de tristeza—. Pero me controlé, me reprimí porque sabía que era inútil... Estaba destinada a casarme con un ruso. Ese era mi destino, mi *sudba*, y lo acepté. —Marina se levantó y arqueó la espalda—. De todos modos, eso sucedió hace mucho tiempo. Eso fue *entonces*. Ahora tenemos cosas más serias en las que pensar...

—¿Hay algo más serio que el amor?

Marina se había sentado en su butaca con las manos apoyadas en los reposabrazos; su respiración se aceleró.

—¡No lo pongas tan difícil! —rogó—. Sé cómo funcionan estas cosas. Tengo que aportar algo *ya*, algo que haga a tu gente tomarme en serio. El miércoles, pasado mañana, te puedo entregar un paquete de correos privados del general Varlamov. Treinta y seis horas. ¿Servirá?

—¿Tú sabes dónde te estás metiendo? ¿Lo sabes?

Marina miró a Clive con ojos desesperados, suplicantes.

—Eres la única persona a la que puedo recurrir... ¿No lo ves? —dijo y se levantó para colocarse frente al fuego del hogar. Clive hizo lo mismo y se situó a escasos centímetros de ella.

—Es que lo he hecho todo muy mal —susurró Marina, y luego, con un movimiento que él recordaba tan bien, se inclinó hacia delante y posó la cabeza en su pecho.

—Marisha —susurró—. Marisha… —Le acarició el cabello, una mejilla y luego, tras una brevísima vacilación, se besaron con una intensidad sorprendente para ambos.

A Clive le costaría días, incluso meses, entender sus sentimientos aquella tarde en Peredélkino, cuando Marina y él hicieron el amor después de tanto tiempo. Los sentimientos del pasado se estrellaron contra los del presente y se sintió abrumado. Cerró los ojos tumbado boca arriba en la cama. Marina besó sus párpados.

Luego, en la oscuridad, se sentó al borde de la cama de espaldas a Clive y él recorrió su espina dorsal con un dedo, pasándolo sobre las protuberancias de las vértebras. Un oblicuo haz de luz proyectado por una farola de la calle León Tolstoi entraba por la ventana.

—Tienes el cuerpo de una chica de dieciocho años.

—Soy una mujer de cuarenta. Escúchame, Clive. Esto no volverá a suceder. Lo entiendes, ¿verdad? No podemos volver a encontrarnos aquí. ¿Qué hora es? Debes regresar con Vera.

Clive se inclinó hacia delante, la besó entre los omóplatos y dijo:

—«Ha sido el ruiseñor y no la alondra el que ha traspasado tu oído medroso».

—«Ha sido la alondra, que anuncia la mañana» —respondió Marina, dándose la vuelta y colocando la palma de su mano en la mejilla de Clive. Después, con infinita tristeza, añadió—: Ay, Clive, todo esto es demasiado poco y llega demasiado tarde.

Hablaron y hablaron, y ya era medianoche cuando Clive regresó a la dacha de Vera, donde la encontró dormida frente a la película que, se suponía, habían visto juntos: *Iván Vasílievich cambia de profesión*. Clive quitó el sonido y se sirvió algo de vino blanco en uno de los vasos de Vera, con rosas pintadas a mano y, probablemente, superviviente de la revolución. Apenas se había sentado en la ajada butaca de terciopelo rojo cuando la anciana se despertó con un suave ronquido. Clive murmuró algo acerca de una extensa cena con Alyosha, que después se empeñó en declamar a Pasternak, pero Vera lo cortó.

—No me gusta que me mientas —dijo lanzándole una mirada seria—. No soy tonta.

Vera se sirvió una copa de Baileys, su trago nocturno preferido, y no hizo preguntas. Allí, juntos en la veranda, Clive miró a las estrellas, a las ligeras nubes que atravesaban aprisa el rostro de una luna casi llena y a las nudosas formas de los manzanos, similares a hombres ancianos. Se sintió milagrosamente revivido, renacido. Quiso estirar un brazo y guardarse la plenitud de la noche en un bolsillo.

—Bueno, está bien —añadió Vera dándole una palmada en el brazo—. Debes vivir tu vida del modo que te parezca más adecuado. No estoy aquí para juzgarte.

Clive cogió las pequeñas manos de Vera y las besó. Al subir al Yandex Taxi, el Ford Escort aparcado frente a la dacha cobró vida y, con él, la sombra del FSB, que cerró su ordenador portátil. Clive se recostó en el asiento trasero del coche e intentó digerir lo acontecido a lo largo de las últimas horas durante el viaje de regreso a Moscú. Lo que más le sorprendió fue cuán conocida le resultó la mujer: su aroma, la suavidad de su piel, el modo en que exhaló un casi asustado jadeo cuando entró en ella. Era como si no hubiese cambiado nada, nada de nada. Y, a pesar de todo, comprendía perfectamente bien que, en realidad, sucedía todo lo contrario: su vida entera estaba patas arriba.

11

—¿A qué viene *toda esa* fijación con Antón Chéjov?

El general Varlamov había entrado al despacho de Marina en el Palacio del Senado sin llamar, una de sus muchas molestas costumbres. Ella se encontraba sentada en su escritorio, con el ordenador portátil abierto, realizando la corrección ortotipográfica de los menús para la recepción que tendría lugar la noche siguiente en honor al excanciller alemán, entonces miembro del consejo directivo de Gazprom. De mala gana, levantó la mirada y forzó una sonrisa.

—Ayer por la mañana —dijo el general, sentándose en la butaca de castaño—, su amigo Franklin se fue al cementerio Novodévichi, dejó un ramo de flores en la tumba de Chéjov y después, justo frente a la lápida, pronunció una especie de discurso. Enfermizo, ¿no cree?

—Le gusta Chéjov —contestó Marina con un encogimiento de hombros—. En el Bolshói, me dijo que estaba traduciendo algunos de sus cuentos.

«También me dijo que me ayudaría a salir de aquí para no regresar jamás —pensó Marina mirando fijamente a Varlamov, capaz, por una vez, de dejar a un lado su odio hacia el general—. Pero todo depende de la calidad de la información que les pueda proporcionar. Tendrá que ser excepcional. Entonces, y solo entonces, *ellos* me sacarán de aquí. Eso me prometió Clive después de hacer el amor».

Marina volvió a fijar la mirada en la pantalla con la esperanza de que el gesto indicase a Varlamov su deseo de estar sola, pero el general no dio señales de ir a ninguna parte; en vez de salir, se dedicó a deambular por su despacho, ensimismado. Era una oficina particularmente bonita, situada en la primera planta, con un techo alto y ornamentado con una cornisa, balcón y ventanas a ambos lados, de modo que el despacho estaba lleno de luz. El pesado mobiliario decimonónico no era de su agrado, así que hizo traer de Italia una butaca giratoria de cuero negro, a la que se refería como su «silla de pensar». Ah, y una cafetera Nespresso. Desde el balcón podía ver la plaza Roja y la Catedral de San Basilio. ¿Por eso el general se dejaba caer tanto por allí? ¿Para admirar las vistas?

—Sí, ya, pero ¿y las *flores*? ¿Y eso del *discurso*? —insistió el general.

—Quizá sea una excentricidad... Cosas de los ingleses.

«Aunque no en la cama —pensó, manteniendo la mirada fija en la pantalla del ordenador—. En la cama es ardiente y delicado. Anoche me sentí deseada... Fue tan sorprendente, tan encantador... Sus caricias, sus besos y todas las cosas que llevo tanto tiempo echando de menos».

Los últimos años de Marina fueron de celibato casi absoluto, si exceptuamos el flirteo con un intérprete alemán que duró unas semanas y concluyó cuando la quiso llevar a Worms para presentarle a su madre. Por lo demás, había llevado una vida monacal cuidando de Alexei. Luego, una vez fallecido, descubrió que no le apetecía mantener más relaciones. Pero entonces todo había cambiado.

—¿Cómo traduciría «suflé»? —preguntó.

—Pues... Suflé —respondió el general con gesto descuidado. Tenía la mente en otra parte.

—Así lo he traducido yo también. Pero en cirílico, claro.

El despacho de Marina se encontraba en el corazón del centro administrativo presidencial, que ocupaba la mayor parte del Palacio del Senado, una majestuosa construcción amarilla del siglo XVIII con una cúpula verde situada dentro del Kremlin. En el mismo corredor, Varlamov tenía su despacho de cortesía, que empleaba cuando le venía en gana, aunque todo el mundo sabía que donde más a gusto se encontraba era en una oficina del ático de Lubianka, el cuartel general del FSB.

—Quizá Franklin sea homosexual. ¿Usted qué opina? —preguntó de pronto Varlamov.

—Estaba casado con una *mujer*.

—Eso pudo ser una tapadera.

—Usted es demasiado suspicaz, Grigory Mijáilovich.

—Sí, sí lo soy… Lo mismo dice mi esposa. Se me ha ocurrido que quizá usted lo supiese, eso es todo. Ya sabe, por su temporada en Nueva York, cuando usted era una joven despreocupada.

Marina escudriñó el rostro del general en busca de burla o sospecha, pero no halló nada, lo cual indicaba su desconocimiento de la aventura con Clive años atrás. No figuraba en su ficha del FSB. «Entonces el FSB estaba corto de fondos y yo era una donnadie —reflexionó—, ni siquiera merecía una sombra».

—Durante mi estancia en Nueva York no carecí de preocupaciones —dijo despacio, con un leve tono de reproche—. Mi esposo enfermó de cáncer.

—Tuvo mala suerte. Yo padecí cáncer y ahora estoy bien.

El general, para desazón de Marina, sacó su cigarrillo electrónico.

—¿Puedo?

—Por supuesto.

El general volvió a su teléfono y al informe de su agente.

—¿Dónde estuvo esta mañana? La busqué… Nadie sabía a dónde había ido.

—Salí a correr.

Al rayar el alba se trasladó en coche desde Peredélkino hasta el estadio Luzhnikí y cronometró su marca para medio maratón corriendo como si se tratase de la carrera oficial. Corrió con una ligereza que no había sentido desde hacía años y logró completar veintiún kilómetros en dos horas, ocho minutos y cuarenta y cuatro segundos. Eso suponía una velocidad de 6,1 km/h, su mejor marca en lo que iba de año.

—En el Bolshói le dio su tarjeta a Franklin… ¿Por qué lo hizo?

—Para que me pueda llamar si cambia de opinión.

—¿Cambiar de opinión?

—Acerca de correr —dijo Marina con un tono servil y colaborativo—. Usted mismo me propuso que le preguntase a Clive

135

Franklin si quería participar en la carrera. Eso hice. Me contestó que estaba muy ocupado, pero nunca se sabe, ¿verdad? Las conversaciones comerciales pueden llegar al estancamiento más horroroso y entonces estaría libre como un pájaro.

—¿Me permite ver una de esas tarjetas suyas? ¿Le importa?

Marina abrió el cajón de su escritorio donde guardaba sus tarjetas de visita y una provisión secreta de cigarrillos para León. Con una sonrisa paciente, le tendió a Varlamov una tarjeta de color marfil. El general la sostuvo entre sus muy bien cuidados dedos, le hacían la manicura, la leyó y se la devolvió. El anverso estaba en ruso, el reverso en inglés.

—¿Cuántos idiomas habla, Marina Andreyevna?

—Veamos… Sin contar el ruso, hablo inglés, alemán, francés, italiano, español, algo de turco y un poco de persa.

—Impresionante, sí, señor —dijo Varlamov—. Pero cuando las cosas se ponen difíciles, usted se raja.

—¿Qué quiere decir?

—En teoría, siempre ha aceptado ayudarnos. Si mal no recuerdo, en Ginebra incluso realizó un curso básico de vigilancia. Pero en la práctica nos ha entregado muy poco. Casi nada. Es decepcionante.

—General —respondió Marina, manteniendo la sonrisa—, soy una lingüista, no una espía y, más aún, siempre me he mantenido apartada de la política. Usted lo sabe. Nikolái Nikolayévich también lo sabe. No podemos estar *todos* en pie de guerra *todo* el tiempo.

—Me temo que se equivoca, Marina Andreyevna. No debemos bajar la guardia. Ni un segundo. De hecho, necesitamos ir un paso por delante. Pronto, muy pronto, impresionaremos al resto del mundo con nuestro… nuestro ingenio.

Marina cerró la tapa del ordenador y se inclinó hacia delante con las manos entrelazadas.

—Si hay algo que pueda hacer para ayudar…

—Nada, gracias. *Esta vez* no. ¿Pero quién sabe? Un día de estos…

—Siempre a su servicio, general, ya lo sabe.

Esta vez su sonrisa era genuina. Marina estaba encantada consigo misma por haber sido capaz, durante el último cuarto de hora, de mantener absolutamente controlada la aversión que sentía hacia el hombre situado frente a ella.

—Y, ahora, volvamos al menú —dijo Marina con tono alegre y despreocupado—. ¿Profiteroles? En ruso es casi igual, solo que sin la «e». *Profitroli*. Al parecer, nuestra gastronomía preferida es la francesa, ¿usted qué opina, Grigory Mijáilovich?

Alguien llamó a la puerta antes de que el general pudiese responder. León, con escrupulosa cortesía, anunció que el presidente deseaba ver al general. Y también a Marina Andreyevna. Mantuvo la puerta abierta para Varlamov, quien de pronto se detuvo para reprender al joven por su desaliñada apariencia. ¿En vaqueros? ¿Sin corbata? ¿Sin calcetines? ¿Acaso había olvidado dónde estaba?

—Para nada.

La alfombra de Aubusson amortiguó el sonido de los tacones de Marina mientras seguía al general y a León por el largo pasillo. Al llegar a las doradas puertas abiertas, saludó con un asentimiento a los dos guardaespaldas armados, pertenecientes al Servicio Federal de Protección, y estos respondieron del mismo modo. Mantenía una actitud amistosa hacia esos agentes de élite; a algunos los conocía de vista y a otros por su nombre.

Serov se encontraba en una sala de reuniones con las paredes cubiertas de roble viendo los informativos de la BBC; tenía el mando de la televisión en la mano.

—Rápido, Marinoska. Siéntate. Necesito que traduzcas.

Los blancos acantilados de Dover servían de fondo para el reportero de la cadena, el viento le revolvía el cabello y hablaba directamente a cámara micrófono en mano.

—Sergei Yegorov, antiguo oligarca ruso convertido en rival político y voz crítica del presidente Serov, celebraba su quincuagésimo tercer cumpleaños cuando se sintió indispuesto y lo trasladaron de urgencia al hospital. Se encuentra en estado grave. Su esposa afirma que gozaba de buena salud y jugaba al tenis dos veces a la semana. También ha declarado que su esposo, ahora ciudadano británico, había recibido amenazas de muerte por parte de fuentes rusas desconocidas.

Marina tradujo tan rápido como pudo mientras las imágenes de la cámara variaban entre la costa de Dover y el vestíbulo de la Cámara de los Comunes, donde el miembro del Parlamento por Dover calificó la situación como «extremadamente preocupante» y deseaba al señor Yegorov una pronta recuperación. De nuevo en los estudios televisivos, un corresponsal de seguridad recordaba a su audiencia que Yegorov fue el autor del éxito de ventas *La cleptocracia de Serov,* libro que lo convirtió en un objetivo de primer orden y, de nuevo, señalaba a Rusia con dedo acusador.

—¡Demuéstralo! —rugió el presidente Serov a la pantalla antes de apagar la televisión y volverse hacia Varlamov—. Bien hecho, Grisha —dijo levantándose de un brinco y dando palmadas en la espalda del general—. Enhorabuena.

Debería haber acudido directamente a Hyde. Por supuesto que sí. Pero no lo hizo.

Clive razonó, para sí, que no podía aportar nada concreto aparte del número exacto de microsatélites rusos orbitando la Tierra (una información en modo alguno confidencial). Quizá nunca pudiese. ¿Estaba construyendo castillos en el aire? ¿Eran deseos fruto de la desesperación? Bueno, pronto lo sabría. Marina se había impuesto una fecha límite: el miércoles por la mañana. Le quedaban veinticuatro horas.

Las conversaciones comerciales mantenidas en el Ministerio de Asuntos Exteriores no estaban llegando a ninguna parte y al sentarse en la mesa de paño verde no le sorprendió en absoluto ver a la delegación británica de un humor más bien apagado. Cuando el principal negociador ruso suspendió las conversaciones sin dar explicación alguna, Clive se sintió aliviado y contento por salir del ministerio; un edificio monstruoso, una de las fantasías góticas de Stalin, con sofocantes *folie de grandeur.*[6] En la acera, frente al ensordecedor tráfico, Clive se volvió una sola vez para lanzarle un vistazo a los descomunales chapiteles y pilares de mármol antes de fundirse en la ciudad de Moscú y, simplemente, pasear. Visitó dos de sus galerías de arte preferidas, pero mientras contemplaba pintura tras pintura, en realidad continuaba viendo los ojos castaños con motas verdes de

---

6   Aires de grandeza. En francés en el original. (N. del T.)

Marina. Allí estaba ella, en el *Tríptico marroquí* de Matisse, en la *Mujer con abanico* de Picasso y, sobre todo, en la campesina de Argunov. Siguió un impulso y se metió en un cine, quizá para apartarla de su mente; vio una película antes de regresar al hotel. Su teléfono había estado apagado durante horas.

Cruzaba el vestíbulo del hotel, planeando la cena que pediría al servicio de habitaciones, cuando una voz autoritaria lo detuvo en seco.

—Ya era hora, joder —dijo Rose, abandonando con un brinco la butaca de cuero. A Clive le pareció que el mechón rojo de su enmarañado cabello rubio parecía más rojo que nunca, pero tenía buen aspecto enfundada en sus ajustados pantalones de cuero verde y un jersey negro; llevaba una chaqueta colgada del brazo.

—Recibiste mi mensaje, ¿verdad? Lo arreglé con Lucky Luke... —Clive la miró perplejo. Rose sonrió—. Para los humildes mortales es Luke Marden, embajador al servicio de su británica majestad. Para mí, es Lucky Luke.

—¿Y qué hay de Martin Hyde? —preguntó.

—Lo arreglé con Lucky Luke —repitió. Entonces él recordó lo que le había dicho George Lynton: Rose y Hyde no se soportaban—. Clive, mi nuevo mejor amigo —continuó Rose—, el Consejo Británico te necesita. Estamos aquí para mantener conversaciones acerca de la crisis con Boris. Y tú eres mi arma secreta.

Fiódor se sentó al volante del coche de la embajada. Clive le dedicó un amable saludo al conductor, y también Rose, que se inclinó hacia delante y le dio una palmada en el hombro.

—El mejor conductor de Moscú —dijo—. Fiódor y yo somos colegas, ¿verdad, Fiódor?

—Sí, colegas —respondió él mostrando una amplia sonrisa mientras se internaba en el tráfico moscovita.

Rose, con los ojos entornados y recostada en el respaldo de cuero, le explicó a Clive que el oligarca Boris Kunko, principal patrocinador del Consejo Británico, había presentado un ultimátum esa misma mañana: Kunko S. A. va a retirar su patrocinio a la Real Compañía Shakesperiana para la representación de *Julio César* del viernes, a no ser que se cumplan las condiciones de Boris, que, sencillamente, consistían en una plaza para su hijo en Eton.

—Eso es chantaje —dijo Rose—. Tienes que hablar con él acerca de este asunto. Haz que cambie de idea. Es un elenco brillante y compuesto exclusivamente por negros; además, las entradas están agotadas.

—Sin presiones.

—¡A mí no me hables de presiones! Si lo tiramos por la borda, habré metido la pata de lo lindo —dijo Rose.

Clive soltó una risita.

—¿Qué pasa? ¿Dónde está la gracia?

—En ninguna parte… No es nada… Es una costumbre que tengo.

—*¿Qué… coño… es… tan… gracioso?* —insistió.

—Nada, tengo cierta obsesión con los dichos y refranes… Una mala costumbre. Si oigo uno en inglés, tengo que hallar su equivalente en ruso y viceversa. Sí, es ridículo, lo sé, pero es lo que hay. En Rusia uno no «mete la pata»… Más bien… Bueno, lo más parecido es «pisar un charco».

—Ah, ¿en serio? Entonces puedo escoger entre meter la pata y pisar un charco… ¿No? —preguntó cuando el coche se acercaba a un almacén reformado del Muelle Savvinskaya. Frente a ellos destellaba un letrero de neón azul con las palabras HIGH TIDE, (Marea Alta) escritas en alfabeto latino.

La discoteca más famosa de Moscú mostraba una inquietante calma el martes por la noche. La sala de baile estaba cerrada; solo el restaurante de la azotea estaba abierto y fue allí donde Clive y Rose se sentaron, en la barra, bajo una cubierta de lona con calefactores al rojo; el lugar ofrecía una magnífica vista del Moscova. Desde allí Rose vigiló al obeso hombre de mediana edad con una resplandeciente cabeza calva sentado en una mesa casi vacía entre una morena ataviada con una minifalda plateada y un ajustado jersey de lentejuelas y una rubia vestida de negro.

—Es ese —señaló Rose—. Ese es Boris. Es el dueño del local, además de una cadena de hoteles de lujo y de la mayor parte de las tintorerías públicas y túneles de lavado de coches de Moscú; sin contar los millones de hectáreas de bosque en el Lejano

Oriente ruso. Pero no me malinterpretes. El Consejo Británico *adora* a Boris Kunko. Ha prometido sufragar la exposición de retratos ingleses del siglo XVIII en la galería Tretiakov y más vale que pague la representación de *Julio César* mañana por la noche. De otro modo, estamos jodidos.

El oligarca hacía entonces una señal al camarero, que supo exactamente qué hacer: abrir una botella de Cristal valorada en cinco mil dólares.

—Bueno, Clive, amigo mío. Allá vamos. Y piensa solo en esto: ni metemos la pata ni pisamos charcos.

Rose lo cogió del brazo y se acercaron.

—¡*Privyet!* —saludó ella con una amplia sonrisa—. ¡Qué bueno encontrarte por aquí!

—¡Rose! ¡Mi rosa inglesa! —exclamó Boris, abriendo sus brazos de par en par—. Bienvenidos, bienvenidos. Sentaos. Bebed. ¿Preferís vodka o champán?

—Gracias, Boris, comenzaré con champán. Boris, te presento a Clive Franklin. Clive, este es Boris Kunko.

—Encantado de conocerlo, señor Kunko —dijo Clive en ruso—. Tengo entendido que usted es un gran mecenas del arte.

Boris mostró una expresión de perplejidad y contestó en inglés recalcando cada sílaba.

—¿Un *ruso*? Creía que era el novio inglés de la rosa inglesa.

—Y es inglés. En efecto. Pero no es mi novio.

Rose, con una habilidad que Clive no pudo sino admirar, se colocó junto a Boris y, de alguna manera, logró situar al traductor al otro lado del oligarca.

—A ver, Boris, ¿de qué va todo eso de echarse atrás?... Eso no está bien. Clive, ayúdame.

Clive planteó cortésmente la pregunta en ruso, pero antes de que pudiese concluirla, Boris se desahogó hablando en inglés.

—Obra titulada *Julio César*... César significa «zar»... ¿Lo sabes? Patrocino esa obra... ¡si... si... el Consejo Británico garantiza que Dima vaya a Eton! ¡Ese es el nuevo trato!

—Boris, nunca acordamos eso —dijo Rose con su mejor voz de niñera—. Me diste tu palabra.

Boris la cortó haciendo un gesto con la mano y negando con su calva cabezota.

—Ahora Dima está en Sunningdale. Su inglés es perfecto. Nada de faltas. Es campeón de la competición de ajedrez y juega al críquet como bateador. Después de Sunningdale tiene que ser Eton. Esa es la ruta necesaria. Es de importancia absoluta que reciba una carta oficial del Consejo Británico firmada por el jefe de dirección. Y, por favor, no olvides el… —Boris se interrumpió volviéndose hacia Clive.

—El timbre —dijo Clive—. Es como un sello oficial.

—Eso nunca fue parte del trato, Boris, y lo sabes —replicó Rose.

—¡No hay Eton, no hay Shakespeare! —aseveró Boris con un puñetazo en la mesa.

—Señor Kunko —intervino Clive, esta vez en inglés por deferencia a Rose—, estoy seguro de que podemos arreglar las cosas. Siempre se puede, ¿no le parece? —En ese momento Clive cambió al ruso—. Menuda maravilla de local que tiene aquí. ¡Y no hablemos de las vistas! Me encantaría dar un paseo por la terraza. ¿Sería posible…? Quiero decir si no sería mucha inconveniencia pedirle que me mostrase el lugar.

Boris dudó, le lanzó una dura mirada a Clive y sacó un paquete de cigarrillos.

—Un cigarrillo —dijo, poniéndose en pie.

Una vez fuera, en la azotea, Clive tomó una profunda respiración del fresco aire nocturno: se acercaba el invierno. El oligarca prendió su cigarrillo con un mechero de oro. Allá abajo fluían las oscuras aguas del río y las luces de Moscú parpadeaban extendiéndose hasta el infinito.

Quince minutos después, ambos regresaron a la mesa.

—Acuerdo mutuo —anunció Boris—. El viernes por la noche veremos al zar Yulius. Y el hijo de Boris irá a Eton. —Estrechó efusivo la mano de Clive—. ¡Vamos a celebrarlo!

Boris volvió a mirar al camarero, que se apresuró a presentar otra botella de Cristal ya en hielo. Tras un brindis por la amistad anglorrusa llegaron más amigos y Clive y Rosa salieron del local.

—A ver, ¿cuáles fueron las palabras mágicas que empleaste esta vez? —preguntó Rose mientras descendían los peldaños de una ancha escalera abierta bajo una gigantesca bola giratoria de cristal Swarovski.

—Le expliqué que en Gran Bretaña las cosas van fluidas. No las escribimos. Ni siquiera tenemos una Constitución escrita. Así que, punto uno: ni carta ni contratos firmados. Punto dos: le pregunté si su hijo era brillante. «Sí», respondió. Luego le pregunté si era un hombre rico. «Mucho», dijo él. Así que le aseguré que no habría problema. A todos esos colegios privados les gustaban los padres ricos con hijos brillantes. Se podría decir incluso que era el pase al país de los sueños. Y punto tres: bajo ningún concepto debería cancelar el patrocinio de *Julio César*, pues el embajador pensaba organizar una cena en su honor dentro de la embajada y, si la obra se cancelaba, Eton podría llegar a conocer la noticia...

—No sabía nada de esa cena.

—Bien, pues ya lo sabes. Mira, Rose, tenía que ofrecerle algo... Estoy seguro de que el embajador lo entenderá. Intentaré contárselo personalmente. Y hay algo más... No quiero estropearte la velada, pero Boris me ha dicho que *Julio César* será lo último que patrocinará para el Consejo Británico.

—¡Mierda! ¿Te dijo por qué? —preguntó Rosa tendiéndole el comprobante a la empleada del guardarropa. Clive esperó a salir del local antes de contestar.

—Quiere pasar más tiempo en Londres con su hija y necesita el dinero. Ha hablado con sus amigos rusos afincados allí... Le han dicho que se abra paso entre la sociedad londinense a golpe de talón: reparte un montón de dinero a un montón de instituciones y consigue que te inviten a las fiestas adecuadas. Boris piensa patrocinar cualquier cosa que lleve la palabra «real», comenzando por el Real Colegio de Música... Allí estudia su hija. Después llegará la Real Casa de la Ópera, el Ballet Real, la Academia Real, La Real Sociedad Horticultural e incluso la Real Sociedad para la Protección de las Aves. ¿Sabías que Boris cría halcones? Me dijo que tienen una vista soberbia y matan a sus presas, otras aves, en vuelo.

—Fascinante.

—Intenta abandonar Rusia. ¿Acaso no lo ves, Rose? Bueno, en cualquier caso, siento decirte que Serov está a punto de cerrar el Consejo Británico y poner coto a esas ideas progresistas, según Martindale, ... Así que no vas a *necesitar* a otro oligarca. Solo otro empleo.

—No quiero otro empleo —espetó Rose—. Me gusta este. Por cierto, has estado genial… Gracias. Un montón de gracias. Más allá del deber. Y muy inteligente, coño… A ver, ¿dónde está mi colega Fiódor? —Rose continuó hablando mientras buscaba entre los vehículos aparcados. De pronto descubrió el coche de la embajada y agitó los brazos, gritando—: ¡Fiódor, aquí!

Luego, acomodada en el asiento trasero, guardó un silencio poco habitual. Clive la miró y pensó que parecía exhausta.

—Hay ocasiones en las que me parece que ya no puedo seguir haciendo esto —dijo al fin—. Es demasiado difícil, joder. Pero, por otro lado, soy tozuda y me siento muy unida a este lugar. Quizá porque tengo raíces rusas. ¡No te rías! Ya sé que mi ruso apesta, pero estoy trabajando en ello. A mi bisabuelo lo nombraron artista principal para la Exhibición Agrícola de la Unión Soviética, celebrada aquí en Moscú, en 1939. Su hijo, mi abuelo, salió en los setenta… Eso fue cuando miles de judíos abandonaron Rusia. Se fue a Viena y, de alguna manera, acabó en Londres. En el maldito St John's Wood.

Clive se estiró y posó una mano en el brazo de Rose. Lo había conmovido que confiase en él.

—Antes muerta que perder este trabajo —soltó Rose—. ¿Y si me devuelven al viejo y aburrido Londres? Aún no he acabado con Rusia. Quiero ver Vladivostok, Omsk, Tomsk…

Rose miraba por la ventanilla al incesante flujo del tráfico, aun a medianoche, a las tiendas y bares con luces de neón anunciando su horario ininterrumpido y las aceras aún con viandantes, a las fuentes y edificios iluminados, a los gigantescos anuncios pixelados, a las brillantes luces que destellaban por todos lados.

—Moscú nunca duerme… Eso me encanta —dijo volviéndose hacia Clive—. ¿Viste a la chica de negro junto a Boris? Se llama Alisa. Hicimos buenas migas mientras estuvisteis en la terraza. Organiza eventos. Conciertos de pop y festivales de música. Hemos quedado para salir. —Entonces dudó—. Soy homosexual. ¿Lo sabías?

—Lo suponía —contestó Clive, cortés.

—¡He quedado con Alisa! En esta ciudad, ¡cada noche es una aventura! Otra razón por la que amo Moscú.

—También yo —convino.

En un momento indeterminado de la noche, cuando incluso las calles moscovitas quedaron en silencio, Clive se sorprendió con la mirada clavada en el techo de la habitación de su hotel. Podía arreglárselas con Rose y Boris Kunko fue un entretenimiento más que bienvenido; quien lo mantenía despierto esa noche era Marina Volina. ¿Podría hacer la entrega? ¿La haría? Esperaba que sí con todo su alma. No solo por ella, sino también por él.

Marina aguardó a que la luz se difuminase antes de abandonar el número 25 de Tverskaya. En su mochila llevaba una cantidad de dinero en efectivo para casos de emergencia, diez billetes de cien dólares, que había sacado de su librería, justo detrás del *Oxford Thesaurus*. No sería suficiente. Cogió el metro, salió en Universitet y encontró el primero de los tres cajeros automáticos.

Conocía la zona a la perfección: las anchas avenidas con sus ordenadas filas de manzanos alrededor de otra de las colosales fantasías góticas de Stalin, la Universidad Estatal de Moscú.

¿La seguían? Por supuesto que no. Se estaba volviendo paranoica. Aunque, a pesar de todo, volvía la cabeza de vez en cuando. Se subió a un autobús, caminó algo más y después cogió otro autobús; no dejaba de sentir un escalofrío en la nuca. El paseo Máximo Gorky era una calle deprimente, con edificios tapiados. Llamó tres veces en rápida sucesión y dos veces más espaciadas al portero automático del número veintiocho. Retrocedió para que la cámara de la entrada pudiese captar su imagen con claridad. La puerta se abrió.

El ascensor olía a orina y estaba cubierto con pintadas obscenas que incluían, entre otras cosas, la palabra inglesa *fuck*. Marina salió en el piso undécimo, donde un destrozado frigorífico ocupaba casi todo el descansillo. El apartamento 11 A se encontraba en el otro extremo del pasillo y, tras una llamada al timbre, un ojo de mirada recelosa observó a través del círculo de cristal abierto en la puerta acolchada con cuero. Comenzó a correr una serie de pestillos y después la puerta se abrió de par en par. Allí estaba Vania, con los vaqueros tan caídos en sus caderas que Marina podía ver su ropa interior. Se inclinó hacia delante y la besó. Ella advirtió de inmediato que la mirada de sus ojos azules se hizo menos recelosa.

El desorden del piso era impresionante, por todos lados había desperdigadas latas de Coca Cola y cajas de comida a medio consumir. Tenía las ventanas cerradas y el ambiente estaba insoportablemente cargado.

Marina apartó unos platos sucios para hacer un sitio en la mesa donde colocar su bolsa. Con cuidado, sacó algo de esturión ahumado, caviar rojo, pan, mantequilla, un cuchillo, una tabla de cortar, platos de plástico, cervezas, copas y una botella de vodka.

—¡Ahora comenzamos a entendernos! —dijo Vania mostrando una sonrisa de oreja a oreja mientras comenzaba a comer. Terminó de rebañar su plato y Marina le tendió una foto que le había hecho a los dos hermanos unos años antes. Estaban en Peterhof, con una fuente en cascada de fondo. Pasha tenía un brazo alrededor de Vania y sus cabezas se tocaban. Vania apoyó la fotografía en una botella vacía junto a su ordenador portátil y pasó el dedo índice por el rostro de su hermano.

—Vaniuska… Con esos correos, si juegas bien tus cartas… Juntos podemos hacer caer a Varlamov. Destruirlo.

—¿De verdad? —dijo Vania, apartándose de Marina. Su actitud cambió al instante, su mirada se llenó de desconfianza—. ¿De verdad? Te vi en la tele, junto a Serov y Varlamov. ¿Cómo sé que esos mierdas del FSB no te han enviado aquí?

—¡Mírame, Vaniuska! Nos conocemos desde hace años, ¿te he mentido alguna vez? ¿Una sola? Nadie sabe que estoy aquí. ¡Nadie! Tú y yo estamos en el mismo bando. Lo juro por la salvación de Pasha. Hablemos de negocios —añadió con suavidad—. Me preguntaste si podía encontrar a un comprador interesado en esos correos. Pues lo he encontrado.

—¿Quién?

—Yo.

Marina sacó un sobre blanco de su bolsa y dejó cincuenta billetes de cien dólares sobre la mesa. Vania los cogió, los contó y sujetó el último con el pulgar y el índice.

—Billetes nuevos —dijo.

—He negociado en tu nombre. Estos cinco mil pavos son por un pincho con un día de correos de Varlamov, que me llevaré. Es un cebo. Si les gusta lo que ven…

—¿Les?

—No necesitas saber más. Si les gusta la mercancía, me darás otro pincho con el resto de los correos, los veintitrés mil, y te llevarás una pasta gansa.

—¿Cuánto?

—Trescientos mil dólares.

Vania abrió de par en par sus ojos azules y una sonrisa cruzó su rostro.

—Yo no formo parte de este trato, Vaniuska —prosiguió Marina con tono apremiante—. Es importante que lo sepas. Solo soy la intermediaria. Y sin comisión. El dinero por los correos es todo tuyo. Bueno, ¿nos ponemos a trabajar? Debo saber qué estoy comprando.

Vania se sentó frente a su ordenador personal.

—Empecemos contigo… ¿Por qué no? Apuesto a que figuras por alguna parte…

Vania tecleó «Volina» en la barra de búsqueda y a continuación se recostó en su silla estallando en carcajadas.

—«Marina Volina es demasiado inteligente para su propio bien…». No le gustas mucho a este capullo.

—¿A quién se lo escribe?

—A Víctor Romanovsky, de la oficina del viceprimer ministro.

—Víctor Romanovsky *es* el viceprimer ministro.

—Bien, pues a él *sí* le gustas. Mira su respuesta: «No es verdad. Y, por cierto, Volina disfruta de la absoluta confianza del presidente».

Marina sonrió. Era bueno saber que tenía amigos en las altas esferas. Iba a necesitarlos si pretendía salir viva de aquello.

—Hazme un favor, Vaniuska —le dijo—. Busca «microsatélites».

El joven lo hizo, pero no obtuvo resultados.

Marina buscó durante tres horas entre los correos del general, hasta que le dolieron los ojos. Mientras lo hacía, apuntaba fechas y horas, además de anotar crípticas pistas acerca del contenido de los mensajes. Bebió un café tras otro para mantenerse despierta.

Rayaba el alba cuando despertó a Vania. Le pidió que guardase los correos enviados y recibidos el día 23 de agosto en el pincho nuevo que había traído consigo, pero Vania negó con un gesto. Estiró un brazo hacia una lata con el cartel de «té» y sacó un pincho de ella.

—En mis cosas no se pone nada de fuera —le indicó.

La tarea llevó diez minutos y, una vez concluida, alzó el pincho USB sosteniéndolo entre el pulgar y el índice.

—¿Este es el cebo?

—Sí.

—¿Y si les gusta a tus amigos, comprarán el resto de los correos y harán caer a ese hijo de puta?

—Sí.

Lucía el sol al llegar a su casa. Oxana levantó su soñolienta cabeza del estrecho camastro cuando subía la desconchada escalera de mármol.

—Sí que llegas tarde, caramba —dijo, frotándose los ojos—. ¿Novio nuevo?

12

Clive se encontraba al límite. Era miércoles por la mañana y no había recibido noticias de Marina. ¿Fue todo una fanfarronada? ¿Una fantasía? ¿Y el «único» fue por los viejos tiempos? Se sintió como un idiota por haberse permitido soñar con que ella saliese de allí, con volver a verla... con... con...

Y aún había algo más. El asunto ese de tener una «sombra» estaba agobiándolo. Incluso mientras desayunaba en el más majestuoso comedor del mundo (según la página web del Metropol) no podía librarse de una sensación de intranquilidad ni dejar de buscar un rostro sórdido, una sonrisa torcida mientras bebía su café bajo una enorme bóveda de vitral de treinta metros de altura. Levantó la mirada hacia el balcón con la esperanza de encontrar a un individuo con gafas oscuras vigilándolo. Escudriñó más allá del gigantesco candelabro, destellante por las bombillas y los dorados, en busca de unos ojos mirando hacia él. Y paseó la mirada por el mar de manteles blancos hasta la borboteante fuente situada en el otro extremo de la enorme sala, casi seguro de que vería a un hombre, quizá incluso a una mujer, apoyado en el pilar de alabastro rojo con los ojos fijos en él.

De pronto Clive perdió la paciencia consigo mismo y sus miedos y salió dejando en su plato un cruasán a medio comer. Estaba a punto de atravesar las puertas giratorias del hotel para invertir otra jornada en conversaciones comerciales sin sentido cuando vio a Narek y Narek lo vio a él. El armenio le sonrió e hizo un gesto de asentimiento. Clive se acercó, tomó asiento en la silla elevada y esperó, pero esta vez Narek no tenía nada para darle, ni periódicos ni revistas de la casa. Lo que hizo fue retomar la conversación donde la habían dejado, hablando acerca de su amor por Liza y la vida que deseaba tener con ella, lo cual aún era una quimera, pues no tenía dinero y la madre de la muchacha no estaba de acuerdo. Las madres siempre son un problema, admitió Clive, empático. Una vez hubo terminado de dar lustre al calzado, le dio primero el zapato izquierdo, que calzó sin problemas, y después el derecho. Al calzar este sintió algo en los dedos. Le agradeció a Narek su buen trabajo, le dio una buena propina y se perdió de vista en el aseo de caballeros, donde cerró la puerta con pestillo, se quitó el zapato derecho y sacó un diminuto paquete. En el papel del envoltorio estaba garabateado «N.B. 27-11». Dentro encontró un pincho USB del tamaño de una ficha de dominó que se metió en el bolsillo.

El coche de la embajada aguardaba frente al hotel para llevarlo a las conversaciones comerciales; le pidió a Fiódor que se apurase. Se sintió como un idiota por haber dudado de Marina; ella había mantenido su palabra. Metió una mano en el bolsillo y sintió el frío pincho USB en la palma. Recostó la cabeza sobre el respaldo del asiento y cerró los ojos. Todo estaba yendo bien. Demasiado bien.

Pero se había olvidado por completo de los filtros de seguridad del Ministerio de Asuntos Exteriores y cuando los recordó ya era demasiado tarde; se encontraba en el vestíbulo de mármol con la mirada fija en la estructura de acero con forma de arco cuadrado: el detector de metales. No había escapatoria. Pasó la palma de la mano por el pilar de alabastro dejando un reguero de sudor. La piedra estaba fría. «Así debo ser yo, frío», se dijo mirando a los guardias de seguridad armados.

Clive atravesó la estructura de metal. Cuando la alarma se disparó, miró al techo, sorprendido, y después encogió los hombros ante el agudo pitido que rebotaba entre los pilares de alabastro. Los agentes de seguridad clavaron sus miradas en él. Tras vaciar sus bolsillos se quedó mirando a un revoltijo de monedas, la tarjeta magnética del Metropol y el pincho USB.

El guardia sostuvo el pincho entre el pulgar y el índice y llamó a su jefe, que estaba sentado en el escritorio situado en una esquina.

—¿Comprobamos esto?

Clive ya oía la puerta de una celda cerrándose.

El jefe de seguridad levantó la mirada de la pantalla de la tableta oculta bajo el escritorio. Estaba viendo en diferido el partido de fútbol entre el Spartak y el TSK jugado la noche antes, que había llegado a los penaltis. El jefe de seguridad le lanzó una rencorosa mirada al guardia, que esperaba una respuesta, negó con la cabeza y regresó a su pantalla.

Clive se apoyó en la mesa y volvió a guardar las monedas y la tarjeta magnética. El guardia le tiró el USB. Clive lo atrapó al vuelo.

Esa misma mañana las conversaciones comerciales concluyeron con una fuerte disputa. El primer secretario del embajador de su británica majestad perdió los papeles. Rompió la hoja de la agenda frente a la delegación rusa, regodeándose en el sonido del papel al desgarrase, mientras declaraba, en inglés, que el juego había terminado. Mientras la táctica rusa consistiese en poner trabas, las discusiones comerciales eran una pérdida de tiempo. Dicho eso, les deseó a todos un buen día y se fue.

Clive envió un mensaje de texto a Hyde desde el asiento trasero de un Golf que olía a rancio: «Las conversaciones comerciales han colapsado. Tenemos que hablar. Me preocupan especialmente las retroexcavadoras JCB y la mermelada de Tiptree». Se acomodó en una de las grandes butacas de cuero del vestíbulo del Metropol, cogió una copia desechada de la edición internacional del *New York Times* y miró los dibujos de la contraportada. De vez en cuando pasaba una mano por el bolsillo para asegurarse de que el pincho USB continuaba allí.

—¿Eso es todo? —preguntó Hyde paseando con Clive por la plaza Roja—. ¿Me lo ha contado todo?

Los dos hombres se separaron de los turistas cerca de la Catedral de San Basilio a primera hora de la tarde y se dirigieron al río. La sombra de Hyde puesta por el FSB, un hombre alto ataviado con una chaqueta de cuero, no intentaba ocultarse; se mantenía a unos diez metros de distancia y ni siquiera se molestaba en mirar a su guía de viajes. «¿Y dónde está la mía? —se preguntó Clive mirando a su alrededor—. ¿Será esa joven paseando con el niño muerto de aburrimiento que lleva un globo?».

—No estoy muy seguro de que me lo haya *contado* todo —prosiguió Hyde—. Nadie lo hace. *Pero...* Me ha contado lo suficiente. Y al final me lo dirá todo, pues va a necesitar ayuda.

—Solo soy el mensajero... Este no es mi mundo.

—¿No lo es? Franklin, hemos entrado en una nueva era de mano de Internet, las redes sociales, la piratería informática... *Es* su mundo... Es el mundo de *todos*.

Caminaron un rato en silencio. Y entonces Hyde se detuvo en seco, volvió la mirada hacia su sombra y luego escudriñó los alrededores. Asumió que las cámaras de vigilancia dispuestas en los edificios aledaños podían capturar imágenes de los individuos, pero no sus conversaciones, o eso creía. Esa era tarea de las sombras y la *suya* consistía en complicarles la vida tanto como fuese posible. También asumía que ambas sombras, la suya y la de Clive, portarían los más sofisticados equipos de grabación, lo cual implicaba que habrían de situarse lo más cerca posible de los amplificadores que emitían música folklórica a todo volumen o de los guías turísticos que berreaban con sus altavoces. «Sí —concluyó Hyde, barriendo la plaza Roja con la mirada—, este es un lugar tan bueno como cualquier otro para mantener una conversación de alto secreto».

—¿Por qué ha esperado tanto, Franklin? ¿Por qué no acudió a mí directamente después del Bolshói? ¿O el martes, tras su reunión en el Ministerio de Asuntos Exteriores? ¿Por qué la espera?

—No estaba seguro.

—¿De...?

—De ella. De mí. De todo.

Hyde se colocó junto a un guía turístico japonés que derramaba información a través de un megáfono.

—¿No intentó reclutarlo? ¿En serio?

—No. Nada de eso.

—¿Le debe algo?

—No.

—¿Está enamorado?

Clive negó vigorosamente con la cabeza.

—Pues entonces es una mujer con talento para esto… Si esto es lo suyo.

—No creo que lo sea. No es una espía.

—A veces esas líneas son algo difusas —apuntó Hyde.

Caminaron en silencio hacia la tumba de Lenin.

—¿Por qué está dispuesta a correr semejante riesgo? ¿Qué quiere?

—Una nueva vida, como le he dicho. Una nueva identidad.

—Y dinero.

—El dinero es secundario.

Una colegiala china se acercó a Hyde y le pidió si podía sacarle una foto a ella y a sus compañeros de colegio con la Catedral de San Basilio al fondo. Hyde la complació como si tuviese todo el tiempo del mundo.

Los dos hombres se mantuvieron cerca de las murallas del Kremlin, rojas como la sangre, hasta llegar a la torre Spasskaya, donde una multitud se había reunido para escuchar las campanadas de mediodía de su famoso reloj. Clive y Hyde se abrieron paso a empujones entre un grupo de parlanchines turistas.

—Fineses —susurró Clive entre personas altas y de cabello claro como el lino que contaban los minutos con los ojos fijos en la esfera del reloj. Entonces, rodeado de gente por todos lados, introdujo el pincho USB en el bolsillo del elegante traje de Hyde.

—Ahora, rotas las conversaciones, necesitamos encontrar una razón para su permanencia en Moscú —murmuró Hyde con una voz apenas audible entre los escandalosos cánticos fineses—. ¿Alguna sugerencia?

—No me importaría correr el maratón de Moscú. Nunca he completado la carrera. En Nueva York me desmayé. Y hace dos años, en Londres, tuve un tirón en los isquiotibiales. Me gustaría cruzar la línea de meta algún día de estos.

—Qué buena idea. Sugerencia del presidente, además. Propóngaselo a su amiga, ¿de acuerdo?

Hyde echó un vistazo a su alrededor. Su sombra se abría paso a codazos entre el gentío a pocos metros de distancia.

—Nos veremos en la embajada dentro de una hora —dijo Hyde en voz alta, mirando en dirección a su sombra. Sentía cierta simpatía por los rangos inferiores del espionaje. De vez en cuando uno debía tirarles un hueso a los perros de presa—. En la embajada, no en la residencia. Nos gustaría saber su punto de vista acerca de esas conversaciones comerciales.

Justo a mediodía, el reloj de la torre Spasskaya tocó cuatro frases musicales, una por cada cuarto, seguidas por doce notas independientes. Se alzaron manos sosteniendo teléfonos inteligentes para sacar fotografías.

—¿Sabía que un maestro relojero escocés llamado Christopher Galloway diseñó ese reloj en 1624? —preguntó Hyde—. Gran Bretaña mantenía buenas relaciones con Rusia en el siglo XVII.

—No cabe duda de que su amigo Franklin es un tipo raro.

Era miércoles por la mañana y Marina solo había dormido un par de horas. Le dolían los ojos por el tiempo pasado mirando a la pantalla del ordenador en el apartamento de Vania, ojeando los correos personales del general Varlamov. Y ahí estaba él, el general en persona, de nuevo en su oficina sin ser invitado y, además, sentado en su «silla de pensar». Marina se inclinó hacia delante con ánimo de objetar, pero se contuvo.

—Los británicos abandonaron las conversaciones hechos una furia... Era de esperar. Así que Franklin tiene el día libre. Vaga por Moscú como un alma en pena. Se va a la Galería Tretiakov y se queda pasmado en una sala llena de... —El general dudó—. ¿Kuinchi?

—Arjip Kuindzhi. Un magnífico pintor romántico. Ucraniano de ascendencia griega.

—Después se va al Pushkin y pasa cuatro minutos frente a un solo cuadro de Picasso, un galimatías cubista. Seis minutos frente a un Matisse. Después fue a ver una película acerca de la reina Victoria y un siervo hindú, en ruso, antes de encontrarse con esa mujer del Consejo Británico, Rose Friedman. Es lesbiana. ¿Lo sabía? Y, un martes, cuando no hay ni baile ni ambiente, su amigo se va a una discoteca con una lesbiana. ¿Algo de esto le parece normal?

—Dígame, Grigory Mijáilovich, ¿qué significa exactamente «normal»? Hace lo que le interesa...

—¿Ah, sí? ¿No será que está en misión especial? ¿Cómo podemos saberlo? El primer secretario británico rompió la agenda esta mañana, durante las conversaciones, pero no antes de que su amigo leyese un resumen de las discusiones mantenidas ayer (primero en inglés y después en ruso) y tener el descaro de decirle a nuestra gente que habíamos cambiado o dejado fuera algunas cosas.

—¿Y es cierto?

—Los idiomas no son una ciencia exacta. ¡Todo está abierto a la interpretación! ¡Siempre! Marina Andreyevna, se lo digo con toda honestidad, ese hombre es una molestia.

—Quizá solo esté siendo meticuloso. Hace aquello por lo que le pagan.

—Pues bien —apostilló cansado—, a mí me pagan por sospechar.

—Y tiene razones para sospechar, Grigory Mijáilovich —admitió Marina con súbita animación—. Todos tenemos algo que ocultar.

Marina sabía de qué estaba hablando. Había pasado buena parte de la noche investigando cada rincón y recoveco de la vida personal de Varlamov. Sabía dónde se cortaba el pelo (en la peluquería Cuatro Estaciones), qué *banya* le gustaba (la nueva abierta en Malaya Dmitrovka),[7] de qué equipos de fútbol era su hijo (del Spartak, y del Manchester City) y cuál era la cantante favorita de su hija (Beyoncé). También sabía que Varlamov había cobrado una suculenta comisión (trescientos mil dólares) por impulsar (léase «no bloquear») la solicitud de Kunko para servir alcohol hasta las cinco de la mañana en su novísimo local, la discoteca High Tide... Y sabía que el general aún cobraría mucho más en los años venideros. Más aún, sabía que tenía una amiga llamada Dasha. Pero eso eran nimiedades. Había encontrado una pepita de oro puro en los correos personales del general.

---

7   Sauna. *(N. del T.)*

Marina observó a Varlamov acercarse a la ventana y observar la plaza Roja con la cabeza inmóvil y sus pálidos ojos azules vigilantes e inmóviles como los de un lobo. ¿No lo llamó así Clive? ¿El Lobo?

—Por ahí abajo anda ahora, el inglés ese, paseando con el espía Martin Hyde. —Varlamov miraba su teléfono—. Han estado cuatro minutos y medio frente al monumento a Minin y Pozharski. ¿Cuál puede ser el motivo?

—General, honestamente, no tengo ni idea. ¿Interés en monumentos históricos? ¿El placer de hacer turismo? —El general no volvió la cabeza; Marina percibía su disgusto—. O quizá por las conversaciones comerciales —añadió, solícita—. Acaba de decir que hubo una buena trifulca.

—Más que una trifulca —afirmó Varlamov—. Las conversaciones han *colapsado*.

—¡Pues eso es! Franklin está informando.

—Es posible, pero no lo creo; no sé por qué.

Varlamov estaba inquieto. Caminó hasta la librería.

—¿Por qué tiene tantas obras extranjeras?

—No las contemplo como tales, Grigory Mijáilovich. Las veo como obras interesantes. Mire, en la estantería superior verá que tengo a Tolstoi junto a las cartas de Chéjov. En casa tengo una biblioteca soviética completa, herencia paterna… Allí están todos esos escritores rusos que ya nadie lee: Gladkov, Fadeyev, los hermanos Strugatsky. Y un montón de libros ingleses traducidos que tampoco lee nadie. Bernard Shaw, Galsworthy, Jack London…

El general pasó un dedo por los lomos de varios volúmenes.

—Tiene una estantería llena de libros que estuvieron prohibidos en la Unión Soviética. ¿Por qué?

—Porque son buenos libros, por eso. Y quizá puedan enseñarnos algo…

—¿Por ejemplo?

—Pues no sé… ¿A no repetir los errores del pasado?

El general se volvió y miró a Marina. No había vida en el grave rostro del general.

—Siempre confío en mi intuición. No cabe duda de que hay algo raro en ese inglés. ¿Por qué no lo llama? ¿Por qué no le propone que salga a correr con usted? Averigüe lo que pueda.

Marina suspiró y sacudió la cabeza con un gesto de cansancio que parecía demasiado real.

—Si se empeña...

En cuanto Varlamov abandonó la oficina, Marina limpió la silla con un trapo húmedo. Sabía que era absurdo, pero le hacía sentirse mejor. Como le sucedió al ver la calva cabeza de León asomándose por la puerta.

—Tengo el tiempo justo para un pitillo. Y un café.

—León, me dijiste que lo habías dejado definitivamente.

—Solo uno.

Mientras se ponía cómodo, colocando sus pies sobre el escritorio, Marina metió una cápsula y después otra en su cafetera; al tipo le gustaban los cafés dobles. Le tendió uno de los cigarrillos de la provisión secreta que guardaba en el cajón del escritorio. Lo encendió, cerró los ojos y dio una calada tan profunda como le permitieron sus pulmones antes de expulsar una pluma de humo en el aire.

—Vas a hacer sonar la alarma de humo.

—La he desactivado.

León se encontraba en uno de sus escasos momentos parlanchines. Entre calada y calada, le habló a Marina de cómo los años pasados en la Universidad de Stanford fueron su perdición. Allí había comenzado a fumar, a jugar en línea y a conducir motocicletas de alta cilindrada; estuvo a punto de matarse en la autopista del Pacífico. Fue divertido en su momento, pero en modo alguno echaba de menos a América. Lo cierto es que nunca le gustó el país. En su opinión, allí no se podía hablar de la existencia de una verdadera cultura y la mayoría de los estadounidenses carecían de sentido del humor. Después de prender un segundo cigarrillo, le dijo a Marina que su vida mejoraba. Se estaba entrenando con la élite del servicio de escoltas, los guardaespaldas del FSO; era idea del jefe. Se trataba de un entrenamiento exhaustivo que le consumía todo su tiempo libre, pero enseguida obtendría su calificación como guardaespaldas de élite. Y un montón de dinero extra. De influencia. A todo el mundo le gusta un hombre fuerte, dijo León, cerrando los ojos. Después los abrió de par en par y lanzó una tarjeta de crédito sobre el escritorio.

—Casi se me olvida. Cómprate ropa nueva. No hay límite.

No siempre habían sido amigos. Al contrario, al comenzar a trabajar en el Kremlin había mantenido la distancia con él, dejándole claro que no le interesaban ni ventajas ni incentivos. Aquello no fue bien. Cuando León le preguntó qué coche quería, le contestó que estaba contenta con su Golf de segunda mano; incluso hizo un chiste acerca de lo vulgar que resultaba conducir un Porche o un Jaguar y le dijo que el único coche que tendría sería un Prius o uno eléctrico (cosa inútil en Rusia, pues había muy pocos puntos de carga).

León le repitió la misma pregunta un mes más tarde y ella le dio la misma respuesta, añadiendo en esta ocasión que no necesitaba nada y que podía vivir perfectamente bien con su sueldo oficial de 1.596.000 rublos, es decir, veinticinco mil dólares; una remuneración muy superior a la de la mayoría de los médicos o profesores rusos. León la escuchó con una absoluta indiferencia y después la informó de que iba a recibir un emolumento de cincuenta mil dólares de un fondo especial asignado al Ministerio de Asuntos Exteriores por sus impresionantes servicios como intérprete; también la informó de que era la orgullosa nueva propietaria de un Prius, regalo personal del jefe, aunque, por ser tan quisquillosa, se pagaría ella el seguro. Más o menos una semana después se encontró a solas con León, en la oficina de este, mientras esperaba a ver al presidente.

—Marina Andreyevna, permita que le dé un consejo. No puede nadar y guardar la ropa. Las cosas no funcionan así.

Tiempo después se encontraron en el restaurante situado en el segundo piso del Palacio del Senado. Un viernes, durante una comida regada con una buena botella de vino, descubrieron que tenían mucho en común: sus padres eran unos abusones y sus madres practicaban la religión en secreto y no «salieron del armario» hasta la caída de la Unión Soviética.

—¿Estuviste en un coro?

—Pues claro, ¿y tú?

—Por supuesto.

Habían roto el hielo. Se entendían a la perfección. Habían crecido en la penumbra de iglesias con aroma a incienso e iconos brillando a media luz, observando a encorvadas y ancianas damas con delantales y pañoletas apagando velas chisporro-teantes. Siempre había una persona, normalmente una mujer, cuya hermosa voz se imponía a las demás elevándose direc-tamente hacia Dios, o eso creía Marina cuando era una niña devota. Ni ella ni León habían conservado su fe; esa era otra cosa que tenían en común.

—El jefe tiene una opinión muy buena de ti —le había dicho León aquel viernes—. Lo cual significa que vas a tener un retiro muy confortable.

—Pero yo no vine…

—Aún no lo entiendes, ¿verdad? El jefe es un hombre muy generoso y tú vas a aceptar lo que se te ofrece. Y estarás agra-decida. Muy, muy agradecida. Así funcionan las cosas por aquí. No intentes ser diferente. Déjate llevar.

Después León sirvió el resto de vino tinto y brindó con Marina. Bebieron juntos por una gloriosa vejez.

Antes de un año, el presidente le regaló una villa en Crimea, cerca de Yalta. Había sido propiedad de un oligopolio deslocali-zado, con accionistas, y ella era la única beneficiaria. La suerte estaba echada. Se encontró viviendo en una jaula de oro con dinero de sobra y regalos que no podía rechazar… Y una con-ciencia culpable que la mantenía despierta por las noches.

13

—Es una trampa —dijo Oswald Martindale aquella tarde en la sala de alta seguridad situada en la planta superior de la embajada británica—. No puede ser más *obvio* —insistió, mirando a Hyde, que se estaba sirviendo un café. El embajador deambulaba por la sala con su incesante energía habitual. Solo Clive permanecía sentado y casi quieto.

Oficialmente la sala no existía. Clive, durante sus tres años en la embajada, nunca había puesto un pie en el interior del santuario, aunque había oído hablar de él, por supuesto. Una habitación secreta en la planta superior del ala oeste de la embajada, sellada herméticamente por ingenieros británicos de modo que no entrase ni saliese ningún tipo de señal o comunicación. Uno debía ingresar en ella desnudo, por así decirlo, y no llevar nada: nada de teléfonos o relojes inteligentes, tabletas, ordenadores personales, pinchos USB, auriculares o cargadores. Según el embajador, aquél era el único lugar en todo Moscú libre de la vigilancia del FSB, aunque Martindale tenía sus dudas. En cuanto a Clive, las paredes blancas y el mobiliario funcional le recordaban a la sala de espera de la consulta de un dentista, pero sin revistas.

—¿Es que no lo ves? Volina solo finge que quiere salir —apuntó Martindale, abordando su tema—. Lo único que quiere es plantarte algún material ilegal y asegurarse de que te atrapen con las manos en la masa, te arresten, te entrullen y después te cambien por alguno de los espías rusos que tenemos retenidos en Londres. Tu inmunidad diplomática no te protegerá… Ya encontrarán el modo de saltarse eso. Siempre pueden «perderte» un par de días, durante los cuales *no* vas a pasarlo nada bien. ¿Pero a quién le importa? Después de todo, no eres un verdadero diplomático, ¿verdad? Solo un intérprete.

—Traductor.

—Clive —intervino Luke Marden—. Me temo que Oswald tiene razón. Es una encerrona, una trampa… Llámalo como quieras. Tenemos a media docena de espías rusos bajo custodia en este mismo instante… Esto sería un modo bastante limpio de asegurar su liberación. Puedes valer por uno o dos. ¿Quién sabe?

—No creo que sea una *trampa* —replicó Clive en voz baja.

—¿Por qué? —preguntó Hyde—. ¿Por qué cree en Marina Volina?

—Instinto.

Hyde sonrió. Uno nunca es capaz de explicar qué es eso del «instinto», pero era la única cosa en la que había aprendido a confiar a lo largo de los años.

—Veamos de qué información disponemos hasta ahora, según nos la ha proporcionado la señora Volina —prosiguió Hyde—. Cantidad de microsatélites rusos lanzados en los últimos dos meses: noventa y cuatro. La cifra es correcta, según nuestros amigos del Pentágono. Hoy tenemos un pincho USB con más de cincuenta correos electrónicos enviados y recibidos por el general Varlamov. Una jornada de trabajo. A esos les seguirán veintitrés mil. Los cuales podrían ser de gran interés. O no. Simplemente, no lo sabemos. Franklin, por favor, ¿podría recordarnos las condiciones de la señora Volina?

Clive recordaba perfectísimamente cómo Marina había presentado su mercancía después de que hiciesen el amor en la dacha. Tomó una ducha, se vistió, sirvió algo más de vino y fue a colocarse frente a la chimenea con *Ulises* a sus pies.

—Te leo el menú —le había dicho—. Como entrantes tenemos los correos personales del general Varlamov correspondientes a una jornada completa; cuestan cinco mil dólares. De primero serviremos veintitrés mil correos más, estos correspondientes a seis meses de mensajes del general, él último fechado hace un par de semanas. Coste: trescientos mil dólares. De

segundo: cualquier cosa que Serov se guarde en la manga…
Y cualquier cosa que necesitéis saber. Una vez se haya servido
el banquete, nos sacaréis de aquí y nos mantendréis en algún
lugar en el extranjero. Con «nos» me refiero a Vania y a mí;
él recibirá el importe completo de los correos de Varlamov. El
coste final, y me refiero al del segundo plato, está sujeto a discusión, de esa cantidad obtendré mi parte. Tengo una cuenta
abierta en un banco chipriota. Es una cuenta conjunta con
Alexei y figuro con mi apellido de casada. Nadie sabe de su
existencia. Ni siquiera Varlamov. Es una cuenta protegida por
una contraseña, una fecha importante y una pregunta de seguridad. ¿Cómo andas de memoria?

Clive ofreció a los presentes en la sala un resumen perfecto
de su charla con Marina, aunque se preocupó por omitir todo
aquello que en realidad le importaba: cómo no podía apartar
la mirada de su rostro, triste y adorable, y de sus pequeños y
perfectos pechos; cómo se había sentido casi ebrio de gozo al
entrar en ella mientras la mujer emitía un gemido y se fundía
en él… O eso le había parecido.

—No se anduvo con chiquitas, ¿eh? —apuntó Martindale,
recostándose contra el respaldo de su silla—. Trescientos cinco
mil dólares no es precisamente barato para eso que llama «un
primero con entrantes».

—Es un precio razonable —intervino Hyde, que nunca rega-
teaba el dinero si la información era buena.

—El dinero no es para ella —dijo Clive—. Es para Vania.

—Pues, en ese caso —comentó Martindale con un indisimulado sarcasmo—, va a ser un jovencito muy rico.

—Antes de que nos desviemos del asunto… —intervino
Luke Marden—. ¿Se puede saber si Marina te dijo *cómo* su hijo
de acogida se las arregló para entrar en una de las cuentas de
correo privadas más seguras de toda Rusia?

—Sí —respondió Clive—. Lo hizo.

—Soy todo oídos —apostilló Martindale.

Clive los observó uno a uno e intuyó que para ellos era importante saber lo cerca que había estado Pasha de hacerlo y salir
vivo. Y, así, narró la historia contada por Marina, la oída por
boca de Vania. Pasha trabajaba en una pequeña oficina situada

al fondo de un pasillo de la quinta planta de Lubianka y fue allí, bajo la vigilante mirada del general Varlamov, donde obtuvo sus mayores triunfos al lograr entrar en las cuentas de acaudalados ciudadanos rusos (gente como el viceprimer ministro Romanovsky y el oligarca Boris Kunko) quienes, según el general, tenían ideas que iban más allá de sus atribuciones. Pasha no solo entró en sus correos, sino también en sus cuentas en bancos suizos. Sacó suficientes trapos sucios para encerrarlos diez años. Pero el muchacho, fiel a sí mismo, no pudo evitar advertir fallas de seguridad en el sistema del FSB. Para empezar, el director del FSB le había permitido al general Varlamov, mes tras mes, tener su puerto USB abierto sin preguntas de seguridad. ¡Eso fue un descuido! Una institución estratégica semejante se debe revisar con regularidad. Pasha lo comentó con el general, pero este le dijo que eso no era asunto suyo. Eso lo enfureció. Fue el único capaz de obtener resultados, de triunfar donde los ingenieros del FSB habían fracasado. No iba a olvidar esa afrenta, así que decidió demostrarle al general de una vez por todas su tremenda valía.

Un día se presentó su oportunidad.

Pasha ya había pasado un buen rato en el santuario privado del general, una oficina situada en el ático del quinto piso con una magnífica vista de Moscú. ¿Por qué lo habían convocado? Por la más absurda de las razones. El ordenador del general iba terriblemente lento. Pasha se encontró allí, sentado en el escritorio del general, frente a su ordenador, intentando acelerar el sistema cuando Varlamov hubo de abandonar la sala. Padeció cáncer de próstata y, a pesar de haberlo superado, aún tenía que orinar con frecuencia. Así, en cuanto salió, Pasha decidió aprovechar el momento.

No era una tarea fácil. El general y *solo* el general podía entrar en su cuenta de correo a través de toda una serie de contraseñas y filtros de seguridad. La cuenta personal de Varlamov se abrió en la pantalla, pero casi antes de que el general hubiese salido por la puerta, se suspendió el sistema y la pantalla quedó en blanco, excepto por una barra estrecha y oblonga que pedía una contraseña.

Se trataba de Pasha Orlov contra el FSB. Pasha sabía que solo disponía de unos minutos para resolver el asunto. Pinchó en «pegar». El motivo fue que el general debería tener una contraseña muy complicada y, al ser demasiado profesional para dejarla por ahí escrita en un trozo de papel, la tendría guardada en algún archivo de aspecto inocente dispuesto en el escritorio del ordenador; por ejemplo en uno llamado «Colegio de los niños». En tal caso, tenía que abrir el archivo y copiar cuidadosamente la contraseña (menudo aburrimiento), pero una vez tecleada, la podía copiar y pegar. (Pasha ya había entrado en la cuenta de un tipo que hacía precisamente eso). Pinchó en «pegar», pero cuidando de no tocar la tecla de acceso. El cursor permaneció inmóvil, esperando por una entrada válida escrita desde el teclado, lo cual implicaba que la opción de «pegar» estaba deshabilitada. «Una pena —pensó Pasha—. Aunque tampoco me extraña».

Había desperdiciado dos segundos, pero ninguno de los dos intentos por descubrir la contraseña del general. Pasha cambió su objetivo de búsqueda, pasando de lo más complicado a lo más simple. La contraseña podía ser algo fácil, algo que pudiese recordar (o, en caso de no hacerlo, verla justo delante). Pasha se encontró mirando a una caja de pastillas Prostacor. Leyó las palabras impresas en la caja: «Fortalecedor natural de la próstata. 30 cápsulas veganas». Pasha tecleó «Prostacor30». (Mayúscula, minúscula y número). *Contraseña incorrecta*. Se enfrentaba a su última oportunidad. Disponía de tres intentos, en teoría, pero en la práctica tenía dos. Si se arriesgaba con la tercera y fallaba, se desataría el infierno. Saltarían las alarmas y pasaría el resto de sus días en prisión. Sopesó sus opciones: «ProstacorVegetable30», «ProstacorCapsules30» o «ProstacorVegetableCapsules30». Su intuición se puso a trabajar al máximo de su capacidad». Debería ser «ProstacorVegetableCapsules30». Pero no lo era. ¿Por qué no? Porque algo le decía que ese quisquilloso general plantearía algún pequeño obstáculo incluso a sí mismo…, como si fuese una cuestión de orgullo. De pronto, Pasha se sintió absolutamente tranquilo; todo su ser estaba inmerso en la sensación de su propio poder, de su propia invulnerabilidad. Su cabeza se encontraba en un feliz estado de certeza absoluta:

sabía que su siguiente movimiento iba a ser el correcto, el movimiento perfecto. Despacio y con cuidado tecleó en la abierta boca de la barra: «30ProstacorVegetableCapsules».

Pasha entró.

Frente a él, en la pantalla, se desplegaron los correos personales del general Grigory Varlamov, entre ellos uno de Anatoly, su entrenador personal. Sacó un pincho USB del bolsillo (nunca salía sin uno), seleccionó un bloque y pulsó en «copiar». Después descargó los contactos. Debería limpiar la inevitable huella digital que iba a dejar, pues el siempre paranoico general nunca dejaba a nadie acercarse a su ordenador.

Varlamov, al regresar a la sala, encontró a Pasha en pie, preguntándole si deseaba actualizar su ordenador con ciertos programas nuevos de IA importados de Estados Unidos. Pasha tenía un folleto explicativo en la mano, que el general apartó con un gesto.

—Aquí en Rusia ya tenemos una IA perfectamente válida —espetó Varlamov, sentándose frente a la pantalla en blanco, a no ser por la pequeña barra oblonga donde introducir la contraseña.

—Pasha llegó a creer que se había salido con la suya —dijo Clive, levantándose para estirar las piernas. Entonces observó a los tres rostros frente a él.

—¿Y por qué no fue así? —preguntó Hyde—. ¿Por qué no se salió con la suya?

—No pudo evitar presumir —respondió Clive—. No le gustaba Varlamov, pero sabía que debía llevarse bien con él. Una tarde, el general invitó a Pasha y al resto de ingenieros informáticos del FSB a tomar una copa en su oficina para celebrar el buen trabajo realizado al inmiscuirse en la vida privada de otras personas…, gente poderosa a la que no les gustaba Serov. Pues bien, Pasha se emborrachó y le recordó al general que al día siguiente tenía una cita para hacer deporte en el gimnasio de Petrovka a las siete en punto de la mañana.

—Letal —dijo Hyde, sacudiendo la cabeza.

—Sí —convino Clive—. El chico firmó su sentencia de muerte con una estúpida frase. Varlamov tuvo que ponerse como un loco. En cualquier caso, podemos asumir que ordenó a uno de sus acólitos realizar una comprobación de su ordenador. Debió de encontrar la huella digital de Pasha y la hora exacta en la que introdujo el pincho USB y descargó los correos. Después ya solo fue cuestión de tiempo hasta…

—Soberbia —musitó Martindale, aunque no carente de simpatía.

—El muchacho era brillante —apuntó Hyde.

—El muchacho está muerto —dijo Martindale.

—Franklin, aquí presente, ha estado revisando los correos del general con la ayuda de nuestro nuevo programa de IA —apuntó Hyde, deseoso de continuar—. Son, ¿cómo diría usted? De interés limitado. A no ser uno enviado por Varlamov al ministro de Asuntos Exteriores hace dos semanas, a las 11:27 h (una comunicación entre cuentas privadas). El ministro presionaba por emprender una misión comercial de alto nivel con China. Pero Varlamov lo contuvo. Mencionó algo llamado «plan A». No es mucho, ¿verdad? Franklin, ¿podría facilitarnos los detalles, por favor?

Clive sacó un par de hojas de la embajada cubiertas con su cuidada caligrafía.

—El hablante o, mejor dicho, el escribiente es Varlamov —anunció Clive—. Y cito: «De momento debemos dedicar todos nuestros recursos y energía al plan A. Una vez se haya ejecutado con éxito, podremos discutir el otro asunto».

—Puede ser algo relativo a Ucrania —intervino Martindale.

—Puede ser cualquier cosa —comentó el embajador.

—En ruso, la palabra «plan» también significa «operación» —señaló Clive—. Por ejemplo, la operación Barbarroja es el «plan Barbarroja». El «plan A» podría ser alguna clase de operación militar.

—Eso es muy interesante —dijo Hyde—. ¿Su amiga podría averiguarlo?

—Eso espero —respondió Clive—. Sinceramente, eso espero. —Recordó el tono de seguridad en la voz de Marina cuando le dijo: «No son tan listos como se creen…».

Hyde miró a Clive durante lo que le pareció una eternidad, hasta hacerlo sentirse incómodo. ¿Cuándo pensaba hablar? ¿Cuándo tomaría alguna clase de decisión?

—Nos jugamos mucho en este asunto —dijo por fin—. No solo nosotros, también ella. La señora Volina nos ha comunicado sus condiciones. Y está muy bien. Pero… estoy seguro de que ella lo sabe… la señora Volina está a prueba. Los correos del general… son un comienzo. Un buen comienzo. Pero si pudiese proporcionar alguna clase de información seria acerca del plan A… Bueno, eso fortalecería mucho su posición. ¿Se lo comunicará?

Marina se presentó con cinco minutos de antelación a su cita de las dos y media en el salón de belleza Afrodita, en Petrovka. Le llevó dos horas y veinte minutos teñirse el cabello con un fuerte tono castaño y oscuros reflejos pelirrojos, además de hacerse un corte de media melena con flequillo. Se recompensó, sintiéndose presentable, con un café expreso doble y luego caminó unos metros hasta la tienda de Dior, donde le había llamado la atención un vestido expuesto en el escaparate.

Una hora después salió con dos nuevos trajes de trabajo, un par de vestidos de noche, un pantalón de vestir azul noche, una blusa de lunares blanca y azul marino con pajarita de lazo y un vestido de un hombro largo y negro (en oferta). Las cifras eran, para Marina, estratosféricas. Pagó por todo con su nueva tarjeta de crédito negra. Sin límite.

Para entonces, la encargada de Dior se había volcado con Marina, diciéndole lo guapa y elegante que era y recordándole que no debía olvidarse del calzado. Según dijo la encargada, un vestido sin los zapatos adecuados ni era vestido ni era nada; en el mejor de los casos, un jardín sin flores. Justo al lado estaba la tienda de Jimmy Choo, donde *madame* podía obtener un descuento. Así, Marina fue al establecimiento contiguo y compró un par de zapatos a un precio que la hizo sentirse mareada. Después cogió un taxi para ir a casa, enterrada en bolsas y paquetes; al llegar se detuvo en el descansillo, donde encontró a Oxana sentada en su silla giratoria dispuesta junto al estrecho camastro. Por una vez, Marina llamó al ascensor mientras Oxana la observaba asombrada, antes de exigir saber qué diantres le había pasado. ¿Por qué el nuevo corte de pelo? ¿Y la ropa nueva? ¿Por qué tantas bolsas de compras si siempre decía que odiaba ir de compras? Marina le envió un beso en cuanto se abrieron las puertas del ascensor.

Durmió una hora, después se arrastró fuera de la cama y agradeció a su buena estrella que solo hubiese de trabajar durante el aperitivo *antes* de la cena. Serov no la necesitaba en el banquete con el antiguo canciller; hablaba alemán con fluidez gracias a todos los años pasados en Dresde.

Y tenía un mensaje de texto de Clive. Formal. Oficial. Lo leyó con un suspiro y pensó en cuánto deseaba regresar a Peredélkino y tenerlo estrechándola entre sus brazos, dándole la ilusión de que la vida era un lugar bello y seguro.

Se puso su nuevo vestido negro, el que dejaba un hombro al descubierto; apenas lograba reconocerse a sí misma. Normalmente, esas cenas informales en el Kremlin la llenaban de pavor. Pero esta vez no. Tenía un vestido nuevo y un nuevo desafío. Una semana antes, a las 11:27 h, el general Varlamov le había enviado un correo electrónico al ministro de Asuntos Exteriores Kirsanov en el que se mencionaba un plan A.

¿«A» de qué?

***

Los presentes en el Palacio de las Facetas organizaron un gran revuelo. Cuántas veces tuvo que escuchar aquella tarde «¡Santo Dios! ¿Marina? No te había reconocido». Todo comenzó cuando el presidente Serov la llamó a su lado y la roció de cumplidos.

—Esto *sí* es una mejora… —dijo—. Nuevo corte, nuevo vestido… Me gustas vestida de negro… Sí, te queda muy bien, muy elegante… Podrías pasar por parisina… Querida, hoy estás de lo más atractiva… ¿Sabes una cosa? —entonces se inclinó hacia delante y susurró—: No tardaremos nada en casarte.

—No tengo ningunas ganas de casarme —replicó Marina, pero el presidente ya no la escuchaba, y unos instantes después insistió en hacerse una foto con ella y su invitado de honor, el excanciller alemán. Luego la encomendaron al vip germano. Sin embargo, no tardó en encontrarse guiando a casi toda la delegación alemana por la dorada sala del siglo XVII, con sus frescos que ocupaban paredes enteras, mientras el presidente la miraba aprobador. Varias personas comentaron que la sala recién restaurada tenía un aspecto magnífico. «Ya puede

—pensó Marina—. Ha costado nueve millones de dólares; aunque se embolsaran la mitad». Había hecho los deberes mientras se teñía el pelo; les habló de la intrincada marquetería del suelo, realizada con siete maderas diferentes. Al final los alemanes terminaron dispersándose y Varlamov, que había estado merodeando alrededor del grupo, se acercó.

—Así que ha seguido mi consejo, después de todo —dijo, mirando a Marina de arriba abajo—. Con muy buenos resultados, si me permite.

—Es usted muy gentil —replicó Marina. El general parecía satisfecho de sí mismo y se preguntó por qué... hasta reparar en su nuevo traje italiano. «Italiano», pensó. Al ver un destello del forro, de seda roja, de la chaqueta, le dijo a Varlamov que le recordaba a un ave del paraíso.

—¿Un ave del paraíso? Me gusta —aseveró, echando los hombros hacia atrás. El general cogió otra copa de champán de la bandeja de uno de los camareros y se la estaba ofreciendo a Marina cuando el himno ruso brotó de su bolsillo. Atendió la llamada.

—Gracias —dijo. Después la miró y sonrió—. Yegorov ha muerto... Eso *sí* es una buena noticia. Propongo un brindis. —Varlamov alzó su copa—. Por un traidor menos en el mundo.

Marina nunca había brindado por la muerte de un hombre. El champán se atragantó en su garganta, pero lo tragó y se obligó a sonreír.

—Su libro acerca de nuestro presidente es una mera calumnia —afirmó Varlamov—. A Occidente le encantó, por supuesto. Estuvo semanas entre los más vendidos de Amazon. Yegorov me describe como el poder entre bambalinas, comparándome con Talleyrand... Incluso me llama «mierda con medias de seda».

—Bueno, es todo un cumplido —dijo Marina, manteniendo un tono indiferente.

—¿Ah, sí? Eso dice mi esposa. Pero no creo que sea ningún cumplido. En absoluto. ¿Qué hay del inglés?

—Le gustará saber que mañana salgo a correr con él. Me envió un mensaje diciéndome que, rotas las conversaciones, tenía tiempo de sobra. Hemos quedado más tarde para tomar algo y concretar el recorrido. Creo que iremos por Frunzenskaya.

Diez kilómetros, puede que quince; a las siete de la mañana. Y, por cierto, conozco el protocolo. A partir de ahora tendrá un informe completo de nuestras reuniones.

—Así que la iniciativa partió de *él* —musitó Varlamov—. Eso es interesante... Quizá haya más de lo que parece... ¿Usted qué cree?

—Voy a correr con él, Grigory Mijáilovich, no a reclutarlo.

—¿Por qué no ambas cosas? Piense de manera creativa, Marina Andreyevna.

Marina se excusó, recordándole al general que estaba de servicio y que el presidente le había encargado revisar la disposición de los asientos. Cruzaba la sala cuando una mano salió disparada y la cogió del brazo.

—¿Quién lo hubiera dicho? ¿Qué has hecho...? —Víctor Romanovsky hablaba efusivo—. ¡Deja que te mire un momento! Apenas doy crédito a lo que ven mis ojos. Menudo tipo envuelve tan elegante vestido... Dios mío...

—La verdad es que esperaba verte aquí —dijo Marina, apretándole un brazo—. Las cosas son distintas cuando uno se encuentra con amigos en estas ceremonias.

—Quiero ser más que un amigo. Mucho, *mucho* más —susurró el viceprimer ministro.

Marina se obligó a sonreír, preparándose para un aluvión de cumplidos no deseados. «Han cambiado muchas cosas en el mundo —pensó ella—, pero no en Rusia, donde los hombres aún se tienen por superiores a las mujeres y donde las mujeres solo pueden prosperar en la vida con el *permiso* de los hombres. ¿Algún día cambiará Rusia... o los rusos?». Dejó la pregunta colgando en su mente para volverse a Romanovsky y decir:

—¿Sabes que el general Varlamov te tiene en muy alta estima?

—¿De verdad? —dijo Romanovsky, lanzando una mirada casual al general—. Me sorprendes.

—En serio... A menudo lo oigo elogiarte... Claro que, ahora que lo pienso... Bueno, últimamente vosotros dos debéis de veros muy a menudo... Quiero decir, vivimos tiempos interesantes.

Romanovsky la observó cauteloso.

—Ya sabes, todo se lleva en alto secreto.

—Sé que es secreto, pero… Bueno, entre *nosotros* está a salvo. El nombre me parece intrigante. ¿Quién se lo puso?

—Nuestro ministro de Asuntos Exteriores —respondió Romanovsky, bajando la voz hasta convertirla en un susurro—. A Kirsanov le gusta presumir. Fue al liceo clásico. Pasó años estudiando latín y griego y, como resultado, tiene cierta debilidad por los dioses helenos. No sé… Hay algo en el inframundo que lo atrae. Supongo que tiene lógica, si lo piensas.

—*Ayid…* —murmuró Marina con la más dulce de las sonrisas. Era el término ruso para referirse al Hades.

—¡Chist! Vas a meterme en un buen lío… —dijo Romanovsky—. Si creen por un instante que he sido indiscreto… Aunque solo sea contigo… Bueno, a ver, ¿cuándo vamos a cenar? Mi secretaria te llamará mañana a primera hora y no aceptará un «no» por respuesta.

Un gong anunció que la cena estaba servida. Marina le envió un mensaje a Clive, recogió su abrigo y se fue.

Se encontraron en el bar del Metropol, escogieron una mesa cerca del pianista, que estaba tocando *I Get a Kick Out of You*.

—Bonito vestido —le dijo Clive ayudándola a quitarse el abrigo; al hacerlo sintió cómo la piel de la mujer se tensaba bajo su toque.

—Vengo de trabajar… Una recepción —explicó.

Bañados por las exuberantes notas de Cole Porter, pidieron unos cócteles y después hablaron acerca de correr con voz clara y lo bastante fuerte para que los escuchase el hombre que bebía solo en la barra.

—No te esperaré si llegas tarde —dijo Marina, sacando su teléfono—. A las siete en punto, ni un minuto después. Quedamos a los pies de la escalera de piedra que hay en el puente. Mira, te la enseño en el mapa.

Marina abrió la aplicación de Yandex Maps y tecleó «A = *Ayid*. Fuente = DPM Rom.» sin pinchar en «buscar». Le concedió a Clive el tiempo justo para leer las escasas palabras antes de borrar el texto de la barra de búsqueda. Luego tecleó «Frunzenskaya» y estudiaron el mapa; pensó que Vania estaría orgulloso de ella.

***

Una hora después, Clive se encontró de nuevo en la sala de seguridad herméticamente sellada, donde las paredes aún parecían más blancas y el ambiente más cargado.

—Entonces —comenzó a decir y, a continuación, se preguntó por qué últimamente todo comenzaba con un «entonces»—. Entonces… La «A» del «plan A» es la abreviatura de *Ayid*. Eso significa «Hades» en ruso. El plan A es la operación Hades.

—Y la fuente de Volina es… —intervino Martindale.

—Romanovsky. El viceprimer ministro.

El embajador parecía impresionado.

—¡Hades! —se mofó Martindale—. Ridículo. A ver, ¿qué diantres quieren decir con eso?

—El infierno, el abismo o las profundidades —respondió Clive—. Marina no lo sabe. Pero lo averiguará.

—Las profundidades —comentó Hyde—. Las profundidades del océano Atlántico, donde podemos encontrar los cables de fibra óptica dedicados a la transmisión del 97 % del tráfico de datos informáticos entre Europa y Estados Unidos. —Tomó un sorbo de güisqui y miró a los presentes en la mesa—. Si esos cables se cortan, nos quedamos a oscuras. Un buen nombre eso de «Hades». El dios de los muertos. El rey del inframundo. En griego significa «el invisible». Es un dios despiadado. Y difícil de detectar.

—¿Cuánto hace que lo sabes? —preguntó el embajador.

—Solo es una conjetura —respondió Hyde—. Pero se ajusta. Los microsatélites. Esa nueva actitud beligerante. Ese último asesinato, en mi opinión una cortina de humo, se perpetró para desviar la atención de algo que sucede en otro lugar. Y ahora nos enfrentamos a un enemigo invisible… —Hizo una pausa—. Lo que más me preocupa son los submarinos rusos. Y esos sigilosos drones en sus vientres.

Hyde se apresuró a explicar que no se refería al submarino nuclear no tripulado, cuyo nombre en clave era Status-6, acerca del cual Serov había alardeado en la televisión rusa al afirmar que, con el fin de probar las defensas estadounidenses, había reconocido la costa norteamericana sin ser detectado. No, Hyde hablaba de un invento nuevo, un dron subacuático, no tripulado y diseñado específicamente para recabar información.

—Algo bastante parecido al lanzamiento de una nave no tripulada a la Luna —explicó Hyde—; este nuevo tipo de submarino puede «hacer cosas».

—¿Qué clase de cosas? —preguntó Clive.

—A eso iba —respondió Hyde—. Estos últimos meses, un submarino ruso y dos, quizá tres, «pequeños» drones subacuáticos han estado merodeando por nuestra costa septentrional (en concreto la córnica), tocándole las narices a la Armada Real justo al borde de nuestras aguas territoriales; por si alguien lo ha olvidado, el mar territorial se extiende doce millas náuticas desde la línea de bajamar del Estado costero, tal como se concreta en la Convención de las Naciones Unidas sobre el Derecho del Mar, aprobada en 1982. Es muy difícil detectar a esos molestos minisubmarinos no tripulados, sobre todo para una marina tan mermada como la nuestra.

—¿Tenemos alguna idea acerca de *por qué* esos aparatos se dedican a fisgar por la costa de Cornualles? —preguntó Clive.

—Tengo una. La comparten la Armada Real de su majestad y la primera ministra. En una palabra: reconocimiento. Lo cual me hace retomar su pregunta, Franklin. Usted ha preguntado qué pueden hacer esos drones. Se trata de maquinaria muy sofisticada. Pueden posarse en el lecho marino y cortar los cables. —Hyde dejó esa última observación en el aire—. Y no precisamente los viejos —continuó—, sino los cables de fibra óptica que transmiten la mayoría de los correos, mensajes de texto y llamadas telefónicas del mundo. El tráfico bajo el Atlántico, en particular, es enorme y se realiza mediante el empleo de ocho supercables. El Policy Exchange[8] acaba de publicar un informe acerca de todo esto con un prólogo escrito por un viejo amigo mío, un antiguo comandante del Mando Aliado de Operaciones de la OTAN; él afirma que esos cables de fibra óptica, los llama «tuberías», son, y cito: «el espinazo de la economía mundial».

---

8   Laboratorio de ideas británico de corte conservador con sede en Londres. (*N. del T.*)

Hyde se sirvió un vaso de agua. El ambiente de la sala estaba reseco.

—Caballeros, permitan que les proporcione cierta perspectiva —continuó—. Como acabo de mencionar (y, créanme, merece la pena repetirlo) el 97 % de las comunicaciones globales se transmite a través de esos cables submarinos. Cada fibra tiene capacidad para transmitir hasta cuatrocientos gigas de datos por segundo. Esos son muchos datos. Y a una velocidad asombrosa. Hay un apunte estadístico que me gusta especialmente: un cable de fibra óptica conformado por un haz de ocho hilos puede transferir el contenido total de la biblioteca Bodleiana al otro lado del Atlántico en cuarenta minutos. Da que pensar, ¿no creen?

—Aterrador —apuntó Luke Marden, a quien ese tipo de datos lo deprimían profundamente.

—Justo esta semana pasada —prosiguió Hyde, con el mismo tono monocorde—, el jefe del Estado Mayor le entregó a la primera ministra un informe, una especie de evaluación de riesgos. Dijo que el corte de los cables de fibra óptica extendidos bajo el Atlántico golpearía a la economía británica y, en realidad, al conjunto de la economía occidental «de modo inmediato y potencialmente catastrófico». Las palabras son suyas, no mías.

Se hizo un asfixiante silencio en la sala. La sombría aseveración de Hyde implicaba que los noventa y cuatro microsatélites eran la póliza de seguros rusa, la que garantizaba la integridad y el funcionamiento de sus comunicaciones mientras el Reino Unido y buena parte de la Europa occidental se desmoronaban.

—Y antes de que alguien se moleste en preguntar —añadió Hyde—, la capacidad satelital británica ni siquiera *se acerca* a nuestras necesidades.

—¿Entonces cómo nos vamos a defender? —preguntó Clive.

—Con mucha dificultad. La plana mayor de la Marina Real ha estado hablando de un barco de vigilancia oceánica, pero el asunto aún está en manos de los delineantes. Por otro lado, los rusos tienen una moderna flota de submarinos. Nosotros no. No podemos ni patrullar nuestro litoral. Son capaces de entrar y salir y no hay nada que podamos hacer al respecto. Si han puesto en marcha una operación para cortar los cables, no seremos capaces de impedirlo a menos que... A menos que sepamos *dónde* y *cuándo*...

Clive no solo se quedó impresionado por el tono serio de Hyde, sino también por la gravedad plasmada en su rostro. El asesor especial para asuntos rusos permaneció inmóvil, sin sonreír, adusto, como si sus rasgos estuviesen cincelados en piedra. Clive jamás había participado en una discusión donde se tratasen asuntos de seguridad nacional a ese nivel, pero entendía que ese era *su* mundo, después de todo, y asistir a esa reunión en los abarrotados confines de la sala de seguridad su deber. Tenía que desempeñar su parte.

—Si se me permite... —comenzó a decir el embajador, entonces en pie deambulando por la sala—. Las relaciones diplomáticas entre Rusia y Gran Bretaña empeoran a cada minuto que pasa. La primera ministra regresa a Londres este viernes, a tiempo para hablar en la Cámara de los Comunes. Ese asesinato, el de Sergei Yegorov... Es... ¿Cómo dijo? La última gota. —El embajador miraba fijamente a Hyde.

—Sí, la primera ministra está airada —confirmó Hyde—. Habrá expulsiones.

—Gracias a Dios, joder —dijo Martindale, levantándose para ir al aparador en busca de un trago—. Y, con un poco de suerte, los rusos tomarán medidas y nos enviarán a todos a casa... El toma y daca de siempre... No pienso derramar ni una lágrima.

—Bueno, pues deberías —apuntó Hyde—. Eso sería lo peor para nosotros, ¿es que no lo ves? El asesinato fue una maniobra de diversión, una atracción secundaria, pero las expulsiones son un asunto más grave. —Le dedicó a Martindale la más seria de sus miradas—. Eso deja a Volina expuesta. También a Clive... No estaremos por aquí para protegerlos o respaldarlos, como es habitual. Irán casi por su cuenta a enfrentarse con la operación Hades, dios del inframundo... Hogar de las almas difuntas... Un lugar oscuro, muy oscuro... La clase de sitio en el que nos encontraremos todos si cortan esos cables de fibra óptica en el Atlántico. Por supuesto, asumo que de eso trata la operación Hades... Pero también es posible que nos estemos equivocando, aunque no lo creo. En cualquier caso, ahí es donde entra Marina Volina. Necesitamos que nos facilite los detalles… con pelos y señales.

—Ya conoce sus condiciones —intervino Clive, manteniendo un tono neutro, distante—. Está a la espera de sus noticias.

Hyde lo observó con atención durante un momento, no sin cierta simpatía, y después le pidió, muy cortés, que abandonase la sala y esperase fuera. Clive regresó diez minutos después.

—De acuerdo. Aceptamos las condiciones de Volina —anunció Hyde—. En general. Ha pedido cinco mil dólares por una jornada de los correos del general Varlamov. El dinero será ingresado en su cuenta de inmediato. Ha pedido trescientos mil dólares por los otros veintitrés mil mensajes. Aceptado. Pagaremos con transferencias diarias de cincuenta mil dólares. La primera se efectuará mañana a primera hora. En cuanto al asunto de salir de Rusia y comenzar una nueva vida, eso dependerá de lo que Volina nos pueda decir acerca de la operación Hades. Si nos ayuda a impedir el ataque, entonces la sacaremos y le daremos dos millones. Hablo en dólares.

Martindale silbó entre dientes.

—Hasta ahí podemos llegar, de momento —concluyó Hyde, mirando directamente a Clive—. Al menos hasta comprobar la calidad de su información. Es el clásico caso de qué, cuándo y dónde. *Qué* es la operación Hades, *cuándo* tendrá lugar y *dónde* se desarrollará son las tres únicas preguntas que importan. Tenemos una idea el *qué*, pues todas las señales apuntan a un ataque contra los cables subacuáticos. Pero nuestro conocimiento acerca del cuándo y dónde es bastante escaso. Creemos que será pronto y en Cornualles. Lo cual no es suficiente, ni mucho menos. Necesitamos información precisa y la necesitamos ya. ¿Puede asegurarse de que Volina lo entienda?

—Lo entiende —contestó Clive.

Concluido el trabajo serio, Luke Marden, con un gran sentido de la oportunidad, descorchó el regalo de su homólogo francés con motivo de la Fiesta de la Federación, cuando en el país galo se celebra la toma de la Bastilla: una excelente botella de Burdeos, un Château Margaux de 2002, *premier grand cru classé*. El embajador era un hombre de la vieja escuela: creía de verdad que un buen vino ayudaba al estímulo de un buen cerebro. Con esa idea escanció el excelente vino de boca elegante en cuatro copas y las pasó a sus compañeros.

—Dele hasta el lunes —dijo Clive. El primer sorbo de vino le recordó una capa de terciopelo que tuvo su madre.

—¿Por qué? ¿Qué pasa este fin de semana? —preguntó Martindale.

—Vuela a Crimea con Serov. Es su cumpleaños.

—Una oportunidad de oro —murmuró Hyde.

—¿Por qué? ¿Por qué lo hace? —inquirió Martindale, recostándose en la silla y golpeando el tablero de madera de la mesa con la punta de su bolígrafo—. ¿Por qué ella? Precisamente ella, con un chollo de empleo y miembro de una élite con acceso a una ilimitada cantidad de dinero, a lujos sin cuento, ¿por qué arriesgar su vida para escapar?

—Está harta de la mentira —respondió Clive—. Además, asesinaron a su hijo de acogida. Sir Martin conoce la historia.

—Es una mujer valiente —convino Hyde.

—O astuta —apostilló Martindale.

Marina supo que algo iba mal en el momento en el que abrió con un empujón las pesadas puertas de caoba correspondientes al número 25 de la calle Tverskaya, aún con el menú del banquete en la mano (ya muy avanzado) y con el toque de la mano de Clive en su hombro desnudo todavía en la memoria... Una descarga eléctrica que la había sorprendido.

Encontró a Oxana sentada en la silla giratoria colocada en el descansillo, negando con la cabeza mientras susurraba.

—Esto es terrible... Terrible.

A su lado, en el estrecho camastro, estaba sentada una pecosa chica de dieciséis años y larga melena pelirroja. Marina reconoció a Liuba de inmediato, era nieta de Oxana y vivía con su madre, Sonia, en el barrio septentrional de Mitino. Oxana alzó las manos en el momento en que vio a Marina.

—¡Marina Andreyevna! Estamos en la peor de las tribulaciones. ¡La policía busca a Liuba! Mírala... ¡Si es solo una niña! Mi Sonia está histérica. La policía se presentó esta tarde en su piso. Gracias a Dios, Liuba no estaba. De hecho, estaba viniendo aquí para traerme unas medicinas... Sonia se inventó la historia de que su hija, una rebelde indomable, se había mudado.

Después le envió un mensaje diciéndole que la buscaba la policía y que no volviese a casa. ¿Qué vamos a hacer? No puedo tenerla aquí… ¡No podemos dormir las dos en esta cama!

Liuba estaba sentada en el alto camastro de latón, balanceando las piernas. Parecía impaciente, quizá incluso aburrida.

—*Abu*, puedo dormir en cualquier lado…

«Qué joven y cansada parece», pensó Marina.

Oxana reconvenía a su nieta agitando un dedo frente a ella.

—Te pedí por favor que no fueses a otra manifestación no autorizada. Pero no hiciste caso ¡y ahora te han grabado las cámaras de seguridad! Esto es terrible. ¡Terrible!

—Ven conmigo —intervino Marina extendiendo su mano—. Tengo una cama en el estudio, e incluso pijamas y un cepillo de dientes sin estrenar. No te preocupes, Oxana. Nadie vendrá a estas horas y podemos arreglar las cosas por la mañana.

Oxana se secaba los ojos con un pañuelo blanco.

—Gracias, Marina Andreyevna. Eres muy amable. Algún día te devolveré el favor. ¿Podrías hacer que Liuba emplee un poco el sentido común? ¡Se acabaron las protestas!

Liuba no supuso ninguna molestia. No tenía hambre y solo pidió un vaso de agua.

—Últimamente es peligroso ir a protestar —comentó Marina en la cocina, observando a la niña dando tragos de agua—. ¿Qué es lo que tanto os preocupa?

Para sorpresa de Marina, la chica comenzó a cantar en voz baja.

¡Suelta la pasta, chaval!
Así te dejamos manejar
Posa trescientos de más
Aunque no sepas ni frenar
¡Tú suelta la pasta, chaval!
Ahora posas otros mil
Y sacas el papel de currar
No importa si no sabes escribir
¡Suelta la pasta y a callar!

La jovencita dejó de cantar y exhaló un profundo y triste suspiro.

—¿Quién ha escrito esa canción? —preguntó Marina.

—Nikita Strelnikov. Habla… No, *canta* por todos nosotros. Está en la cárcel y tenemos que sacarlo de ahí, Tenemos que intentarlo todo. El domingo hicimos una marcha… Éramos cientos, hasta que sacaron a los antidisturbios y los perros.

—Liuba, no quiero asustarte, pero la policía seguirá buscándote. Puedes acabar en prisión. Quizá tu madre tenga que pagar una fuerte multa. Tu madre y tu abuela pueden perder sus trabajos.

—Eso ya lo sé —respondió Liuba—. ¿Y qué? ¿No hacemos nada? ¿Dejamos a Nikita pudriéndose en la cárcel? No puedo hacerlo… No tengo miedo. —Liuba dio un enorme bostezo—. Estoy hecha polvo… Gracias por la cama.

Marina llevó un edredón y almohadas a la cama del estudio.

—Mañana por la mañana temprano salgo a correr, así que puedes dormir todo lo que quieras —le dijo—. Coge cualquier cosa que te apetezca del frigorífico, ya idearemos algo cuando regrese.

Estaban haciendo la cama cuando Liuba se detuvo y, aún con el edredón en las manos, fijó sus ojos verdes en Marina.

—Tú trabajas para el presidente, ¿verdad?

—Sí. Pero soy amiga de tu abuela y *ella* es la principal preocupación que tengo esta noche, la primera y más importante. Aquí estarás a salvo, te lo prometo.

Diez minutos después Liuba dormía. La puerta de su habitación estaba entornada, Marina miró al interior y vio un haz de luz procedente de la farola callejera cayendo sobre el rojo cabello de Liuba, que cubría su rostro dormido. «¿De dónde saca el valor?», se preguntó después, sentada en la mesa de la cocina. De pronto, Marina se avergonzó porque su única motivación fuese salvar su propio pellejo y salir de Rusia. Esa noche le costó mucho conciliar el sueño.

14

Eran las siete y cuarto de la mañana del jueves y su primera carrera juntos.

—¿Llevas esto en las Tierras Altas? —preguntó Marina a Clive mientras corrían a lo largo de la ribera del Moscova, frente al parque Gorky.

Clive vestía unos holgados pantalones cortos, una camiseta azul oscuro con una cruz blanca en la espalda, adquirida en Kinlochleven, y calcetines desparejados.

—Solo soy un aficionado. Tú eres una *pro* con todo ese sofisticado equipamiento.

El Muelle Frunzenskaya estaba rebosante de corredores esos últimos días antes del maratón, entre ellos las dos sombras del FSB que destacaban con sus chándales poco adecuados; uno tenía sobrepeso y ambos habían olvidado llevar botellas de agua. Marina volvía la cabeza de vez en cuando para mirarlos por encima del hombro.

—Mientras... estemos... corriendo —dijo con cortos chorros de voz, incrementando el ritmo al tiempo que vigilaba a las sombras mirándolas por encima del hombro—, sus micros... son... inútiles. Me lo... dijo... León. ¿Hemos... llegado... a... un acuerdo?

—Sí —respondió Clive acelerando. Volver a correr le sentaba bien y le gustaba ver a las sombras detrás, esforzándose—. Sí a todo. Comprueba tu cuenta.

Clive echó un vistazo por encima del hombro. Una de las sombras acortaba distancias.

—Me gustaría aceptar la amable invitación el presidente y correr el maratón… *¡La invitación del presidente!...* *¡Correr el maratón!...* —repitió con voz más fuerte—. ¿Puedes conseguirme una licencia de última hora?

—Creo que sí —respondió Marina.

—¡Que no se te pase! —Y de pronto gritó—: «Mi generosidad es inmensa como el mar».

—Esa frase es mía —rio Marina—. Vamos a esprintar, hagamos que nuestros amigos se ganen el sueldo.

—Marisha —dijo Clive mientras aceleraban el ritmo—, voy a volverme loco si no te veo a solas. Tienes que pensar en algo, ¿vale?

Marina aún estaba vestida con su ropa de correr cuando ingresó en el número 25 de la calle Tverskaya y comprobó su buzón. Dentro encontró una postal de la estatua de Gagarin con una palabra escrita en el reverso con letras mayúsculas: PATIO. Pero no estaba allí. Marina buscó por todos lados. Incluso le preguntó a Sasha, el empleado de mantenimiento, entonces inclinado sobre uno de los enormes contenedores de basura, rebuscando a ver qué podía encontrar: un jersey casi nuevo; un abrigo para el invierno, con los codos raídos; un microondas o una manta eléctrica; latas de sardinas con la fecha de caducidad vencida…

—Sí —asintió, con una mano tirando de su barba rala y con la otra acariciando la cabeza de su desaliñado sabueso, *Iván el Terrible*—. Había un hombre merodeando. ¿Ha mirado en el parque infantil?

Allí estaba, sentado en el banco junto a los columpios con la capucha bien baja sobre la cabeza.

—Entonces, ¿mordieron el anzuelo? —preguntó Vania. Lucía unas oscuras ojeras.

—Sí —contestó Marina—. Y hemos llegado a un acuerdo. Vas a ser rico, Vaniuska. Más rico de lo que has soñado…

—La pasta me importa una mierda —replicó Vania—. Bueno, tampoco es eso. Sí que me importa, cómo no. Pero lo que de verdad quiero es que ese hijo de puta pague por lo que hizo.

—Y yo, Vaniuska. Y yo. Pero tenemos que trabajar juntos. ¿Lo entiendes? A veces me preocupa que te dé por hacer cualquier locura.

—¿Una locura? ¿Yo? —preguntó Vania con una amplia sonrisa.

—¿Cómo te transfiero el dinero?

—En bitcoin.

—¿Tienes una…? ¿Cómo le llaman?

—Una cartera. Claro. Te diré cómo hacer.

—Necesitaré tu teléfono para realizar la transferencia cuando llegue el momento.

—Buena idea —convino Vania, impresionado por la cautela de Marina. Sacó un pincho USB de la mochila a sus pies.

—Veintitrés mil correos —dijo, tendiéndole el aparato—. Debería haber suficiente para hundirlo en la mierda.

—Te lo haré saber mañana. Aquí. A la misma hora.

Vania se puso en pie, dejó que lo abrazase y levantó la vista; en ese momento vio a la chica en el balcón de la cocina de Marina. Casi se había olvidado de Liuba y estaba a punto de explicarle la situación cuando Vania atravesó el aparcamiento a la carrera en su dirección.

—¿Liuba? —dijo Vania bajo el balcón—. ¿Qué coño…?

—¡Vania! —contestó la chica, inclinándose sobre la valla con su cabello rojo cayéndole sobre el rostro. Estiró una mano y susurró—: Estoy en busca y captura.

—¡Cómo mola! Quédate ahí. Ahora subo.

Vania trepó sin esfuerzo por la escalerilla de incendios hasta llegar al balcón y abrazar a Liuba mientras Marina se apuraba hacia la puerta el edificio para subir las escaleras y llegar a su casa. Luego, sentada en la mesa de la cocina, escuchó cómo se habían conocido esos dos adolescentes; fue nueve meses antes, en Nochevieja, en la parte trasera de una furgoneta policial después de una redada antidroga en un concierto celebrado en Nizhni Nóvgorod. A Vania lo pillaron con hachís y Liuba lo salvó. Una vez en la comisaría, la muchacha mantuvo la calma, lloró mucho y se aferró al brazo de Vania jurando que era su hermano autista. De alguna manera, los dejaron ir.

Liuba era una imitadora de primer nivel y realizó una buena representación del policía de Nizhni Nóvgorod que la había interrogado. La risa de Vania, fuerte y escandalosa, retumbó por el piso llenando a Marina de gozo. Nunca había visto a Vaniuska tan despreocupado, tan joven, tan lleno de vida. Habían pasado meses (¿o fueron años?) desde la última vez que escuchó risas en su sombrío apartamento, lo cual le recordó la existencia de todo un mundo *ahí fuera*, más allá del Kremlin, un mundo de gente joven con vidas que vivir y sueños que cumplir. Y nunca había visto una expresión tan dulce en los ojos de Vania como la que tenía al mirar a la chica con el rostro lleno de pecas.

—Liuba se puede quedar en mi casa hasta que las cosas se calmen —dijo Vania—. Tengo un colchón hinchable. ¿Te va bien?

—Yo puedo dormir en cualquier lado —respondió con un encogimiento de hombros—. Pero será mejor que me vaya de aquí por el bien de mi abuelita... y quizá también por el tuyo —añadió mirando a Marina.

—Sí, supongo que es lo más sensato —aceptó devolviéndole la mirada a la joven; pensó que si hubiese tenido una hija con Alexei, tendría su edad. Qué edad tan bonita... cuando uno es tan joven y valiente.

Liuba salía por la puerta tras Vania con la mochila colgada de un hombro, cuando se volvió hacia Marina.

—Por favor, dile a mi abuela que no se preocupe. Y que se lo diga a mi madre.

Al llegar al descansillo, donde se encontraba Oxana, Liuba abrazó a su abuela. Se reunió con Vania en el aparcamiento y desaparecieron juntos a través de los portones del patio para entrar en la autopista 88 a la altura de Tverskaya. En ese momento Marina se dio cuenta de que llegaba tarde al trabajo y se apresuró para ir al Kremlin.

El general Varlamov estaba sentado bajo el retrato del presidente Serov en su oficina del ático de Lubianka, preguntando al joven agente en pie frente a él por qué había fracasado de modo tan estrepitoso.

—Era muy difícil mantener el ritmo... Marina Volina y el inglés son rápidos... Y Misha no está habituado a correr... Al llegar a la marca de los siete kilómetros no se encontraba bien... Tuvo que parar. Yo continué...

—¿Llevó a esa bola de sebo? —preguntó Varlamov, disgustado—. Es usted un idiota, comandante.

—Sí, mi general. Pero lo más probable es que no dijesen nada... Quiero decir que cuando uno está corriendo no le queda mucho resuello...

—No me interesan las conjeturas, comandante. ¿Qué hay en la grabación?

—Nada... Bueno, nada mientras corrían... Solo algo cuando aminoraban el paso... No se puede oír nada si la gente corre rápido... La respiración, al ser más fuerte, enreda las palabras. Es un hecho, mi general. Lo siento, pero es así.

—¿Y qué hay del hecho de que tengamos la mejor tecnología de vigilancia mundial?

—Sí, la tenemos... Es cierto... Pero eso no cambia...

—El mejor equipamiento de vigilancia del mundo... Lleva meses diciéndomelo, comandante. —Varlamov se inclinó hacia delante sobre su escritorio, apoyando los puños en el tablero—. Entonces, ¿qué tiene?

—El inglés quiere correr el maratón. Le pidió a la señora Volina un pase de última hora.

—¿Eso es todo?

—No, hay algo más.

—¡Pues escúpalo, por el amor de Dios!

—Solo es algo que dijo el inglés. En realidad no lo dijo. Más bien lo cantó bastante alto. Algo acerca de la generosidad y el mar. Lo busqué en Google. Es de *Romeo y Julieta*. Acto segundo, escena segunda.

—¡Fuera de mi vista! —bramó el general apretando un puño.

Clive no lo admitiría ante nadie, pero había quedado exhausto tras correr con Marina. También le preocupaba una exasperante y persistente duda que más temprano que tarde habría de plantear. ¿Cómo podía estar seguro de que no lo estaba utilizando? ¿Cómo? Se dio una ducha, llamó al servicio de habitación, pidió salmón salvaje y ensaladilla rusa y apagó su teléfono.

Lo despertó un golpeteo fuerte y perseverante. Irritado, gritó preguntando quién era.

—Narek —respondió una voz—. Creo que el señor desea una limpieza de calzado.

Clive, aún aturdido por el sueño, abrió la puerta, advirtió la expectante mirada de Narek y dijo:

—Sí, por supuesto.

Sacó un par de mocasines negros. Narek cogió los zapatos y preguntó qué había pensado exactamente el señor Franklin. ¿Un arreglo de los tacones y suelas nuevas? Mantuvo el calzado a escasos centímetros del rostro de Clive. En un lado del pulgar, Narek había escrito una letra y un número: H 137.

Clive se vistió aprisa, dejó su teléfono junto a la cama y salió de la habitación. Bajó los cuatro vuelos de escaleras hasta la primera planta y ya estaba a punto de entrar en un pasillo cuando lo interpeló una voz a su espalda.

—¿Puedo ayudarle en algo, señor?

Se volvió y vio a una camarera de hotel cargada con toallas. Acababa de salir del ascensor.

—¡Pues sí, muy amable! Busco la habitación doscientos treinta y siete.

—¿La doscientos treinta y siete? Esa está en la segunda planta. Lo siento, señor, pero usted está en la primera.

—¿Ah, sí?

La muchacha sonrió encantada de poder hablar con alguien.

—Sucede a menudo, señor. La primera planta está cerrada... ¡Toda! Nadie se puede alojar en ella, aunque lo pida. No hay electricidad ni agua corriente. Las habitaciones, bueno, en realidad son suites... Esta planta es para los más ricos... En este pasillo solo hay suites, y se están reformando. Todas. De arriba abajo. Ahora mismo, los trabajadores están en la doce. Seguirán hasta la ciento setenta y seis. Están renovando la instalación eléctrica al completo.

—Claro. Me he equivocado. Ha sido usted muy amable. Gracias.

Clive subió en ascensor hasta la quinta planta, esperó y volvió a bajar por las escaleras hasta la primera. No había rastro de la empleada. La nueva alfombra dispuesta en el largo pasillo estaba cubierta con plástico que crujía bajo los pies. El marco de mármol falso correspondiente a la puerta de la ciento treinta y siete estaba sellado con cinta de pintor. Clive empujó. La puerta, sin llave ni pestillo, se abrió a una enorme sala de estar con columnas de mármol falso. Las sillas, los sofás, los dos escritorios y una barra estaban cubiertos con guardapolvos. Por todos lados se percibía el amargo olor de la pintura.

Unas puerta doradas, abiertas, conducían directamente al dormitorio y a una cama de matrimonio extragrande, también cubierta con plástico y guardapolvos, pero sobre la cama había una alfombra de piel y sobre la alfombra se encontraba Marina vestida con su traje de trabajo gris y una botella de Veuve Clicquot en su regazo.

—He traído regalos —dijo en inglés, agitando un pincho USB al aire.

—¿No te ha visto tu sombra? —preguntó Clive con cierta ansiedad—. Hay un tipo de rostro aniñado sentado en el vestíbulo que simula leer un periódico.

—He entrado por una puerta lateral y atravesé el bar, donde conseguí esto. —Marina alzó la botella de champán—. Lo siento, no hay copas.

—Está bien —aceptó, cerrando la puerta con llave—. Beberemos a morro.

Clive se sentó al borde de la cama, descorchó la botella y le dio un trago al champán, todo eso sin dejar de mirar a Marina.

—¿Qué? —preguntó ella.

Clive le dio otro trago a la botella.

—Sé qué estás pensando, Clive… Sé *exactamente* qué estás pensando… Esto… Tú y yo… ¿Solo es parte de mi estrategia para salir de aquí? Crees… Crees que esto no es real…, que solo te estoy utilizando.

—¿Es así?

—No. *Niet. Nein. Nah. Non è vero* —insistió Marina, negando vehemente con la cabeza. Después la certeza desapareció de su rostro, dejó escapar un profundo y desesperado suspiro y sus brazos colgaron inertes a sus costados—. ¿Y por qué habrías de creerme? —susurró.

No esperó por una respuesta. Volteó las piernas sacándolas de la cama, enderezó la espalda y se estiró para coger la botella.

—Me toca —dijo, y le dio un buen trago al champán; luego se limpió la boca con el dorso de la mano—. En Nueva York me porté como una idiota —afirmó en voz baja, mirándose las manos—. Si te sirve de consuelo, he pagado bien caro mi error.

Viví con las infidelidades de Alexei y después con su cáncer... Y, a veces, con ambas cosas a la vez... Fue una pronunciada curva de aprendizaje acerca de la paciencia y la tolerancia; me desgastó. Al final, sencillamente me rendí. Pensé, «ya está bien. No quiero volver a estar cerca de nadie nunca más». Y lo creí de verdad hasta... Hasta el domingo, cuando regresaste a mi vida.

Clive se inclinó hacia delante. Podía sentir cómo se diluían sus dudas.   Siempre lograba desarmarlo; siempre lo desarmaría. En ese momento supo, sin el menor asomo de duda, que la amaba.

—¿Qué quieres? —preguntó con voz suave.

—Una segunda oportunidad —susurró.

Clive colocó la botella en el suelo cubierto de plástico y tomó la cara de Marina entre sus manos. Miró sus tristes ojos con motas verdes y la besó amoroso, voraz.

Tiempo después, al echar una mirada retrospectiva a la situación, supo que en ese momento colocó toda su confianza en Marina y se permitió dejar de dudar de ella y amarla.

Clive superó el punto de no retorno en la habitación 137 del Metropol.

15

Hyde estaba furioso. Llevaba más de una hora en la embajada intentando contactar con Clive.

—Lo siento —dijo—. Apagué el teléfono y me eché a dormir. La carrera me dejó agotado.

—Preséntese en la embajada ¡ahora! —espetó Hyde antes de colgar.

Treinta y seis minutos después, Clive entregaba un pincho USB con veintitrés mil correos electrónicos del general Varlamov; sintió un gran alivio al ver la sonrisa plasmada en el rostro de Hyde.

—Buen trabajo, Franklin —reconoció Hyde—. Dios quiera que nos digan algo. Se acaba el tiempo.

Clive se encontró de nuevo con el mismo elenco de personajes en la sala de seguridad situada en la planta superior de la embajada británica, desde la cual se dominaba el Moscova y, más allá, la estación de Kiev. Olía a pino; alguien había rociado la sala con ambientador.

El embajador quitó el embalaje plástico de dos bandejas de bocadillos (unos de pollo y otros de huevo con mayonesa) y las ofreció a los presentes. Clive se sirvió dos de cada. «¿Por qué no? —pensó—. En las últimas doce horas he quemado un montón de calorías».

—Bien, Oswald —dijo Hyde—. Comienzas tú.

Martindale se recostó en su silla golpeando el tablero de la mesa con el extremo de su lápiz.

—El crucero *Moskva*, buque insignia de la Flota del Mar Negro, navega rumbo a Crimea. En este mismo instante. El presidente ha invitado a los mandamases de la armada a su fiesta de cumpleaños, además de a sus más cercanos y queridos colaboradores y a los ministros más próximos a él. Diría que la situación se está calentando. Podría ser incluso una entrega de novedades definitiva.

—¿Definitiva? —preguntó Clive.

—Todo apunta a eso —respondió Hyde—. Ya le he contado cómo durante los últimos meses nos hemos dedicado a controlar el movimiento de un submarino nodriza y sus pequeños drones a lo largo de la costa córnica. Pues resulta que ahora tiene un nuevo amigo, así que tenemos a dos submarinos rusos y a toda una caterva de puñeteros drones zumbando por ahí. Está claro que los rusos se esmeran por lograr el éxito de su misión. Si falla un dron, habrá otro ocupando su puesto. Tienen reservas. En otras palabras: los rusos van en serio. —Hyde hizo una pausa para que los oyentes asimilasen la información—. De momento, no han dado ni un paso en falso. Pero esta mañana tuvieron un resbalón. Interceptamos una comunicación entre uno de sus submarinos y su base satelital. Esa palabra, *Ayid* (perdonen mi pronunciación) no se empleó una vez, sino dos. —Hyde miró directamente a Clive—. Dada toda esta información, lo más probable es que el presidente rinda un último informe de novedades referente a la operación Hades este mismo fin de semana. La información de la señora Volina va a ser... ¿Cómo lo diría? Crucial.

Marina había pasado una tarde horrorosa traduciendo expresiones de buenos deseos por parte del primer ministro de Pakistán al presidente Serov y al ministro ruso de Asuntos Exteriores. Había llegado el momento, indicaba el primer ministro pakistaní en perfecto inglés, de actualizar los términos de la asociación entre ambos países en asuntos de energía, defensa e inversiones. Marina se obligó a concentrarse. Su mente se encontraba en el próximo fin de semana en Crimea y en la información que necesitaba obtener para salir de Rusia.

«¿Y si fracaso? —se preguntó caminando por la calle Tverskaya a última hora de la tarde, al fin libre—. ¿Y si me atrapan? Ay, no pienses en eso —se dijo—. Piensa en Clive y en su dulce rostro». Y eso intentó. Se tomó un momento para examinar la placa de bronce colocada en la pared junto a la entrada del número 25 de la calle Tverskaya, con el perfil de su abuelo grabado en bronce, y empujó para abrir la pesada puerta de caoba. Un ruido desagradable e insistente atestaba el vestíbulo del edificio.

Oxana se encontraba en un estado deplorable, sentada en la cama retorciéndose los dedos y emitiendo terribles y temblorosos sollozos. Habían detenido a Liuba, le dijo a Marina, allí mismo, en el descansillo junto al ascensor, con un ramo de flores en las manos. Todo había sucedido minutos después de que Marina fuese al Kremlin esa misma mañana. Liuba y Vania ya estaban de camino a casa de él cuando la chica recordó que había olvidado dejarle a su abuela la medicación encargada por su madre, así que regresó, pero se detuvo en una floristería que la pillaba de paso. Llevaba un ramo de once rosas amarillas en sus brazos y estaba llamando al timbre de Tverskaya 25 cuando cayó en manos de dos policías de Bolshaya Dmitrovka 28. La buscaban; incluso tenían una fotografía de ella. Por supuesto, el brillante cabello rojo de la chica la hacía inconfundible.

—No soporto imaginarla encerrada en el calabozo de la comisaría —sollozó Oxana—. Sonia está que se arranca los pelos. Busca un abogado desesperadamente. ¿De dónde va a sacar el dinero? ¿De dónde?

Marina tomó una mano de Oxana y la acarició.

—Tranquila, Oxanoska. Ya se me ocurrirá algo. Te lo prometo.

Oxana sacó un pañuelo y se sonó la nariz con fuerza.

—Vania… —farfulló—. Lo vio todo… Estaba allí… Quizá aún esté… Ahí, en el aparcamiento.

Marina bajó corriendo la escalera posterior y llegó al patio trasero, donde encontró a Vania encorvado en el banco verde situado junto a los columpios; a sus pies tenía dos mochilas. Se sentó a su lado, podía percibir el desánimo del joven.

—Dijo que tardaría menos de un minuto… La esperé frente al Taiga… No di crédito al ver llegar a esos dos policías…

—Te estás arriesgando, Vaniuska… Debemos asumir que Liuba les hablará de ti, de mí… Sabe dónde vivo. Y sabe que *eres* mi hijo de acogida.

—No dirá nada. Es inteligente.

—¿Sabe *dónde* vives?

—No tiene la menor idea. Tampoco sabe mi número. Aquí están sus cosas —dijo empujando una de las mochilas con el pie—. También su teléfono. Se lo dejaré a su abuela. Tú, tranquila, ¿vale?

De pronto Vania levantó la cabeza. Un mechón de cabello rubio cayó sobre su rostro. Marina lo cogió de la mano. Tenía dedos largos y delicados, poco habituales en un hombre.

—Escúchame, Vaniuska. *Haz el favor de escucharme* —le rogó aún sujetándolo de la mano—. Han detenido a Liuba; Moscú ya no es una ciudad segura para ti. Estás en posesión de información confidencial, clasificada, y si te atrapan, pasarás el resto de tu vida en prisión. Vete a Minsk. O a Kiev... Eso aún sería más seguro.

—Ya, ¿y qué pasa contigo?

—Yo estoy jodida.

Vania rio y se cubrió la cabeza con la capucha.

—Me lo prometiste, ¿recuerdas? Me prometiste pillar a ese hijo de puta. Y, la verdad, no veo mucho progreso.

—Estamos más cerca de lo que crees, Vaniuska.

—¿De verdad? Ayer mismo vi a Varlamov bien ufano en la tele. Creo que debemos... Necesitamos pensar como Pasha. Todo esto ya está durando *demasiado*, joder.

—Vaniuska, por el amor de Dios, no vayas a hacer alguna locura —le suplicó—. ¡Te lo ruego! Debemos trabajar *juntos*, ¿no lo entiendes? Debes ser paciente.

—¡La paciencia es para los viejos! Sacarás a Liuba. Sé que puedes hacerlo. Solo es una cría...

—Haré todo lo que pueda —aseveró Marina. Vania salió por la puerta trasera del patio y ella subió a su apartamento, se cambió, escogió unos vaqueros y zapatillas de deporte y se fue al metro.

«Estaré perdiendo la cabeza?», se preguntó Marina al salir de la estación de Bielorrusia para fundirse en la mortecina luz del ocaso poco antes de las siete de la tarde. Apenas dos horas antes estaba haciendo el amor con Clive sobre una sábana de plástico en una habitación cubierta con trapos. Aún tenía polvo en el cabello.

Las oficinas de Justicia para Todos se encontraban en una calle secundaria detrás de la estación. Marina llamó al portero automático y preguntó por Ana Seliverstova.

—¿De parte de quién? —preguntó una voz.

—Marina Volina. Una vieja amiga.

La puerta de metal se abrió y Marina subió por las escaleras hasta el tercer piso, llamó a un timbre y pasó a una pequeña oficina con un escritorio cubierto de papeles. Había más archivos en el suelo, por todos lados se veían tazas de café a medio beber y las papeleras rebosaban documentos rasgados o destruidos. Dos mujeres tecleaban con ahínco sentadas frente a las pantallas de sus ordenadores; ninguna levantó la mirada. A través de la puerta entornada pudo oír a alguien hablando en la sala contigua.

—Perdonad —dijo Marina—. ¿Está Ana?

Una joven alzó la mirada; Marina decidió que no podía tener más de veinte años. Llevaba su melena castaña recogida en una descuidada coleta y usaba gafas.

—Hola —saludó antes de dirigirse hacia la puerta entornada y gritar—: ¡Ana, es para ti! —Después se volvió para observar a Marina y sus inteligentes ojos destellaron tras las lentes—. ¡Dios mío! Eres la famosa Marina Volina —dijo, desdeñosa—. No te hubiese abierto, de haberlo sabido. Eres la intérprete de Serov. ¿Qué coño haces aquí?

—No pasa nada —intervino Ana, en pie junto al marco de la puerta, vestida con vaqueros y una camiseta con las palabras WE WILL ROCK YOU estampadas en inglés. Unos ojos oscuros e intensos, bajo un flequillo negro azabache, se fijaron en Marina. Le indicó que entrase en su oficina, tan atestada como la otra sala y cubierta hasta el último centímetro con pilas de papeles y archivos. Quitó una pila del asiento de una silla y se la ofreció a Marina.

—Gracias por recibirme —dijo, sentándose mientras Ana se apoyaba en el borde del escritorio para situarse frente a ella.

—¿Cómo has conseguido esta dirección? —preguntó Ana.

—En vuestra página web.

Ana rio.

—Deberíamos borrar nuestra dirección… No necesitamos visitas de cortesía.

—Esto no es una visita de cortesía, Ana.

Marina no detectó ninguna señal de amistad en los oscuros ojos de Ana, aunque durante los cinco años de secundaria hubiesen sido las mejores amigas. Sí, tomaron caminos diferentes en la universidad: Ana estudió Derecho y Marina estudió a Shakespeare; Ana se quedó en Moscú y Marina se escapó a Nueva York. Pero en los años subsiguientes sus vidas se distanciaron aún más: Ana atacó al Estado ruso y Marina trabajó para él. «Si te desprecia —se dijo Marina—, que te desprecie. Tú tienes una misión que cumplir».

No le llevó mucho tiempo contarle a Ana toda la historia de Liuba, pero el relato pareció hacer poca o ninguna mella.

—Hay docenas de quinceañeros en la cárcel —respondió—. ¿No lo sabías? ¿En serio? ¿A dónde la han llevado?

—Los policías que la detuvieron pertenecían a la comisaría de Bolshaya Dmitrovka —contestó Marina, sin hacer caso del sarcástico tono de Ana, pero sin aceptar el rechazo—. ¿Me puedes ayudar a sacarla? Correré con todos los gastos.

—No quiero tu dinero —dijo Ana—. Nos las arreglaremos… Siempre lo hacemos. Y tú, ¿por qué haces esto? ¿Por qué estás arriesgando la cabeza por una cría a la que apenas conoces?

—Su abuela es una mujer a la que quiero y respeto. Además, es una buena amiga. Y porque no creo que se deba encarcelar a una quinceañera.

—Ni tú ni muchos otros. Nos manifestamos el domingo… Madres contra el encarcelamiento infantil. Únete…

—Paso fuera el fin de semana.

Ana soltó una dura y antipática carcajada.

—¡Por supuesto! Es el cumpleaños del presidente y va a dar una ostentosa juerga. Algo he leído en la Red. Vas a ir. Claro que vas a ir…

Un tono de llamada interrumpió la conversación. Ana llevó su teléfono a un pequeño balcón abierto en su oficina; a su regreso, tenía el rostro blanco como la cal y le temblaban las manos.

—Nikita Strelnikov murió anoche, bajo custodia policial —susurró.

Alguien llamó a la puerta; se asomó la chica que había reñido a Marina, aturullada y ansiosa.

—Ana, acabamos de recibir una noticia terrible…

—Lo sé —dijo—. Mucho me temía que pudiese pasar… Tenemos que contactar con la familia de inmediato.

Marina sintió que en ese momento no pintaba nada en la habitación y se levantó para salir, pero Ana la detuvo.

—Haré lo que pueda por Lyubov Zvezdova —aseguró—. Cuando detienen a algún quinceañero la cosa les suele salir mal. Los padres se ponen frenéticos. Tienen de su parte a la *Novaya Gazeta* y a Eco de Moscú,[9] y Serov parece aún más monstruoso… El hecho de que vaya contra la ley es circunstancial. Déjame el nombre de la abuela, un número de contacto y… Toma, dale mi tarjeta.

Marina garabateó el nombre y el número de Oxana en un trozo de papel usado y se lo entregó. Ana no le quitaba los ojos de encima, como si buscase algo en su rostro, algo que una vez amó.

—¿Cómo eres capaz de trabajar para…? —comenzó a decir, pero se detuvo a media pregunta—. No. Mira, cuando estés cantando el *Cumpleaños feliz* échale un buen vistazo al chico festejado y dedícale un recuerdo a Liuba, que está en la cárcel, y a Nikita, que está muerto.

Marina se estaba dirigiendo a la puerta cuando Ana le dijo:

—Un tal general Varlamov. ¿Lo conoces?

—Sí.

—¿Cómo es?

Marina comprendió que Ana le pedía información interna. Decidió que tenía derecho a saber.

—Es implacable —respondió—. Y peligroso. Es como un perro con un hueso; no lo suelta.

—Eso he oído. Está apretando las clavijas.

—Gracias por recibirme, Ana.

¿Fue una sensación fruto del anhelo o de verdad había detectado un destello de cariño en el cansado rostro de Ana?

Marina vio un catre en una esquina de la oficina exterior, entre archivos, cargadores de teléfonos y toda clase de cables

---

9   Periódico dedicado a la crítica e investigación de asuntos políticos y sociales y cadena de radio de noticias y tertulias, respectivamente. *(N. del T.)*

tirados por el suelo. ¿Allí dormía Ana cuando estaba cargada de trabajo? Atacaba al Estado ruso desde aquella minúscula oficina. ¿Cuánto tiempo podría sobrevivir?

Esa tarde, Oxana rompió a llorar cuando Marina le contó su conversación con la abogada y le dijo que había esperanza.

16

El general encontró el informe de Marina sobre el escritorio de su oficina en el Palacio del Senado el viernes por la mañana. Al parecer, envió el documento a León en un correo electrónico y este, muy amable, lo imprimió. Esas cosas le fastidiaban a Varlamov. Era como si Marina aprovechase toda oportunidad de recordarle cuán cerca se encontraba del presidente. El informe estaba redactado como una lista de frases escuetas ordenada con puntos, lo cual le parecía una falta de respeto.

Varlamov entró en la oficina de Marina con las campanadas de mediodía de los relojes de palacio, pero encontró la sala vacía. Sabía que debía de andar por allí, pues la puerta estaba abierta y tenía el pasaporte sobre su escritorio. ¿Qué pasa con los pasaportes? ¿Por qué son tan irresistibles? Sobre todo las fotografías. Varlamov observó el rostro serio y decidido de Marina. Ni el menor rastro de sonrisa. Después miró su fecha de nacimiento. Cuarenta años recién cumplidos. Leo. Compartían signo zodiacal. Era una mujer dominante, quizá por eso chocasen. ¿Porque qué era él, sino dominante? Después observó con atención los diferentes objetos dispuestos en la oficina en busca de pistas: el maletín junto a la puerta; la silla giratoria de cuero negro; una copia de *The Times* en una mesita. Tomó nota mental de los libros en inglés: *Sapiens. De animales a dioses: Breve historia de la humanidad, Leonardo da Vinci: la biografía* y *Complicarse la vida*, de Virginia Cowles. Se acercó al escritorio. Solo tenía dos fotografías: una junto a un hombre atractivo enfundado en un traje de esquí y otra de dos adolescentes con los brazos entrelazados en el parque Gorky.

—¿Qué desea?

Varlamov giró sobre sus talones y encontró a Marina en el marco de la puerta.

—¿Dónde estaba? Vine a buscarla esta mañana... Nadie sabía dónde estaba.

Vania lo sabía. Se había encontrado con él en el banco del patio a las nueve y juntos transfirieron una buena suma de dinero de la cuenta de ella a la de él. Vania realizó una doble comprobación y, sí, su cartera de bitcoines había engordado.

Y Narek también lo sabía. Marina, de camino a la oficina, se había detenido en el Metropol para una limpieza de calzado. Una vez acomodada en la alta silla, Narek le entregó una ajada edición del *The Times*. Lo repasó una y otra vez y no encontró nada, su mirada se deslizó por un artículo acerca de la gira británica realizada por la compañía de teatro Perm representando *Tío Vania* en ruso. La última cita obligatoria, a mediados de septiembre, sería en el anfiteatro Minack, en la costa córnica. Marina sonrió al leerlo y tomó nota mental de contárselo a Clive. Y entonces encontró lo que buscaba.

—Me preparaba para el fin de semana —respondió Marina—. El equipaje. Esas cosas.

Observó, consternada, al general cogiendo la edición del *The Times*.

—Creía que todo el mundo se informaba en línea —comentó, ojeando las páginas.

Debería estar en la papelera desde hacía horas... ¿En *qué* estaba pensando? Bueno, ya era demasiado tarde. ¿Se fijaría en las palabras garabateadas por Clive en inglés a lo largo del margen de la página de los crucigramas? *Plan A: qué, cuándo, dónde. ¿Últimas disposiciones este fin de semana?*

—Es de ayer —añadió, echando el periódico a un lado—. ¿Podría pasar por mi oficina cuando tenga un momento, Marina Andreyevna? Me gustaría comentar su informe.

Marina se quedó sola en su oficina, respirando con fuerza. Oyó, como lejana, la alerta de mensaje en su teléfono y vio el texto de León: «El jefe quiere verte AHORA».

Lo encontró en el despacho presidencial, sentado bajo su retrato fotográfico en la sala del trono del Kremlin, mirando al televisor de pantalla plana colgado en la pared; mientras, el ministro de Asuntos Exteriores charlaba con el general Varlamov sentado en una butaca bebiendo té.

—Traduce, traduce… —le dijo Serov, señalando a la pantalla, donde se veía a Martha Maitland hablando a una abarrotada Cámara de Los Comunes.

—Ya puedo confirmar a sus señorías —tradujo Marina, con la mirada fija en el airado rostro de la primera ministra—, que nuestros especialistas forenses han establecido más allá de toda duda razonable que Rusia se encuentra detrás del asesinato de Sergei Yegorov. Y, sí, empleo esta palabra concreta… Ha sido un asesinato.

—¡No puedes demostrar nada, estúpida! —gritó el presidente ruso a la pantalla.

La primera ministra facilitó detalles de la investigación policial, que Marina tradujo tan rápido como pudo.

—No podemos quedarnos de brazos cruzados contemplando cómo un escuadrón de sicarios rusos perpetra otro asesinato en suelo británico —continuó la señora Maitland, inclinándose sobre el portafolios—. Y por esa razón anuncio a sus señorías que he ordenado la expulsión inmediata de dieciocho diplomáticos rusos. Tienen cuarenta y ocho horas para abandonar el territorio británico.

Un creciente murmullo de aprobación brotó entre las abarrotadas bancadas de la Cámara de los Comunes.

—La típica reacción histérica… de una mujer —comentó Serov, dirigiéndose a Kirsanov—. Entonces, Dima…, ¿cuál es el próximo movimiento?

—Responderemos, por supuesto, y expulsaremos exactamente al mismo número de diplomáticos —contestó el ministro de Asuntos Exteriores con un suspiro.

—Excelente —convino Serov—. Vamos allá, de inmediato… Mantén la presión. ¿Qué dice *ese*, Marinoska?

Serov tenía la mirada fija en el jefe de la oposición, en pie, aseverando que no se debían sacar conclusiones y que la expulsión era una medida precipitada.

—¡Vergüenza! —Lo interrumpió un coro de gritos.

Marina tradujo con facilidad. El ambiente de rebuznos y pendencias de la Cámara de los Comunes siempre tenía un efecto fortalecedor en ella y, a veces, le resultaba muy entretenido. Era absolutamente distinto a cualquier institución existente en Rusia.

—El tonto útil… Ataca de nuevo —dijo Serov.

—¡Orden! ¡Orden! —rugía el presidente de la Cámara de los Comunes.

—Escuchad ese follón —dijo Serov sin dejar de mirar la pantalla—. Esa Cámara de los Comunes suya parece un zoo. Miradlos… Chillan, se gritan unos a otros… No muestran respeto por su dirigente. ¡Eso no es civilizado!

Se puso en pie y le hizo una señal a León para que apagase el televisor.

Para Marina era la señal de salir. León le abrió la puerta con una ligera reverencia y la acompañó. Su oficina estaba en la sala contigua y ella se entretuvo un poco antes de marchar.

—León, el inglés ha decidido aceptar la invitación de Nikolái Nikolayévich y correr el maratón, pero va a necesitar una licencia de última hora. ¿Se lo podrías arreglar?

—Sin problema —respondió—. ¿Estará preparado? ¿Seguro? ¿Cómo es ese inglés?

—¿El señor Franklin? —dijo Marina. El inesperado cambio en la línea del interrogatorio de León la puso nerviosa—. Bueno, es callado. Y literario. Y en bastante buena forma. Nos hemos entrenado corriendo juntos en varias ocasiones y mantuvo el ritmo sin problema.

—¿Te gustan los extranjeros? En Stanford tuve amigos americanos, pero aquí en Moscú todos mis amigos son rusos.

Con otra reverencia, León la acompañó a la salida de su oficina hasta el pasillo, donde se dieron de bruces con la profesora Olga Tabakova, del Instituto de la Longevidad. La profesora se dirigió a León mirándolo por encima del hombro de Marina, obviando su presencia.

—Entonces, ¿puedo entrar?

León negó con un gesto.

—¡No puedo pasarme el día esperando!

—Sabe que está aquí —respondió León, cerrándole la dorada puerta en las narices.

Comenzaba la tarde cuando le permitieron a Marina pasar al despacho de cortesía a disposición del general Varlamov en el Palacio del Senado.

—Tome asiento —dijo, sentado, con su fina boca bien prieta, bajo un retrato de Félix Dzerzhinski, fundador de la policía secreta allá en tiempos de Lenin. Marina no pudo evitar ver por todas partes fotografías del general con varias cabezas de Estado, como los presidentes de Azerbaiyán, Kazajstán, Siria y Argelia. Llevaba consigo una copia de su informe y releyó sus propias palabras preguntándose qué había encontrado de interés en la serie de acciones mundanas presentada en el documento.

MARINA VOLINA. INFORME PARA EL GENERAL VARLAMOV.
Carrera con el traductor británico Clive Franklin. Viernes, 15 de septiembre.

UBICACIÓN: Muelle Frunzenskaya
DISTANCIA CUBIERTA: 10 km
TIEMPO: Una hora y dieciocho minutos (lento y constante)

- Conversación casi imposible; se empleó el aliento en correr, no en hablar.
- Franklin mantuvo el ritmo, su estado de forma es sorprendente.
- Dado el fracaso de las conversaciones para el acuerdo comercial, Franklin acepta correr el maratón de Moscú. Le agradece la invitación al presidente Serov y se pregunta si podría conseguir un pase de última hora.
- Piensa que es una pena abandonar Moscú con tan pocos logros.
- Pasa tiempo con Martin Hyde, a quien le interesan la historia y los monumentos.
- No le gustó La dama de espadas, representada en el Bolshói el lunes por la noche.
- Los nuevos pavimentos moscovitas lo han impresionado.

- Está deseando ver la representación de *Julio César* por la Real Compañía Shakesperiana.

Varlamov soltó el papel, que planeó hasta caer en el tablero del escritorio.

—Es un poco escueto.

—No era mi intención. Pero no se puede hablar y correr al mismo tiempo, Grigory Mijáilovich.

Varlamov plantó un dedo sobre el informe.

—¿A qué viene eso de *Julio César*?

—Una representación exclusiva de la Real Compañía Shakesperiana en el Teatro de Arte de Moscú Chéjov. Todos los miembros del elenco son negros. Siento perdérmela.

El general no reaccionó.

—Entonces, el inglés se queda. ¿Sabe *por qué*?

Varlamov se acomodó en su silla uniendo sus elegantes y cuidadas manos.

—Por lo que sé, le gusta la ciudad y quiere correr el maratón de Moscú. Es muy aficionado al ejercicio, como tantos otros últimamente.

El general contrajo el estómago con un movimiento instintivo.

—Permita que le diga algo acerca de Clive Franklin... —dijo Varlamov, inclinándose hacia delante, con sus caídos ojos fijos en ella—. Apesta a rata.

Un golpe en la puerta y la aparición de la calva testa de León salvaron a Marina.

—He estado buscándote por todas partes, Marina Andreyevna. *Un pie delante del otro*. Disculpe, general, pero tenemos que irnos ya.

«Maldita mujer», pensó Varlamov observando a Marina apresurándose pasillo abajo; León, en un acto de cortesía, llevaba su maletín. Al verlos desaparecer bajando por las escaleras de mármol en dirección al helipuerto, sintió una oleada de resentimiento hacia Marina Volina; y tenía una buena razón. *Ese mismo día* se iba a Simferópol con el presidente, en el nuevo avión presidencial, un PUM1, mientras él, el general Varlamov, no había recibido la invitación de volar con el presidente y habría de acudir *al día siguiente...* Y, encima, en un vuelo comercial. En primera clase vip, eso sí, pero en un vuelo comercial, a fin de cuentas. Esas cosas lo irritaban, pues entendía muy bien que disfrutaba de la confianza del presidente, pero no de su amistad. Había aprendido a vivir con ello y, como resultado, toda su atención se centraba en ser asombrosamente bueno en su trabajo, en cultivar apoyos entre el círculo íntimo del Kremlin y asegurarse de que ni lo obviasen ni lo subestimasen, de modo que cuando se retirase el jefe del FSB (quizá en un año o dos), se presentase como el candidato óptimo para el cargo. «No importa que me amen —se decía—, importa que me teman».

No pasó mucho tiempo hasta que el general oyó el estruendo del helicóptero presidencial al despegar hacia el aeropuerto de Vnukovo con Volina a bordo. «Se está metiendo en camisas de once varas —pensó—. Quizá tenga que bajarle los humos».

Era viernes por la tarde y aún no habían dado las cinco, pero no había señales de vida en el Palacio del Senado. Sucedía todas las semanas. Todo el personal al servicio del presidente salía pronto los viernes para evitar los embotellamientos en las rutas de salida de Moscú. Varlamov no. Trabajaba la mayoría de los fines de semana, y ese no era una excepción. Un breve recorrido en coche y llegó al enorme edificio de Lubianka, cuartel general del FSB, donde el general tenía su despacho en el piso superior. Allí, sentado tras su escritorio, el general Varlamov se sentía como en casa rodeado por agentes del FSB que lo conocían y, sobre todo, lo temían.

Varlamov percibió el mismo ambiente tranquilo de los viernes por la tarde en el cuartel general del FSB. La mayor parte del personal se había ido, pero no el teniente Maxim Mishin, el más joven e inexperto miembro del equipo del general, y también el más laborioso. Varlamov citó a Mishin a través del interfono; mientras esperaba, cogió su teléfono y observó el salvapantallas, una fotografía de su esposa e hijos. ¿Lo echarían de menos ese fin de semana? Era poco probable... Estaban habituados a sus ausencias y, en cualquier caso, tenían sus propias vidas. La verdad es que nunca había sido un hombre de familia. De sus hijos esperaba obediencia y respeto, pero a lo largo de los años aprendió lo difícil que era conseguirlo si Raisa, su esposa, se dedicaba a minar su autoridad. Ella los mimaba y se mimaba. Desde hacía unos años le había cogido cariño a su hija, Verónica, y hacía el esfuerzo consciente de acercarse a ella, incluso la llevó a conocer a su bailarín de ballet preferido en el Mariinski de San Petersburgo. Nada lo complacía más que se acercase a él cuando estaba leyendo en la butaca, le rodease el cuello con los brazos y lo besara en la mejilla. Varlamov colocó el teléfono sobre el escritorio con la pantalla hacia abajo y devolvió sus pensamientos a Marina Volina. Sí, debería bajarle los humos. Pero no tenía nada contra ella; aún no. Alguien llamó a la puerta. El teniente Mishin saludó al entrar.

Mishin era un joven de estatura media, cabello castaño que parecía brotar en todas direcciones, rostro redondo, nariz chata, ojos negros como grosellas y aspecto juvenil, tanto que no aparentaba sus veintitrés años. Las gruesas lentes de sus gafas aumentaban sus ojos negros, confiriéndole un aspecto amenazador. Pero el teniente no era amenazador; estaba concentrado en conseguir no regresar jamás a su miserable pasado, pues había crecido en un bloque de viviendas en Chitá. Siempre se quedaba trabajando hasta bien entrada la noche, su subordinación y fiabilidad estaban fuera de duda; era un laboradicto en busca de un ascenso y, con el tiempo, de un pedazo del pastel. Fue Mishin quien, a petición de Varlamov, había inspeccionado su ordenador y encontrado una huella digital dejada por alguien al insertar un pincho USB en el puerto tras la pantalla y copiado miles de correos. Fue Mishin quien cambió la contraseña y recibió cinco mil dólares a cambio de mantener bien cerrada la boca. Y, por supuesto, Mishin sabía exactamente qué le pasaría si hablaba. A él o a cualquiera.

—Teniente, necesito que se ponga de inmediato manos a la obra con cierto asunto. Quiero un archivo antiguo, el del servicio de Marina Volina en la ONU. Nuestra gente en Nueva York le ayudará. Lo quiero esta tarde. Entréguemelo en cuanto lo reciba. ¿Entendido?

Una hora después, con la ayuda de Mishin, el general extendía hojas de papel impreso y fotografías a lo largo y ancho de su escritorio. A Varlamov le gustaba el tacto del papel. Parecía como si su cerebro no absorbiese toda esa información digital.

Adoraba el brillante papel fotográfico, que en la mayoría de los casos correspondía al original, reflexionó, no como esas fotografías digitales de hoy, que cualquiera puede componer o editar con Photoshop. «Y, sí —recordó con un suspiro—, eran tiempos en los que una fotografía se podía emplear como prueba».

Varlamov estudió las fotografías dispuestas frente a él. «Volina era muy bonita de joven», pensó. En cuanto a Franklin, bueno, parecía absurdamente joven, como un colegial. Una fotografía en blanco y negro llamó la atención del general: los dos juntos en un parque. ¿El Central Park? Clive Franklin estaba sentado en un banco, mirando a Volina.

Mishin se inclinó para observarla de cerca.

—Ese tipo está loco por ella —comentó.

—¿Usted cree? —preguntó Varlamov.

—Es evidente.

El general despidió a Mishin.

Eran poco más de las nueve y Varlamov ya pensaba concluir la jornada cuando sonó el repentino aviso metálico de un mensaje. Hubo un incidente en el Teatro de Arte de Moscú Chéjov, donde la Real Compañía Shakesperiana representaba *Julio César*. Clive Franklin, el intérprete británico, había sufrido una herida grave.

***

—No es nada —dijo Clive mientras tomaba asiento en la primera fila de la platea, mirándose la mano y la herida de color rojo oscuro en el centro de la palma. Le goteaba sangre por la muñeca. En el regazo tenía el programa del teatro atravesado por una daga. El programa lo había salvado o, mejor dicho, había salvado a Zoya Kunko, sentada junto a él.

—Simplemente asombroso —dijo el embajador—. Jamás había visto cosa igual. Nunca. Toma, coge mi pañuelo.

—Joder —comentó Rose Friedman—, eres un puto héroe, tío.

—Tengo un hospital privado —intervino Boris Kunko, en pie de espaldas al escenario, frente a Clive, bloqueando la luz de las candilejas con su enorme volumen—. Mi hospital privado es tuyo. Los médicos son tuyos. Todo es tuyo… Has salvado a mi niña de… —y Kunko susurró una palabra en ruso.

—Ha sido un trágico accidente —dijo Clive—. Pidan que se reanude la representación.

La actuación se había detenido y el público se encontraba en suspenso, excepto los de las primeras filas de la platea, que sabían exactamente lo sucedido. La mayor parte de los asistentes había supuesto que se trataba de algún problema técnico hasta que el director de la RCS subió al escenario y preguntó si había algún médico en la sala. Incluso entonces algunos rieron, pues lo interpretaron como una versión modernista de Shakespeare, pero las carcajadas se apagaron cuando el angustiado director permaneció en el escenario observando los rostros del público frente a él, rogando para que alguien diese un paso al frente. Un hombre levantó la mano.

Todo había comenzado muy bien, según le diría después Clive a Marina. El drama estaba ambientado en una dictadura militar africana de la actualidad. Las actuaciones fueron soberbias y la ambientación original; en Moscú no había quedado un solo asiento libre. El primer acto transcurrió sin una falla: un elenco negro tocando *reggae* en la escalinata de un anfiteatro romano con el público llevando el ritmo con palmas y movimientos.

El problema se presentó en el segundo acto. Casio y Bruto, muerto César, discutían por el sino de Roma. Bruto le lanzó un cuchillo a su hermano. Desde Londres a Liverpool, el instrumento había atravesado limpiamente el escenario hasta caer entre bambalinas. Pero en Moscú se desvió a la derecha y fue directo al rostro de Zoya Kunko, hija del principal patrocinador de la obra. Los años pasados en la cancha de críquet, atrapando lanzamientos, rindieron su beneficio y el brazo derecho de Clive salió disparado; sujetaba el programa de la RCS y las gruesas páginas satinadas pararon el golpe. Aun así, la punta del cuchillo se hundió en la palma de su mano. Zoya había atado su pañuelo alrededor de la mano de Clive, entonces empapada de sangre.

Lo sacaron de la sala y lo llevaron al vestíbulo, donde el médico del embajador, Malcolm McPherson, le examinó la mano.

—Soy un rendido admirador de Shakespeare —dijo el doctor McPherson en inglés, pero con un ligero acento escocés originario de Dundee—. Estaba muy ansioso por ver a la RCS en Moscú, ya te imaginas. He venido directamente del quirófano, tengo mi cabás en el guardarropa... Vamos a ver... ¡Anda! Esto sí que es suerte.

—Clive es un héroe, joder —apuntó Rose, mirando el pañuelo ensangrentado.

—El corte no es tan profundo —anunció el doctor—. No te preocupes, creo que saldrás de esta sin puntos. Este tipo de heridas superficiales siempre producen una gran hemorragia.

El médico le trató la herida y le vendó la mano con una venda limpia y blanca.

—Probablemente no los necesites, pero llévalos por si acaso —añadió, entregándole a Clive unos cuantos analgésicos.

—Preferiría un trago.

Rose, en el momento justo, le dio una copa de vodka y volvió a sentarse en un taburete de la barra para dedicarse a comer los bocadillos preparados para el elenco y los vips.

—¡Oiga, doctor! —dijo ella—. ¿Se da cuenta de que su paciente merece una condecoración? Ha salvado a la hija de uno de los hombres más ricos de Rusia de una *desfiguración permanente*. Esa daga quedó a cinco centímetros de su cara.

—Pues sí, dígaselo a esos actores de ahí —señaló el médico—. Deberían emplear cuchillos de goma.

Clive ya había terminado su segundo vodka cuando oyó un discreto aplauso, después creció y entre la ovación se escuchó algún grito de «¡bravo!». Era el segundo entreacto. Bruto, ataviado a la guisa de Papá Doc con un uniforme militar blanco, gafas oscuras, botas de cuero hasta las rodillas y una fusta, se presentó en el vestíbulo y se dirigió directamente a Clive.

—Lo siento en el alma, amigo mío... Es la primera vez. Nunca había sucedido nada parecido en doscientas catorce representaciones. ¿Sobrevivirás?

—Sobreviviré —contestó Clive con una sonrisa, intentando evitar hacer un gesto de dolor al mismo tiempo.

—Buen chico —dijo Bruto, chocando los cinco de la mano izquierda con él. Clive le dio las gracias al médico e insistió en regresar a su asiento para ver el final de la representación.

—¡Héroe! —berreó Boris Kunko a su lado, dándole una palmada en la espalda; celebraban la representación con el elenco—. ¡Eres todo un héroe! ¿Quieres un coche? Te doy un coche. ¿Quieres una casa? ¿O mejor, una casa grande? ¿De cuántos dormitorios?

Clive sentía latidos de dolor punzante y buscó los analgésicos en el bolsillo.

—No tienes muy buen aspecto —dijo Rose—. Vamos, te llevaré al hotel. ¿Boris, podemos utilizar tu coche?

—Mi coche es *tuyo* —respondió Boris y sujetó a Clive por la muñeca correspondiente a la mano herida, enviando un espasmo de dolor a lo largo del brazo—. *Quédate* con mi coche. Habrá un conductor a tu disposición día y noche. Te llevará a donde quieras.

—Basta con que nos lleve al Metropol —dijo Rose con voz cansada; instantes después se sentía dichosa por encontrarse en el coche de Boris, un Mercedes S600 blindado y con los cristales tintados, sentada en el asiento trasero con Clive junto a ella. El hotel se encontraba a la vuelta de la esquina, pero, como señaló la joven, ¿para qué caminar si a una la pueden llevar en un coche molón?

Llegados al Metropol, ella lo acompañó hasta la habitación.

—Gracias, Rose… ¿Qué posibilidades había de que esto sucediese? ¿Una entre un billón? Nadie podría haber imaginado…

—Dicen que la realidad supera a la ficción.

Clive tomó cuatro analgésicos y fue a dormir.

Mientras, Varlamov estudiaba la situación sentado en su escritorio de Lubianka. «¿Un asesinato frustrado?», se preguntaba al releer el breve informe enviado por su agente en el teatro. ¿El objetivo era Boris Kunko?

El general realizó una llamada telefónica y esperó. Instantes después hablaba con el director del teatro, quien le facilitó una narración detallada de todo el acontecimiento, visto con sus propios ojos desde un palco situado justo sobre el escenario. Fue un accidente. Varlamov no creía en accidentes, pero el perpetrador del «crimen» fue un actor británico, la representación se reanudó quince minutos después sin más problemas y el señor Clive Franklin, el traductor inglés, había asegurado personalmente al teatro, al Consejo Británico y a Boris Kunko que no iba a poner una denuncia, así que el general Grigory Varlamov se olvidó del asunto.

17

El sábado por la mañana, Marina se despertó temprano y contempló el soleado paisaje del mar Negro, liso como un espejo y sorprendentemente azul. Se balanceaba en una mecedora que venía con la casa, escuchando el crujiente sonido de madera contra madera mientras bebía el primer café de la jornada, aunque no en paz, pues Olga, la rubicunda criada, le preguntaba si no iba a probar los higos; este año eran maravillosos. Marina sucumbió, probó uno y después pidió otro. Olga sonrió.

Se trataba de una casa encantadora, con vistas al mar y un viñedo en la parte trasera extendido a lo largo de terrazas cortadas en la falda de la colina. Un pequeño sendero llevaba a la playa, treinta metros más abajo, que formaba parte de la propiedad y disponía de embarcadero y un cobertizo para botes donde Marina tenía una lancha motora… Otro regalo del presidente Serov. El verano anterior había obtenido la licencia de navegación. Desde el punto de vista geográfico, Marina sabía exactamente dónde se encontraba: más allá del brumoso horizonte se hallaba Turquía; al este estaba Rusia; al sureste, Georgia; y al oeste, Rumanía y Bulgaria.

«Esto es Crimea —pensó—, tierra de sol y uvas. En el siglo XIX, la gente venía para tratar la tuberculosis, como Chéjov, o a pasar un exilio impuesto, como Pushkin. Los rusos de ahora vienen a millares para sentir el sol en sus espaldas. Pero yo no. Yo tengo un objetivo absolutamente distinto: estoy perpetrando una perfidia». La palabra rusa, *verolomstvo*, resonó en sus oídos: combinaba los términos «destrozar» y «confianza». Mientras se mecía adelante y atrás, reflexionó acerca de que en otros idiomas se podía escoger entre «traición» y «perfidia». Por alguna razón, decidió que perfidia sonaba peor. Bueno, en todo caso, era algo por lo que te mataban.

No se admiten regalos, ponía en la invitación del gabinete presidencial, impresa con una elaborada fuente de bordes dorados. Marina estaba a punto de desobedecer.

A las nueve y media, un coche oficial se detuvo frente a la villa. El conductor traía un mensaje: Marina Andreyevna debía utilizar calzado con suela de goma y vestir pantalones. Corrió a cambiarse.

El conductor no dejó de hablar durante los ocho kilómetros de viaje hasta la villa del presidente; le dijo que durante la noche había fondeado un crucero lanzamisiles llamado *Moskva* a pocos kilómetros mar adentro, frente a la mansión. Era el cumpleaños del presidente… ¡Un día señalado!

Marina oyó el aviso telefónico y vio el texto de León: se reuniría con ella en el césped y la informaría. Comenzaba a trabajar a las diez y media.

Veinte minutos después, se encontraba en un césped meticulosamente segado, bajo la cálida luz del sol crimeo y frente a una mansión de tres plantas que le recordaba a la Casa Blanca, aunque esta era de color amarillo pálido. Durante el vuelo, el presidente le había dicho que su nueva y flamante Villa Nadezhda era una copia exacta del Palacio Yelaguin, en San Petersburgo, pero a una escala mucho menor, por supuesto. Según le había dicho el presidente, «es una casa, no un palacio», la llamaba así en honor a su difunta esposa, Nadezdha.

Marina tenía curiosidad por echar un vistazo dentro del enorme cenador, cubierto con los colores blanco, azul y rojo de la bandera rusa. Dentro encontró a todo un ejército de camareros preparando mesas para doscientos invitados. Regresó cruzando el césped y vio a León haciéndole una señal desde la fuente. No había prisa, le explicó. El vip indio al que debía atender aún no había llegado, así que tenían tiempo para una vuelta rápida por el jardín.

Se detuvieron en la escarpa para admirar el destellante mar. El yate del presidente se mecía sobre danzarines dardos de luz, normalmente la vista suponía un espectáculo impresionante, pero en esa ocasión no, pues el barco de recreo parecía un juguete de bañera empequeñecido por la nave insignia de la Flota del Mar Negro; el *Moskva* dominaba el horizonte. Marina, utilizando los prismáticos de León, pudo ver los misiles, grises, brillantes y escrupulosamente ordenados con las ojivas apuntando hacia lo alto. León le pidió que no se alejase demasiado, fue a ver qué había sido del vip y dejó a Marina sola sobre el más verde de los céspedes. Allá donde dirigía la mirada, veía mandamases con sus inconfundibles uniformes de gala blancos y dorados. Se sintió irresistiblemente atraída hacia el lugar donde se encontraba el presidente, el centro de atención, asediado por almirantes y aduladores, todos ansiosos por desearle un feliz cumpleaños. Marina encontró al ministro de Asuntos Exteriores con Boris Kunko en la escalinata de la villa, y sentado al borde de la fuente, donde el agua brotaba por bocas de delfines, estaba Víctor Romanovsky, el viceprimer ministro, quien ya la había visto y se dirigía raudo hacia ella.

Marina miró a su alrededor en busca de una salida y vio a los recién casados, Nastia e Igor, y se lanzó al abrazo de oso de este, agradeciéndole a él primero, y a ella después, la maravillosa fiesta nupcial.

—Esperaba verte por aquí —dijo Igor, con verdadero afecto—. Menudo lugar, ¿eh? Lo terminaron en tiempo récord. Apenas se ha secado la pintura. —Observó la mansión amarilla destellando bajo el sol con gesto aprobador—. Conocí al jefe del proyecto en Moscú. Me contó que el presidente le había dado una fecha límite imposible… Pero cuando Nikolái Nikolayévich quiere algo, lo consigue. Y punto. Ahora, si nos permites, tenemos que ir a felicitar al festejado…

—Y punto —repitió Marina, cogiendo otra taza de café de una de las bandejas ambulantes y se alejó discretamente para sentarse al borde de la fuente a la espera de León.

Una voz a su espalda la sobresaltó.

—Hola.

Marina levantó la mirada y vio a una arrebatadora joven ataviada con un traje estival blanco con nomeolvides azules.

—Siento haberte sobresaltado. Eres Marina, ¿verdad?

—Y tú eres Katia —respondió con una sonrisa.

—¿Qué te parece este lugar?... Impresionante, ¿no? ¡Pero mira su tamaño! He venido con Igor y Nastia... No conozco a nadie... Me siento un poco perdida...

—Tienes que conocer a León... —comenzó a decir Marina, pero entonces vio, con gran congoja, a Víctor Romanovsky dando decididas zancadas hacia ella. Esta vez no tenía escapatoria. El viceprimer ministro, a pocos centímetros de Marina, exhibió su habitual patrón obsequioso.

—Marina Andreyevna... ¡Dichosos los ojos que te ven esta mañana! Deslumbrante... Simplemente deslumbrante. ¿Ya te he dicho que me tienes en tus manos? Bueno, en tus manitas...

Y entonces la lasciva mirada de Romanovsky cayó sobre Katia.

—Ay, mi... Pero... ¿Pero a quién tenemos aquí? ¿Acaso eres la nueva asesora del Gobierno para la atenuación cuantitativa?

La muchacha puso cara de extrañeza.

—Es una broma —prosiguió Víctor, tomando a Katia por un brazo—. ¿Te apetece un helado?

Marina se preguntó si iba a ser así todo el fin de semana. ¿Nada, aparte de cháchara banal y cotilleos absurdos? ¿Voy a volver con las manos vacías y el rabo entre las patas?

Miró a su alrededor y vio docenas de rostros sonrientes; todo el mundo tenía ganas de festejar, excepto el general Varlamov, solo en una esquina, comiendo un melocotón cuyo jugo goteaba por su barbilla, que limpiaba con gran cuidado empleando un pañuelo de seda roja. A Marina se le ocurrió que también podría apetecerle un melocotón, pero entonces el general reparó en ella y se acercó.

—Anoche acuchillaron al inglés —dijo con despreocupada indiferencia y sus adiestrados ojos fijos en el rostro de Marina.

—¿Acuchillaron?

El rostro de Marina no traslució nada.

—En la mano. Sanará. La verdad es que es una historia extraordinaria.

Acababa de pronunciar las palabras cuando León se acercó paseando, tranquilo, y le dijo a Marina que el jefe la buscaba.

Serov estaba de un humor excepcionalmente bueno y Marina no tardaría en saber por qué. Aquella mañana, el comandante en jefe de la Armada de la India, el almirante general Mahrendra Singh, acababa de firmar un contrato por cinco submarinos rusos.

—*A eso* le llamo yo «regalo de cumpleaños» —dijo Serov, cogiéndola del brazo para pasear por el césped con León siguiéndolos inmediatamente detrás—. Está por aquí, por alguna parte, me refiero al jefe de la Armada. Así lo llaman en la India. Hoy regresa a casa, pero lo he invitado a visitar el *Moskva*. Tú también vienes. Te necesito para traducir... León, ¿por dónde *anda* nuestro amigo indio? ¡Ve a encontrarlo!

León se fue de inmediato y Marina se soltó el brazo.

—Nikolái Nikolayévich, hablando de regalos de cumpleaños...

Sacó un paquete muy bien envuelto de su bolso azul y se lo entregó al presidente con un discurso, preparado, deseándole una vida larga y que la integridad y el sentido común lo guiasen en su más difícil labor. Serov la miró con el ceño fruncido por darle un regalo, pero Marina detectó su agrado al verlo alzar la fotografía enmarcada del joven oficial de la KGB Nikolái Nikolayévich Serov junto a su padre, Andréi Borisovich Volin, vestido con su uniforme de general soviético. Entre ellos se encontraba una niña pequeña.

—¡Pero mírate! Marinoska, procedes de una gran estirpe. Tu padre fue un gran patriota y soldado. Un héroe de la Unión Soviética, amigo personal y mentor. Marinoska, debes estar muy orgullosa.

—Lo estoy, por supuesto... Pero... Bueno, mi padre era un abusón. ¿Recuerdas cuánto odiaba las sesiones matutinas de natación? Me obligaba... Me sacaba de la cama a rastras, literalmente, a veces incluso chillando y pataleando.

—Andréi Pavlovich era un hombre obstinado, eso lo admito —concedió el presidente—. Pero tenía una gran capacidad de concentración y era muy decidido... ¡Mira lo que han hecho contigo toda esa natación y esos madrugones! Eso te enseñó disciplina y compromiso. Eso hizo de ti la mujer que eres hoy, Marinoska.

Serov volvió a cogerla del brazo y comenzó a pasear por el césped, contándole que cumplir setenta y un años era más divertido que cumplir setenta. Momentos después, se unió a ellos el comandante en jefe de la Armada rusa, el almirante general Viacheslav Konstantínovich Fiódorov, una imponente figura de rostro redondo y muy rubicundo vestido con un inmaculado uniforme blanco y cuatro filas de condecoraciones. Se acercó para desearle al presidente un muy feliz cumpleaños y terminó contándole un chiste que casi lo hizo llorar de risa. Entonces recordó lo dicho por León: el almirante Fiódorov lo hace reír.

Serov le presentó al almirante y a su atractivo edecán de cabello rubio, Artyom Smirnov. Marina agradeció al almirante la invitación para subir a bordo del *Moskva*.

—Es un placer —respondió el militar.

—Los coches abandonarán el edificio dentro de exactamente una hora —susurró el edecán.

—Nunca he estado a bordo de un crucero lanzamisiles —le indicó Marina al presidente mientras contemplaban a la silueta del *Moskva* flotando recortada sobre la brillante superficie del mar Negro; en su interior sentía que estaba a punto de suceder algo importante. Ese algo, fuese lo que fuese, iba a tener lugar a bordo de aquel gigantesco arsenal flotante.

—Espero no decepcionarte —continuó—. No sé nada acerca de barcos, ni siquiera en ruso… La terminología…

—Te las arreglarás —dijo Serov, restándole importancia al comentario con un gesto—. ¡Ah! —exclamó, señalando a León, que dirigía al vip indio a través del césped—. Por fin. Aquí llega nuestro hombre.

Marina, al ver los dorados entorchados que colgaban de la banda que atravesaba el pecho del militar, decidió que el uniforme de aquel almirante era el mejor de todos. Mahrendra Singh, un hombre atractivo, solemne y de espesas cejas negras, hablaba un inglés tan cristalino que puso a Marina en un apuro. Al estrecharse las manos, miró al almirante Singh directamente a los ojos y pensó: «Eres mi pasaporte a ese crucero lanzamisiles y estoy a tu entera disposición».

Había majestuosidad en el tremendo tamaño del barco de guerra. Abarloado junto al *Moskva*, el buque patrullero que transportaba al presidente y su séquito parecía un bote de remos comparado con la enorme masa gris del navío.

—¿Cómo se sube a bordo de semejante monstruo? —le preguntó Marina a León.

—Tranquila —respondió con un susurro—. Tú mira.

Armaron una escala real en el costado del barco y el presidente, ansioso por demostrar su buena salud, subió los escalones con paso vivo seguido por el almirante Fiódorov, que jadeó un poco, y el almirante Singh, ágil como un veinteañero. En la cima aguardaban en posición de firmes el capitán del *Moskva* y el comandante en jefe de la Flota del Mar Negro, un hombre con pecho de barril y cabello anaranjado. Serov saboreaba el momento. Sonrió de oreja a oreja cuando anunciaron su presencia a bordo. Era su cumpleaños y era su barco. A continuación, el capitán dirigió una visita guiada.

Marina no podía creer lo limpio que estaba el barco, sus destellos y brillos aceitosos y la cantidad de equipamiento de alta tecnología: los mástiles, las antenas giratorias, el radar de largo alcance y los misiles… Grises, tan brillantes y lisos como letales. Se sintió desorientada y un poco mareada yendo de una cubierta a otra. El pelirrojo capitán del *Moskva* tenía una voz profunda y sonora y hablaba entusiasmado de las maravillas del barco, que Marina traducía al inglés para el almirante Singh, quien de vez en cuando le corregía algún término técnico con una sonrisa indulgente. Fue todo un alivio saber que la visita había concluido y tocaba llevar al presidente y su séquito al gran camarote del capitán, cuyas paredes forradas de madera estaban cubiertas con impresiones de victorias navales rusas y disponía de una mesa de banquetes llena de refrescos y refrigerios. El capitán los animó a degustar las viandas, pero Marina permaneció atrás, observando los detalles de la sala. Al fondo del camarote había un oficial de la armada en posición de firmes frente a una puerta cerrada. «¿Por qué?», se preguntó dirigiéndose directamente al atractivo edecán del almirante Fiódorov, el capitán de navío Artyom Smirnov, que estaba dando cuenta de unos blinis con caviar. Marina le preguntó si se mareaba alguna vez. Sirvió para romper el hielo. Resultó que el capitán de navío Smirnov llevaba seis meses destinado en el *Moskva*, conocía cada centímetro de la nave y la amaba con pasión. Marina sintió una repentina descarga de adrenalina; ahí estaba el hombre capaz de decirle aquello que necesitaba saber. Pero entonces la llamó el presidente.

—Es inútil —le dijo Serov, sirviéndose un canapé de esturión—. No logro persuadir a mi amigo el almirante Singh para que se quede a comer. ¡Ni siquiera por ser mi cumpleaños!

El militar indio explicó con una sonrisa que lo necesitaban con urgencia en Nueva Delhi y subrayó el placer de realizar una visita a semejante embarcación en compañía de tan buena intérprete. Marina le agradeció el cumplido mientras traducía del inglés al ruso, aunque señaló que el almirante Singh estaba siendo muy indulgente: se había visto en apuros, sobre todo con el «radar de control de tiro». Al escuchar eso, el almirante Fiódorov estalló en carcajadas y le dio unas palmadas en la espalda a Singh, repitiendo «un gran tipo, un tipo excelente» una y otra vez. Y entonces llegó el mazazo. El presidente le pidió a Marina que acompañase al almirante a tierra firme.

—Por supuesto —respondió sintiendo una punzada de decepción. La información estaba *ahí*, justo delante de sus narices. Podía sentirlo—. Estaré encantada de acompañar al almirante Singh —añadió con una sonrisa forzada. Allí estaba, a bordo del *Moskva* y con las manos vacías. A partir de ese momento su única esperanza era ser afortunada en tierra, bajo la carpa del cenador o quizá durante el almuerzo, la merienda o la cena. Pero la suerte llegó a ella mucho antes de lo esperado. Casi no advirtió cuando el almirante Singh, con toda discreción, preguntó por el cuarto de baño y lo llevaron al servicio privado del capitán. Entonces oyó al presidente susurrar a Fiódorov:

—Está bien que nuestro amigo regrese a la India... Debemos reunirnos...

—Desde luego —replicó Fiódorov—. No tenemos ni un segundo que perder, como ya he dicho más de una vez.

«Entonces la entrega de novedades definitiva va a ser aquí y ahora —pensó Marina—, y tendrá lugar mientras esté en tierra. No conseguiré ni las migajas». Luego, diciéndose que habría de resignarse a su sino, se acercó a su nuevo amigo, el atractivo edecán, y le preguntó si también ella podría emplear las instalaciones. ¿Había otro servicio? El capitán de navío Smirnov consultó con el asistente del capitán del *Moskva* y luego, para sorpresa de

Marina, le pidió que le entregase su teléfono, explicándole que los aparatos electrónicos estaban prohibidos en el «compartimento reservado», aunque en realidad ella solo iba a cruzarlo. Smirnov condujo a Marina hasta la puerta cerrada donde el oficial de la armada hacía guardia en posición de firmes; susurró algo al oído del militar. Este asintió, abrió la puerta y condujo a Marina a través de una sala sin ventanas atestada con el zumbido electrónico procedente de un panel de pantallas de ordenador. Rebasaron una mesa central cubierta con cartas náuticas y la acompañó hasta el servicio situado al otro lado de la estancia. Marina cerró la puerta con pestillo y se quedó muy quieta; su respiración se hizo más profunda al comprender dónde estaba: en la guarida del león. La diosa Fortuna le sonreía.

Salió del cuarto de baño y buscó al oficial; el militar esperaba por ella al otro extremo de la sala, sujetando la puerta abierta y con la mirada dirigida hacia el presidente y sus invitados. Marina comprendió que la sala estaría unos segundos a su disposición. Le echó un vistazo a la carta con marcas negras, pero solo tuvo tiempo para leer el título: DESDE LAND END'S HASTA FALMOUTH.[10] El guardia volvió la cabeza. Marina lo miró a los ojos sonriendo y regresó al camarote del capitán para recoger su teléfono y encontrarse con la penetrante mirada de Grigory Varlamov.

Parecía haber pasado un siglo desde que Marina se despidiese del almirante Singh. El tiempo transcurría despacio. Se las arregló para echarle un breve vistazo a la tarta de cumpleaños, guardada en la cocina especial dispuesta más allá del cenador, e incluso para conocer al maestro repostero parisino que llevaba tres días trabajando en ella.

—*C'est magnifique* —comentó mientras observaba al francés con su gorro y su almidonada chaqueta blanca espolvorear polvo dorado sobre una réplica de Villa Nadezhda antes de cantar los ingredientes exactos necesarios para hacer el relleno de

---

10   Land's End (literalmente *Finisterre* o *Fin de la Tierra*) es un pequeño cabo situado en el extremo de la península de Cornualles; es el punto más occidental de la Inglaterra continental. *(N. del T.)*

crema de fresa, frambuesa y grosella negra y el frío fondant amarillo. Marina apenas lo escuchaba. Toda su atención se concentraba en la carta náutica del sofocante «compartimento confidencial». Tenía algo que ofrecer a Hyde, pero no lo suficiente.

Marina, gracias a León, se pudo sentar en la mesa del almirante Fiódor, pero cada vez que se inclinaba para hablar con él, su esposa (una mujer de gruesa estructura con una enorme esmeralda en el dedo) la fulminaba con la mirada y reclamaba la atención absoluta del hombre. Cuando la señora Fiódorov fue al servicio de señoras, Marina aprovechó la ocasión para ocupar el asiento vacío.

—¿Ha ido bien la reunión? —preguntó con una resplandeciente sonrisa.

El comandante en jefe de la flota exhaló un profundo suspiro.

—Aún no se ha tomado una decisión… ¡Ay, estos políticos! Pero yo, amiga mía, soy un veterano servidor del Estado y a lo largo de los años he aprendido a ser paciente.

—Paciente —suspiró Marina—. Pues claro. Pero me temo que yo no lo soy mucho.

Fiódorov alzó su copa.

—¿Te he contado que conocí a tu padre? ¡Por él! ¡Por un gran patriota!

«Vaya, después de todo, el matón de mi padre va a resultar útil», pensó antes de chocar su copa con la del almirante. Pero su optimismo duró poco.

—¿Dónde se supone que me siento yo?

La señora Fiódorov había planteado la pregunta con su tono más imperioso, en pie tras su marido; el dedo con el anillo de esmeraldas descansaba sobre la charretera dorada del uniforme naval. Observaba a Marina con mirada acusadora, no solo por usurpar su asiento, sino por el mero hecho de estar allí: la intérprete del presidente debía estar en otra mesa. Después de todo, ella solo era una *empleada*.

De pronto, un grupo de zíngaros irrumpió en el cenador cantando y bailando y todo el mundo comenzó a dar palmas, el presidente incluido. Marina nunca había visto a Serov tan alegre. Al concluir el espectáculo, y antes de la ceremonia del corte de la tarta de cumpleaños, se anunció una pausa y fue a dar un paseo por el césped, sentía una creciente ansiedad. Se consumía la jornada. En la escalinata de la villa vio a su nuevo amigo, el capitán de navío Smirnov, charlando animadamente con otro oficial de la armada. El oficial se adelantó al verla.

—Marina Andreyevna, ¿puedo pedirle un favor? Mi amigo Denis y yo estamos discutiendo un asunto… ¿Cómo se pronuncia esta palabra? —El capitán leyó una lista de nombres córnicos garabateados en un trozo de papel; el primero era Pentewan.

—No estoy segura —respondió Marina—, pero creo que el acento recae en la penúltima sílaba; sería «Pentéwan».

—¿Y estos? —preguntó el capitán de navío, golpeando el trozo de papel con un dedo.

Marina repasó la lista (Harlyn, Praa Sands, Polzeath, Perranporth, Pentewan) pronunciando los nombres en voz alta, despacio y con cuidado.

—Solo es una suposición —admitió—. Podría estar equivocada. —Y añadió—: Quizá si se busca en el traductor de Google…

—Lo haré, por supuesto —dijo el capitán—. Me sorprende encontrar unas palabras tan raras… Mi inglés es bastante fluido, pero nunca me he topado con nombres así. No se parecen a otros, como Londres, Manchester o Birmingham.

—Cornualles tiene una lengua vernácula. Es una de las lenguas celtas, como el galés o el bretón.

—No lo sabía —comentó el capitán de navío Smirnov—. Gracias.

—¿Está pensando en visitar esas playas, capitán? —preguntó con tono despreocupado—. ¿Alguna en concreto?

Artyom lanzó una mirada nerviosa a Denis. La pregunta flotó en el aire durante un instante.

—Quizá un día de estos. Denis, aquí presente, es un consumado surfista —dijo sin pensar.

¡Muros! No hacía más que estrellarse contra muros. Marina sentía crecer su frustración mientras rodeaba uno de los costados del cenador en dirección a la entrada principal. Se detuvo en seco al oír la atronadora carcajada de Fiódorov. Se encontraba a tres metros de distancia, de espaldas a ella, fumando y mirando al mar. A su lado estaba el presidente.

—¿Por qué no? —preguntó Serov—. ¡Podemos decir que fueron los tiburones!

—Esa es buena —rugió Fiódorov—. ¡Es realmente buena! Los tiburones siempre están royendo cables... Al parecer los confunden con una especie de anguila... Sucede a menudo.

—Pero no de este modo —señaló Serov secamente.

—Aun así, iría a por siete, si no ocho. Quiero decir, ¿por qué contenerse?

—Refutación plausible. Seis son suficientes —explicó el presidente, empático, y ambos hombres entraron en el cenador paseando.

Marina, de nuevo en su asiento, evaluó la situación. Lo estaba logrando poco a poco, muy poco a poco. Y el tiempo corría a su favor. El banquete iba a durar seis horas y los invitados continuarían bebiendo. La indiscreción estaba servida. Cuestión de esperar.

Pero el banquete no se extendió seis horas. De pronto, el general Varlamov se presentó junto al presidente y le susurró algo al oído.

—¿Cómo? ¿Está de guasa?... Ese idiota... —espetó Serov sacudiendo la cabeza. Después se levantó, llamó a León y a Marina y abandonó el cenador. Mientras, el repostero francés observaba desolado cómo el presidente Serov atravesaba el césped en dirección a los coches que aguardaban frente a la villa, gritando y haciendo gestos hacia Varlamov. León andaba a zancadas detrás, con Marina a su lado; ninguno tenía la menor idea del asunto. «¿Y la tarta? —se preguntó Marina—. ¿Encenderían las velas y la cortarían *in absentia*?

Ya era medianoche cuando Marina llegó a casa desde el aeropuerto de Vnukovo y comenzó a subir de puntillas la desconchada escalera de mármol del número 25 de la calle Tverskaya para no despertar a Oxana. Pero Oxana no estaba dormida y encendió la luz en cuanto oyó los pasos. Un instante después besaba la mano de Marina.

—¡Liuba es libre! —dijo con lágrimas en los ojos—. Gracias, gracias... Tu amiga obra milagros... Por favor, dale las gracias de mi parte, dile que se lo agradezco de todo corazón.

—Obradora de milagros —repitió Marina tomando una mano de Oxana—. El nombre le queda bien a Ana. Me siento muy aliviada por todas vosotras. ¿Cómo está Liuba?

—Solo la vi un momento, pero parecía bien. Vino directamente aquí para recoger la mochila y buscar a Vania. Bueno, no tuvo que ir muy lejos... Ahí estaba, sentado en el banco del patio. Es el destino, Marinoska, te lo digo yo. Esos dos... Parecen llevarse muy bien. Ojalá tu chico le ponga algo de sentido común en la mollera. Liuba dice que no piensa volver a la escuela... A los dieciséis ya puede tomar sus propias decisiones, buscará un empleo. No tenía fuerzas para discutir. Eso sí, le dije que se mantuviese alejada de aquí... ¡Y lo mismo le dije a ese chico tuyo!

—¿Por qué les dijiste eso? —preguntó Marina, cansada, añorando la cama.

—Estuvieron aquí.

—¿Quién?

—Los del FSB. Los distingo a un kilómetro. Simulaban ser de la compañía de seguros y haber venido a instalar el último sistema de seguridad, pero al pedirles alguna identificación, me respondieron que no llevaban ninguna encima. Así que les dije que esperasen mientras llamaba al administrador de la finca, pero se fueron. Querían instalar cámaras de vigilancia en la entrada principal y en la trasera, e incluso en el primer piso. Una cosa rara, porque en el primer piso solo vives tú y esa pelma de Zlobina. ¿Por qué alguien iba a querer tener cámaras ahí arriba? ¿De qué va todo esto, Marinoska? ¿Te has metido en algún lío?

«Tenía que pasar», pensó Marina. Tarde o temprano, Varlamov la pondría bajo los focos, no porque hubiese cometido algún error o por algún gazapo, sino porque sospechar de todo el mundo estaba en su naturaleza. «Husmea cuanto quieras —se dijo—. ¡Intenta atraparme! No te va a salir bien, general, porque siempre voy un paso por delante de ti».

Marina tomó las manos de Oxana entre las suyas y observó sus ojos ansiosos.

—Oxanoska, los del FSB... volverán.

18

Marina descubrió el domingo por la mañana por qué el presidente interrumpió su fiesta de cumpleaños. Todo estaba en Internet: Corea del Norte había realizado otra prueba de lanzamiento de misiles, pero en esta ocasión falló y cayó en aguas rusas, a menos de cien kilómetros de Vladivostok. Más tarde, ese mismo día, vio la comparecencia televisiva del presidente. Serov les dijo a los nerviosos rusos que había recibido una disculpa sin paliativos por parte del mandatario norcoreano: el lanzamiento del último misil fue un error, un lamentable accidente que no volverá a suceder.

Esa tarde, Marina y Clive corrieron quince kilómetros y terminaron en el Estadio Olímpico Luzhnikí. Marina consultó su reloj inteligente, donde se almacenaba todo lo que necesitaba saber acerca de su desempeño: ritmo cardiaco, tiempo y calorías quemadas. Clive respiraba rápido. Demasiado rápido.

—No tienes muy buena pinta... —comentó Marina.

—No estoy tan en forma como tú... —dijo, dando bocanadas para coger aire.

—¿Qué es eso?

Agitó su mano vendada, incapaz de hablar, al tiempo que sacaba unas pastillas de dextrosa del bolsillo y se las metía en la boca; mascó cinco.

—Lo siento, olvidé medir mi nivel de glucosa.

Marina lo miró compasiva; se había olvidado por completo de que era diabético.

Recogieron sus mochilas en las taquillas dispuestas junto a la pista de carreras. Las dos sombras del FSB parecieron sorprendidas cuando Marina, de pronto, paró a un viejo Renault y le ofreció al conductor, un estudiante, una generosa tarifa dominical. En cuanto entró en el coche, pidió que subiese el volumen de la radio. Apagó su teléfono y le indicó a Clive que hiciese lo mismo, después miró hacia atrás.

Una sombra hablaba por teléfono; la otra estaba parando a un vehículo.

—Dios, cómo te he echado de menos —dijo Clive, reposando la cabeza en el respaldo del asiento.

Marina tomó la mano vendada de Clive y la besó.

—Solo tú podrías sufrir tan poética lesión. Dime qué pasó.

Lo resumió, aunque sin omitir a nadie, incluida Rose, a la que llamó «caso único» al describir su exultante energía, su horroroso ruso y su aspecto: imposible no reparar en ella con esa banda roja en su maraña de cabello rubio; los tres aros en cada lóbulo; su atuendo estrafalario... Después miró hacia atrás y, al no ver a su sombra por ninguna parte, cogió el rostro de Marina entre las manos y la besó. El beso continuó y continuó hasta que Marina lo apartó y miró por el parabrisas trasero. Un Ford se acercaba aprisa. Mientras, el conductor del Renault golpeaba el volante al compás de la música radiofónica, tan insistente y penetrante que Marina terminó preguntándole a quién escuchaba.

—¡Skryptonite! —gritó, lanzando una amplia sonrisa por el espejo retrovisor—. El mejor rapero de por aquí... Es de Kazajstán.

Marina dejó al conductor a lo suyo, golpeando el volante y moviendo la cabeza siguiendo la música. Habló en inglés, despacio, intentando recordar los detalles de todo lo acontecido en las últimas treinta y seis horas.

—He intentado encontrarle sentido y creo haberlo conseguido... Vi una carta náutica de la costa córnica. Oí al almirante mencionar unos cables... Estamos planeando un ataque contra los cables submarinos tendidos en algún lugar frente a la costa de Cornualles. Y pronto. Quizá Hyde ya sepa todo esto. Y probablemente por eso se sentirá decepcionado. Necesitará más detalles. Los conseguiré... Dile a Hyde que no le fallaré... No te fallaré —dijo Marina, tocándole el brazo.

Clive miró atrás y vio que el Ford estaba atrapado tras un autobús. Tomó la mano de Marina y la besó. Instantes después pasaron por un pequeño parque y de pronto Clive le pidió al conductor que detuviese el coche.

—Espérame aquí —le dijo a Marina—. Solo será un momento.

Marina observó desde la cabina a Clive corriendo hacia la pequeña multitud reunida bajo los nogales, compuesta casi toda por mujeres y niños sujetando pancartas caseras: MADRES POR LA JUSTICIA y LIBERAD A NUESTROS HIJOS. Reconoció a Vera, baja, intrépida, con el cabello blanco como la nieve y sosteniendo un cartel: LOS NIÑOS A LA ESCUELA, NO A LA CÁRCEL. La anciana pareció entusiasmada por ver a Clive y comenzó a reír mirándolo de arriba abajo; Marina sabía que le tomaba el pelo por sus pantalones de correr. Fue entonces cuando vio a Ana bajo un árbol, rodeada de chicos; estaba a punto de acercarse y agradecerle su ayuda a Liuba, cuando Clive regresó aprisa al coche. Había visto a los antidisturbios. Salieron de ninguna parte. Desde el asiento trasero del Renault, vieron a Ana caminar hacia los antidisturbios para protestar, pero no hubo diálogo; en vez de eso, un agente con casco la cogió, le sujetó los brazos a la espalda con fuerza, presionó su cabeza hacia abajo y la llevó a empujones hasta la furgoneta policial más próxima. También encerraron a otras dos mujeres y a varios colegiales, dejándolos a todos con la cabeza baja y los brazos a la espalda. A continuación, la puerta se cerró con un golpe y el vehículo se fue.

Clive y Marina observaron a los antidisturbios cargar para dispersar al resto de manifestantes con su acostumbrada brutalidad. «Todo esto es tan deprimentemente habitual…», pensaba Marina; Clive, por su parte, tenía la mirada fija en la delgada anciana de cabello blanco que sujetaba una pancarta: ¡JUSTICIA PARA TODOS!

—¿Qué podemos hacer? —susurró Marina.

—No mucho —respondió Clive—. Debemos mantenernos al margen de esto… Luego llamaré a Vera… Pero Ana está sola. Que Dios la ampare.

Ana no llevaba nada consigo, ni bolso ni teléfono. Llamó una o dos veces a la puerta del calabozo policial, pero nadie acudió. Había un vaso de agua en una mesa y un cubo en la esquina bajo una parpadeante bombilla desnuda.

Como solía hacer en esas situaciones, se dedicó a recitar poemas para sí. Eso la calmaba, templaba sus nervios y le facilitaba fuerza interior. Sabía de memoria *El jinete de bronce: un cuento de San Petersburgo* y luego cambió a Brodsky y Ajmátova, sus dos poetas preferidos, ambos víctimas y supervivientes de la represión.

El tiempo pasaba despacio. ¿Minutos? ¿Horas? No tenía idea, pero al final oyó pasos y la puerta se abrió. Un carcelero le ladró que saliera.

—Necesito mi bolso y mi teléfono —dijo con firmeza, mirando al joven ataviado con un sucio y arrugado uniforme de policía.

Pero no la llevó escaleras arriba, hacia el vestíbulo de la comisaría; el joven guardia la guio a lo largo del pasillo hasta otro calabozo y la hizo entrar de un empujón. Poco después entraron dos hombres vestidos de civil. Uno era joven, usaba gafas con lentes gruesas y se quedó a un lado: el otro se sentó en la mesa frente a Ana. Lo observó con atención; era de mediana edad y vestía un traje oscuro y caro; sus ojos azules eran muy claros y parecían inquietamente exánimes, como de cristal. De hecho, estaban muertos. Sus ojos azules estaban muertos…

—Ana Lvovna, ya me estoy cansando de sus bufonadas —dijo el hombre sacando un cigarrillo electrónico al que dio una calada, y expulsó una pluma de humo blanco en el cargado ambiente del sótano.

—No sé de qué me habla —respondió. Estaba habituada a esa línea de interrogatorio—. Soy abogada y mi trabajo consiste en defender la legalidad.

—Usted es una agitadora profesional.

—¿Y usted quién es?

—No importa quién soy. Lo importante es que entienda que ya he tenido bastante. La próxima vez pasará un mínimo de cinco años en prisión.

—¿Por qué delito?

—Agresión a un policía de servicio.

Ana echó la cabeza hacia atrás y rio.

—¿Y qué pruebas tienen?

El hombre se volvió y pronunció un nombre. Se abrió la puerta y entró el joven con el uniforme sucio sujetando una fotografía. El interrogador la cogió y la dejó sobre la mesa. Se veía a una joven de larga melena oscura. Empuñaba una piedra e intentaba golpear a un policía.

—¡Esa no soy yo! Salta a la vista que no lo soy... Y mire el fondo. ¡Eso es el Palacio de Invierno!... ¡Ni siquiera está en Moscú!

Ana se asentó en su silla y miró directamente al hombre.

—¿De qué trata todo esto? ¿Qué quiere? —preguntó.

El hombre volvió a ladrarle algo al joven policía y este salió y regresó con una segunda fotografía. Era exactamente la misma, solo que en esta ocasión se la veía a ella con el Bolshói al fondo en vez del Palacio de Invierno.

—Aquí tiene la prueba —dijo el interrogador—. Suficiente para encerrarla tres años en prisión, quizá cuatro. A lo mejor más. A lo mejor mucho más...

El hombre colocó las manos sobre la mesa y se inclinó hacia delante. Ana olió su caro perfume.

—Hace un instante me preguntó qué quería —continuó—. Pues quiero que deje sus disruptivas y antipatrióticas actividades. Esto es una advertencia, Ana Lvovna. La primera y la última.

Ana enderezó la espalda y, con calma, entrelazó las manos sobre la mesa mirando al hombre sentado frente a ella. Su interrogador le devolvía la mirada con sus ojos muertos.

—Su madre... Ya tiene una edad, ¿verdad? Y aún anda por ahí intentando causar todos los problemas que puede... Aunque ya sea una octogenaria... Podríamos detenerla en cualquier momento, ¿sabe?

—¿Y de qué la acusan?

—No cumple con la nueva normativa contra incendios. Prende hogueras frente a su dacha y eso viola la nueva ley de seguridad. Ya la han multado una vez. Y sus vecinos se han quejado.

—¿Qué vecinos?

El interrogador obvió la pregunta.

—Prender hogueras es ilegal —dijo—. Entonces, ¿qué opina, Ana Lvovna?... Usted, tan preocupada por defender la legalidad. Dejémoslo ahí. Quiero hablar acerca de su amigo, el inglés.

—¿Qué inglés?

—Franklin. Clive Franklin.

—No es mi... —Ana vaciló antes de continuar—. Clive Franklin era un alumno de mi madre. No se puede decir que sea amigo mío.

—Qué raro... Nadie quiere a ese hombre como amigo —apuntó el interrogador, tamborileando sobre el tablero con los dedos y la vista dirigida hacia el joven que aguardaba silencioso en una esquina—. Me pregunto por qué. Su caso me parece especialmente raro, pues hace unos días (el lunes, para ser exactos) él visitó la dacha de su madre, en Peredélkino, y usted lo besó en la mejilla.

—Estaba siendo educada.

El interrogador casi sonrió.

—*¿Está interesado en sus... actividades?*

—Ni lo más mínimo.

—*¿Y por qué* fue a su manifestación ilegal esta tarde?

—No fue ilegal. Teníamos permiso para reunirnos en el parque. Puedo enseñarle los documentos.

—Tenían permiso para realizar una manifestación pacífica.

—Fue pacífica hasta que ustedes enviaron a los antidisturbios.

—Conteste a mi pregunta. ¿Por qué se presentó el inglés?

—Pasaba por casualidad... Vio a mi madre desde la ventanilla del coche. ¡Pero si aún llevaba la ropa de correr!

El interrogador se inclinó hacia delante con la mandíbula tensa y sus claros y fríos ojos azules.

—Estaba *allí.*

Ana sostuvo la mirada del hombre.

—Llevo horas aquí y quiero ir a casa —comentó con tono prosaico—. Usted no tiene más derecho a retenerme aquí del que tiene a detener a chicos sin informarles de qué se les acusa. Repito: *chicos.* ¿A qué tienen tanto miedo?

El hombre se envaró.

—Saque una mano —dijo. Ana ni se movió—. Ponga una mano sobre la mesa con los dedos separados. —Ana continuó inmóvil. El hombre lanzó un vistazo al silencioso individuo de la esquina y este avanzó un paso—. Haga lo que le digo —espetó el interrogador mientras sacaba un cuchillo y limpiaba el filo con un pañuelo blanco. Sonreía.

Ana hizo lo que le decían y posó su mano sobre la mesa, con los dedos separados. Todo su cuerpo estaba tenso y tenía la mandíbula encajada.

El interrogador alzó el cuchillo lanzando una dura mirada al indolente rostro de Ana y descargó un golpe con fuerza terrible, justo en el vértice de la *«V» formada* por los dedos medio y anular. La punta del cuchillo se clavó en el tablero tan cerca de los dedos que podía sentir la fría hoja contra su piel. Ana retiró la mano despacio sin el menor estremecimiento. El interrogador agarró la empuñadura del cuchillo y liberó la hoja.

—En este asunto se necesitan nervios de acero —dijo—. Es una pena que usted se encuentre en el lado equivocado. Podría emplear a una mujer como usted.

Ana tenía muy tensos los músculos del rostro y sus ojos oscuros observaban al hombre con desdén.

—Volvamos al asunto que nos ocupa…

El hombre la miró a los ojos y le habló con voz amenazadora y sin emoción.

—Piense detenidamente acerca de lo que le he dicho. Deje de enredarse con la oposición. Esta es su última oportunidad. Hay mucha gente que no recibe ni una advertencia, así que considérese afortunada.

El interrogador le dio una última calada al cigarrillo electrónico y se levantó. El joven policía sujetó la puerta abierta en posición de firmes.

—Déjela ir —dijo el interrogador.

—A la orden de vuecencia, mi general.

El mismo joven policía vestido con el desastrado uniforme la llevó por el largo y frío pasillo hacia un vuelo de escaleras que llevaba a la luz.

—Ese era Varlamov, ¿verdad? —preguntó Ana, lanzando un vistazo al joven y nervioso rostro. El policía tensó la mandíbula y miró al frente.

Ana sintió un conocido frescor al exponerse al aire nocturno, era el primer aviso de la llegada del invierno. El silencioso policía le había devuelto su teléfono, lo consultó y vio que era poco más de medianoche. Se colocó a un lado de la calle y estiró un brazo: se detuvo un joven al volante de un Volkswagen. Colgó un mensaje en *VK* desde el asiento trasero dándoles las gracias a todos los asistentes a la completamente legal manifestación, como se preocupó por recalcar. Informó a sus seguidores de cómo la policía la había detenido sin justificación y que ya estaba libre. «*¡Adelante!*», *escribió, y añadió una fila de emoticonos.* Al llegar a un semáforo, abrió la puerta del coche y tiró el teléfono en una alcantarilla.

***

Marina no podía apartar de su mente la imagen de Ana con los brazos sujetos a la espalda y el policía presionando su cabeza hacia abajo. Le hacía sentirse culpable por osar, aunque solo fuese por un instante, ser feliz y despreocupada y besarse con Clive en el asiento trasero de un coche, como una adolescente. Llegó a casa y encontró a Oxana fumando en el patio trasero.

—Volvieron, como dijiste que harían —anunció Oxana—. Esta vez con la adecuada identificación de la compañía aseguradora. *¡Aseguradora y un cuerno!* Tenían FSB tatuado en sus mugrientas caras. ¿Puedes creerlo? Llamó el administrador y dijo que estaba todo bien; al parecer, trabajaban para una compañía de seguridad muy respetada y tenían que instalar cámaras de vigilancia aquí, allí y en todas partes… Sasha los siguió por la finca… Él te dirá qué es cada cosa… Vamos a buscarlo.

Sasha se encontraba junto al contenedor de basura, inspeccionando sus últimos hallazgos (una lámpara de mesa nueva y un buen par de botas) mientras *Iván el Terrible* corría por allí, husmeando el suelo. El encargado del mantenimiento sabía exactamente qué se había instalado y dónde, y no estaba contento. No le gustaba que lo espiasen.

—Si quiere pasar desapercibida —le dijo—, no salga por la puerta principal. Emplee la puerta trasera y arrímese a la pared. Las cámaras no la detectarán. De otro modo, tápese con un paraguas.

Una capa de frágiles hojas marrones cubría el suelo del parque infantil. En cualquier momento caería la primera nevada.

—No nací ayer —dijo Oxana apartando las hojas muertas con el pie—. Estás metida en líos, ¿verdad?

—Haces demasiadas preguntas, Oxanoska... Demasiadas preguntas...

—Me llamó Liuba. Lo hizo desde una cabina. Aún se aloja con ese chico tuyo. Dice que va a aprender a tocar la guitarra y hacerse una cantautora como Nikita Strelnikov.

«*¿Cómo* mantendré el contacto con Vania? ¿Y él conmigo?», se preguntaba Marina subiendo despacio las escaleras de su casa. *«No te preocupes —se dijo poco después—. Los gatos callejeros siempre se las apañan».* Sacó las llaves y retrocedió un paso para mirar a las cámaras de vigilancia. Deseaba hacerle saber a Varlamov que aceptaba el desafío.

Al pensar en una placentera tarde dominical, nadie se imagina sentado en la claustrofóbica sala de seguridad de la planta superior de la embajada. Ya estaban cansados del café y de los insulsos bocadillos de pollo. Pero aquella era la despedida de Hyde; también la de Martindale. Su familia y él tenían cuarenta y ocho horas para abandonar Moscú.

Hacia las seis de la tarde, Hyde abrió una buena botella de Burdeos y ofreció una copa a cada uno de los presentes en la sala: Luke Marden, embajador británico; Oswald Martindale, asesor político, también conocido como el jefe del puesto, y Clive Franklin, el traductor; al final se sirvió una para sí.

—Me gusta reconocer los méritos —afirmó Hyde deambulando por la habitación con una copa en la mano—. Volina lo hizo muy bien. Excepcionalmente bien si se tiene en cuenta que no es una profesional. Ayuda saber que los rusos planean cortar seis de los ocho cables, aunque esa ha sido nuestra conjetura desde el principio. Por otro lado, ha confirmado algo que ya sospechábamos: el ataque de los escurridizos submarinos rusos a los cables subacuáticos es inminente. ¿Pero dónde? En una playa córnica, sí, ¿pero cuál? ¿Y cuándo? Andamos faltos de detalles.

Hyde miraba directamente a Clive.

—Necesito una ubicación con un margen de diez, idealmente cinco millas náuticas y necesito una fecha. ¿Es mucho pedirle a su amiga?

—¿Hay algo en los veintitrés mil correos de Varlamov? —preguntó Clive.

—No mucho, de momento —contestó Hyde—. Ah, pero no me malinterprete. En circunstancias normales estaría encantado por tener veintitrés mil correos de un general del FSB en un pincho USB. Pero estas circunstancias no son normales y buscamos información concreta. No es que esperase alguna clase de revelación. Varlamov es un profesional. No va a dejar que se escape el gato en sus correos personales. Fue descuidado cuando mencionó el plan A. Inusualmente descuidado. El general Varlamov, según tengo entendido, es un hombre meticuloso.

«¿*Se escape el gato? —pensó Clive—. Qué curioso que, por una vez, el equivalente ruso de la expresión sea idéntico*».

—Solo llevó setenta y siete minutos inspeccionar todos esos correos —dijo Martindale, recorriendo la sala con una mirada ansiosa—. Aquí, en la embajada, tenemos un nuevo programa informático, un cerebro de inteligencia artificial que puede repasar información sensible a la velocidad de la luz. Es producto de una compañía estadounidense llamada Text IQ. Muy sofisticado. Tiene una deliciosa red neuronal artificial y capacidad para triangular relaciones humanas y asociar palabras clave. ¿Debo continuar?

Martindale encontró el silencio como toda respuesta. Para ocultar su decepción, llenó un vaso de agua y lo bebió de un trago.

—¿Cómo saldrá Marina de aquí? —preguntó Clive. La pregunta los tomó a todos por sorpresa.

—Oswald ha propuesto varias ideas —respondió Hyde—. Creemos que lo mejor será que le diga al gabinete para el que trabaja que va a tomarse unos días en su casa de la playa y que reserve un vuelo a Simferópol. Entonces, en vez de al aeropuerto, podría ir a la estación de Bielorrusia y tomar un tren a Minsk. Solo se necesita un pasaporte interno para entrar en el país. En Minsk la estará esperando uno de nuestros agentes y después la ayudaremos a cruzar la frontera polaca. Luke... ¿Tienes el contacto del agente? Bueno, básicamente, la decisión es de ella.

—¿Quiere decir que está sola? —quiso saber Clive. Ya lo sospechaba, pero oírlo por boca de Hyde hizo que un escalofrío recorriese su espalda.

—Eso me temo —respondió Hyde—. Estas expulsiones diplomáticas implican que no podamos respaldarla. Pero, al menos de momento, lo tiene a usted.

«Me tendrá por toda la eternidad», no dijo Clive.

—Estaremos en contacto por correo electrónico, textos o cualquier cosa —prosiguió Hyde—. No emplee su nombre, por supuesto. Refiérase a ella como… como el ambientador Dyson.

—*¿Por correo electrónico?* —*preguntó Clive*—. *¿Desde la embajada?* ¿Cómo podría ser seguro?

—Porque emplearemos una encriptación asimétrica RSA[11] con claves de cuatro mil noventa y seis bites —respondió Martindale—. Cuando los rusos lo hayan desencriptado, cosa que harán, el asunto ya será agua pasada… Muy pasada.

—*Modérate*, Oswald —dijo Hyde, y entonces Clive sintió el súbito impulso de preguntar por qué Martindale era «Oswald» y él era «Franklin». Pero, de nuevo, no dijo nada.

—Antes de irme, ¿puedo recordarles a los presentes en esta sala lo que *hay* en juego? —continuó—. Como es sabido, no soy dado a la exageración. Todos somos conscientes, creo, de que si fracasamos en nuestro intento por frustrar el ataque submarino ruso a nuestros cables de Internet, las consecuencias para el país, para la economía, serán catastróficas. Esto es la guerra, pero con otro nombre. —Hyde se volvió para dirigirse a Clive—. Ahora todo depende de Franklin y Volina. Así de sencillo.

---

11   El RSA es sistema criptográfico de clave pública; el nombre corresponde a las iniciales de los creadores de su algoritmo: Rivest, Shamir y Adleman. (*N. del T.*)

19

—¿Por qué de pronto todo el mundo anda tan ocupado? Toda la noche en pie… ¿Haciendo *qué*?

El general Varlamov había vuelto a entrar en la oficina de Marina sin avisar ni ser invitado, esta vez agitando una hoja de papel hacia ella.

—Mi agente en la embajada británica acaba de enviarme este informe —continuó. Y comenzó a leer—: Clive Franklin, el traductor inglés, ingresó en la embajada británica el domingo por la noche a las 19:16 y la abandonó a las 23:14. El embajador y sir Martin Hyde entraron antes, a las 18:05 y a las 18:10, respectivamente; aún no han salido en el momento de finalizar la redacción de este documento, a las 07:06 del lunes.

—Los británicos no están muy contentos, Grigory Mijáilovich —dijo Marina con voz cansada—. Están expulsando diplomáticos. El embajador tiene mucho entre manos.

—¿Por qué implicar al inglés? ¿Qué puede aportar? Es un lingüista en una sala donde todos hablan inglés.

—Quizá los ayudó con las notas de prensa rusas. A lo mejor es que les gusta… Es uno del equipo… Y está aquí… La verdad es que no sé.

Varlamov no estaba convencido.

—Creo que hay algo más… Pero no sé qué es… —dijo el general sacando su cigarrillo electrónico—. Necesito saber *por qué* Franklin pasó cinco horas en la embajada británica ayer por la noche. Quizá usted pueda averiguarlo, Marina Andreyevna. No me gustan los cabos sueltos.

«Y a mí no me gustan las cámaras de vigilancia que has instalado en mi edificio para espiarme», pensó ella.

—Hablando de cabos sueltos, ¿qué hace aquí la profesora Olga Tabakova? —preguntó, ansiosa por cambiar de tema—. ¿Sigue intentando colar eso de la inmortalidad?

—Al presidente le gusta. Confía en ella. ¿Por qué lo pregunta?

—Pues no debería confiar —indicó Marina—. Esa mujer es un fraude.

—Ay, vamos, Marina Andreyevna. Olga Tabakova es inofensiva —replicó Varlamov, dirigiéndose a la puerta—. Todo consiste en dieta y respiración profunda. No se distraiga con Tabakova. Quiero que se concentre en el inglés.

—A sus órdenes —dijo Marina con una sonrisa.

Hyde pasó por el Metropol para despedirse de Clive. Propuso un paseo. Fueron hasta los Jardines de Alejandro y la Tumba del Soldado Desconocido. A Hyde no le interesaban los jardines, sino una fila de bloques de piedras de color rojo oscuro alineados unos junto a otros como grandes ataúdes, monumento conmemorativo de las «ciudades heroicas» soviéticas, aquellas que habían librado los combates más duros y sufrido las mayores pérdidas durante la Segunda Guerra Mundial. Clive recitó la lista sin mirar los nombres grabados en las placas:

—Leningrado, Kiev, Stalingrado (en la placa ponía Volgogrado hasta 2004, cuando la cambiaron...)... ¿Puedo continuar? ¿Sí? Odesa, Sebastopol, Minsk, Kerch, Novorosíisk, Tula, Brest, Múrmansk y Smolensko».

—¿Qué piedra es?

—Pórfido.

—Es hermosa —dijo Hyde—. Sin Rusia quizá no hubiésemos ganado la guerra. Veinte millones de muertos. Pero hay que dejar atrás la guerra... Hay que trabajar en paz... y a Rusia no se le da bien. Aún contempla a Occidente como un enemigo. Pero usted ya sabe todo esto, por supuesto...

Continuaron caminando en silencio, seguidos por dos sombras del FSB que no podían tener un aspecto más dispar: la de Hyde vestía un traje gris marengo, gafas oscuras y llevaba un auricular; la de Clive era un joven de rostro aniñado que simulaba ser un turista comiendo un helado, tocado con una gorra de béisbol y ataviado con una camiseta del metro moscovita. Clive siguió a Hyde hasta el centro comercial subterráneo Okhotny Ryad; allí estuvieron subiendo y bajando por las escaleras mecánicas mientras los altavoces emitían *Respect*, de Aretha Franklin.

—No está solo en esto. Le doy mi palabra —murmuró Hyde, apoyado en el pasamanos de la escalera, mirando a las sombras situadas varios escalones más abajo—. Por nuestra parte, haremos todo lo posible para ayudarle. El embajador estará a su disposición. Y también Rose Friedman. Ella se queda. No es la persona que más me guste del mundo y no está al tanto del asunto, por supuesto, pero al menos le hará algo de compañía.

El coche de la embajada asignado a Hyde lo esperaba frente al Metropol. El portero del hotel, con su capa roja y su chistera negra, sujetaba abierta la puerta del pasajero.

—Buena suerte —dijo Hyde.

—La verdad es que no creo en la suerte —comentó Clive—. Comparto el punto de vista ruso, eso de que nuestros actos influyen hasta cierto punto. Al final, estamos en manos del sino: *sudba*.

—Permítame discrepar —replicó Hyde—. Nosotros moldeamos nuestro destino. Los antiguos griegos lo comprendieron a la perfección… ¿Sabe qué decía Heráclito? *El carácter* es para el hombre su destino. Piense en ello.

—Ya lo he pensado.

Al estrechar sus manos, Clive advirtió que Hyde tenía un sello y, por primera vez, se preguntó cosas acerca de aquel hombre. ¿Estaba casado? ¿Tenía hijos? ¿Quién era?

Hyde apenas se había acomodado en el asiento trasero del coche cuando vio algo o alguien que le estropeó el humor.

—Hablando del rey de Roma —dijo entre dientes.

Rose salió de ninguna parte con una mochila a la espalda, vaqueros negros de pitillo y una cazadora de cuero como las de los pilotos de combate.

—¡Anda, coño! —dijo, sonriendo a Clive—. Mira qué bien encontrarte por aquí… Estoy haciendo algo de turismo, por si acaso me largan como a los demás. Solo quedamos tres: tú, yo y Lucky Luke. Los otros se van, todos, incluido el puto sir Martin Hyde…

Hyde, sentado en el vehículo con la puerta aún abierta, la atravesó con la mirada.

—Y así perdí el empleo —comentó, viendo cómo el coche de la embajada se incorporaba al tráfico y la sombra del FSB ataviada con ropa oscura se fundía entre la gente—. No estoy en mi mejor momento. Lo siento.

Pero Clive no la escuchaba. Tenía la mirada fija en el mensaje de wasap enviado por Marina. «Venid amigos míos, no es demasiado tarde para buscar un mundo nuevo».

Él respondió: «Me propongo navegar más allá del poniente».

—Necesito tu ayuda, Rose. ¿Ves aquél joven de allí? El de la gorra con cara de niño que lleva un mapa… Tengo que despistarlo. Debo ir a Peredélkino.

—*Nyet problem* —contestó Rose, antes de simular despedirse de Clive con una elaborada profusión de besos y abrazos. Se apartó de él para llamar a un taxi gitano; regresó un minuto después y le abrió la puerta a Clive; este saltó al interior y la sombra del FSB salió corriendo con cara de pánico en busca de un taxi.

—¿Dónde te dejo? —le preguntó a Rose.

—¡Ah, no! No, Clive. He venido de paseo. No puedo dejarte solo con esa mano herida. Además, nunca he estado en Peredélkino.

Se escurrieron zigzagueando por calles secundarias, saltándose algún que otro semáforo en rojo y perdieron a la sombra en algún lugar próximo al parque de la Victoria.

—No sé qué planes tienes, pero ese teléfono es como un aparato de seguimiento. Si quieres desaparecer, tendrás que deshacerte de él.

—No tengo que desaparecer —murmuró Clive.

«Basta con que me mantenga con vida —se dijo—. Mantenerme con vida, acabar el trabajo, sacar a Marina y a Vania de aquí… Y a mí; no debo quedarme atrás. Eso es todo lo que tengo que hacer. Está chupado. ¡Cálmate!».

—Tengo que ver a Vera, mi antigua profesora de ruso —comentó Clive—. No se ha encontrado bien últimamente.

Clive llamó a Vera con su teléfono. Estaba en casa. ¿Enferma? ¿Quién ha dicho que estaba enferma? Solo algo de tos, nada más… Le encantaría verlo, claro.

Realizó una segunda llamada mientras corrían a toda velocidad por la autopista a Minsk. Hubiera dado cualquier cosa por encontrarse a solas en el coche. Necesitaba tiempo para pensar, pero Rose era una persona inquieta e inquisitiva.

—Pues, venga, vamos a enterarnos un poco —dijo entusiasmada cuando rebasaron el cartel de «Pueblo de los escritores y zona de descanso»—. ¿Por qué estamos aquí?

—Vas a visitar la Casa Museo Pasternak. Es la dacha donde vivió. Allí te espera mi amigo Alyosha. Sabe de memoria todos los poemas de Pasternak. Allí verás el escritorio donde Boris Pasternak escribió *Doctor Zhivago*.

Rose permaneció en silencio.

—No me digas que no lo has leído… Venga, Rose… —La voz de Clive sonaba con un profundo tono de decepción—. Por otro lado, tienes reservada una buena sorpresa. —Miró por la ventanilla del coche y vio el lago donde acostumbraba a patinar cuando era un adolescente—. Asegúrate de ver los dibujos de su padre, Leónidas… Él hizo las ilustraciones para *Resurrección*, de Tolstói, y tienen algunas en el museo. Son muy buenas. Cuando hayas terminado, Alyosha te llevará a la casa de mi antigua profesora de ruso, Vera Seliverstova… No se ha encontrado muy bien últimamente.

—¿Y tú?

—Yo tengo una reunión.

—¿Cuánto durará esa reunión?

—Pues durará lo que dure.

***

Clive se encontró con Marina al borde del bosque, a no mucha distancia de su dacha. Ella se mantuvo apartada, mirando a su alrededor y escuchando el silencio que cubría el bosque, las dachas y los jardines con sus enrevesados rosales. No había nadie por allí; ni coches ni personas. Solo *Ulises* junto a Marina, alerta, vigilando los pinos y los abedules y olfateando el aire en busca de conejos.

—No estaba segura de que entendieses mi wasap —dijo Marina con la mirada fija en la empapada tierra.

—¿El poema de Tennyson? —preguntó Clive—. Era bastante obvio. *Cherchez le chien*.[12]

Clive sujetó el rostro de Marina entre sus manos y la besó.

—¿Qué ocurre? —preguntó, apartándose.

—Varlamov estrecha el cerco.

Marina se había plantado frente a las cámaras de seguridad de Tverskaya 25 para dejar claro que iba a salir. Luego desapareció entre los pasajeros del metro cambiando varias veces de trenes y estaciones. Cuarenta minutos después salió de la estación de metro Arbátskaya y paró un taxi. Para evitar el punto de control policial, le pidió al conductor que fuese a Peredélkino por la carretera vieja. En cuanto al teléfono, lo dejó en casa, sobre la mesa de la cocina. Clive, por su parte, había dejado el suyo en la cocina de Vera, en el cajón de la mesa.

Siguieron un sendero a través del bosque, con *Ulises* brincando junto a ellos y corriendo de vez en cuando en todas direcciones. Estaba oscureciendo, pero Clive aún podía distinguir los colores de las hojas, que ya mostraban cientos de tonalidades marrones, púrpura y rojo. Recordó lo rápido que llegaba el otoño en Rusia mientras aplastaba las hojas secas bajo sus pies.

—Hyde debe de estar decepcionado, ¿no? —dijo Marina.

—La verdad es que no. Bueno, quizás un poco.

—Claro. Pero *conseguiré* la información que necesita. Está justo delante de mis narices. Puedo sentirlo.

—No tenemos mucho tiempo.

—Lo sé… Eso lo sé.

—Estamos solos. Tú y yo. Es ridículo, si lo piensas un poco.

---

12 En francés en el original. Literalmente: «Buscad al perro». Clive parafrasea la cita de Alejandro Dumas (padre): *Cherchez la femme* (buscad a la mujer), es decir, «buscad el motivo último del conflicto». *(N. del T.)*

Clive se apoyó en la plateada corteza de un abedul y volvió a besarla. Continuaron caminando. El bosque estaba silencioso; un cielo de profundo color rojo se cernía sobre las copas de los árboles; no se movía nada. Clive pensó en cuánto amaba a ese país y a la mujer junto a él.

Marina lo agarró del brazo. El temor... No, no era eso, el *miedo* que pesaba sobre ella se había desvanecido.

—Debemos añadir unas palabras nuevas a nuestro pequeño código —dijo Marina—. No podemos estar utilizando siempre la poesía. Eso levanta sospechas. ¿Qué te parece añadir pintores rusos? Kuindzhi, Repin, Goncharova...

Lo arreglaron allí y en ese momento, ocultos a ojos indiscretos en medio del deslavazado bosque. Goncharova tenía que ser felicidad. «Sí, me encontraré contigo mañana». O, «¡bravo, bien hecho!». Si se emplea a Goncharova con su amante, Larionov, entonces tiene un matiz de mayor urgencia, como «te veré esta noche». Kuindzhi era un «no» y Levitan un «quizá». El perfeccionista Repin sería «se necesita más información».

Más tarde yacían en la cama mirando a través de la sucia ventana a una luna estrecha, fina y pálida.

—Me gustan estas cosas que «nunca volverán a suceder». Son muy, muy agradables. Una cosa que no volverá a suceder, seguida de otra y luego otra más. —La besó en el hombro—. Mañana nos vemos otra vez. Goncharova. ¿Lo prometes?

—Levitan.

—No es lo bastante bueno.

Marina se quedó entre sus brazos, apoyada contra su pecho, con el suyo cubierto por las manos de él. Tenía una sensación de seguridad que ya había olvidado o que quizá nunca había sentido.

—¿Qué opinas? ¿Es la calma antes de la tormenta? —preguntó ella. Y después le dijo cuánto añoraba ir a Venecia. En concreto a Torcello.

Ya había oscurecido. Escucharon el silencio del bosque. Clive le contó lo dicho por Hyde. Básicamente, ella estaba sola. A Marina no la sorprendió. Siempre lo había asumido. El tren a Minsk no era una idea tan mala.

—Una vez hayas salido, el MI6 se ocupará de ti —dijo Clive, y de pronto se sintió avergonzado porque ellos, él, los británicos, estaban haciendo tan poco por ayudar a aquella mujer—. Nada de esto va a ser fácil —susurró.

—Por supuesto que no.

—Todo podría salir mal.

—Obviamente.

—Al recibir tu wasap pensé que podrías tener noticias… Alguna información importante.

—Y la tengo —respondió, volviéndose para encararse a Clive, presionando su cuerpo desnudo contra el suyo, los rostros iluminados por la lámpara encendida en el porche—. Es posible que te quiera.

—Eso suena tentador —dijo Clive, llenándole la frente de besos—. Supongo que es mejor que nada. En lo que a mí respecta, no tengo la menor duda. Ni un ápice. Te quiero. *Je t'aime. Lyublyu tebya.* Algo así. No soy un lingüista, como tú.

Ya eran las diez y media cuando Clive regresó a la dacha de Vera, donde encontró a Rose viendo un capítulo de *Sherlock* en ruso. Alyosha, el estudioso de Pasternak, se había ido a su casa y Vera estaba dormida en su silla, exhausta tras un ataque de tos que casi la mata, según explicó Rose.

Estaba recogiendo su teléfono del cajón donde lo había dejado cuando Vera se despertó con un sobresalto. Se disculpó por ser tan deficiente anfitriona y abrió una botella de vino para sus invitados. Clive preguntó acerca de Ana y se sintió aliviado al oír que no había pasado la noche en el calabozo. Alzó su copa y propuso un brindis por la más valiente entre las valientes: Ana Seliverstova.

Con una repentina explosión de energía, Vera se enfrentó con Rose respecto a la nueva y perfectamente horrorosa producción de *La dama de espadas* representada en el Bolshói. Fue una discusión animada. Rose defendió su posición y por eso se ganó el respeto de la anciana.

Clive fracasó en sus intentos de que Vera tomase la medicina que le había traído. La mujer le acarició la mejilla y le dijo que no se preocupase por ella: agua caliente con miel y limón sería suficiente.

A las once y cuarenta, al abandonar la casa de Vera para subir a un taxi Yandex, Clive y Rose advirtieron bajo la amarillenta luz de una farola a la sombra con rostro aniñado del FSB sentada en su Ford blanco aparcado a pocos metros de la vieja y desvencijada cancilla.

—*Privyet*[13] —dijo Rose, saludando al agente con un movimiento de sus dedos.

---

13   Hola, en ruso. *(N. del T.)*

20

Marina regresó a Moscú con un vecino de Peredélkino encantado por ganar algo de dinero extra. Repasó todos los detalles de lo acontecido aquella tarde. Si se habían declarado su mutuo amor, ¿por qué sentía tanta ansiedad? Debería encontrarse en la tierra del encanto, en el lugar donde se forjan los sueños; pero, en cambio, se sentía inquieta, incluso asustada. ¿El amor los hacía más vulnerables? ¿Era eso? Había más que perder, mucho más... Y ella aún debía cumplir con su parte del trato.

Durmió mal y se despertó antes del alba bañada en sudor frío. Se acababa el tiempo. Era martes; faltaban cinco días hasta el maratón.

Aquella mañana, en el Palacio del Senado, el general Varlamov la sorprendió con la guardia baja al pararla en el pasillo cuando ella estaba a punto de cerrar con llave la puerta de su oficina.

—Ayer —le dijo—, su amigo Franklin paseó con Hyde por los Jardines de Alejandro, pasaron por la Tumba del Soldado Desconocido; al despedirse, Hyde le deseó «buena suerte». No puedo quitármelo de la cabeza. ¿Por qué iba a desearle «buena suerte» a Franklin?

—¿Por qué *no* iba a hacerlo? —respondió Marina, enderezando la espalda y mirando al general a los ojos—. Clive es un diabético a punto de correr el maratón de Moscú. El domingo, cuando salimos a correr, olvidó sus pastillas de glucosa y se desvaneció. Está todo en mi informe, Grigory Mijáilovich. Necesitará suerte, *por supuesto*. Cuarenta y dos kilómetros y ciento noventa y cinco metros agotan a cualquiera. Perdone, general, tengo que ir a comer.

El general Varlamov observó a Marina dar dos vueltas de llave a la puerta de su oficina y marchar después pasillo abajo; al verla caminar con tanta confianza, con su espalda recta como una vela, sintió un fuerte resentimiento hacia esa mujer que tenía respuesta para todo. Varlamov estaba de muy mal humor, aún maldecía la incompetencia del agente que había perdido a Franklin y a la mujer del Consejo Británico la tarde anterior y que, en vez de regresar al cuartel general del FSB, perdió dos horas deambulando en coche por el sur de Moscú.

Aquella mañana, Varlamov había convocado al teniente Mishin para poner en orden las cosas. Mishin estuvo rastreando a Franklin y a la inglesa a través de sus teléfonos. Rose Friedman pasó un ahora en el Museo Pasternak y después se reunió con Franklin en la casa de Vera Seliverstova, la antigua maestra de ruso de este, donde pasaron el resto de la tarde. ¿Y dónde había estado Volina? Según Nadia, la ascensorista de guardia en el número 25 de Tverskaya, Marina había asistido a la excelente representación de *Jovánschina* en el Bolshói. Regresó a casa a las 23:03, según la cámara de vigilancia colocada en el vestíbulo. Le había enseñado a Nadia, receptora de un bonito sobresueldo por informar al FSB de todas las actividades realizadas en el interior del edificio, el programa del Bolshói e incluso su entrada: fila cinco, asiento tres. Había dejado el teléfono en casa. ¿Algo raro o sospechoso? La verdad es que no si uno va a la ópera.

Con todo, el general no estaba satisfecho. Obtenía los mejores resultados del FSB porque no dejaba piedra sin remover; siempre tenía una pregunta más. Quizá le había enseñado a la ascensorista un programa antiguo y una entrada correspondiente a otra velada. ¿Podría haber sido una treta? Mishin llamó al jefe de seguridad del Bolshói y, en efecto, la noche anterior se había representado la ópera *Jovánschina*... Y, sí, las críticas eran excelentes. También comprobó dos veces el puesto de control policial desplegado justo a la entrada de Peredélkino: no se había visto el coche de Marina Volina. «Entonces, dice la verdad», pensó Varlamov mientras observaba la delgada estructura de Marina caminando pasillo abajo, siempre con paso elástico. ¿Acaso no decía siempre la verdad? Desde luego, eso creía el presidente.

Muy pronto nada de eso importaría; ni Clive Franklin ni Marina Volina ni la expulsión de diplomáticos; ni siquiera el maratón de Moscú. Muy pronto se sacudirían los cimientos de Occidente y él, Grigory Varlamov, sería un héroe. Ya se imaginaba la ceremonia en la sala del trono del Kremlin, donde se colocaría en posición de firmes frente al presidente Serov, engalanado con su uniforme del FSB y con toda su familia presente... Incluso su rebelde hija Verónica, la niña de sus ojos, que resplandecería de orgullo cuando el dirigente del país colocase en la solapa de su padre la distinguida condecoración de la Orden al Mérito por la Patria, primera clase.

Marina, bajo la atenta mirada de una camarera, todo sonrisas y uñas color púrpura, pidió salmón en el comedor del Palacio del Senado, una sala ornamentada con elaborados espejos de marcos dorados y las paredes cubiertas con papel damasco rojo.

No recordaba la última vez que había comido; aun así, al ver el trozo de carne rosada dispuesto en su plato se sintió mareada.

Aquella mañana había depositado sus esperanzas en obtener alguna información a través de las indiscreciones de León, pero este le envió un mensaje lleno de emoticonos diciéndole que estaba hasta el cuello de trabajo, sin tiempo ni para fumar un cigarrillo.

—¿Lo desea más hecho? —preguntó la camarera, mirando al trozo de salmón—. Al presidente le gusta así, rosa.

Marina se encontraba sola en la sala. Dos relojes de bronce dorado dieron el mediodía, sus agudos tintineos se entremezclaron en el silencio de la sala.

—¿Más hecho? —repitió la camarera—. ¿Lo desea más hecho?

—No... No, así está perfecto, gracias —respondió. Se preguntaba cómo iba a ser capaz de tragar un solo bocado cuando la sobresaltó el sonido de una risotada. Cinco hombres ataviados con uniformes de brillantes insignias y dorados botones correspondientes a la armada hicieron una ruidosa entrada.

—¡Divertido, sí, señor! ¡Eso fue divertido! —dijo el almirante Fiódorov, con sus ojos brillantes y su cara redondeada aún más rubicunda de lo habitual, mientras seguía a León hasta una mesa dispuesta con entrantes y flores. León, con gesto un tanto teatral, extendió su largo brazo sobre la mesa vip, indicando con su gesto al almirante y sus compañeros que tomasen asiento y comenzasen a comer. Al salir saludó a Marina con una inclinación de cabeza. El almirante se sentó, aún riendo. Entonces la vio y estiró los brazos.

—¡Marina Volina! ¡Mi querida amiga! ¿Qué hace sentada ahí sola? Venga aquí con nosotros...

«Aquí tenemos a alguien capaz de facilitarme la información que necesito», pensó mientras cogía su plato de rosado salmón.

El almirante Fiódorov dio unas palmadas en la silla dispuesta a su lado.

—Tiene que sentarse aquí, a mi lado —indicó. Marina hizo lo que le dijeron y se sentó junto a él; frente a ella estaba sentado alguien cuyo rostro conocía, el edecán del almirante, el capitán de navío Artyom Smirnov. Marina sonrió al guapo oficial y este le devolvió la sonrisa, aunque no parecía relajado. También advirtió que estaba rígido, esforzándose por sonreír con chistes que no le parecían graciosos.

—Moscú no está a la altura de San Petersburgo —afirmó Serov—. Es demasiado grande y ruidosa. San Petersburgo es mucho más hermosa... La ciudad de los poetas, la ciudad de Pushkin. ¿Conoce San Petersburgo, Marina Andreyevna? ¿Sí? Bueno, entonces a buen seguro comparte mi opinión.

Marina negó con la cabeza.

—Siento decepcionarlo, almirante Fiódorov, pero prefiero Moscú.

Hubo abucheos de protesta y alguien dijo que había llegado el momento de brindar por San Petersburgo. Solo si también se brinda por Moscú, insistió Marina... y así siguieron

—El Palacio de María —dijo el almirante.

—El Bolshói —contraatacó Marina.

—La Orquesta Filarmónica.

—El Conservatorio.

—El Hermitage.

—Me rindo.

—¡Ay, esta muchacha! —dijo Fiódorov, alzando su copa—. Defendiendo su posición hasta el final.

Llegaron el café y los licores y la Armada rusa no se contuvo.

—¿Durante cuánto tiempo disfrutaremos de su compañía? —preguntó Marina al almirante.

—Ojalá lo supiese —contestó—. Estamos esperando a que nuestro querido presidente se decida. Confiemos en que lo haga más temprano que tarde... Pero en cuanto nos dé luz verde, salimos pitando, mi querida señorita.

—Espero que no sea el domingo —comentó Marina—, porque el domingo corro el maratón de Moscú.

—¿En serio? Bueno, pues le deseo la mejor de las suertes —dijo el almirante; luego vació de un trago una copa de vino tinto y, con un gesto, le indicó a la camarera que deseaba otra. Entonces Fiódorov se inclinó hacia delante.

—¿Sabía que la armada rusa es la tercera mayor del mundo, después de la estadounidense y la china? —continuó—. ¡La tercera más grande! ¿Lo sabía? Usted es demasiado joven para recordarlo, pero a principios de los noventa estábamos metidos en un lío tremendo... Bancarrota... Sin rumbo... Occidente bailaba sobre nuestra tumba. Pero hemos renacido de nuestras cenizas ¡y hoy somos más fuertes que nunca! ¡Bebamos por la poderosa Rusia!

Fiódorov se puso en pie alzando su copa y brindó con Marina. Ese fue el primero de muchos brindis. Marina se quedó, pero fue inútil: el almirante no filtró nada. La comida concluyó poco después de las tres y regresó a su oficina. Se acomodó en su «silla de pensar», cerró los ojos e intentó bloquear la evidente realidad de una estrepitosa derrota; al abrirlos se encontró a León en pie frente a ella.

—El jefe quiere verte.

—¿Algún motivo concreto?

—Está en uno de sus ataques de histeria. Se ha pasado en pie toda la noche, preocupado. No puede decidirse entre una cosa y otra. Básicamente, necesita charlar un poco. Eso dijo. Y tú siempre lo pones de buen humor. También dijo eso.

Marina se encontró a Serov sentado en su escritorio, mordiéndose los labios.

—Ah, Marinoska, pasa. ¿Un té? ¿Un café? ¿Qué más podemos ofrecer, León?

—Cualquier cosa. Vodka. Ginebra. Martini. Ron...

—Acabo de comer —dijo Marina—. Un té sería perfecto. Gracias.

—Decisiones, decisiones... Tu padre era muy bueno tomando decisiones. Me dijo que lo peor que le podía pasar a un dirigente era ser débil. Eso lleva a mucha confusión, a mucho desorden.

Marina no dijo nada. No estaba segura si debía sentarse o permanecer en pie, así que decidió quedar en pie.

—¡Siéntate, por el amor de Dios!

Marina se sentó frente a Serov en una silla de cuero negro. No tenía ni idea de qué podría querer.

—Entonces, ¿qué apariencia crees que tengo?

La pregunta la sorprendió tanto que no supo contestar.

—¿Qué quieres decir?

—¡Quiero decir lo que he dicho! ¿Qué crees que parezco? Mi cara, mi apariencia.

—Tienes buen aspecto, Nikolái Nikolayévich. Pareces mucho más joven de lo que eres.

—Y... Y... ¿Eso es bueno o malo?

—A ver, la mayoría de la gente diría que es bueno.

—¡Tú no eres la mayoría de la gente, maldita sea! —espetó el presidente—. ¿Por qué crees que te lo pregunto a *ti*? Es *tu* opinión la que quiero, tu *honesta* opinión.

—Bueno, ya que preguntas, creo que *necesitas* algunas arrugas. Eres un hombre del pueblo, y estás orgulloso de serlo. ¿No era ese el lema de tu campaña electoral? Entonces, necesitas algunas arrugas, como tiene todo el mundo. No querrás *parecerte* a Silvio Berlusconi...

El dardo dio en el blanco.

—Jesús, María y José, ¿tan mal está? Por esto he pagado miles de...

—La gente confiaría más en ti si tuvieses unas cuantas arrugas.

El presidente sacó del cajón de su escritorio un espejo de mano y observó su reflejo.

—¿Crees que parezco Silvio Berlusconi? ¿En serio?

León levantó la vista de su tableta y Marina detectó el nacimiento de una sonrisa.

—¡Por fin una opinión honesta! Solo vosotros habéis tenido las agallas de decirme la verdad. León y tú.

—Deberías aparentar tu edad —afirmó Marina.

—¿Cómo?

—Deja el bótox.

Serov se sintió incómodo. Ajustó el nudo de su corbata.

—¿Quién te lo ha dicho?

—Nadie. Lo supuse.

—La profesora dice que debo parecer más joven para salir bien en televisión y Grisha está de acuerdo.

—Bueno, pues yo no.

Alguien llamó a la puerta. Una secretaria trajo té en una bandeja, sirvió tres tazas y le entregó una al presidente y este le dijo sin miramientos que la dejase en la mesa.

—¿Estabas hablando de decisiones cuando llegué? —preguntó Marina mientras ponía dos terrones de azúcar en su té.

—Las decisiones son un fastidio —respondió Serov, derramando algo de té en su platillo—. Cuando vivía mi Nadezhda, hablábamos acerca de cosas. Siempre me daba muy buenos consejos. A las mujeres se les da bien escuchar. —Serov el platillo a los labios y sorbió su té, observando por encima del borde con mirada culpable—. No podría hacer esto si Grisha estuviese por aquí. No lo tolera… Dice que son cosas de labriegos. Yo soy un labriego. ¡Ja! Eso le dije… Esto… ¿De qué estábamos hablando?

—De decisiones… —dijo Marina con voz suave.

—Normalmente soy muy decidido. No se juega con Nikolái Serov y todo eso… Pero esta vez tengo mis dudas… Verás, nos hallamos en territorio ignoto.

—¿En territorio ignoto? —preguntó con el más preocupado de los tonos—. Perdona, Nikolái Nikolayévich, pero no estoy muy segura de qué significa eso…

—No puedes *saber* qué significa.

—¿Y entonces cómo voy a ayudarte o servir de alguna manera?

—No puedes. Solo quería tener a alguien con quien hablar. Alguien en quien pueda confiar.

—Me siento muy honrada, Nikolái Nikolayévich.

El presidente agitó una mano como diciéndole que se ahorrase los cumplidos.

—Hablas con el tío Kolya, ¿o lo has olvidado?

—No... No..., por supuesto que no...

—Aquí en Rusia padecemos relativamente pocas alteraciones. Al menos eso dice Grisha. Aunque también dice que no lo *sabremos* hasta que suceda. Ya se han lanzado los microsatélites y están en funcionamiento, ¿pero será suficiente? ¿Cómo sabré si es el momento adecuado para dar luz verde? Nos jugamos mucho en esto, Marinoska... Más de lo que jamás hayas imaginado.

—Nunca es fácil tomar grandes decisiones. Una de las citas preferida de mi padre trataba precisamente sobre este asunto. Es de Shakespeare.

—¡Ya no puedo más con tu poesía! Tu padre solía decir que nunca te casarías porque siempre tenías la nariz metida en un libro. Se equivocó... ¿Cómo está el intérprete inglés? ¿Hay alguna posibilidad de que trabaje para nosotros?

—Me temo que no.

—Una pena. Pero León, aquí presente, dice que correrá el maratón... Así que podré obtener mi fotografía, después de todo... ¡Gran Bretaña de rodillas! ¿Qué ibas a decir de Shakespeare?

—Decía que a mi padre le gustaba mucho una cita de Shakespeare; la empleaba cuando intentaba tomar alguna decisión. Pertenece al gran soliloquio de Hamlet, «Ser o no ser»: «Así, oh, conciencia! De todos nosotros haces unos cobardes».

—Nunca me gustó *Hamlet*... ¿De qué habla?

—Bueno, tío Konya, ya que lo pides, aunque, por supuesto, es solo mi interpretación, pues hay docenas de otras...

—Vete al grano, por el amor de Dios. Pareces un puñetero político.

—El temor del hombre a la muerte le impide actuar con decisión y lo convierte en un cobarde.

—¡Mis cojones, digo yo! Claro que nadie quiere morir. ¿Pero *miedo* a morir? No... No... Lo dañino es *pensar demasiado*. ¡Eso inutiliza al hombre! ¡Lo paraliza! Y después se comporta... ¡sí, como un cobarde! Quizá sea *eso* lo que quiere decir tu Hamlet.

—¿*Mi* Hamlet? Con el debido respeto, casi todos los rusos tienen su propio Hamlet. «Es uno de los nuestros», dicen.

—Y tienen razón. La tienen, joder —rio el presidente—. Todo el mundo sabe que es de los nuestros. ¿No te apetece un trago? Tengo un buen vino.

—Tío Kolya, vas a tener que perdonarme. Me estoy preparando para el maratón.

—Una copa no te hará daño. Además, según los médicos franceses, el vino es un relajante muscular... Aún correrás mejor, más rápido... ¿Qué tenemos por ahí, León? Un Barton no-sé-qué... León es el entendido...

—No creas. A mí me gusta la cerveza. Estás pensando en el Léoville Barton, 1990. El embajador chino te regaló una caja en tu septuagésimo cumpleaños. Te gustó. Pedimos muchas botellas. Con «muchas» quiero decir *muchas*.

León sacó tres copas, descorchó una botella y sirvió. Serov se puso en pie y brindó, primero con León y después con Marina.

—¡Por tu padre y su cita preferida!

El presidente Serov dio dos ávidos tragos y pareció sorprendido al ver después su copa casi vacía.

—Nikolái Nikolayévich, ¿puedo hablar con franqueza? —preguntó Marina.

—¿Qué quieres decir con eso? Tú y yo siempre hemos hablado con franqueza, no me jodas.

—Me pediste que ayudase a Grigory Mijáilovich en sus pesquisas...

—Claro que sí, coño. Quería crucificar a esos hijos de puta dedicados a robarle al Estado. Romanovsky. Kunko. Esos tipos están listos, te lo digo yo. Estoy esperando por el momento adecuado. La elección del momento oportuno es esencial.

—Metí a Pasha, mi hijo de acogida, ¿lo recuerdas...?

—¡Ese muchacho era un genio! ¡Era candidato para una medalla! Ojalá no hubiese...

—Sí, bueno, el caso es que me contó cómo durante un periodo de dos meses se desvió, en pagos de cien y ciento cincuenta millones de dólares, un total de mil millones de dólares del Fondo de la Copa Mundial para el Desarrollo a una cuenta desconocida domiciliada en las islas Vírgenes. En su momento se lo hice saber a Grigory Mijáilovich, quien me dijo que lo investigaría. ¿Te... Te dijo algo al respecto?

El presidente se quedó mirando a Marina.

—No.

Sonó el teléfono en el escritorio de Serov. Este atendió la llamada, saludó y tapó el receptor con la mano.

—Es ese mierda de Romanovsky. ¿No te está echando los tejos? Eso me dijo León... Será mejor que responda a la llamada. Gracias, Marinoska. Gracias por venir a verme.

***

Esa misma tarde, Clive desocupó su habitación del Metropol. Se despidió de Liza. Luego fue a por una última limpieza de zapatos. Narek se mostró insólitamente hablador; se preguntaba si su amigo Clive había visto la exposición de Chagall en la galería Tretiakov. ¿No? ¿En serio?

—Puedo mostrarte el cuadro de la pareja de novios volando por los cielos —dijo Narek, sacando su teléfono—. Es la esencia misma del amor.

Pero Narek no le mostró un Chagall, sino un mensaje de texto de Marina: «Decisión inminente. Te echo de menos».

21

Martin Hyde tenía la mala costumbre de no beber el café hasta que se enfriaba. El doble expreso había pasado más de media hora en el tablero de su escritorio mientras él deambulaba por la habitación, miraba por la ventana y aguardaba por recibir información de Moscú.

Su oficina se encontraba en la planta superior del número 10 de Downing Street, en un tranquilo rincón de la parte trasera del edificio, con una vista perfecta del jardín y su césped perfectamente segado, parterres de flores primorosamente cuidadas y unos impresionantes árboles londinenses (un fresno, un castaño y un limero) que aún conservaban su verdor estival.

La reunión en la COBRA mantenida aquella mañana había sido complicada.[14] Cosa predecible. Hyde y Martha Maitland, bajo una perfecta luz natural, ingresaron juntos en el jardín interior abierto en la parte posterior de Downing Street, ocultos a los indiscretos ojos de la prensa, para dirigirse a la sala A de la oficina del Gabinete. Caminaron en silencio, anticipando la lluvia de preguntas para las cuales no iban a tener respuesta. La primera ministra presidía la reunión y su asesor especial en asuntos rusos fue el primero en hablar.

Hyde se puso en pie y escudriñó a los hombres y mujeres sentados alrededor de la mesa; era imprescindible la asistencia

---

14   Siglas correspondientes a la Sala de Reuniones de la Oficina del Gabinete (*Cabinet Office Briefing Room*), lugar de reunión del gabinete de crisis británico. (*N. del T.*)

de todos los presentes, pues allí se encontraban el primer *lord* del Mar, el jefe del Estado Mayor de Defensa, el director del Centro Nacional de Ciberseguridad, la primera ministra (por supuesto), y el ministro de Asuntos Exteriores, siempre pisándole los talones, junto a unos cuantos veteranos ministros del Gabinete.

Hyde había aprendido a lo largo de los años que era mejor presentar los asuntos con sencillez cuando había políticos implicados: no entrar en demasiados detalles y, siempre que fuese posible, alguna frase sencilla, adecuada para ser repetida hasta la náusea en las entrevistas de radio y televisión... O publicar en las redes sociales.

—La semana pasada —comenzó Hyde—, el general Wallis, jefe del Estado Mayor de Defensa, informó a algunos de ustedes de las posibles consecuencias para este país, para nuestra economía, si los rusos consiguen cortar los cables de fibra óptica extendidos en aguas del Atlántico, los empleados para vincular a Gran Bretaña con Estados Unidos. Saben, por boca del general Wallis, que semejante ataque tendría un impacto tan inmenso como catastrófico en la economía británica y en toda la economía occidental. Hemos obtenido información nueva. Este ataque ruso a los cables submarinos, cuyo nombre en clave es operación Hades, ya es inminente.

Hyde dejó que las palabras flotasen en el ambiente.

—¿Cuántos cables? —preguntó el ministro de Defensa.

—Seis de ocho. Así quedan dos intactos y, por tanto, hay lugar para una posible refutación. —Hyde hizo una pausa para que los oyentes asimilasen sus palabras antes de continuar—. No es una exageración decir que nos enfrentamos a una gigantesca disrupción de nuestro estilo de vida y una devastadora pérdida de ingresos.

—¿Qué tipo de disrupción? —preguntó el ministro al gabinete—. ¿Podría explicarlo con detalle?

—A eso iba —respondió Hyde con la firmeza de un director escolar—. Pero creo que antes sería útil proporcionar un poco de contexto. Esos cables transmiten cada día miles de millones de transacciones financieras y acuerdos comerciales. Los datos corren por hilos de cristal tan finos como un cabello humano a casi trescientos mil kilómetros por segundo. Cada fibra tiene capacidad para transmitir hasta cuatrocientos *gigabytes* de datos por segundo. Eso equivale a trescientos setenta y cinco millones de llamadas telefónicas en cualquier momento del día.

Hyde realizó una pausa dramática y observó a los rostros alrededor de la mesa, preguntándose si aquellas personas tenían la menor idea de la gravedad de la situación. Evidentemente no, decidió cuando el ministro de Economía, Industria y Energía señaló que había cables extendidos en los lechos marinos a lo largo y ancho del mundo; por tanto, si cortaban unos, el tráfico cibernético se desviaría automáticamente. ¿No?

—En teoría, sí; en la práctica, no —respondió Hyde—. El tráfico de Internet se desvía, cierto. Busca automáticamente rutas alternativas. Es un proceso totalmente autónomo. No obstante, si el volumen de tráfico cibernético es *demasiado*, como sin duda sería el caso si se cortasen seis de los ocho cables, las rutas se congestionan e Internet colapsa.

La ministra del Interior miró a Hyde sin poder dar crédito.

—¿Sin Internet? —preguntó alzando las palmas de las manos y negando con la cabeza—. ¿Habla en serio? A ver, ¿qué significa eso, exactamente? No habrá llamadas telefónicas, correos electrónicos ni redes sociales. ¿Algo más?

—Me temo que eso solo es la punta del iceberg —respondió Hyde, dedicándole una compasiva sonrisa a la ministra del Interior. Después de todo, eran amigos—. Todas las transacciones en línea, el comercio y los servicios se detendrán. Se congelará la actividad financiera; en cuestión de minutos habrá afectado al noventa y nueve por ciento de la población. Nadie podrá emplear una tarjeta bancaria de crédito o débito. Habrá que emplear efectivo, ¿pero de dónde vamos a sacar efectivo sin una tarjeta? ¿Cómo podemos pagar? No podemos. Así que no hay gasolina y, sin ella, tampoco transporte. No se cobrarán salarios ni pensiones. Nada de billetes de avión o de tren. Se acabaron las compras en línea. Nos quedamos sin compañías de seguros. Tampoco habrá devoluciones fiscales. Ni se publicarán los resultados de los exámenes. También nos quedaríamos sin material escolar. Podría seguir, seguir y seguir… Y, por cierto, si tienen televisión por cable, sus pantallas se verán negras. Es una guerra, pero con otro nombre.

Una sensación de alarma barrió la sala cuando la palabra «guerra» planeó sobre la mesa.

—¡Santa madre de Dios! —murmuró la ministra del Interior, pero solo lo bastante alto para que resultase audible—. ¿Quiere decir que estamos indefensos como bebés?

—No, indefensos no. En absoluto —insistió el primer *lord* del Mar, el almirante Geoffrey Hutley, un hombre bajo y resuelto con una mata de cabello blanco y brillantes ojos azules—. Pero carecemos de velocidad, ese es el problema. Necesitamos una nave de vigilancia oceánica que sea de última generación… ¿Dónde está? ¡En las mesas de los delineantes!

—Perdónenme, les ruego me perdonen, pero es que no lo entiendo —dijo el ministro de Asuntos Exteriores, despreocupado, deseoso por dejar huella y presentar un nuevo punto de vista. (Todo el mundo sabía que ambicionaba el puesto de primer ministro)—. Si destrozan esos cables submarinos, ¿no podríamos emplear satélites?

En ese momento, Hyde cedió la palabra al director del Centro Nacional de Ciberseguridad, quien con mucha paciencia explicó cómo habían creado un modelo y, en caso de emplear todos y cada uno de los satélites disponibles en Occidente, solo podrían garantizar el diez por ciento del tráfico de internet transmitido en ese momento por seis de los ocho cables. Lo más probable es que solo fuese un cinco por ciento. Aun así, se habían preparado planes de contingencia para poner en línea todas las conexiones por cable y satelitales con el fin de potenciar la capacidad, permitir priorizaciones y reactividad y, siempre que fuese posible, limitar los daños. Se sentó con un encogimiento de hombros.

Hyde puso el dedo en la llaga: el Reino Unido no había *comenzado* a tener capacidad satelital y un ataque ruso contra seis cables submarinos sería desastroso.

—Siento ser de nuevo una molestia, de verdad, pero *aún* no le encuentro sentido a todo esto —insistió el ministro de Asuntos Exteriores—. Rusia necesita Internet tanto como nosotros… ¿Para qué tirar piedras contra tu propio tejado?

—Durante los últimos años, Rusia ha estado reduciendo su confianza en el correcto funcionamiento de Internet y creado sus propios sistemas paralelos —contestó Hyde con una cortesía que ocultaba su repulsa por aquel hombre.

—¿Sistemas paralelos? —repitió el ministro, dirigiéndose al Gabinete—. ¿Podría alguien explicar en cristiano qué es eso?

Hyde explicó cómo durante los últimos doce meses, Rusia había lanzado noventa y cuatro microsatélites de contingencia desde su base Soyuz en Kazajstán. Esos microsatélites eran capaces de garantizar buena parte del tráfico cibernético ruso. No todo, pero sí un porcentaje considerable, le dijo a la audiencia.

—Y aún hay algo más —prosiguió—. Rusia ha desarrollado un plan de contingencia muy bien pensado en caso de sufrir un grave problema de Red. Rusia tiene la capacidad de aislar su infraestructura de comunicaciones de la red mundial. Ese aislamiento actuará como un escudo y la protegerá del subsecuente caos. Sin embargo, nosotros, el Reino Unido, caeremos como un fardo.

—Esto es una locura —dijo el ministro de Asuntos Exteriores, pasándose una mano por su ensortijado cabello—. Han perdido la chaveta. ¿Para qué hacer algo así y que el resto del mundo te odie aún más?

—¿Y quién puede demostrar que ha sido Rusia? —rebatió Hyde—. Lo negarán todo.

—¿Entonces cuál es el motivo de todo esto?

—Alterar. Perturbar. La razón siempre es la misma. Y demostrar que somos vulnerables.

Hubo un creciente sentimiento de indignación en la sala; y después de temor. La primera ministra tomó la dirección al percibir la ansiedad e invitó al jefe del Estado Mayor a hablarle a los presentes. El general Wallis era un hombre macizo con un anillo de cabello castaño alrededor de la coronilla y una voz profunda y autoritaria. Había servido como soldado de infantería en Argyll y los Sutherland Highlanders y aún no lograba sentirse cómodo en el técnico y sofisticado mundo de la guerra submarina. Sin embargo, era un buen mentiroso y un mejor comunicador. Wallis era capaz de asegurarles a todos que las fuerzas armadas no se quedarían de brazos cruzados. Los militares (el ejército en general y la marina en particular) estaban perfectamente preparados para responder a esa agresión. Disponían de un plan que se podría llevar a cabo de inmediato.

—No obstante —añadió Wallis, escogiendo sus palabras con mucho cuidado—, dado tan complicado escenario, *no* debemos precipitarnos. Aún tenemos tiempo… Tiempo para recibir más información concerniente a… Bueno, verá, señora primera ministra, preferiría no profundizar en esto aquí y ahora. Pero puedo decirles que esa información es crucial y fortalecerá mucho nuestra posición. En otras palabras, merece la pena esperar.

—Esa información que esperamos, ¿de dónde vendrá? —quiso saber la ministra del Interior, haciendo todo lo posible para mantener un tono tranquilo.

—De nuestro agente en Moscú.

—¿Cuándo esperamos recibirla? —preguntó a la sala.

—En cualquier momento —respondió el general, lanzando una expectante mirada a Hyde.

Habían pasado horas desde la reunión. Hyde tocó su intercomunicador y, segundos después, se presentó George Lynton, alerta, deferencial y tan impoluto como siempre con su pajarita.

—¿Nada aún? ¿Ningún correo? ¿Ningún mensaje? —preguntó Hyde.

—Ni pío —respondió Lynton con una genuina nota de pesar en su lánguida voz.

La mirada de Hyde captó el destello de las brillantes alas verdes de un periquito. Abrió la ventana y observó el exterior: los periquitos habían regresado. Le gustaban los periquitos; le daban suerte. Y bien sabía Dios que iba a necesitarla. Bebió el expreso de un trago. Ese trago de cafeína fría le sentó bien.

22

Era el miércoles antes del maratón y los relojes de todo el Palacio del Senado le parecieron insoportablemente ruidosos. Marina se enfrentaba a sus demonios repitiéndose que no cediese al pánico.

«La información está ahí, en alguna parte —se dijo—, y vas a encontrarla. Conseguirás una nueva vida para Vania y para ti, y caminarás junto a Clive hacia el sol poniente. Esta historia debe tener un final feliz. Confía en tu *sudba*. Algo pasará».

Marina había invertido la mañana en la sala de reuniones del Palacio de las Facetas traduciendo del francés al ruso los saludos y buenos deseos enviados por el presidente de Senegal a Serov y a Kirsanov, el ministro de Asuntos Exteriores. Hubo intercambio de regalos. Y a continuación una petición de varios miles de millones de dólares. Al regresar a su oficina descubrió a un intruso repantigado en su «silla de pensar», fumando y con los pies en su escritorio.

—Ponte cómodo, León, estás en tu casa.

El joven se volvió y mostró una amplia sonrisa. No llevaba corbata y se veía perfectamente la cabeza de león tatuada en su cuello.

—Me moría por echar un cigarro y como, por una vez, tu puerta no estaba cerrada con llave, decidí darme el capricho. Los he dejado a su aire, me refiero al presidente y al almirante. Menuda bronca están teniendo.

—¿Un expreso doble?

—Me lees el pensamiento —aceptó León, dándole una profunda calada al cigarrillo. Dio media vuelta en la silla giratoria y volvió a plantar los pies en el escritorio de Marina—. Le he dicho al jefe que debería hacer algo de meditación. Yo lo hago todos los días. Te enseña a situarte por encima de las cosas. Pero cada vez que pronuncio esa palabra le dan ganas de arrancarme la cabeza.

—Entonces, dime, ¿a qué viene la bronca esa? —preguntó Marina con despreocupada curiosidad, tendiéndole el café.

—Acerca del momento. El momento justo lo es todo —respondió León, exhalando una enorme columna de humo—. Si quieres saber mi opinión, creo que el almirante se saldrá con la suya.

De pronto, estalló una especie de chillido agudo y feroz en la oficina de Marina que hizo imposible cualquier tipo de conversación. Instantes después, Varlamov se presentó bajo el marco de la puerta lanzándole a León una colérica mirada. El secretario quitó los pies del escritorio y se levantó mascullando una disculpa. Jugueteó con su teléfono y el ruido cesó.

—Está prohibido fumar en todos los edificios gubernamentales rusos —dijo Varlamov con voz gélida—. Creí que lo sabía, León Lvovich.

—Perdón —replicó, apagando de mala gana el cigarrillo en su cenicero particular, que Marina guardaba solo para él. Recogió su teléfono con gesto despreocupado y se dirigió a la salida, pero el general le cortó el paso. Varlamov se alzó cuan alto era, aunque, para mayor disgusto suyo, descubrió que aún era dos o tres centímetros más bajo que León.

—¿Por qué no se viste del modo adecuado? —preguntó Varlamov—. Usted es el secretario particular del presidente de la Federación rusa y debe mostrar un aspecto acorde a su cargo. ¿Qué hace ataviado con esos vaqueros? ¡Y sin corbata! Y sus zapatos… ¡Pero mire el calzado que lleva!

León observó sus zapatillas Axel Arigato, que le habían costado una fortuna, igual que su camisa de Hermès y sus vaqueros Momotaro, pero el viejo ese estaba anclado en un mundo de trajes y corbatas y no lo comprendería, por eso no respondió. Marina salió en su defensa.

—Grigory Mijáilovich, me parece oportuno señalar que León Lvovich ha vestido de modo impecable en todas las citas oficiales. Al presidente no le importa si viste de modo informal aquí, en el Palacio del Senado...

Varlamov no hizo caso de las palabras de Marina. Estaba en pie de guerra.

—¿Y por qué anda jugando siempre al ajedrez en el ordenador?

—No juego al ajedrez en el ordenador, general. ¿Qué le hace pensar eso?

—Lo he visto jugando con esa tableta suya o con el teléfono. Con una cosa u otra, ¡todo el tiempo!

—Estudio partidas de ajedrez jugadas entre diferentes programas informáticos. Y eso es algo muy distinto. Los ordenadores son los nuevos campeones... Ordenadores con redes neuronales que se enseñan ajedrez a sí mismos. Los humanos somos cosa del pasado.

Varlamov lo miró con indisimulado desprecio.

—Los humanos *no* somos cosa del pasado. ¡Menuda ridiculez!

Varlamov se situó frente a la puerta cerrada, esperando que León la abriese, cosa que hizo con gélida cortesía.

—Que tenga un buen día, general —dijo León lanzándole una mirada asesina.

Varlamov se perdió pasillo abajo.

—Acaba el café, ¿o prefieres que te prepare otro? —ofreció Marina—. A ver, ¿dónde estábamos? —añadió, intentando hacer que León retomase el tema de conversación.

Pero se había roto el hechizo.

—Cabronazo —murmuró León, evidentemente alterado por el ataque de Varlamov—. Gracias por el apoyo. —Hundió las manos en los bolsillos del pantalón vaquero y le dedicó una amplia sonrisa a Marina—. Mierda de políticos, mierda de asuntos de Estado y mierda todo lo demás. Hagamos una pausa. Ven a conocer al amor de mi vida.

Marina exhaló un sincero suspiro. Los dioses se burlaban de ella.

La nueva pasión de León era su BMW R nineT, que aparcaba en la parte trasera del Palacio del Senado, en una esquina del patio del Kremlin cubierta con una funda plateada, ajustada, hecha a medida.

Quitó la funda con un gesto teatral.

La moto era una «novia». León estaba orgullosísimo de su color blanco mate, de su manillar bajo y sus retrovisores, todo sin el menor rastro de vulgaridad. Y el asiento de cuero curtido hacía juego con su cartera Hermès. Y el motor... Ay, su motor... Tan grande y hermoso en un chasis tan delgado.

—Es muy atractiva —dijo, acariciando la moto.

Esa esbelta y poderosa máquina pesaba más de doscientos kilos, pero León juraba que su conducción era ligera y fácil. Tenía una aceleración suave como la seda, y su potencia... Su potencia era como... como...

Marina decidió ponerle un palo en la rueda.

—Sí, pero a buen seguro que esta monada de moto está rogando que la roben —apuntó.

—En eso tienes razón —concedió León—. Pide *a gritos* que la roben. Por otro lado... —Hizo una pausa para echar un vistazo a los guardias armados del FSO de servicio en el patio del Kremlin (hombres grandes, corpulentos, provistos de cascos, chalecos antibalas y armas automáticas) y luego sonrió—. No sucederá aquí donde la tengo aparcada. —Besó el metal del chasis—. La he llevado al Baikal, ida y vuelta. ¿Sabes a dónde voy a ir la próxima vez? A París. Ya está todo planeado. Salgo desde este mismo patio, aquí, en el Kremlin, y me zampo el camino entero hasta París.

—No te lo permitirán —susurró Marina.

Por un instante, León pareció decepcionado como un niño pequeño, pero después rio y cubrió de nuevo la moto con su funda plateada. Al hacerlo, Marina advirtió la cartuchera y el arma bajo su chaqueta.

—¿Vas *armado*? —preguntó, sorprendida—. ¿Desde cuándo?

—Acabo de recibir mi licencia —respondió—. Pertenezco a los nuevos guardaespaldas el FSO. Soy un fenómeno disparando. Un día de estos te voy a llevar al campo de tiro.

—No, por favor. Me conformo con que me lleves a dar una vuelta en tu preciosa moto.

—De acuerdo. Eso está hecho. Te lo prometo.

Regresaron a las dependencias del Palacio del Senado atravesando los filtros de seguridad. Mientras Marina pasaba bajo el marco del detector de metales, León le entregó su arma a uno de sus compañeros del FSO.

—Varlamov va armado —murmuró Marina al subir por las escaleras de mármol. Lo había visto. Una mañana se encontró con el general en un punto de control y, mientras ella entregaba una mochila, él entregaba un arma. Una Makarov—. ¿Lo sabías?

—Puede hacer lo que quiera. Es el vicedirector del FSB.

Sonó un aviso en teléfono de León. Consultó la pantalla.

—No lo puedo creer... El almirante se va a San Petersburgo y nosotros regresamos a la villa.

Marina contuvo la respiración. «La villa. Eso es. Todos los personajes clave están abandonando el edificio —pensó—. No quedará nadie con quien pueda hablar, que me pueda decir lo que necesito saber. Se acabó».

Marina se equivocaba. No había acabado nada. Más bien al contrario, pues, como le habría dicho Vania, el asunto acababa de comenzar.

Aquella tarde el general Varlamov disfrutaba de su *cinq à sept* en brazos de su amante.[15] Sus guardaespaldas se mantenían a una distancia prudencial fuera del lujoso apartamento situado en el edificio de Kotélnicheskaya Náberezhnaya, una de las Siete Hermanas de Stalin.[16]

El general Varlamov tenía la tapadera perfecta. Su empleo incluía el uso y disfrute de un funcional e impersonal apartamento en Lubianka y era allí donde aprovechaba para descansar un poco después de una devastadora jornada laboral, cuando se sentía demasiado cansado para realizar el largo viaje desde Moscú hasta Barvikha, o eso le decía a Raisa, su esposa.

---

15   En francés en el original. Literalmente: «de cinco a siete». Se refiere a las actividades realizadas después de la jornada laboral, una especie de «hora feliz». *(N. el T.)*

16   Conjunto de siete rascacielos construidos en 1947 con motivo del octavo centenario de la fundación de Moscú. *(N. del T.)*

«Bien, todo marcha según lo previsto», se dijo Varlamov mientras contemplaba a Dasha, su núbil amiguita de ojos azules y traviesos que le lanzaba besitos mientras servía dos copas de champán. Lucía un vestido blanco tan ceñido que a él le recordaba al plástico con el que su mujer envolvía las sobras del pollo. Debía hablar con Dasha acerca de su horroroso gusto para la ropa (muy vulgar), aunque en la cama era una delicia... Ruidosa y libre de ataduras. «Pero, bueno —razonó—, uno no puede tenerlo todo en la vida. Además, nadie nos va a ver nunca juntos en público, así que, ¿qué más da? Deja que se vista como le plazca». Él había aceptado ser su patrocinador, ponerle el piso y pasarle una pensión; a cambio, ella estaría disponible siempre que él quisiera. El resto del tiempo era libre.

Solo había una regla: nada de hombres. Cuando el gato está fuera, los ratones no salen a jugar, le había dijo a Dasha para dejar las cosas claras. Podía invitar a sus amigas a cenar y ver películas en el enorme televisor de pantalla plana, y también a su madre, que vivía en un pequeño apartamento cerca de la universidad, pero nadie se quedaba a pasar la noche. El general no confiaba en ella. Pagaba a los porteros del edificio para que llevasen una escrupulosa relación de todas las visitas. También se había encargado de limpiar sus huellas: les dijo a los porteros, y también a Dasha, que se llamaba Mijaíl Grigoryevich Kutuzov. Además, a ella le había contado que era jefe de una empresa constructora internacional. La muchacha lo llamaba Misha.

—Gracias por el correo, Misha... —le dijo sentándose en su regazo.

Varlamov asumió que se refería a los diez mil dólares que había ingresado en su cuenta esa misma mañana, naturalmente. Agitó una mano en el aire mientras posaba la otra en uno de sus pechos.

—La seguridad es muy importante —susurró, besándolo en la mejilla—. Gracias por cuidar de mí.

También podría haber añadido tranquilamente: «Ese experto en seguridad del que me hablabas en el correo... Pasó esta tarde por aquí e hizo lo que tuviera que hacer mientras yo me dedicaba a ver *Juego de tronos*. Era muy joven. Pero, bueno,

¿acaso no lo son todos esos desarrolladores informáticos?». Pero se encontraba demasiado ocupada desabrochando la camisa del general para entrar en tantos detalles.

«Todo va según lo previsto», se repetía Varlamov a sí mismo mientras Dasha pasaba sus largas uñas rojas por el vello de su pecho. Todo iba sobre ruedas. Solo restaba hacer caer a Volina. Derribarla de su pedestal. La mano de Dasha se introdujo bajo su ropa interior. «Disfruta del momento», se dijo.

Raisa, la esposa del general, también estaba disfrutando su momento en un moderno gimnasio especializado en pilates situado en la planta superior del Ritz-Carlton. Se cocía en la sauna, con su rollizo cuerpo cubierto con una toalla y su cabello rubio empapado de sudor. Era una mujer atractiva, con bonita piel y unos ojos castaños de mirada amable, que pensaba en la copa de champán Ruinart que iba a pedir en cuanto terminase la sauna mientras se secaba las perlas de sudor de sus párpados.

Se merecía darse un gusto. Aquella tarde había sufrido un pánico atroz después de perder su nuevo iPhone, el último modelo, con reconocimiento de voz y Dios sabe cuántas cosas más. Estaba segura de haberlo dejado en la barra del bar de los zumos mientras se ataba los cordones de sus zapatillas, pero tiró su zumo de zanahoria y cuando se calmó el revuelo el iPhone había desaparecido. Lo buscó por todas partes. El aparato se había desvanecido en el aire. Su pánico aumentaba a medida que transcurrían los minutos; Grisha iba a ponerse hecho un basilisco. Ya había perdido tres y, para ser honestos, la verdad es que no entendía cómo funcionaban. Siempre andaba pidiéndoles a sus hijos que le dijesen cómo enviar un vídeo o un mensaje de voz, organizar un grupo en WhatsApp o comprar un billete de avión. Se burlaban de ella y le decían que era una inútil, un dinosaurio en lo referente a la tecnología. Pero, sobre todo, odiaba tener que recordar todas esas espantosas contraseñas. Un amigo le dijo que no se complicase la vida. Así decidió hacer las cosas a su manera, sin consultar ni con sus hijos ni con su esposo, pues iban a censurarla.

No obstante, Raisa entró en pánico al perder el iPhone. Llamó al encargado y en cuestión de minutos todo el mundo estaba buscando bajo toallas y cojines. Fue una chica de cabello rojo, que por casualidad se encontraba en la mesa de recepción preguntando por las clases de yoga, quien salió al rescate. Era muy joven, más o menos de la edad de su hija (no más de dieciséis años), y Raisa se planteó durante un segundo por qué no estaba en el colegio, pero no lo estaba, gracias al cielo, pues fue esa adolescente la que encontró el iPhone bajo la alfombra tras la más frenética de las búsquedas, que duró unos buenos veinte minutos. Raisa le colocó un billete de cien dólares en la mano, que la chica rechazó.

—No puedo aceptarlo —dijo la pelirroja,

«¡Qué alivio!», pensó Raisa, con la mirada fija en el oblongo pedazo de acero que sentía frío en la palma de la mano. Grisha ya no tendría motivos para reñirle. Le parecía haber sido muy afortunada al elegir esposo. Aún estudiaba en la Universidad Estatal de Moscú cuando se casó con Grigory Varlamov, entonces un atractivo comandante del FSB, aunque jamás se le había pasado por la cabeza que alcanzaría los más altos puestos de su profesión y llegaría a ser nombrado general del servicio de seguridad. En ese momento tenían más dinero del que ella hubiese soñado, y a ella le gustaba el dinero. Le gustaba cómo la gente le sonríe a uno porque sabe que eres rico. Y gracias a Grisha siempre tenía dinero de sobra en su cuenta corriente. Hacía poco, le había transferido un millón de dólares a su cuenta chipriota; según le dijo, se trataba de un depósito para la casa que estaba pensando construir en Portofino.

Raisa salió de la sauna y se sumergió en la tina de agua helada; la impresión la hizo jadear y, al mismo tiempo, sentir una explosión de calor interno y vibrante salud. Cinco minutos después, secó su piel rosada a causa del frío, le dio una palmada a su nuevo y querido iPhone, colocado junto al bolso, y decidió que había llegado el momento de tomar esa copa de Ruinart.

El Kremlin era un lugar muy solitario sin León, por eso aquella tarde Marina se sintió encantada de ver al edecán del almirante general fuera de su oficina, impecable con su uniforme blanco.

—Capitán Smirnov —saludó Marina con una cálida sonrisa—. Me alegro de verle… ¿Qué lo retiene en Moscú? Según me han dicho, el almirante partió hacia San Petersburgo.

—Marina Andreyevna —saludó el edecán con un asentimiento formal—. Sí, bueno… Debería haber ido con el almirante, por supuesto. Pero me han asignado un despacho temporal junto al suyo y aquí estoy, esperando.

—¿A qué? —preguntó a la ligera.

—A los de Bulgari. Están restaurando un broche de diamantes para el almirante. Es un regalo sorpresa para su esposa por el aniversario de boda. Muy valioso. Está repleto de diamantes y zafiros, así que a duras penas podría enviarlo por correo.

El edecán aguardó un segundo para ver si Marina entendía aquella especie de chiste suyo. Lo hizo.

—Su mujer debe de gustarle una barbaridad —dijo—. O le tiene un miedo atroz.

El oficial soltó una carcajada.

—Sin comentarios.

Marina propuso tomar una taza de su mejor café italiano en su oficina, pero el capitán rechazó la invitación negando con la cabeza y explicó, con gran cortesía, que estaba hasta arriba de trabajo. Dicho eso, desapareció metiéndose en su despacho temporal.

A l día siguiente, Marina se levantó al rayar el alba. Abrió de par en par las ventanas de su espaciosa habitación y tomó profundas respiraciones de fresco aire matutino… para llenar sus pulmones de oxígeno y mantener elevado su nivel de esperanza. Más tarde, en su oficina del Palacio del Senado, la sorprendió el inconfundible ruido sordo de un helicóptero. Diez minutos después estaba a la puerta de su despacho y vio a los guardias destacados al fondo del pasillo adoptar la posición de firmes; las puertas doradas se abrieron y entró el presidente acompañado por sus más cercanos asesores. Una hora después León, el hombre que lo oía y lo sabía todo, llamaba a su puerta

—Sí que fue una visita rápida a la villa —comentó Marina, apartando la vista de la pantalla de su ordenador portátil—. Ni veinticuatro horas.

—El jefe es un culo de mal asiento. No puede estar quieto ni un segundo.

—Me alegra mucho que estés aquí, León. Quería hablar contigo acerca de la calefacción de mi oficina. —Marina se acomodó en su silla inclinándose hacia delante con los brazos cruzados—. El radiador debe de estar atascado. Esta habitación es gélida en invierno.

—Me gusta el frío —respondió León, arrellanándose en la «silla de pensar» de su amiga—. Me crie en Yakutia… Sesenta grados bajo cero en enero. De niños solíamos salir a jugar sin abrigos incluso con cuarenta bajo cero. Solo éramos críos corriendo por ahí, por supuesto… Aun así… A la mayoría de la gente le costaría creerlo, cuarenta bajo cero y sin abrigos, pero es cierto.

—Te creo —apostilló Marina, pensando en Pasha y Vania de pequeños, corriendo sin abrigos en pleno invierno—. ¿Puedes hacer venir al técnico? De otro modo, tendré que recurrir a un calentador eléctrico, lo cual no es precisamente lo mejor para el medio ambiente…

Pero León no la estaba escuchando. Miraba la fotografía de Pasha y Vania.

—Lo recuerdo —señaló con los ojos fijos en Pasha—. Un chaval simpático. Una pena. ¿Por qué no te mudas a un apartamento nuevo y bonito, Marina Andreyevna? Hay uno a la venta en mi edificio. Con *banya* y todo. Puedo arreglar la financiación; ambos sabemos que el jefe lo aceptará.

—Me gusta donde vivo. Quizá el apartamento esté un poco anticuado, pero encierra recuerdos. Mi abuelo vivió allí… Cantaba romances en la sala de estar. Y en la fachada hay incluso una placa de bronce en su honor.

—Como gustes. Arreglaré lo del técnico.

—Gracias, León. Eres muy amable. Eres el único amigo que tengo aquí.

—Le gustas al jefe.

—Sí, pero es el jefe.

León comprendía perfectamente qué quería decir. Uno podía acercarse, pero nunca acercarse del todo. Siempre había una barrera.

—¿Un cigarrillo? ¿Ahí en la terraza?

León negó con un gesto.

—Varlamov me denunció. ¿Puedes creerlo?

—¿Y un bombón?

El teléfono del hombre emitió una señal. León consultó la pantalla.

—Dispongo de cinco minutos. Después me voy. Siempre me gusta acercarme por aquí, se está muy tranquilo —paseó la mirada por la sala con expresión apreciativa—. Desde ayer ha sido un no parar de trabajo.

Marina revolvía su cajón en busca de una buena caja de bombones, regalo de un intérprete suizo. Levantó la mirada y sonrió.

—¿Desde ayer?

—Ayer por la tarde el jefe convocó una reunión de emergencia en la villa. Comparecieron todos: los ministros de Asuntos Exteriores, Defensa, Interior... Toda la pandilla.

—¿Y Varlamov no?

—Ese pelma de general también estaba allí. Llegó tarde.

León cerró los ojos un instante.

—Llevo días sin dormir... Es una locura total. De repente, esta mañana, durante el desayuno, el jefe decidió que en la villa no podía pensar con claridad, con toda esa agua borboteando en las fuentes y los trinos de los pájaros (la verdad es que lo ponen de los nervios)... Así que vuelta para acá; desde entonces ha sido una pesadilla. ¡Menuda tensión! ¡Menudo mal genio! Deambula por ahí como un león enjaulado a la espera de novedades por parte del almirante. Varlamov y Kirsanov no están mucho mejor. No tardarán en tirarse al vodka. O al güisqui. A Kirsanov le gusta el güisqui. Se va a desatar un infierno beban lo que beban.

—Vaya por Dios, cuánto lo siento —dijo Marina, tendiéndole la caja de bombones.

—¿Lo sientes? ¡Pero si todo ha sido culpa tuya! ¡No, no es broma! El jefe no hace más que repetir esa cita tuya de *Hamlet*... Esa de la conciencia. Me pidió establecer una conferencia telefónica con el almirante Fiódorov en cuanto llegamos a la villa. Eso sí, nada de una llamada corriente. Había de emplear el teléfono especial, ese rojo de su estudio. «Ponme con el almirante ¡ya!», así dijo.

—Al menos saliste de Moscú —apuntó Marina—. Respiraste un poco de aire fresco y diste un buen paseo por ese bonito jardín lleno de estatuas.

—¿Estás de guasa? Estuve pegado al maldito teléfono intentando contactar con el almirante —replicó, estirando un brazo para coger otro bombón—. Ay, un bombón de caramelo. Delicioso. Bueno, estaba a bordo de un vuelo rumbo a San Petersburgo. Tuvimos suerte de que no hubiese despegado.

Le tocaba a Marina escoger bombón. Consultó la carta y comentó:

—Me gusta el de café.

—Bueno, pues así conseguí poner al almirante al teléfono —continuó León—. Le pasé el auricular al jefe y va y le dice: «Slava, pon el tinglado a funcionar». ¡Así, tal cual! «Pon el tinglado a funcionar». Dios mío, lo que hubiese dado por haber visto la cara de Fiódorov. Debió de brincar de alegría. —El teléfono de León emitió una señal y consultó la pantalla—. Me voy —suspiró—. Desde que el jefe dio luz verde, todo ha sido un caos. Anoche nadie pegó ojo. Todos hechos un manojo de nervios a la espera de noticias. «La elección del momento oportuno es esencial. Hay que tenerlo todo organizado antes de la fecha límite».

—Ah, sí, la fecha límite —repitió Marina, cogiendo uno de limón y metiéndoselo en la boca.

—Tenía ser el domingo, ¿no? Iba a verte cruzar la línea de meta, pero no voy a poder estar en dos sitios a la vez, ¿verdad? Estaremos en la villa o aquí… Pero muy ocupados, eso seguro. Pondré la tele, a ver si te veo. Y, si te veo, ¡te animaré!

—Eres un encanto —contestó Marina; dio un paso al frente y lo besó en la mejilla. León puso una expresión complacida y se fue.

Marina se ordenó no hacer nada apresuradamente. Envió un texto, escribió uno o dos correos electrónicos, ordenó su escritorio, recogió su bolsa de deporte y ya se encontraba en el pasillo, con las llaves en la mano, cuando oyó una conversación. Levantó la mirada y vio al presidente Serov flanqueado por dos guardaespaldas, el general Varlamov, Kirsanov (el ministro de Asuntos Exteriores) y, cerrando la retaguardia, León; todos caminaban en su dirección.

—Marinoska —saludó Serov, entreteniéndose para hablar con ella—. ¡Tu padre hubiera estado orgulloso de mí!

—Siempre estuvo orgulloso de ti, Nikolái Nikolayévich.

Marina le envió un mensaje a Clive para adelantar una hora su carrera de entrenamiento: era un hermoso día soleado e iba a salir pronto del trabajo. «No olvides tu botella de agua», añadió. Esa era su señal de emergencia.

—¿Estás segura? —preguntó Clive mientras aceleraba por el Muelle Frunzenskaya y lanzaba algún que otro vistazo a su espalda, hacia dos guardaespaldas jóvenes y en buena forma corriendo cerca de ellos, pero no demasiado cerca.

—Eso dijo.

—Ayer a la caída de la tarde…, ¿dio luz verde?

—Sí.

—¿Hace veintiuna horas?

—Sí.

—*Merde.*

—¿Por qué en francés?

—Suena menos grosero, ¿no te parece?

—Me parece —afirmó Marina—. Desde luego que sí.

—¿Fecha límite?

—El domingo.

—¿Ubicación exacta?

—Desconocida.

—Tengo que verte. Piensa en algo, ¿vale? ¡Ay! Dios, menudo tirón. Tengo que parar. Lo siento.

Clive apenas podía caminar y mucho menos correr. El tirón hizo que se doblase de dolor y tuvo que descargar su peso sobre Marina mientras se esforzaba para subir las escaleras desde el embarcadero hasta la carretera. En cuanto llegaron a la cima, ella detuvo un taxi y lo ayudó a entrar en el coche. Le indicó al conductor a dónde llevarlo y terminó el recorrido sola.

Clive fue directamente al edificio de cristal de la embajada británica, en el Muelle Smolenskaya, donde renqueó hasta el puesto de seguridad entre gemidos y gestos de dolor. No fue hasta ingresar en la sala de seguridad con el embajador que se irguió y pidió algo de beber.

23

«Tiene lógica que sea el domingo —pensó Hyde—. Se cortan los cables un domingo para causar el máximo impacto un lunes. Además, las defensas estarán "de fin de semana"».

Recibieron el correo encriptado de Luke Marden el jueves a las 12:45. George Lynton sacó una copia impresa y Hyde se la entregó directamente a la primera ministra. Noventa minutos después, Martha Maitland convocó una reunión de emergencia en la COBRA.

—Bien, damas y caballeros —comenzó a decir la primera ministra con su ejemplar cortesía, mirando a los ansiosos rostros situados alrededor de la mesa; el cincuenta por ciento eran mujeres, porcentaje del que estaba orgullosa—. Acabamos de recibir información acerca de que el ataque ruso a los cables submarinos se desencadenará el domingo. En este mismo instante, y tras varios meses de continuas misiones de reconocimiento, se están concentrando con sus drones en algún lugar frente a la costa córnica, al borde del mar territorial británico. Necesitamos seis horas para lanzar un contraataque eficaz, ¿no es así, primer *lord* del Mar?

—Correcto —respondió el almirante Geoffrey Hutley—. Pero la verdadera ayuda sería conocer la situación exacta. O tan precisa como sea posible. Tenemos que situarnos a menos de veinte millas náuticas de nuestro objetivo para ser eficaces. Si llegásemos a las cinco millas, el éxito sería total.

El primer *lord* tenía mucho más que decir acerca del asunto, pero se contuvo. Durante los últimos años había denunciado su situación muy a menudo, y muy a menudo había perdido. La Marina Real, el *Senior Service*, había sufrido recorte tras recorte hasta quedar casi sin fondos y llegar a la situación que tantas veces predijo: no somos capaces de proteger nuestras costas. Podría haber elevado su voz, por supuesto, y causado un buen revuelo. Podría haber dicho que el Gobierno había hecho dejación de funciones. ¿Por qué? Porque, según el compromiso pactado con las fuerzas armadas, «la primera obligación del Gobierno es defender el reino». Pero Geoffrey Hutley decidió que no era el momento de recordarle a Martha Maitland ese requisito de soberanía.

—Sí —confirmó Hyde—. Necesitamos una ubicación exacta.

—Y algo de suerte —apostilló el primer *lord* del Mar.

—¡Hablan como si estuviésemos indefensos! —objetó el ministro de Economía—. Disponemos de nuestros propios submarinos. ¿Por qué no los empleamos para darles caza?

—Porque tenemos muy pocos —contestó el primer *lord* del Mar con un sentido suspiro—. Y si los desplegásemos, podrían bloquearse entre sí en caso de un incremento en el nivel de agresión. No deseamos bajas causadas por el fuego amigo. Es mejor mantener despejado el campo de operaciones.

—Vamos a ver, ¿Qué nos está diciendo?... ¿Que somos una presa fácil? —dijo la ministra del Interior, alzando la voz mientras lanzaba una dura mirada al primer *lord* del Mar.

—No si logramos obtener una ubicación precisa. Entonces podríamos neutralizar el ataque.

—¿Y mientras tanto? —preguntó el ministro de Asuntos Exteriores, mirando a la primera ministra en busca de una respuesta.

Sin embargo, respondió Martin Hyde, barriendo con la mirada a todos los reunidos en la COBRA.

—Mantenemos la compostura mientras esperamos por esa información definitiva.

Mientras en Londres tenía lugar la reunión en la COBRA, el general Varlamov se encontraba sentado en su despacho del cuartel general del FSB en Lubianka, leyendo el correo electrónico remitido por uno de sus agentes. «El inglés y Marina Volina salieron a correr a las 13:30. Alrededor de las 14:00, el inglés sufrió un tirón e interrumpió la carrera. Luego se fue a la embajada».

«¿Se refiere a la residencia?», escribió Varlamov en un mensaje.

«No, a la embajada. Al ala oeste».

Varlamov tomó una profunda respiración y se acercó hasta la ventana panorámica, a través de la cual disfrutaba de una espectacular vista de Moscú, su ciudad y la capital de su gran país, Rusia.

«¿Cuál es mi propósito en la vida? —se preguntó, contemplando la carretera de ocho carriles atestada de tráfico extendida allá abajo—. Apoyar al presidente y contribuir al incremento del poder y el prestigio ruso. —Fue la respuesta automática—. Mi trabajo consiste en asegurar el mantenimiento de nuestra posición como potencia mundial, una nación digna de temor y respeto. Y para lograrlo, mi labor exige acabar con los enemigos, externos o internos, deseosos de llevar a Rusia por otros derroteros, menguar su influencia y reducir nuestras ambiciones, construyendo eso que ellos llaman "democracia" y el presidente y yo "caos". Debo mantenerme vigilante las veinticuatro horas del día. Todos los extranjeros son sospechosos, ¿pero qué hay de Volina? ¿Por qué tengo la sensación de que está metida en algo? Pues porque, en realidad, Marina Volina no es "uno de los nuestros". Es una intrusa. Y se encuentra demasiado próxima a Serov para su propio bien. Esa mujer está con gente que juega en una liga superior a la suya. Es una simple traductora, ni más ni menos, y, a pesar de todo, siempre se encuentra junto al presidente. Eso no es bueno. No es nada bueno. Ya lo dije antes y lo diré de nuevo. Hay que bajarle los humos a Volina».

El general Varlamov llamó a Maxim Mishin y, en el instante en el que el joven oficial del FSB puso un pie en la sala, le dijo:

—Teniente, tenemos trabajo que hacer.

El agente invirtió varias horas examinando las grabaciones de la cámara de seguridad instalada en el número 25 de la calle Tverskaya. En su opinión, el modernísimo sistema de vigilancia instalado tenía sus ventajas e inconvenientes. Cada vez que se detectaba un movimiento, cualquier movimiento, frente a una de las cámaras Mishin recibía un mensaje de texto y su ordenador personal emitía la retransmisión en directo. Eso suponía recoger más archivos de los que podía examinar, pues había cinco cámaras; dos cubriendo las entradas delantera y trasera del edificio y otras dos dispuestas en el exterior y el interior del portón del patio trasero, donde la gente solía aparcar el coche, una orientada hacia Tverskaya y otra hacia una calle adyacente, además de una quinta situada en el descansillo de la primera planta, justo frente a la puerta de Marina Violina.

A Mishin le desconcertaba el interés del general por Marina Volina, aunque no dijo nada, por supuesto. Se dedicó a observarla entrar y salir de su domicilio, ora vestida con ropa de deporte, ora ataviada con falda. La vio siendo amable con la ascensorista, Oxana, aunque lo era menos con la otra, Nadia; también la vio ir al patio trasero en busca de su coche y, de vez en cuando, mirar hacia la cámara con expresión desafiante.

—Perdone, mi general, pero podríamos ponerle una sombra a la señora Volina…

—No, teniente, precisamente eso es lo que no podemos hacer.

Era demasiado avispada, demasiado inteligente; casi con toda seguridad detectaría a su sombra y acudiría directamente al presidente. Y ese era el problema. El presidente se enfurecería, exigiría explicaciones y él no tenía ninguna. Solo su instinto. Por otra parte, también lo preocupaba que Volina le hablase a Serov de las cámaras de vigilancia instaladas en su edificio, aunque en ese caso contaba con una sólida justificación: medida de seguridad básica. Sin embargo, ponerle una sombra era ir demasiado lejos. El general andaba pisando huevos, y lo sabía. Podía «vigilarla» y asegurarse de que lo supiese. Pero hasta ahí podía llegar, y ni un centímetro más. De momento.

—¿A dónde ha ido esta tarde? ¿Lo sabemos? —preguntó Varlamov.

—A casa no —respondió Mishin—. Abandonó el edificio por la entrada principal a las 18:02. Llamé a nuestra informante, Nadia, la ascensorista, y dijo que Volina había ido al concierto del Salón Rajmáninov.

Esa misma tarde, Clive se sentaba con el embajador en su estudio, desde el cual se dominaba el Moscova y las murallas del Kremlin situadas más allá. El humor de ambos era sombrío, pues sabían, y lo sabían muy bien, que se había lanzado la operación Hades y a partir de ese momento todo dependía de Marina. Rose Friedman los alivió un poco al llamar a la puerta del estudio y entrar directamente, para sorpresa de Clive. Rose vivía entonces en la residencia por invitación del embajador, según había averiguado. La seguridad de encontrarse en manada, bromeó Rose, preparándose un trago antes de acudir, ataviada con unas mallas de licra, a una clase vespertina de *kick-boxing*. Hizo todo lo posible por convencer a Clive para que la acompañase, para que viviese un poco, pero él se mostró inflexible: tenía que permanecer disponible. El embajador propuso tomar algo de aire fresco y salieron al balcón bajo un cielo amenazador. Aún había luz, pero las murallas del Kremlin ya estaban iluminadas. Pasó una gabarra cargada de carbón; su sirena emitió un triste y profundo sonido. De pronto se escuchó un trueno y se apresuraron a regresar al interior del estudio del embajador, donde la aplicación WhatsApp de Clive anunciaba la recepción de un mensaje enviado por Marina.

¿Cómo estás? Siento mucho lo del tirón. ¿Necesitas algo? Te he dejado el libro de Goncharova/Larionov en la librería del InterContinental. Pregunta por María. Te veo en el puesto de registro de corredores mañana a las nueve.

Clive se volvió hacia Luke Marden.

—¿Puedo disponer esta tarde de los servicios de Fiódor? Ah, y de un paraguas. ¿Tienes alguno por ahí? De esos plegables...

***

«Los riesgos que corremos por amor —pensó—. Hay que ver los absurdos y descabellados riesgos que corremos».

Todo dependía de Fiódor. Clive le confesó, en confianza, que la situación era delicada. En primer lugar, debía recoger un libro y después habría de acudir a una cita con una mujer casada, una dama francesa alojada en el hotel. Su esposo era un hombre terriblemente celoso y, más importante aún, estaba en París, así que aquella era su oportunidad. ¿Podría esperarlo? Sería cuestión de un par de horas. ¿Le importaba? Ah, ¿y ocuparse de la sombra del FSB si le daba por husmear más de la cuenta? Clive le colocó billetes por un valor de quinientos dólares en la mano.

Fiódor aparcó en una calle lateral detrás del hotel. Un Ford azul se aproximó mientras Clive salía del vehículo de la embajada. Entró en el hotel y encontró la librería, donde lo esperaba María, la dependienta. Tenía apartado un ejemplar del libro de Natalia Goncharova y Mijaíl Larionov; ya estaba pagado, le explicó. ¿Sabía que era el primero escrito acerca de los dos? Hasta entonces, todos trataban de Goncharova. A nadie le interesaba Larionov, a pesar de que pasaron sus vidas juntos y, por supuesto, se influyeron mutuamente. Ese era uno de los pocos casos en el que la mujer eclipsa al hombre.

—Por fin las mujeres están madurando, ¿no cree? —comentó, entrando en materia—. Fíjese en Frida Kahlo. Es mucho más famosa que su esposo, Diego Rivera.

Clive respondió que, por norma general, las mujeres eran más capaces e infinitamente menos destructivas que los hombres e inmediatamente después le pidió una bolsa (de papel, si fuese posible) para guardar el libro de arte y el paraguas plegable.

—Nada de papel —le dijo con expresión pesarosa—. Solo plástico.

Y le dio una elegante bolsa del InterContinental.

Mientras, la sombra del FSB se entretenía en la sección de libros de autoayuda, pasando un dedo por *Recomponga su ansioso cerebro*. María se acercó a él y le preguntó si podía ayudarle en algo; tenían un extenso catálogo de libros. Quizá le interesase *El don de la sensibilidad: las personas altamente sensibles* o *Cuando ataca el pánico*.

Se sentó en la recepción y encontró el mapa de Marina oculto dentro del libro de arte. La sombra tomó asiento en una silla frente a él. Clive tomó una profunda respiración y regresó a la librería. La sombra también se levantó y lo vigiló desde el otro lado de la pared de cristal. Le confesó a María, con tono confidencial, que tenía un problema de próstata y le preguntó si había un servicio que pudiese emplear.

—Por supuesto —respondió María—. Puede utilizar el servicio de la plantilla.

Segundos después, desapareció a través de una puerta lateral. Bajó un vuelo de escaleras a toda prisa y ya había rebasado el servicio caminando muy rápido cuando oyó ruido de pasos en la escalera. Siguió las instrucciones de Marina y abrió la tercera puerta de la izquierda, que llevaba a la madriguera que eran la salas de lavandería; continuó, superando el ensordecedor ruido de las lavadoras y secadoras, hasta llegar frente a otro vuelo de escaleras que subía hasta una salida lateral del hotel situada a una manzana del lugar donde estaban aparcados el Ford y el Range Rover.

Clive tuvo suerte; llovía. Abrió el paraguas y caminó despreocupado hasta la entrada principal del hotel y se unió al flujo de peatones dirigiéndose al paso subterráneo abierto bajo Tverskaya. Cuando salió al otro lado de la carretera de ocho carriles pudo ver las luces traseras del Range Rover y del Ford, y a un hombre, probablemente la sombra del FSB, hablando con Fiódor. ¿Se las apañaría el conductor? Clive no tenía de qué preocuparse. Fiódor sacó un paquete de tabaco y, solidarizándose con la apurada situación del agente, le ofreció un cigarrillo, que aceptó.

—No te agobies —le dijo—. Siéntate ahí, tranquilo, y relájate.

El inglés estaba en la cama con la mujer de otro. ¿Qué más necesitaba saber?

En ese momento Marina había acabado de subir los escalones de la entrada de Tverskaya 25 y llegaba al descansillo, donde Nadia, la ascensorista tejía sentada.

—¿Ya de regreso? —preguntó mientras apartaba la mirada de las agujas y arrugaba la nariz para mirarla a través de sus gruesas lentes.

—Estoy demasiado vieja para esta música contemporánea —respondió Marina, tirando el programa del concierto sobre la mesa de Nadia—. Lo dejé en el primer descanso.

—Volina ha regresado —dijo Mishin, siguiendo la grabación de la cámara de seguridad en su ordenador personal—. Está hablando con Nadia.

—Averigüe por qué ha regresado —ordenó Varlamov—. Y averigüe también dónde está el inglés.

El teniente Mishin obtuvo respuestas para todo. La señora Volina había regresado tan pronto del concierto porque no le gustaba la música contemporánea. Se había tomado incluso la molestia de hacerle leer a Nadia los nombres de los compositores listados en el programa, que el agente comprobó dos veces con el Salón Rajmáninov. Los nombres de Dimitri Kurliandski, Sergei Nevsky y Antón Batagov no le decían nada a Mishin, pero, según Google, no solo eran la vanguardia de la música contemporánea, sino también muy famosos; el jefe de seguridad de la sala de conciertos confirmó su actuación aquella velada. En cuanto al inglés, envió un mensaje a la sombra del FSB y este le informó de que estuvo en el InterContinental con una amiga. Una mujer casada.

—¿En el InterContinental? Eso está frente a Tverskaya 25 —señaló Varlamov.

La triste expresión del joven teniente Mishin contuvo al general. Se acercó a la ventana y contempló el torbellino del tráfico. ¿Estaba volviéndose loco? No tenía nada ni contra Volina ni contra Franklin. Hasta ese momento ninguno había dado un paso en falso.

—Llueve —dijo Mishin, mirando más grabaciones de entradas y salidas del número 25 de Tverskaya realizadas por las cámaras de seguridad—. Todo el mundo lleva paraguas. No se ve quién es quién. Pero Volina no ha salido de su apartamento. Está ahí. Y no ha recibido visitas.

—Si lo hace, seremos los primeros en saberlo —dijo Varlamov, sacando su cigarrillo electrónico.

Clive bajó por la calle Blagoveshchensky con el paraguas tan próximo a la cabeza que lo sentía como un sombrero. Se detuvo en la parte trasera de Tverskaya 25. Podía ver el patio, el cobertizo para los cubos de basura y docenas de coches aparcados a través de las puertas mecánicas de hierro forjado.

Fue puntual: 20:15. Un anciano harapiento con un perro aún más harapiento se dirigió hacia él arrastrando los pies; Shasa, el zarrapastroso y barbudo encargado del mantenimiento abrió la puerta sin decir ni una palabra, y su roñoso perro, Iván el Terrible, olfateó el suelo alrededor.

Clive entró en el patio y puso un billete de cien dólares en la mano de Sasha, quien le dio las gracias y regresó a los cubos de basura. Casi había oscurecido, aunque Clive aún podía distinguir los columpios del patio. Siguió el borde del solar, a veces pegándose a la pared, con el paraguas ocultándole el rostro. Releyó la nota de Marina allí mismo, bajo un chisporroteante haz de luz amarilla. Estudió las diferentes escaleras de incendio y le rogó a Dios haber escogido la adecuada. A continuación subió por ella.

Allí estaba, esperándolo entre las sombras de su pequeño balcón. La besó con tanta fuerza que apenas la dejó respirar. Quería bailar, cantar y alzar los brazos, aunque no podía hacer nada de eso, por supuesto. El mundo estaba en crisis. Pero él estaba enamorado. Marina abrió una botella de champán ruso y se sentaron juntos, primero en la cocina, luego en la sala de estar y al final en el borde de la cama hasta…

—Podríamos vivir en Nueva Zelanda —propuso Clive—. Nadie nos encontraría allí.

—No tendremos elección —apuntó Marina—. Lo tendrán todo preparado. Y habré de pasar cierto tiempo sola antes de que te permitan reunirte conmigo. O eso imagino.

—Yo no.

—No pensemos en eso ahora —dijo, acariciándole el rostro. Él sonrió mirándola a los ojos. La desnudez de la mujer era muy delicada.

—Esta felicidad me ha liberado —continuó—. ¿Le encuentras sentido?

Clive fue cuidadoso. Y lo acompañó la suerte. Continuaba lloviendo con fuerza. Salió del apartamento de Marina siguiendo el mismo camino empleado para entrar en él, por la escalera de incendios. De nuevo se pegó a la pared y, llegado el momento de pasar frente al objetivo de la cámara de seguridad y salir por la entrada de Tverskaya, aguardó hasta ver a una mujer apresurándose a cruzar el patio también provista de paraguas. Se situó a su lado mientras ella empleaba su llave electrónica para abrir la puerta mecánica; salieron juntos.

Clive tomó el paso subterráneo y se escabulló en el InterContinental a través de una entrada lateral; instantes después, salió por la puerta principal y dobló la esquina hasta encontrar a Fiódor y a su sombra del FSB compartiendo un cigarrillo.

Según el informe enviado al FSB, Franklin abandonó el InterContinental a las 23:43 y llegó a la residencia a las 00:07. La sombra no vio razón alguna para mencionar que perdió al inglés dentro del hotel. En su lugar, afirmó con absoluta certeza que el extranjero había subido en ascensor hasta la cuarta planta (esto fue idea de Fiódor).

El teniente Mishin trabajaba con determinación. Era su oportunidad para impresionar al general, quien le había ordenado no escatimar esfuerzos. A las nueve, Mishin comenzó a revisar la grabación de la cámara de vigilancia dispuesta frente a la embajada británica. A las nueve y media se encontraba frente a Varlamov, leyendo el correo electrónico remitido por el agente del FSB referente a esa misma tarde.

—Franklin sufrió un tirón alrededor de las 14:00. No podía caminar. Volina lo ayudó a entrar en un taxi a las 14:07 y concluyó el recorrido sola.

Mishin colocó el ordenador portátil frente al general.

—Bien… Ahora mire esto.

La grabación de Clive y Marina corriendo juntos, realizada por la sombra del FSB con su teléfono, apenas duró unos segundos. Ella se volvía hacia el inglés y sonreía. Varlamov congeló la imagen. Nunca la había visto sonreír así. «Le gusta —pensó—. Ese hombre le gusta mucho».

Pudieron ver a Clive entrar renqueando en el punto de seguridad del Muelle Smolenskaya, donde mostró su pasaporte. Después de pasar el control ingresó en el interior. Dio dos pasos, dos, ni uno más, caminando erguido y con normalidad hasta volver a cojear.

—Simula la lesión —señaló Mishin.

24

—No tenemos a ningún Clive Franklin —aseveró con un bostezo la joven sentada tras la mesa de registro en el anexo del
estadio Luzhnikí. Vestía una camiseta del maratón de Moscú
con la palabra «voluntario» serigrafiada en la pechera, llevaba
allí desde las seis en punto de la mañana y ya se encontraba
exhausta. Por alguna razón incomprensible para ella, los ordenadores no formaban parte del proceso de registro: los nombres
de los corredores estaban impresos en anticuadas resmas—.
Aquí tenemos veinticuatro mil nombres en orden alfabético
—afirmó, levantando un grueso fajo de papel impreso—. Y
Franklin no se encuentra entre ellos.

—*Tiene* que estar ahí —insistió Marina, estirándose sobre el
mostrador para comprobar la lista personalmente, pero entonces una de las sombras del FSB se adelantó, mostró su identificación, una carta y le dijo algo a la voluntaria, que llamó a su
supervisor. Hubo una breve discusión y todo se arregló.

—Correcto. Al parecer, resulta que tenemos a un Clive
Franklin, después de todo —dijo la voluntaria—. ¿Me permite
su pasaporte, por favor? Y también el certificado médico.

—Todo está en orden —zanjó la sombra del FSB.

—Si usted lo dice… Vamos a ver, Marina Volina. ¿Su identificación? Gracias. Clive Franklin, ciudadano británico. Ambos
están en el grupo C.

—¿Grupo C? —repitió Clive.

—El grupo A es el de los profesionales, el B es para los aficionados de alto nivel y el C es para todos los demás, digamos.

Clive Franklin, usted tiene el dorsal C105. Y a usted, Marina Volina, le corresponde el C104. Recojan un mapa del recorrido.

El ruido se hacía más ensordecedor por momentos en el interior del anexo del estadio Luzhnikí. Cientos de corredores hacían cola para registrarse, saludaban a viejos amigos o se agolpaban en las docenas de puestos donde se podían adquirir los últimos equipamientos para la práctica del deporte: monitores de frecuencia cardiaca, relojes con funciones deportivas, barras proteicas y bebidas isotónicas. Allí había todo lo necesario para mantener sanos cuerpo y mente, incluidos servicios de masaje y kinesiología. «¿Debería vendarme las rodillas?», se planteó Clive, pero antes de tomar una decisión se volvió hacia Marina para preguntar:

—¿Y ese traje?

—Ay, Clive, perdona, se me pasó por completo… Nunca corro el viernes antes del maratón. Ni yo ni la mayoría de los corredores. Es una especie de superstición… Da mala suerte. Vayamos mañana a correr un poco… Nuestro último entrenamiento. A la caída de la tarde. Por la mañana trabajo. Te mandaré un mensaje con la hora exacta. Solo correremos cinco kilómetros.

—Tienes que decirme *donde*. Necesito una ubicación.

—Pues claro —respondió Marina, intentando borrar cualquier tono de ansiedad en su voz—. Ya te lo haré saber.

—¿Cuándo?

—Pronto, en cuanto pueda.

«¿Estás segura?», se preguntó mientras dejaba el estadio Luzhnikí para dirigirse al Kremlin. Hasta entonces se había topado con un muro tras otro. Cruzaba el patio adoquinado, preguntándose a quién le quedaba por interrogar, cuando vio por el rabillo del ojo la moto de León cubierta con su funda plateada. El silencio se cernía en los pasillos del Palacio del Senado como una espesa niebla; se palpaba por todas partes, sobre todo en los relojes franceses de bronce dorado, con sus esculturas en miniatura de cisnes y sirenas, faunos de patas peludas tocando cuernos de caza y leopardos tirando del carro de la diosa Diana. ¿Y el tintineo? ¿Y las campanadas? Marina nunca había sentido silencio semejante.

No sabía qué hacer. Recorrió el pasillo hacia el estudio del presidente. Los dos guardias del FSO se encontraban fuera, en el balcón, fumando. Apagaron los cigarrillos al verla.

—Tranquilos, muchachos —les dijo—. No pienso decir nada. ¿Dónde está todo el mundo?

—En la villa.

—¿Durante cuánto tiempo?

—Ni idea —respondió uno.

—Siempre somos los últimos en enterarnos —comentó el otro—. Quizá regresen mañana.

Marina volvía a su oficina cuando advirtió la presencia de alguien ataviado con el uniforme blanco de la armada subiendo por la gran escalinata.

—No me diga que aún anda por aquí. —saludó al capitán de navío Artyom Smirnov con gesto amable y sonriente. Se preguntó si ese encuentro casual podría suponer su salvación.

—Eso me temo, Marina Andreyevna —contestó el capitán, quitándose la gorra. En esta ocasión ella logró convencerlo para ir a su oficina y tomar un café.

—Esos de Bulgari tardan una eternidad —prosiguió, sentándose muy erguido en la butaca castaña sosteniendo la taza y el platillo en la mano—. Se supone que deberían haber entregado el broche ayer, pero recibí un mensaje diciéndome que me lo entregarían hoy a las 18:00. ¿Lo harán? El almirante me ordenó no abandonar Moscú sin él. Por otro lado, tenemos cosas más importantes que hacer que preocuparnos por un broche de diamantes y zafiros. Nos espera un fin de semana muy ajetreado; mucho. Se han suspendido todos los permisos.

El capitán se contuvo, como si temiese haber hablado demasiado, y se levantó para salir.

—¿Puedo hacerle una pregunta personal? —preguntó Marina con la esperanza de entretenerlo un poco más.

—Por supuesto.

—¿Por qué se alistó en la armada?

—Porque soy un patriota y quiero servir a mi país.

—Muy encomiable —comentó Marina, manteniendo un tono despreocupado—. ¿Por qué no comemos juntos y así nos hacemos compañía? No hay nadie más en esta planta, creo…

El capitán Smirnov manifestó cuánto le dolía rechazar una oferta tan generosa pero, ¡ay!, estaba encadenado a su escritorio.

Y así se cerró otra puerta en las narices de Marina. ¿Qué más podría hacer? Anduvo pasillo arriba y abajo durante una hora, e incluso exploró la planta superior por si acaso pudiese encontrar a un secretario, un colega a quien persuadir para charlar mientras toman un té. Pero había poca gente y la poca que había estaba muy ocupada. Era viernes, hacía un día soleado y todos estaban impacientes por salir de la ciudad.

Al final, Marina fue a casa a primera hora de la tarde. Miró en el buzón del portal por si tenía correspondencia. Encontró los habituales folletos y una postal de una jirafa. Sin franquear. En el reverso se veía remitida al piso 3 y mostraba un mensaje: 4 PM HOY.

Subió las escaleras hasta el descansillo sujetando la postal con firmeza mientras sentía el malévolo enfoque de la cámara de vigilancia en la nuca. Al ver a Oxana, le hizo una indicación con la cabeza señalándole la puerta trasera, y esta se apresuró a ir tras ella hasta llegar a la esquina más alejada del patio para apartarse lo máximo posible de las cámaras.

—¿Cómo llegó esto a mi buzón? —le preguntó, mostrándole la postal con la jirafa.

—Una entrega en mano —explicó Oxana—. Estaba dentro de una caja de pizza. Ya ves, mi Liuboska me envía pizzas. Ay, esa niña me preocupa. No va a casa… No va a la escuela. Bueno, ¿de qué hablaba? Ah, sí, la postal estaba dentro de la caja. Era para el piso tres, así que la eché en tu buzón.

—Gracias. Muchas gracias.

Saludó con la mano a Sasha y al perro y se escabulló con la cabeza inclinada por la puerta trasera para salir a Tverskaya, donde paró un coche y le pidió al conductor que la llevase al zoo.

Marina odiaba los zoológicos, y el de Moscú era más triste que la mayoría. El oso pardo tenía el pellejo arruinado; el gorila estaba tirado en su recinto, medio dormido; la cebra se quedaba quieta en el mismo lugar durante horas; solo las aves de la pajarera revoloteaban y piaban por ahí. Alguna vez había llevado a Pasha y a Vania al zoo; el animal preferido de los chicos era la jirafa. Había dos detrás de una valla de tela metálica, encerradas pero tranquilas y hermosamente lánguidas.

No dejó de mirar a su espalda y a su alrededor, por si la seguían, pero no había nadie por allí. Solo uno de los cuidadores con una pila de heno para las jirafas.

—¡Guau! —gritó Vania tras ella. Marina dio un respingo y él rio; siempre le había gustado darle sustos. Vania llevaba a Liuba de la mano. Los verdes ojos de la muchacha mostraban una alegría como ella nunca había visto. Se sentaron los tres en un banco, bajo la constante e indiferente mirada de la jirafa.

—Tenemos buenas noticias —anunció el joven—. Liuba y yo nos vamos a casar. Pero ya le he dicho que antes debe terminar los estudios. Sacar su título. La próxima semana vuelve a casa. Con su madre. Y a la escuela. A la Colina de los Gorriones. Les dirá que enfermó de gripe, pero que ahora está mejor. En mayo se podrá presentar a los exámenes finales. Y nos casaremos en junio. En Tiblisi. Su padre vive allí. Lo tengo todo planeado.

—Maravillosas noticias —asintió Marina, y lo decía en serio. Se sentía conmovida por la juventud, belleza y amor de la pareja. El rostro de Vania resplandecía; jamás lo había visto tan feliz.

—¿En serio? Creí que ibas a decir algo así como «no seáis tontos, aún sois muy jóvenes» o cualquier mierda parecida.

—No tengo consejos en lo referente al amor, a no ser que escuches al corazón. Eres muy joven Liuba, pero… pero… ¿por qué no? Si de algo me arrepiento en esta vida, es de no haber sido más impulsiva… Siempre demasiado prudente, demasiado cauta, demasiado preocupada por las consecuencias. Vaniuska, ¿podemos hablar un momento a solas? ¿Te importa, Liuba?

Liuba fue a dar un paseo, a ver las cebras sin rayas y al triste y desplumado oso pardo.

—Hoy es tu día de suerte, Vaniuska. Voy a darte el regalo de bodas por adelantado.

Tomó el teléfono del chico y realizó una transferencia de doscientos cincuenta mil dólares de su cuenta en Chipre a la cartera de bitcoines. El joven sacudió la cabeza sin poder dar crédito.

—Podremos comprar una casa… Tienes que venir a nuestra boda. ¿Me lo prometes? Gracias a ti hemos vuelto a encontrarnos… Eres nuestra hada madrina.

—Nadie me había llamado eso antes.

—Tengo algo para ti… Voy a mostrarte algo verdaderamente jugoso que puede servirte de ayuda.

Sacó su iPhone y puso un vídeo breve: el general Varlamov manteniendo relaciones sexuales con una joven.

—Ay, Dios…

—Tengo el vídeo e imágenes fijas… El lote completo. Podemos pasar un rato bien divertido.

Marina lo cogió del brazo.

—¿Te has vuelto loco, Vaniuska? Borra eso. Saca todo eso del iPhone… ¿Cómo lo has conseguido? No, no me lo digas. Deshazte de eso. Estás jugando con fuego. No conoces a esa gente.

—Conozco al mierda ese de Varlamov. Lo conozco de sobra. Asesinó a mi hermano, ¿recuerdas? Podemos emplear esto para hacerle caer.

De pronto el tono de llamada del teléfono de Marina atestó el aire.

—*¿Marina? Soy Rose Friedman. Del Consejo Británico y todo eso. Shakespeare para siempre y un poco más… ¿Vale? Bien, ¿dónde está mi amigo Clive?*

—¿Cómo has conseguido este número?

—*Tenía tu tarjeta junto a su cama. Por cierto, no comparto su cama. Solo el mismo suelo en la residencia. Así que, ¿dónde está la criatura? Me dijo que iba a registrarse para el maratón y después correr un poco contigo; pero que regresaría a las doce como muy tarde. Habíamos quedado para comer y me muero de hambre.*

—Nos registramos, pero no salimos a correr —contestó Marina con cierta dificultad. Tenía la boca tan seca que le costaba pronunciar las palabras—. Lo dejé en el anexo del estadio. Dijo que iba a hacer unas compras…

Y ese era el plan, pero las cosas se desarrollaron de otro modo. Clive, con toda una jornada libre por delante, llamó a Rose y esta le recordó su cita a mediodía para un poco de cultura y después comer algo o, como también propuso, solo comer. Deambuló por la enorme sala deportiva ornamentada con enseñas moscovitas y estuvo a punto de comprar unas zapatillas Adidas antes de decidir que sería un poco arriesgado correr un maratón con calzado nuevo. También decidió que necesitaba ejercitarse, así que le dejó su mochila al dependiente y salió a correr por la pista próxima a Luzhnikí. Era un día hermoso, despejado y con un punto de frescor en el ambiente; por primera vez, desde hacía días, no se preocupó de la sombra corriendo a su espalda.

Recogió la mochila después de correr, subió a toda prisa las escaleras hasta la calzada, se plantó en la calle ataviado con su ropa deportiva y, como de costumbre, paró a un taxi gitano. Un viejo Ford. El conductor bajó la ventanilla y Clive negoció el precio de la carrera hasta el Muelle Sofiyskaya. Abrió la puerta trasera y se metió en el coche, pero apenas se había sentado cuando se abrió la puerta del otro lado y entró un desconocido. Solo que no era un desconocido, era la sombra del FSB con cara añiñada que llevaba días siguiéndolo. Clive estiró una mano hacia la manilla de la puerta, pero en ese momento se oyó un fuerte chasquido y las puertas quedaron bloqueadas.

Tenía el iPhone en la riñonera colgada en su cintura; estaba pensando en cómo utilizarlo cuando el joven de rostro infantil y mejillas sonrosadas alzó una mano y dijo con un ligero acento americano:

—Su teléfono, por favor.

El «por favor» sonó extraño, casi cómico, y el acento le proporcionó un indicio: el joven había aprendido inglés a base de películas estadounidenses. Clive, sin decir una palabra, abrió la riñonera y entregó su iPhone. Se fijó en las calles, tomando nota de la dirección que seguían. Después reposó la cabeza sobre el ajado cuero del asiento y cerró los ojos un instante.

A Marina le temblaban las manos tras la llamada de Rose. Vania estaba sentado en un banco de madera verde, mirando a la jirafa.

—¿Te has fijado en esas pestañas? —preguntó el joven haciéndole una mueca tonta al animal—. Siempre nos gustaron las jirafas… Una vez Pasha intentó saltar esta valla. ¿Te acuerdas?

—Necesito tu ayuda, Vaniuska —dijo Marina.

25

Clive se encontraba solo dentro de una pequeña sala subterránea situada en algún lugar próximo a Taganka. «No es posible que yo *desaparezca* por las buenas —se dijo—. Rose advertirá mi ausencia, y también Marina. Seguro que *hacen* algo».

Le habían quitado la mochila, donde tenía su pasaporte, el lápiz de insulina y el paquete de dextrosa. Se sentía un poco ridículo sentado con sus pantalones cortos de atletismo en una silla de madera junto a una mesa, también de madera, mirando a un vaso de agua.

Varlamov entró en la pequeña habitación acompañado por un hombre joven que empleaba gafas de lentes gruesas. El general se sentó frente a Clive.

—Entonces, señor Franklin, ¿sabe por qué está aquí?

—No tengo la menor idea de por qué estoy aquí —replicó—. Quisiera recordarle que disfruto de inmunidad diplomática y que esta detención es completamente ilegal. Habrá consecuencias.

—Sí —convino Varlamov—. Las habrá. Usted va a decírmelo todo. Todo acerca de su amistad con Marina Volina y de por qué en tantas ocasiones se ha apresurado a acudir a la embajada británica para ir directamente a la sala de seguridad. ¿De qué habla y con quién? ¿Qué información tan urgente facilita usted?

Clive permaneció sentado y en silencio, con las manos cruzadas sobre la mesa. El miedo subió por su garganta como una arcada.

—Muéstrele las fotografías —ordenó el general y segundos después Maxim Mishin colocó imágenes fijas de él llegando a la embajada el domingo anterior, aún ataviado con su ropa de atletismo. Después sacó una tableta y puso un vídeo de Clive en el puesto de seguridad situado en la puerta de la embajada, renqueando a causa del tirón. Luego pareció dar dos pasos con absoluta normalidad hasta... volver a cojear.

—Estaba simulando la lesión —señaló Varlamov—. No sufrió ningún tirón. Pero debía llegar de inmediato a la embajada. ¿Por qué? ¿Qué cosa tan importante le dijo Marina Volina?

El miedo tenía sabor a bilis.

—Puedo hacerlo de dos maneras —prosiguió—. Puedo ser amable. O puedo no serlo, lo cual implicará mucho dolor para usted. La elección es suya.

—No tiene ningún derecho a retenerme aquí —contestó Clive, esforzándose por conferir una calmada indignación a su voz. Al mismo tiempo intentaba recordar lo aprendido en el breve cursillo realizado en Londres durante sus años como empleado de la embajada. «Qué hacer si uno es detenido...». Insistir en la ilegalidad del acto, negarlo todo y resistir... Eso fue todo lo que recordó.

—Esto es un poco rudimentario, ¿no le parece? —preguntó después, intentando mostrarse tan provocador como podía—. Me ha traído hasta aquí en contra de mi voluntad. Se lo recuerdo de nuevo, general Varlamov: tengo inmunidad diplomática y eso me da derecho a ver a alguien de la embajada británica.

—Se preguntó si lo pondría nervioso el hecho de que supiese su nombre—. A menos que, por supuesto...

—¿A menos que qué?

Varlamov estaba en pie, sonriendo triunfante.

—A menos que hayamos regresado a los tiempos de Stalin y las confesiones forzadas...

Eso picó al general. Hacer referencia a las confesiones forzadas, habituales en la época estalinista, era grosero y estaba pasado de moda. Varlamov observó un buen rato al inglés y decidió que o era un espía curtido o un simplón con mucho temple.

—Podría matarlo ahora mismo.

Las palabras flotaron en el cargado ambiente de la sala. ¿Quién las había pronunciado? El propio Varlamov parecía sorprendido por haberlo hecho.

—Lo sé —dijo Clive con tanta indiferencia como pudo mostrar.

—O…. puedo hacer que ese maravilloso oído que tiene para el ruso no vuelva a oír nada. Jamás. Puedo dejarlo sordo para el resto de su vida. Si no puede oír, no tendrá mucha utilidad como intérprete, ¿verdad? —Clive permaneció impertérrito—. ¿Entiende lo que le digo?

Varlamov, en pie, se inclinó frente a Clive, contemplándolo desde arriba.

—Aunque, de hecho, no tengo que hacer nada, por supuesto. Puedo dejarlo aquí encerrado sin su preciosa insulina y morirá, lenta e inexorablemente. Eso es mucho más sencillo.

Clive no contestó. Permaneció sentado en la silla con la espalda erguida y la mirada fija al frente, clavada en la pared.

—¿A quién visitó ayer en el InterContinental? —exigió saber Varlamov—. El conductor dijo que a una mujer casada. ¿Cómo se llama? ¿En qué habitación se alojaba? ¿O acaso fue a otro lugar? ¿Quizá a Tverskaya 25?

—Está llamando a la puerta equivocada —respondió, empleando la expresión rusa.

Varlamov se sentó inmóvil con la mirada fija en Clive. Su puño salió disparado y se estrelló contra la mejilla del inglés, derribándolo de la silla. Este llevó una mano a su dolorido pómulo y, aún en el suelo, levantó la mirada hacia el general. Luego, con toda la ira que fue capaz de reunir, le dijo:

—¡Despreciable!... ¡Esto es despreciable! Tengo inmunidad diplomática.

—Aquí no tiene nada —respondió Varlamov, inclinándose sobre él—. Ni siquiera su insulina.

La señal de un mensaje salvó a Clive. Una nota breve y aguda brotó del teléfono inteligente del general. Varlamov, aún agitado por el puñetazo que acababa de asestar, sacó el aparato del bolsillo y consultó la pantalla. Frunció el ceño, tocó el monitor, revisó el mensaje y miró a Mishin; luego escupió una orden:

—¡Suéltalo!

Maxim Mishin quedó boquiabierto.

—Perdone, mi general, pero...

—¡Obedezca!

—Necesito mi insulina y el pasaporte —dijo Clive.

—Dele la puta insulina y el puto pasaporte, y deje libre a este cabrón —mugió Varlamov apretando un puño.

Los guardias hicieron esperar a Clive una vez llegó a la residencia. No se parecía al Clive Franklin que habían visto antes. Tenía el aspecto de un borracho después de una pelea a puñetazos. No le franquearon el paso hasta que se presentó el embajador y les aseguró que aquel hombre era, en efecto, Clive Franklin.

—Joder, tienes un aspecto horroroso —le dijo Rose, después de recibirlo en el vestíbulo forrado de madera.

Avisaron al doctor McPherson; este se presentó de inmediato, examinó a Clive y aseguró que no tenía nada roto. Después llamaron a Marina... O al menos Rose lo hizo desde su teléfono, en el estudio del embajador, con Luke Marden a su lado recordándole que midiese sus palabras, pues el FSB oiría todas y cada una de sus palabras.

—Hola, Marina. Soy Rose... del Consejo Británico... Luz y rayo de esperanza. Solo decirte que Clive vuelve a estar donde le corresponde, es decir, en la residencia. También tenemos al médico por aquí, alabado sea Dios. A nuestro amigo lo han atracado o raptado o algo así. Su pasaporte diplomático no le sirvió para una mierda. ¡Imagínate! Semejante desdén hacia su británica majestad y ese desunido reino de nuestras entretelas. Ya no tenemos ningún tipo de influencia. Ni diplomática ni de cualquier otra clase... ¿Cómo? ¿Puedes repetirlo?

Rose escuchó, asintió, cubrió el micrófono del teléfono inteligente con la mano y miró al doctor, en ese momento ocupado examinando la magulladura de Clive.

—¿Nuestro amigo será capaz de correr un maratón el domingo?

—¿Correr un maratón? Bueno, el doctor aquí presente no lo recomienda.

—Debo correr —apuntó Clive, estirándose para coger una bolsa con hielo.

—De acuerdo —concedió McPherson, dubitativo—. No hay fracturas óseas y solo tiene un traumatismo. Pero tenga en cuenta que el domingo no estará muy guapo. Este lado del rostro se verá lívido. Mañana *deberá* descansar. Yo, en su lugar, lo decidiría el domingo por la mañana. A ver cómo se encuentra. Nadie en su sano juicio correría un maratón en sus condiciones, pero...

—¿Marina? —dijo Rose, hablando por teléfono—. Gracias por esperar. Sí, podrá participar. Pero mañana descansa. Intentaremos mantenerlo libre de todo mal. No es tarea fácil en la Madre Rusia. Ah, la embajada le ha entregado un teléfono nuevo. Te enviará su número.

Rose se despidió con su tono más alegre y colgó. Después, esa misma tarde, sentada en el estudio del embajador, le ofreció a Clive una taza de té con limón y jengibre.

—Solo por curiosidad, ¿eso te lo hizo el Lobo? —preguntó Rose sirviéndose una copa de vino.

Clive asintió mirando al techo, indicando su casi absoluta certeza de que había micrófonos en la habitación. Ella hizo como si no lo viese.

—Eso pensé —continuó—. Bueno, lo que me interesa es saber qué detuvo la mano del maldito mamón.

—No está mal la aliteración —respondió Clive, haciendo una mueca de dolor al hablar.

El embajador llevó a Clive hasta la embajada en coche y luego, en la sala de seguridad acompañado solo por Luke Marden, lo interrogó hasta conocer hasta el último detalle.

—Vamos a montar un buen escándalo, ni que decir tiene —le aseguró—, pero Varlamov negará hasta haberte visto. Inventará alguna historia... Perdiste la insulina mientras corrías y sufriste alucinaciones... Te asaltaron unos malhechores... Algo por el estilo.

—Por supuesto.

—¿Por qué te soltó?

—Recibió un mensaje en el teléfono.

—¿En serio? Tu amiga Marina tuvo que recurrir a alguien muy influyente. Y gracias a Dios que lo hizo. Será mejor que vayas a dormir. Regresas mañana por la mañana en el primer vuelo.

—¿Quién lo ha dicho?

—Martin Hyde.

Luke Marden colocó una hoja de papel sobre la mesa.

—Martin lo sabe todo acerca de tu pequeña peripecia.

´Clive leyó el correo de Hyde. Era categórico. La primera ministra requería sus servicios en Londres. Debía partir de inmediato. Clive negó con un gesto y miró al embajador a los ojos.

—Me temo que no lo comprendes —le dijo—. Le he dado a Marina mi palabra de que correríamos juntos ese maratón. *Después* iré a casa, y *ella* saldrá de aquí. Sir Martin aprobó el plan; yo solo me ciño a él.

—No creas que no te entiendo, Clive. Pero sir Martin ha cambiado de opinión. No es una petición. Es una *orden*. Si lees entre líneas, Martin deja bastante claro que si desobedeces, te van a…

—¿Despedir? No lo creo… Es un farol.

—A ver cómo te lo explico… Amigo mío. Querido Clive, no estás en condiciones de correr nada… *Tienes* que irte. Te vas a casa. Mañana a primera hora. ¿Sí? ¿No? ¿Aún no te he convencido?…

El embajador repitió el mensaje en ruso, pero Clive volvió a negar con un gesto.

—Por favor, hazle llegar mis disculpas a sir Martin, pero me quedo. A no ser que estén planeando secuestrarme y llevarme inconsciente. —Intentaba sonreír, pero le dolía la cara—. Ah, y, por favor, dile a Martindale que la sala de seguridad es completamente segura. Lo sé por boca del mismísimo general Varlamov.

Alguien llamó a la puerta de Hyde. George Lynton miró dentro, ansioso por dar la jornada por concluida, adelantarse al tráfico de la hora punta del viernes y tomarse el fin de semana libre, cosa fuera de toda discusión, por supuesto. También estaba perplejo. Habían pasado el día sin recibir noticias ni correos encriptados remitidos desde Moscú y, a pesar de todo, su jefe parecía menos ansioso, casi contento, como si supiese algo.

—¿Hay noticias?

—Nada, sir Martin. Nada en absoluto.

—Ah, bien…

Lynton había leído algo acerca de los solteros cincuentones en busca del amor, pero nunca, ni por un instante, imaginó que ese impulso romántico de la segunda juventud pudiese aplicarse a su jefe, sir Martin Hyde. Y, a pesar de todo, al colocar frente a él una nota manuscrita enviada por la primera ministra aquella misma mañana, no pudo evitar advertir que su tableta tenía abierta la aplicación de Tinder. ¡Sí! ¡Tinder! Eso supuso una enorme sorpresa para Lynton, que había hecho una causa personal saber todo lo posible acerca de su jefe. Era viudo. Su esposa había fallecido víctima de un cáncer de huesos. No tenía hijos. Vivía solo. Y tenía exactamente cincuenta y tres años, siete meses y diez días. Para él todo estaba perfectamente claro: sir Martin Hyde sufría una crisis de la mediana edad; estaba sediento de sangre joven. «Ándate con pies de plomo», se dijo al cerrar la puerta.

Hyde se puso en pie, sentía la espalda rígida tras pasar horas sentado. Franklin se había librado casi ileso. Nada de huesos rotos. Solo un puñetazo en la cara y una buena magulladura. Ordenar el regreso de Franklin a casa había sido un gesto necesario, aunque sabía perfectamente bien que no la acataría, lo cual le parecía perfecto. Era mucho mejor tener a Franklin allí, en el meollo del asunto, cerca del personaje clave de toda esa historia: Marina Volina. Lamentaba haber dudado. Marina estaba demostrando que valía su peso en oro. ¿Sería rival para Varlamov? Al final, todo se reducía a eso. Hyde no era aficionado a las apuestas, pero si tuviese que tomar parte, poner su dinero en un contendiente, en este caso concreto apoyaría a la mujer frente al hombre. En su opinión, ella iba un paso por delante. ¿Por qué? Porque era *imaginativa*. Era capaz de sacar conejos de una chistera. Por supuesto, *él* disponía de todo lo demás: recursos, personal, fuerza bruta y salas de interrogatorio. A todas luces, las probabilidades estaban contra ella. Y, sin embargo, Hyde hubiese apostado su dinero a favor de Marina.

Le dio permiso a Lynton para salir a las nueve en punto.

—Procure permanecer aquí, en Londres —le dijo—. Nada de apurarse por llegar a casa… Por cierto, ¿dónde vive, Lynton?

—Anglesey —respondió—, en Gales —añadió, por si acaso.

—Ah, sí. Bueno, en cualquier caso uno no puede plantarse en Gales así como así, no está precisamente a la vuelta de la esquina, ¿verdad? Y eso es bueno, pues lo quiero aquí. Este fin de semana vamos a estar ocupados.

—Anglesey es un lugar hermoso —comentó Lynton, nostálgico—. Posee un gran legado cultural.

Hyde lo cortó. No quería saber nada ni de Anglesey ni de su gran legado cultural. Quería saber, eso sí, dónde tenían los rusos planeado cortar los cables de fibra óptica sumergidos en el Atlántico. Quería saber el lugar con un margen de cinco millas náuticas.

26

El general Varlamov estaba sentado en el escritorio de su despacho del FSB en la planta superior de Lubianka. Solo una lámpara de mesa derramaba luz en la semioscuridad. El malestar en la boca del estómago había remitido y ya pensaba con más lucidez, con el rigor que lo había hecho famoso y lo había convertido en el hombre que era: alguien muy rico y poderoso.

La palabra clave era «inglés». Esa sola palabra era capaz de llevarlo hasta su enemiga. Una sola palabra capaz de acotar el campo a un puñado de gente que sabía algo acerca de él. Por décima vez releyó el texto que lo había parado en seco: «Deja al inglés libre e ileso en menos de veinte minutos o todos tus contactos recibirán este vídeo».

Contactos. Esa segunda palabra clave solo significaba una cosa: Pasha Orlov no solo había entrado en su cuenta personal de correo, sino también había *descargado* su agenda de contactos y, casi con toda seguridad, almacenado sus mensajes en alguna parte. ¿Dónde? ¿En la nube? ¿O en un sencillo y pasado pincho USB? La verdad, no importaba. Antes de morir, Pasha había compartido su secreto con alguien más.

El general comprendía que en ese momento sus datos personales eran un arma en manos del enemigo…, de alguien deseoso de hacerlo caer.

Se trataba de una situación delicada, por decirlo de alguna manera. Los vastos recursos del FSB estaban a su entera disposición, pero en este caso concreto no podía recurrir a ellos sin hacer público cierto material comprometedor. El vídeo era una parte, aunque de por sí no ponía en peligro su carrera. No sería el primer funcionario sorprendido con una prostituta. Pero un general del FSB que había permitido la violación de su cuenta personal de correo… *Eso sí* era un error digno de despido. Podría incluso enviarlo a presidio. Y el general Grigory Varlamov no tenía la menor intención de ir a la cárcel. De un modo u otro, encontraría la manera de salir del atolladero.

El vídeo solo era relativamente pornográfico: Varlamov yacía sobre Dasha con la cabeza vuelta, de modo que resultaba fácil identificarlo, besándola, acariciándola. Duraba menos de treinta segundos. «Uno no ve muy a menudo una foto de sí mismo desnudo», pensó Varlamov, incapaz de evitar advertir su esbelto aspecto: no se veían michelines. De hecho, tenía un cuerpo muy bonito: espalda larga, nalgas prietas… Ninguna queja. No se veía mucho de Dasha, solo una de sus largas piernas y parte de uno de sus jóvenes y redondos pechos. Durante un instante se podía ver su rostro angelical… Parecía aburrida.

«Aburrida o no, es muy buena en el catre», pensó, reclinándose sobre su silla, consciente de que respiraba demasiado aprisa. Pensaba rápido y a conciencia, y siempre había confiado en su ingenio. Su enemigo estaba ahí fuera, aunque carecía de rostro. ¿Seguro? Varlamov cerró los ojos y vio la cara de una mujer muy parecida a Marina Volina. Cogió el teléfono de su escritorio y llamó al teniente Mishin. Mishin entró en la sala segundos más tarde y adoptó la posición de firmes frente al general sentado tras su escritorio.

Varlamov le disparó una ráfaga de preguntas personales al joven teniente. ¿Quién era? ¿De dónde venía? Mishin había nacido en Chitá y era hijo de una maestra, madre soltera. Pasó la infancia sumido en la pobreza. Obtuvo una beca para estudiar en la Universidad de Moscú, donde destacó en matemáticas y, gracias a ello, llamó la atención del FSB. Eso sucedió cinco años atrás. Había recibido instrucción en guerra cibernética, entre otras cosas. Su sueldo como teniente ascendía a mil dólares mensuales.

—Todo eso va a cambiar si juega bien sus cartas —anunció Varlamov con la mirada fija en los nerviosos ojos del joven oficial—. Obtendrá un sustancioso aumento: cinco veces su sueldo, extras aparte. Pero a condición de mantener la boca cerrada. Todo lo que suceda entre nosotros ha de ser confidencial. No comentará nada con nadie. Nunca. ¿Está claro?

—A la orden de vuecencia... mi ge-general —tartamudeó Mishin—. Será un honor para...

—No se preocupe por eso —señaló Varlamov, interrumpiéndolo—. Reúnase conmigo abajo dentro de tres minutos. Nos encontraremos en un BMW negro con matrícula seis-uno-seis.

Les llevó once minutos llegar en coche al gigantesco edificio de apartamentos perteneciente a la época estalinista erigido en el Muelle Kotelnicheskaya.

Varlamov y Mishin subieron en ascensor hasta la quinta planta. El general sacó una llave y abrió la puerta señalada como 5-A.

—Estás detenida —ladró a Dasha, irrumpiendo en el piso.

—Misha, estás de guasa, ¿no? —preguntó ella, mirándolo asombrada. Luego advirtió la presencia de un confuso joven situado en la entrada.

—¡Póngase a trabajar! —berreó Varlamov a Mishin—. Encuentre las putas cámaras.

—¿Las *qué*? —preguntó Dasha.

—Las cámaras, ¡puta! —Le dio un bofetón en la cara—. ¿Quién instaló las malditas cámaras? —aulló—. ¿Quién? ¿A qué juegas?

—Me dijiste que debía tener cámaras... ¡lo dijiste tú! —afirmó Dasha, de pronto gritando y sollozando a la vez—. Me dijiste que esperase por el especialista que iba a actualizar el sistema de seguridad... ¡Tengo el correo!

Mishin los interrumpió al informar al general de que había encontrado cuatro cámaras: dos sobre la cama, una en el cuarto de baño y otra en la sala de estar, encima del sofá principal.

—¿Las desactivo? —preguntó.

—¿Y usted qué cree? —bramó Varlamov. Mishin estaba a punto de cortar los cables cuando el general le dijo—: Espere. ¿Podemos averiguar quién ve la grabación? ¿Hay alguna manera?

—Quizá. Pero necesitaré tiempo...

—Apúrese —apremió el general, que comenzó a deambular por la sala mientras observaba trabajar a su acólito. Pasaron unos largos cinco minutos. Mishin tosió.

—¿Y bien? —preguntó Varlamov.

—Me temo que no tenemos suerte. Quien quiera que hiciese esto, trajo su propio ordenador, un cable de red y cámaras que funcionan a pilas. Debió conectar las cámaras con la red inalámbrica. La contraseña está escrita en el enrutador. Fácil. Lo más probable es que enviase las grabaciones en vivo a un iPhone sin tarjeta SIM, pero conectado a la red de algún lugar público.

—¿Dónde? ¿Qué lugar público? Tenemos que encontrar a esa persona. ¿No puede hacerlo?

—No creo. Quien hizo esto es alguien minucioso. Un profesional, si quiere decirlo así. Se habrá deshecho del iPhone y del ordenador una vez descargados los vídeos, las fotografías o lo que sea. Así no deja rastro.

—No deja rastro... —masculló el general. De pronto, volvió a gritar—: ¡Desactive las cámaras! ¡Ahora!

Solo entonces Grigory Varlamov miró al rostro bañado en lágrimas de su amante, a las dos líneas negras de rímel corriendo por sus mejillas.

—Enséñame el correo —le dijo.

Dasha sacó su ordenador portátil, aún sollozando y reprimiendo el llanto, encontró el mensaje y se lo mostró.

Pues claro que lo tomó por un correo legítimo. Todo estaba en orden: la dirección, las palabras cariñosas (como «mi preciosa conejita») e incluso la habitual fórmula de despedida («tu juguetón Misha») seguida por una fila de besos. El general leyó el mensaje una y otra vez, intentando averiguar qué había sucedido. Ese mierdecilla de Pasha había entrado en su cuenta personal. Pero Pasha estaba muerto. Antes de morir debió de haber copiado sus correos privados antes de entregárselos a alguien. ¿Pero a quién? ¿A su hermano, Iván? ¿A un amigo? ¿O a un enemigo de Varlamov dispuesto a pagar deseoso de hacerlo caer? Sentía la frente empapada de sudor.

—¿Así que fuiste tú quien le permitió la entrada a ese «experto»? —preguntó Varlamov con un leve tono de suavidad en la voz.

—¡Pero si en el mensaje me dijiste que lo hiciese! Baja y dile al portero que le permita entrar... Al tipo de esa compañía de seguridad, Un Paso por Delante.

—Un Paso por Delante... ¿Qué clase de compañía de seguridad es esa?

—No sé... No pregunté... Pero dejó una tarjeta...

Dasha se estiró hacia una mesita y le entregó al general una tarjeta negra grabada con letras blancas. Varlamov leyó las palabras «Hermano de Pavel». Había un número de teléfono móvil. Sacó el suyo y lo marcó. Dasha pareció sobresaltarse al oír el tono de llamada en algún lugar cerca de ella... ¿Dónde? El general se dirigió hacia el sonido. ¿En el sofá? Tiró los cojines al suelo y allí estaba, uno de esos viejos Nokia embutido en el sofá. Varlamov aún tenía el teléfono pegado a la oreja cuando su llamada pasó al buzón de voz.

—Varlamov —dijo una voz metálica y cargada de desdén—. Vas a ir al infierno. Prepárate para el viaje.

—No sabía que había un teléfono... —comenzó a decir Dasha.

—¡Cállate! —gritó el general. Cogió el Nokia y se lo lanzó a Mishin—. Rastréelo.

—Es de prepago... —respondió.

—¡Le he dicho que lo rastree! —bramó Varlamov. Pero se agotaba la energía de su voz, y, casi con un susurro, añadió—: ¿No me ha oído?

«Es una pérdida de tiempo», pensó el joven oficial, pero mantuvo la boca cerrada.

El general le había ordenado que vigilase a Dasha mientras él bajaba a hablar con el portero del edificio. De eso hacía ya diez minutos. Mishin no tenía ni idea de qué significaba eso de «vigilar a Dasha». Se limitó a sentarse en una silla y contemplar a la mujer más hermosa que había visto en su vida. Ella no podía dejar de llorar. Y él, al no tener un pañuelo para ofrecerle, fue al cuarto de baño y le llevó algo de papel higiénico.

—Gracias —le dijo Dasha, entre lágrimas; Mishin advirtió que su mano no había dejado de temblar. La joven comenzó a boquear y sollozar al regreso del general.

—¡Cállate! —le chilló Varlamov—. No puedo pensar con claridad con todo ese ruido. Bien, ¿cómo era? Me refiero al hombre que instaló las cámaras. ¿Cómo era *exactamente*?

Dasha no recordaba nada, excepto que tenía barba. Mientras ella intentaba describirlo, Mishin recogió las cámaras y las guardó en una bolsa. De pronto, el general se puso en pie.

—Dasha, ya no estás detenida, así que deja de lloriquear. ¡Cálmate! Vamos a trabajar, teniente, tenemos que averiguar quién está detrás de esta payasada.

Varlamov salió del piso con paso enérgico, pero Mishin se retrasó unos instantes, lo suficiente para dedicarle a Dasha una mirada de consuelo, incluso una sonrisa.

Marina salió del zoo y se detuvo en un cajero de camino al Metropol, donde empleó su nueva tarjeta sin límite y otras dos de su propiedad. Aparcó frente al hotel, le entregó con disimulo un billete de cincuenta dólares al portero, amigo suyo, y le pidió que llamase a Narek, que acababa de terminar de sacarle brillo a unos ajados zapatos Ferragamo de dos tonos propiedad de un azerí que no dejaba propinas.

Caía la tarde del viernes y Narek estaba matando el tiempo. Esperaba a que Liza concluyese su turno para ir a tomar algo en una de las nuevas cafeterías de la calle Neglinnaya. Un trago con Liza el viernes por la noche sería la guinda de la semana.

Fuera del hotel, Narek encontró a la mujer que conocía como Marfa en una esquina del aparcamiento del hotel, lejos del ajetreo de la entrada, lejos del flujo de taxis dejando a sus pasajeros, lejos de las cámaras de seguridad.

—Narek, no pretendo asustarte, pero tienes que irte de inmediato. No me refiero a que dejes tu trabajo, hablo de que abandones Moscú. Coge un vuelo esta misma tarde, si puedes. ¿Llevas el pasaporte encima?

—¡Pues claro que sí! —bufó Narek—. La maldita policía no hace más que pararme y, además, es un delito salir sin identificación. Pero… ¿Qué pasa? Yo no puedo irme por las buenas… ¿Y Liza?

—Corres un grave peligro, y yo he sido la causante —le dijo Marina—. Es cuestión de tiempo que el FSB venga a buscarte aquí o a tu casa; por eso quiero… No, no… Por eso *te ruego* que dejes el hotel y vayas directamente al aeropuerto. Aquí tienes cuatro mil dólares. —Le colocó un grueso sobre en la mano—. Dame tu dirección de correo y tus datos bancarios, te enviaré mucho más dinero. Mañana a primera hora recibirás dieciséis mil dólares más. Te doy mi palabra.

—Por veinte de los grandes haría cualquier cosa —aceptó Narek, palpando el grosor del sobre—. Estoy en *peligro...* ¿Lo dices en *serio?* —preguntó después, mirándola a los ojos.

—Nunca he hablado más en serio —respondió—. Podrían matarte. O encerrarte en un agujero y tirar la llave.

Narek obtuvo sus datos bancarios a través de la aplicación instalada en el teléfono, los garabateó en una de sus tarjetas de visita y se la entregó a Marina.

—Ah, también debes deshacerte de tu móvil —añadió, apremiante—. Se puede rastrear.

Narek regresó al hotel sujetando el sobre. Le temblaba la mano. Esa mujer, Marfa, le había infundido un terror primordial. De pronto sintió (¿o era una alucinación?) como si pudiese *oler* el peligro. Encontró a Liza en el mostrador de recepción, acababa de concluir su turno, y le susurró algo al oído.

Al principio, ella lo tomó por una especie de chiste. La joven, sin llamar la atención gracias al uniforme del hotel, salió de la recepción y caminó hasta situarse en el centro del vestíbulo, donde disponía de una vista perfecta de la escalera principal que conducía a la puerta giratoria. A su derecha se veía la alta silla de Narek. Ya no estaba vacía. Un hombre estaba sentado en ella, consultaba su reloj y vestía de traje. Incluso desde aquella distancia Liza supo que no se trataba de un extranjero: ese hombre era ruso.

El teniente Mishin no se encontraba en el Metropol por casualidad. El general Varlamov lo había enviado allí para revisar las grabaciones de las cámaras de seguridad desde el día de ingreso del inglés hasta el de su salida. Había llegado justo a tiempo para ver a una persona parecida a Marina Volina, aunque no estaba seguro, pues la mujer le daba la espalda mientras conversaba con un hombre bajo y de cabello oscuro. Ella le había entregado algo al hombre. ¿Una bufanda? ¿Un sobre? Después se fue conduciendo un Prius. El teniente no apuntó la matrícula.

Mishin le preguntó al portero quién era aquella mujer. Le dijo que no sabía su nombre, pero que esa señora tan simpática conocía a mucha gente importante, pasaba por el hotel bastante a menudo y siempre daba propinas generosas. ¿Y el hombre? Ese era Narek, el limpiabotas armenio.

El teniente Mishin pudo sentir cómo se le erizaba el vello de la nuca. Sintió que se encontraba sobre la pista de algo grande, algo con potencial para catapultarlo a la fama y la gloria. Subió las escaleras de entrada y encontró la alta silla de Narek; se acomodó y esperó. La caja de zapatos estaba abierta, con sus cepillos y botes de betún perfectamente ordenados. Le llamó la atención algo brillante colocado bajo la caja. Era un viejo programa del Bolshói para la ópera *Jovánschina*.

Mishin esperó. Y esperó. Al final pidió ver al director del hotel, mostró su placa del FSB y dijo que necesitaba ver a Narek de inmediato. Por desgracia, no sería posible, le respondió el director. Narek había marchado, acabada su jornada, y no regresaría aquella tarde.

Mishin llamó al oficial de guardia en Lubianka con la nueva conciencia de poder insuflada en él por el general Varlamov y ordenó a dos colegas del FSB que se presentasen en el estudio donde vivía Narek, en Yugo-Západnaya, y se lo trajesen.

Pero Narek no estaba allí. Estaba con Liza de camino al Aeropuerto Internacional de Moscú-Sheremétievo. Tomaron el metro y luego un cercanías. En el aeropuerto, Narek compró un billete a Ereván para el vuelo que salía esa noche a las nueve en punto. Liza se despidió de él, esperó tanto como pudo en el control de emigración, saludando a su amigo con la mano hasta perderlo de vista. El teléfono de Narek, como otros miles de móviles, quedó en un asiento del metro de Moscú hasta que los limpiadores lo encontraron a primera hora de la mañana siguiente.

El teniente Mishin ya llevaba tres largas horas en la angosta sala de seguridad del Metropol sin apartar la vista de las grabaciones de las cámaras cuando recibió un mensaje del general Varlamov ordenándole que fuese directamente al Kremlin.

Incluso a tan intempestiva hora, el tráfico de la noche del viernes discurría en fila india y a paso de hombre por las arterias que llevaban fuera de Moscú. Acababa el verano y todo el mundo salía para disfrutar de un fin de semana de cierre de temporada en sus dachas.

El oficial de guardia en el Palacio del Senado esperaba al teniente del FSB Maxim Mishin y al llegar este lo dirigió a través de la semioscuridad del primer piso.

—La oficina de Marina Andreyevna es la segunda de la izquierda —le indicó, sacando una llave. Entonces advirtieron un haz de luz bajo la puerta. El oficial de guardia llamó a la puerta.

—Adelante —respondió Marina, sentada tras su escritorio—. ¿En qué puedo ayudarles, caballeros?

—Bueno… Verá… El teniente Mishin, aquí presente… —comenzó a decir el oficial de seguridad, evidentemente nervioso—. Lo ha enviado el general Varlamov…

—¿En serio? Vaya, al general se le ha olvidado decírmelo… Bien, no importa. ¿En qué puedo ayudarle, teniente?

Mishin sintió su propio sonrojo. Se volvió primero hacia el oficial de guardia y luego hacia Marina, farfulló una disculpa y aseguró haber malinterpretado las órdenes del general. Todo aquello era un error, un malentendido. Culpa suya. Todo era culpa suya.

—Bueno, eso es un alivio —afirmó Marina, levantándose y dedicándole una sonrisa feroz al atribulado Mishin—. Menos mal que ha aclarado las cosas. De otro modo, ¿quién sabe qué podría haber pensado? No sé, ¿qué había venido a robar mis datos personales? ¿A llevarse alguna de mis fotos de familia?

Mishin observó la oficina. No había fotografías a la vista.

—Estoy segura de que el general me explicará de qué trata todo esto a su debido tiempo. Mientras… Se hace tarde. Me voy. Y ustedes también.

Marina cerró su oficina con llave y después, plantada en el silencioso corredor que parecía extenderse hasta el infinito en ambas direcciones, se dirigió al oficial de guardia.

—Si alguna vez permite la entrada de alguien en mi oficina sin que yo esté presente, lo denunciaré directamente al presidente. ¿Está claro?

Eran las once de la noche cuando Mishin le dio novedades al general en su despacho de Lubianka. Varlamov rabió.

—En nombre de Dios, ¿se puede saber qué hacía esa mujer en su oficina un viernes a las diez de la noche? Parece como si supiera que iba a ir. Claro, está ocultando sus fotografías… Está protegiendo al hermano…

Mishin, en posición de firmes, tenía la sensación de estar siendo tragado por un agujero negro, poco a poco, un nervioso paso tras otro. Pero una cosa sí había comprendido: no había vuelta atrás.

—Bien, teniente, prosigamos —dijo Varlamov con brusquedad y acerada determinación—. ¿Qué sabemos acerca de ese hermano menor, ese tal Iván? Veamos. Hace unos años, Volina consiguió que hiciese prácticas en nuestro centro de control de Internet de San Petersburgo. Iván Orlov. Un prodigio. Como su hermano, Pavel. Iván era muy joven. Dieciséis años, creo… —El general recordaba haber conocido al adolescente. ¿Qué tenía ese muchacho que lo hacía especial, aparte de su valía? No podía concretarlo, pero era un rasgo específico—. Debe de haber un archivo de Iván Orlov. Uno con alguna fotografía. Tráigalo. Ahora —ordenó Varlamov justo cuando el reloj dio la medianoche.

El teniente Mishin pasó la noche en vela a base de innumerables tazas de café. La información se obtuvo a las siete de la mañana.

En esta ocasión, el general avisó a Dasha de que iba, y que iba solo. Eran las ocho de la mañana del sábado y Dasha abrió la puerta sin levantar la mirada. Vestía unos vaqueros y una camiseta, no llevaba maquillaje y tenía los ojos hinchados de llorar.

—¿Por qué tan triste? —preguntó Varlamov, dándole palmadas en la cabeza—. Anímate… Bueno, siéntate y échale un vistazo a esto…

Le enseñó una fotografía de Vania sacada hacía tres años.

—¿Es este? —preguntó.

—No lo sé —respondió, negando con la cabeza—. El que vino aquí tenía barba y este de la foto… Está afeitado… No estoy segura. Hablaba de una forma rara… Eso sí lo recuerdo.

—Las erres… —señaló Varlamov, apremiante—. ¿No pronunciaba bien las erres?

Dasha dudó, mirándose las manos, evitando establecer contacto visual con el general.

—Sí. Eso es. No pronunciaba bien las erres, y eso no es muy habitual. Mamá siempre decía que Lenin tampoco las pronunciaba bien…

—Buena chica —dijo el general, inclinándose hacia delante para abrazarla, pero ella retrocedió.

—Déjame en paz —pidió con un tono de voz hasta entonces inaudito—. Me voy. Como dice mi madre: si un hombre te pega, déjalo.

—Solo fue una torta, ni siquiera un golpe… No exageres… Dasha, pajarina mía… Ven aquí, palomita.

Pero Dasha lo apartó con un empujón.

El general la dejó enfurruñada en el sofá. Luego, sentado en el asiento trasero de su Mercedes, de regreso a Lubianka, no dirigió su furor contra Dasha, sino hacia Marina. Todo eso era culpa suya. Marina y Vania formaban un equipo. Y los iba a machacar.

27

Eran las diez de la mañana del sábado, según el horario de verano británico, y, aún más importante, mediodía en Moscú. La primera ministra había cancelado su fin de semana en Chequers[17] y entonces se encontraba sentada dándole vueltas a la cabeza en su piso, situado en la planta superior del número 10 de Downing Street. Mientras, Hyde miraba por la ventana, sentado tras su escritorio, maldiciendo a los pocos periquitos que pasaban volando. Sonó el teléfono de su oficina.

—Martin, soy Martha. ¿Alguna novedad?

—Aún no, señora primera ministra.

—Nuestro agente en Moscú... Me dijo que había pasado el día con Serov, ¿no? Ya deberíamos tener noticias.

—En cualquier momento —afirmó Hyde, convencido. La primera ministra dejó escapar un suspiro audible y colgó, dejándolo solo, contando las horas. Cinco, seis como mucho, y después no tendrían más remedio que implementar el plan B, que, según habían acordado por unanimidad, no era en absoluto satisfactorio por la sencilla razón de que se basaba en información incompleta. ¿Cómo lo había definido el jefe del Estado Mayor? Palos de ciego; era dar palos de ciego. «No permitas que te reconcoma la espera —se dijo—. Volina conseguirá entregar la información». El resto de su vida dependía de ello. La necesidad obliga y todo eso. Además, era inteligente y

---

17   La casa de campo del primer ministro del Reino Unido. *(N. del T.)*

decidida. Pero necesitaba suerte… «Al final todo se reduce a la suerte», pensó Hyde al encender el televisor para ver el One Day International,[18] que se celebraba en Bristol, entre Inglaterra y la selección de críquet de Indias Occidentales. «¿Otra tunda a Inglaterra? —se preguntó. ¡Pero no! El número siete había logrado un tremendo *century*—. Bueno, uno nunca debe…».

***

Marina a duras penas podía dar crédito a lo que veían sus ojos. Estaba sentada en la cocina, repasando en su ordenador portátil las novedades ofrecidas en la página del departamento de prensa del Kremlin, cuando encontró una fotografía de Varlamov en una ceremonia de graduación de cadetes del FSB; el general observaba a los jóvenes pronunciar el juramento militar. La ciudad era San Petersburgo y la fecha correspondía al día anterior. Había una segunda fotografía, la de una cena celebrada esa misma noche en la que se veía a Varlamov brindando con los recién graduados. No tenía duda de que el día anterior se había llevado a cabo la ceremonia de graduación de los cadetes del FSB en San Petersburgo, ni de que se hubiese rematado con una cena de celebración. Pero el general Varlamov no había asistido a ninguno de los dos eventos. «¿Por qué estará brindando? —se preguntó—. ¿Por un futuro creado con Photoshop para él y para toda Rusia?».

Eran las nueve de la mañana del sábado. La jornada anterior al maratón. Su día D, su día decisivo. Marina comprendía que su cobertura había volado por los aires con el empleo del vídeo sexual y su mensaje a Varlamov, y si no lo había hecho, lo haría muy pronto. El combate sería a muerte, y Varlamov no solo saldría a darle caza a ella, sino también a Clive y, casi con toda seguridad, a Vania. Marina sentía una extraña euforia, como si hubiese llegado el momento que había estado esperando. La jornada había comenzado bien… Muy bien. A las siete de la mañana, sin motivo evidente, recibió un mensaje de León;

---

18 Variante de críquet de *overs* (conjuntos de seis lanzamientos) limitados que puede durar hasta 8 horas. *(N. del T.)*

eran buenas noticias: el jefe la quería en el Kremlin a las diez. Volaban a Kolomna, una ciudad situada a poco más de cien kilómetros al este de Moscú, donde el presidente iba a inaugurar una pista olímpica de patinaje sobre hielo. Habría cientos de extranjeros y tendría la oportunidad de practicar todos sus idiomas, escribió León, añadiendo varios emoticonos. «Perfecto —pensó Marina—. Vuelvo a estar en el centro de la acción».

Antes de abandonar el piso, Marina cruzó el suelo de parqué y miró por la ventana hacia la calle extendida allá abajo. El Audi negro que había llamado su atención la noche anterior aún se encontraba allí, aparcado justo frente a la entrada principal. ¿Qué hacía? Esa medida de control parecía carecer de sentido, pues siempre podría salir por la puerta de atrás, a pie o en su Prius. Pero lo tenía. Era una medida intimidadora pensada para asustarla y hacerle cometer un error. Entonces recordó el sonrojado rostro del joven agente del FSB, el que había ido a su oficina la noche anterior y al que había sorprendido con las manos en la masa, y rio. Pero se guardó para sí su pensamiento más importante: *Jódete, Varlamov.*

—Al parecer, asaltaron al inglés —dijo Serov, tras el escritorio de su despacho, con Varlamov sentado en una butaca frente a él—. ¿Cómo se encuentra?

—¿Lo asaltaron? ¿En serio? No sabía nada —respondió, haciendo un gesto con su elegante mano—. Estaba en San Petersburgo otorgando las condecoraciones. No regresé a Moscú hasta hoy a las cinco de esta mañana. Tomé el tren nocturno. Excelente viaje. Lo recomiendo.

—Kirsanov, el ministro de Asuntos Exteriores, recibió una airada llamada de la embajada británica; dijo que, en realidad, Franklin no sufrió ningún asalto. Afirma que lo raptaron y que usted lo interrogó e incluso golpeó.

—Eso es absurdo. Como le he dicho, estaba en San Petersburgo. Hay fotografías mías en la RIA Nóvosti.[19]

El presidente bajó el tono de voz.

—¿Entonces a qué vino todo eso?

---

19 Una importante agencia de noticias rusa. El presidente Vladimir Putin ordenó su cierre en 2013. *(N. del T.)*

—Siento decirlo, pero es un bulo.

—¿Ah, sí? Mire, Grisha, no me hacen falta más generales del FSB operando por su cuenta. Necesito gente leal. ¿Lo comprende? Leal al cien por cien. ¡No me mienta!

De pronto, Serov se llevó una mano al pecho.

—Siento que se me aceleran las pulsaciones… ¡Ay, la tensión! ¡León, tómame la tensión! Ese hombre es un traductor de élite con pasaporte diplomático. El ministro de Asuntos Exteriores está hecho una furia. Y yo también. El inglés se quedó en Moscú por invitación mía. Pero, claro, lo hecho, hecho está, y habremos de negar, negar y negar… Necesitaba esto tanto como un dolor de cabeza. ¿Cuál fue el puñetero motivo? ¿Sospecha que el inglés esté metido en algo? ¿En qué? ¿Es un espía? ¿Lo confesó? ¿Dijo algo digno de ser escuchado?

—No.

—Ah, así que lo intentó y fracasó. ¿Y quién tiene que pagarlo? ¡Yo! Y todo gracias a usted, Grisha. ¡Bravo! ¡Bien hecho! Gracias a usted, he quedado en ridículo. Como una especie de matachín. No, peor aún. Como un hombre incapaz de controlar la situación.

La respiración del presidente se hizo pesada. Después elevó un poco la voz.

—Pues bien, general Varlamov, permítame decirle algo. Yo *controlo* la situación ¡y será mejor que lo crea! ¡Siempre estoy al mando! Por la mañana, al mediodía y por la noche, ¿lo entiende? ¡Tómame la puta tensión! —le gritó a León.

—No puedo tomarte la tensión si no estás quieto.

El presidente obedeció mientras León le colocaba el brazalete y bombeaba.

—Ciento treinta y ocho sobre ochenta. Perfectamente normal.

—¿De verdad? —preguntó Serov con una voz repentinamente baja, casi inaudible—. Ciento treinta y ocho sobre ochenta. ¿Seguro?

—La operación Hades está en marcha —dijo Varlamov con suavidad. Era contumaz y estaba cansado de la andanada de críticas.

—Sí —admitió Serov, permitiendo que cambiase de tema—. Acabo de hablar con el almirante. Hasta ahora, bien. Casi se han rematado los preparativos. El ataque se desencadenará en cuestión de horas. —Entonces sus ojos se entornaron. No había terminado con Varlamov…, aún no—. Le ha pegado al inglés y ahora no correrá. Punto. Y yo no conseguiré la fotografía… El inglés de rodillas, jadeando, intentando respirar… Gran Bretaña de rodillas… ¿No lo comprende?

—Correrá —terció León—. Marina me ha enviado un mensaje.

—¿De verdad? ¿Y *cómo* va a correr? —preguntó Serov, mirando a Varlamov—. ¿Cómo está de forma?

—De momento, bastante bien. Mantiene el paso de Volina.

—¿Por qué la llama «Volina»? Hacer eso es una rareza. Se llama Marina. Todo el mundo la llama Marina. Parece como si a usted no le gustase…

—Ha sido un lapsus, eso es todo… No hay mala fe. En cuanto al inglés, no estará muy malherido si puede correr un maratón, ¿no? Probablemente cruzará la línea de meta sin problemas.

Serov se acercó a la butaca de cuero donde estaba sentado Varlamov y se inclinó sobre él.

—Asegúrese de que no lo consigue. Quiero mi fotografía.

A Marina no le gustaban los helicópteros, pero no tenía otra opción. Estaba sentada inmediatamente detrás del presidente a bordo del aparato de fabricación rusa, un Mil Mi-8 biturbina de tamaño medio. Sobrevolaron lagos, ríos, autopistas, campos y ciudades, pero apenas se fijó en nada; toda su atención se concentraba en el asunto que tenía entre manos. En las horas subsiguientes debía encontrar la última pieza del puzle, descubrir el lugar donde se desencadenaría el ataque de los minisubmarinos no tripulados con un margen menor a cinco millas náuticas. ¿Y después? ¿Cuál era su plan de huida? «Ya se me ocurrirá algo», se dijo, sintiendo cómo se aceleraban sus pulsaciones. Al día siguiente iba a correr un maratón con Clive y después cada uno iría por su lado. ¿Durante cuánto tiempo? Esa pregunta retórica flotaba en su mente cuando apareció a la vista el *kremlin*[20] de Kolomna y

---

20   «Ciudadela», en ruso. *(N. del T.)*

el helicóptero inició el descenso. El aparato aterrizó con la más suave de las sacudidas y, de pronto, todo estuvo claro para ella. Tenía dos objetivos diferentes: obtener la información para los británicos y destruir a Grigory Varlamov. El primero dependía del sino; el segundo de ella. Cuando León la ayudó a salir del helicóptero sus pasos fueron más garbosos.

El estadio, con su pista olímpica de patinaje sobre hielo, estaba abarrotado de patrocinadores y patinadores procedentes de una veintena de países; se pronunciaron discursos y los altavoces tronaban con anuncios; Marina, situada junto a Serov durante más de una hora, tuvo que cambiar del inglés al francés, alemán e italiano; incluso al persa.

—¿Se practica el patinaje sobre hielo en Irán? —le preguntó a un funcionario de Isfahán.

A mediodía, quinientos escolares de Kolomna ataviados con sus trajes regionales salieron a la pista, cantando y agitando guirnaldas de rosas mientras los periodistas sacaban fotografías. El presidente se situó en el palco vip y pronunció un breve discurso acerca de la gran tradición rusa del patinaje sobre hielo, de héroes y heroínas presentes y pretéritos y del glorioso futuro que aguardaba a la siguiente generación de jóvenes patinadores. Después, se lanzaron al cielo fuegos artificiales desde algún lugar situado sobre el techo recién construido y el estadio se declaró oficialmente inaugurado. Los altavoces anunciaron la recepción ofrecida a los invitados en el gran salón próximo a la pista. Según le informó León, de momento disponía de tiempo libre.

Marina se unió al flujo de personas dirigiéndose a las mesas atestadas de comida y bebidas y se encontró a escasa distancia de una joven ataviada con pantalones de cuero negro que lucía un largo mechón de cabello rojo en su rubia melena.

—¿Rose Friedman? —preguntó Marina.

—¿Casualidad o has visto mi placa de identificación? —dijo Rose, ofreciéndole la mano.

—Casualidad —respondió, estrechándole la mano y sosteniéndole la mirada, como hacía ella. En algún lugar cercano estaba la sombra del FSB a la escucha. O grabando. O ambas cosas—. ¿De verdad Clive está en condiciones de correr un maratón? —quiso saber—. ¿Qué opinas?

—¡Mi opinión no importa un huevo! Si a Clive se le mete un nubarrón en la cabeza, no hay nada que hacer. Ni aunque seas médico. Me dijo que iba a correr. Irá contigo, ¿no? ¿Hombro con hombro?

—Esa es la idea. Hombro con hombro.

Alguien gritó y saludó a Rose con la mano.

—Ay, Jesusito de mi vida… Ya estamos otra vez. El jefe del patinaje británico necesita ayuda. Ese tipo no es nada agradable. Pero el deber es el deber…

El enorme corpachón de Kunko le bloqueó el paso.

—¡Rosa inglesa! ¡De nuevo nos encontramos! Esta noche vienes a la High Tide, ¿no? ¡Hay fiesta!

—Siempre dispuesta para ir de fiesta, Boris. Allí estaré. Pero ahora, amigo mío, tengo que salir pitando. *¡Poka!*

Marina miró a Boris y lo cogió del brazo. Caminaron juntos durante unos buenos cinco minutos manteniéndose tan cerca como les fue posible de los altavoces, que emitían a todo volumen *El lago de los cisnes*, de Tchaikovski.

—Boris Borisovich, siento decirte que tienes problemas.

—¿Problemas grandes?

—Todo en Rusia es grande.

—¿Problemas del tipo será-mejor-que-te-vayas-y-no-vuelvas?

—Hacerlo sería muy sensato —respondió Marina, hablando tan alto como consideró prudente dado el volumen de la música—. A menos que puedas explicar cómo desaparecieron mil millones de dólares del Fondo de la Copa Mundial para el Desarrollo mientras estabas en el consejo…

De pronto, Boris Kunko se volvió y miró directamente a Marina con ojos llenos de miedo.

—Boris Borisovich, yo estoy de tu parte —murmuró cerca del altavoz, a pocos centímetros del oído del hombre—. Cualquier cosa que me digas será estrictamente confidencial… Pero necesitaré cierta información para poder ayudarte.

—Fue idea de Varlamov —susurró él—. Dijo que debía tomármelo como una comisión, que él lo arreglaría con Romanovsky. Dividiríamos el dinero en tres partes. Pero Varlamov me engañó. Facilité las compañías en los paraísos fiscales, lo proporcioné todo, y él me engañó. Recibí solo una parte de la cantidad acordada.

«¿Lo crees? —se preguntó Marina—. Son todos unos mentirosos. Todos. Por otro lado, la cosa tiene sentido. El mismo Pasha me dijo que se habían desviado mil millones de dólares a varias cuentas secretas domiciliadas en las islas Vírgenes británicas. Además, en uno de los correos personales de Varlamov encontré una buena pepita de oro: estaba en el mensaje de un abogado panameño con una factura adjunta, pero algo más abajo en la cadena de envíos, en el mensaje original del general pidiéndole que abriese una cuenta numerada y esperase el recibo de importantes cantidades. Dios bendiga a las cadenas de mensajes. Lo mejor es que la fecha coincide a la perfección: el general lo había enviado una semana antes de una reunión del comité directivo de la Copa Mundial para el Desarrollo».

—Bueno, el caso es que Varlamov no ha terminado con lo suyo —continuó Marina—. Va a por ti.

Boris retrocedió, sorprendido.

—¿Sí?

—Sabes demasiado. No mires, pero te siguen. El zoquete con gafas a mi espalda.

Boris volvió la cabeza. Un joven de aspecto nervioso lo miraba directamente.

«Es mi sombra, no la tuya —pensó Marina—. Pero ahora mismo no necesitas manejar esa información».

—Te puedo ayudar —prosiguió, con voz tranquila—. A cambio de un pequeño favor. Quizá podríamos discutirlo más tarde.

—Ven esta noche a la High Tide. Está en el Muelle Savvinskaya. Todo el mundo la conoce.

Marina estaba a punto de decir algo cuando una voz ronca susurró algo a su oído.

—Pero… Ay, Dios mío, ¡pero mírate! Qué ropa tan elegante… Esta nueva imagen tuya me tiene embelesado.

Marina dio media vuelta y se encontró con el viceprimer ministro, Víctor Romanovsky. Luego volvió la cabeza, pero Boris se había esfumado.

—Víctor Dimitrievich —saludó Marina con una repentina explosión de confianza y la sensación de estar en racha—.

Quería hablar contigo. Estoy preocupada por la salud de Nikolái Nikolayévich. ¿Conoces a la profesora Olga Tabakova? Vende inmortalidad. Siento decirlo, pero me temo que ejerce demasiada influencia sobre nuestro querido presidente. El general Varlamov no dará crédito a nada en contra de ella. Pero, claro, es dueño del veinticinco por ciento de la empresa. No creo que Nikolái Nikolayévich lo sepa. De hecho, estoy casi segura de que no tiene ni la menor idea, pues el general se ha tomado muchas molestias para ocultar tan sensible información. Yo me he enterado hace poco.

Fue Vania quien realizó el descubrimiento durante la interminable noche que pasaron en su casa buscando entre los correos personales de Varlamov. Por casualidad abrió un archivo adjunto que resultó ser un documento legal remitido por cierto abogado de las islas Vírgenes británicas confirmándole la compra del veinticinco por ciento de una compañía llamada Instituto de la Longevidad, con el nombre comercial de IdL plc. ¿Y el beneficiario? Una empresa mercantil domiciliada en las islas Vírgenes llamada Volga Enterprises plc. Aunque no había nada especificado por escrito, resultaba evidente que se trataba de una de tantas sociedades pertenecientes a Varlamov.

—Ya te imaginas que mi única preocupación es proteger al presidente —prosiguió Marina—. ¿Puedo hablar con franqueza, Víctor Dimitrievich? En lo que a ti respecta, el general *no* es precisamente un amigo, aunque sé que quizá hayáis hecho negocios en el pasado. Lo cierto es que ha estado reuniendo una buena cantidad de información que puede lastimarte y que, créeme, pretende emplear… También tiene cosas sobre tu amigo Boris Kunko.

Romanovsky mantenía una perfecta compostura mientras deambulaba entre la multitud sonriendo, saludando de vez en cuando con la cabeza, pero dejando claro que no deseaba ser molestado.

—Marina Andreyevna —respondió Romanovsky, escogiendo sus palabras con cuidado—, no me estás diciendo nada que no sepa. Varlamov ha estado tratando de subvertir a mis colaboradores más cercanos y queridos con sustanciosos sobornos… Grandes y sustanciosos sobornos. Mi secretario personal está convencido de que ha entrado incluso en mi cuenta de correo. Bueno, ya sabes que soy más bien un hombre tranquilo…, habituado a los roces y zancadillas de la vida política, pero el general está tentando a su suerte. Tienes razón, hemos hecho algún pequeño negocio en el pasado. Y tienes algo más que razón al decir que hoy por hoy no es precisamente amigo mío. Lo sé. Lo sé desde hace tiempo y lo entiendo perfectamente. Lo que no entiendo es *por qué* me estás diciendo todo esto…

El viceprimer ministro le dedicaba la más dulce de las sonrisas, pero sus ojos brillaban duros como el pedernal.

—Por quiero deshacerme de la profesora…

—… ¿Y quizá también del general?

—Tengo algunos datos interesantes sobre el general que pueden, o quizá puedan, hacer que nuestro querido presidente lo vea desde otra perspectiva…

—¿Por qué no se lo dices al presidente?

—Prefiero que no se entere por mí. Intento mantenerme al margen de la política. Pero la información de la que te hablo sería muy provechosa para ti. De hecho, y hablando en plata, podría salvarte el pellejo.

—Cada vez me gustas más, Marina Andreyevna. Piensas como yo… —La cogió del brazo y ya la llevaba hasta la barra donde se servía champán cuando lo interrumpió la arrebatadora Katia, de diecinueve años, toda vestida de blanco.

—¡Katia! ¿Qué haces aquí? —preguntó Marina. Katia le lanzó una mirada insinuante a Romanovsky y le respondió que trabajaba en el Departamento de Relaciones Públicas del Parlamento ruso; todo gracias a Víctor.

«Cómo no —pensó Marina—, si yo misma os presenté en villa Nadezhda».

—Así que, después de todo, seguiste mi consejo —comentó, complacida de verdad—. Has conseguido un empleo.

«Un empleo y un patrocinador —pensó—. Esta chica llegará lejos».

—Perdona, Katia —añadió—, pero necesito hablar cinco minutos a solas con Víctor.

—Pues claro —dijo, lanzándole a Víctor una amorosa sonrisa antes de largarse. El viceprimer ministro escuchó con atención lo que Marina tenía que decirle y confesó estar *muy* sorprendido cuando supo del vídeo donde se veía al general manteniendo relaciones sexuales con una jovencita. Siempre había tenido a Varlamov como alguien muy gazmoño. Por supuesto, eso era una grave falla de seguridad: de *eso* no cabía duda.

Katia regresó una vez agotados los cinco minutos, cogió a Víctor por el brazo (su más preciada posesión) y se lo llevó hacia la pista de patinaje. El político se volvió para hacerle un gesto de aprobación.

Luego Marina se acercó a León, que se encontraba en la barra zampando un buen canapé de salmón ahumado. Estaba a punto de decirle algo, pero él se adelantó, escupiendo palabras entre mordiscos al pescado.

—Parecías muy amistosa con Romanovsky.

—Siempre intento ser cortés.

—Te echa los tejos.

—No desde que conoció a Katia.

León acababa de tragar el último bocado de salmón cuando sonó su teléfono.

—Nos vamos —anunció, limpiándose la boca con una servilleta de papel—. El jefe tiene que regresar. Hay un montón de cosas en marcha.

Caminaron a través de una densa multitud de patinadores, patrocinadores, entrenadores y dignatarios de Kolomna que habían acudido a pasar una jornada agradable.

—Sobre lo de mañana... —dijo León, deteniéndose en un puesto de agua Evian para beber un vaso,

—¿Qué pasa mañana?

—Tu amigo, ese con el que sales a correr, el inglés... Dile que tenga cuidado.

—¿Qué quiere decir?

—El jefe está empeñado en conseguir esa foto...

—¿Qué foto?

—La del inglés de rodillas. En su mente es una metáfora de nuestra victoria sobre Gran Bretaña. ¿Lo pillas?

—Lo pillo —aseguró sintiendo cómo se le secaba la boca. León la cogió del brazo y le dijo que debían apresurarse. El presidente ya los esperaba en la sala vip. Instantes después, estaban volando.

Marina sintió perlas de sudor brotar en su frente.

—Te dejaré en el Kremlin —anunció Serov por intercomunicador, con el estruendo del helicóptero al fondo—. Me voy a la villa.

León se encogió de hombros, como diciendo: donde va él, voy yo.

—¿No necesitas ayuda, Nikolái Nikolayévich? —preguntó Marina, hablándole por el micrófono.

—¿Qué clase de ayuda? Estaré rodeado de rusos. ¡Hablamos el mismo idioma! Pero gracias de todos modos, Marinoska.

El helicóptero tocó tierra dentro del Kremlin a las 15:07. Al salir Marina, Serov gritó:

—¡Mañana es el gran día! ¡Buena suerte! ¡Y asegúrate de cruzar esa línea antes que el inglés!

Dicho eso, se fueron. Marina saludó con la mano. Se despedía de su última esperanza por averiguar la ubicación del ataque de los minisubmarinos no tripulados. Mantuvo la mirada fija en el helicóptero mientras el aparato rugía por el aire como una ave victoriosa, dejándola en tierra sola y derrotada.

28

Marina, al salir del Kremlin por la torre Troitskaya, pensó en Napoleón tocado con su bicornio negro, a caballo sobre ese mismo puente mientras imaginaba, pobre idiota, que había conquistado Rusia. Nadie conquista Rusia. Es demasiado grande. Al llegar al hotel Nacional, en la esquina de la calle Tverskaya, se sintió mareada y hubo de apoyarse en la pared. Solo podía pensar en la enormidad de su fracaso. Se sentía ahogada, sin aire.

Sabía que estaba marcada. Debía escapar de allí. ¿Pero cómo? ¿Y si la atrapaban? El caso en su contra sería devastador: entregar a los británicos un pincho USB cargado con información secreta y, encima, robada. Colaborar con el enemigo. Filtrar secretos de Estado. La situación empeoraba por segundos. Puntos oscuros flotaban frente a sus ojos, nublándole la visión. Tenía que calmarse. Incluso en el caso de que por alguna clase de milagro evitase la cárcel, jamás le permitirían salir de Rusia y nunca volvería a ver a Clive.

Apenas era consciente de que rebasaba el sobrevalorado y recargado hotel Ritz-Carlton cuando oyó a alguien llamarla por su nombre.

—¡Marina Andreyevna!

El capitán de navío Artyom Smirnov se encontraba bajo el pórtico del hotel, ornamentado con un estilo que imitaba al clásico. Llevaba en la mano un caro maletín de piel mientras el portero, con su capa roja y su chistera negra, intentaba parar un taxi.

—¿*Aún* aquí? —preguntó Marina, de verdad sorprendida.

—Me voy ahora mismo —dijo el capitán, tocando el maletín—. Esos de Bulgari han tardado una eternidad. Pero, bueno, bien está lo que bien acaba. León Lvovich me dijo que usted va a correr el maratón mañana. ¡Buena suerte!

—Gracias. Me alegro de que por fin pueda marchar.

—Ah, una última cosa… A ver si usted puede arreglarlo. Me ayudó en Crimea con esos impronunciables nombres córnicos, ¿recuerda? Pues bien, tengo otra discusión con mi amigo Denis… Lo conoció… dice que no se pronuncia la hache.

El capitán, sin soltar el maletín, sacó una pequeña libreta del bolsillo, se la entregó a Marina y le pidió que mirase la primera hoja. La palabra «Porthcurno» estaba garabateada de cualquier manera entre los renglones.

—Me temo que su amigo se equivoca —contestó Marina, devolviéndole la libreta e intentando mantener la voz firme—. Sí se pronuncia, pero suena como una zeta, como en «azteca; la muda, en todo caso, sería la erre. Es algo así como *pozcánou*.

El portero mantenía abierta la puerta de un taxi a la espera de una propina por parte del capitán.

—Porthcurno es famoso por su teatro al aire libre —dijo Marina, casi con alegría—. Espere… ¿Cómo se llamaba? Ah, sí, el Minack.

—¿En serio? ¿Un teatro al aire libre? —preguntó el capitán mientras colocaba un billete en la mano del portero—. Entonces no les sorprenderá un poco de drama. Venga a visitarnos a San Petersburgo, ¿le parece?

Marina entró en el vestíbulo del Ritz-Carlton, tomó asiento en una de las butacas próximas a la enorme ánfora llena de flores de primavera, sacó su teléfono y llamó a Clive. Saltó el buzón de voz, así que dejó un mensaje pidiéndole que, *por favor,* le devolviese la llamada. A continuación le envió uno de texto: acababa de salir del trabajo y, si le parecía bien, podían ir a correr por algún lugar próximo a la residencia, aunque solo fuesen un par de kilómetros. Lo justo para mantener sueltas las articulaciones. Media hora, como máximo. Luego se arrellanó en la butaca y esperó. Y esperó. Diez minutos después volvió a enviarle otro mensaje de texto: *Llámame, por favor.*

Los siguientes veinte minutos se le antojaron eternos; comprobó su teléfono una y otra vez, pero Clive no daba señales. «¿Por qué ese silencio? —se preguntó—. ¿Por qué ahora?». No quedaba otra opción sino llamar a Rose.

—Hola, Rose —saludó Marina con voz firme—. Soy Marina. ¿Cómo está Clive? Te llamo para saber si está bien. Lo he llamado, pero no coge el teléfono.

—*¡No me digas que ya estás en Moscú!* —exclamó Rose—. *Dios mío... Salimos de Kolomna hace tres horas y aún estamos atascados en este maldito tráfico. ¿Clive? Probablemente esté dormido... El médico le dio unas pastillas para ayudarle a descansar antes de la carrera de mañana.*

—Está durmiendo —dijo Marina en voz baja, asimilando sus propias palabras—. Eso es bueno... Iba a proponerle una carrera corta, pero después de lo que le ha pasado debe tomárselo con calma, claro. Vale, eso era todo... Ah, bueno, no todo; tengo que contarle algo muy divertido. ¿Se lo podrías decir tú?

—*¿Algo divertido? Nos gustan las cosas divertidas. Últimamente no hay mucho de eso por aquí.*

—Es sobre Chéjov. Creo que podría animarlo.

—*Chéjov no ha animado nunca a nadie.*

—Si se espabila al llegar a Inglaterra, podrá ver la obra *Tío Vania*.

—*¿Quieres que lo despierte para decirle* eso?

—Pues claro que no, pero solo tendrá unos días para verla en ruso. No hace mucho leí el artículo en *The Times*. Una compañía teatral de Perm está de gira por el Reino Unido y esta es su última semana; van a representar la obra en un anfiteatro llamado Minack, desde las gradas se ve el mar... Una ubicación magnífica.

—Tío Vania... *Una compañía teatral de Perm... ¿Qué más se puede pedir? Oye, ¿ya sabe dónde encontrarte mañana para correr el maratón?*

—Sí, claro... Ah, Rose, una cosa... por curiosidad, ¿qué planes tienes?

—*¿Planes? Mañana vuelo a Londres con Clive. Necesitamos unas vacaciones, los dos. ¡Buena suerte en la carrera! Estaré allí para animarte.*

Antes de abandonar el Ritz-Carlton, Marina sacó una considerable cantidad de efectivo empleando tres tarjetas diferentes.

Clive se despertó sobresaltado. Por un instante no supo dónde se encontraba. Todo en la habitación parecía extraño, incluso la luz del sol. Entonces recordó que estaba en Moscú, en la residencia, como huésped del embajador. Yacía en su cama completamente vestido y alguien llamaba a la puerta.

—Adelante.

—Hola, Rocky —saludó Rose, asomando la cabeza por la puerta con un vaso de zumo de arándanos—. Te he traído una cosa supersaludable para que te pongas en marcha. Después pediremos algo al servicio de habitaciones. Esto funciona como un hotel, ¿sabes?... Siempre hay un cocinero de servicio por ahí. Un tremendo gasto del dinero de los contribuyentes, en mi humilde opinión.

—¿Qué hora es? —preguntó Clive, incorporándose alarmado al tiempo que sacaba las piernas de la cama—. ¿Las siete? ¡No pueden ser las siete! ¿Cuánto tiempo llevo dormido? ¡Tres horas!

—Estabas hecho polvo. Uno no lleva un puñetazo en la cabeza todos los días. Marina cree que te podría gustar estirar las piernas y salir a correr un poco, pero no cogiste el teléfono, así que me llamó a mí. Le dije que debías de estar durmiendo. Quería que te contase algo acerca de Chéjov. Una obra... Vamos a ver si me acuerdo de lo que dijo... Ah, sí. *Tío Vania*. En ruso. Una compañía de teatro de Perm dándolo todo en un local de provincias. Mank-no-sé-qué. No, Mink-algo... Espera, no... Era Minack, un teatro al aire libre. Eso es. Creo que he visto una foto en el libro sobre teatros británicos que tienen ahí abajo... Un anfiteatro sobre un acantilado... No me digas que no estarás deseando asistir en cuanto llegues.

Clive revisaba su teléfono. Marina lo había llamado hacía un par de horas, dos veces en un lapso de diez minutos. Después le envió un mensaje de texto... Luego llamó a Rose. Resultaba evidente su desesperación. ¿Exactamente qué le dijo a Rose? ¿Demasiado? ¿Se delató?

Se lavó la cara, se peinó pasando los dedos por el cabello y maldijo su reflejo en el espejo. «¡Imbécil! Durmiendo precisamente cuando Marina más te necesitaba. Has perdido dos horas preciosas. Dos horas completas. ¿Quién sabe qué puede implicar eso? ¿Cuántos cables se pueden cortar en dos horas?».

Rose se relajaba en una butaca cuando Clive regresó al dormitorio corriendo, cogió un libro de bolsillo de su mesita de noche y dijo:

—Rose, enséñame ese libro que tienen ahí abajo. El de los teatros británicos.

Allí estaba, en la mesa redonda de la sala de recepción. Clive pasó las páginas frenético, encontró en Minack y leyó que el anfiteatro estaba situado en la cima de un acantilado y dominaba la ciudad de Porthcurno, en la costa córnica. Subió como una exhalación un vuelo de escaleras de madera y llamó a la puerta del estudio del embajador.

—Ah, Clive, pasa —invitó Luke Marden, cordial—. Estaba preocupado por ti. ¿Cómo te encuentras?

—Estoy bien, gracias. He pensado que quizá te guste esto —dijo Clive—. Es el mío. Una pequeña muestra de agradecimiento por acogerme.

Clive le entregó una ajada edición de bolsillo de los relatos breves de Chéjov. El embajador tomó el libro y advirtió una hoja de papel doblada sobresaliendo como un marcapáginas. En esta se podía leer: LA UBICACIÓN ES PORTHCURNO.

—Excelente —agradeció el embajador—. Lo disfrutaré mucho. Mil gracias. Por cierto, pareces más descansado, y eso es bueno. Mañana tienes una buena jornada por delante. Y nuestro vuelo a Londres despega a las seis de la tarde. Ay, perdona, pero debo regresar a la embajada. Debo atar algunos cabos sueltos.

Clive, aún flagelándose, aunque tratando de ver el lado positivo, se quedó en el jardín de la entrada observando al embajador alejarse en coche. La información llegaría a Londres en veinte minutos. Treinta si Luke Marden encontraba problemas de tráfico. En cuestión de media hora, Hyde estaría sonriendo y comenzaría el contraataque. Tomó unas cuantas respiraciones profundas y se sintió mejor. «Atar cabos sueltos es una buena manera de referirse a este asunto», reflexionó.

Clive, en el Range Rover de la embajada, con Fiódor al volante, se dirigió al oeste para salir de Moscú.

Los periquitos de brillante color verde eran exasperantes, pues volaban como centellas frente a la ventana de Hyde sin la menor preocupación por el devenir del mundo. «¿Es que nadie les ha dicho que estamos al borde del abismo?», pensó Hyde, apartando su tableta y llamando por el interfono. Segundos después se presentó George Lynton. Por una vez, su pajarita se veía un tanto torcida.

—¿Nada aún? —preguntó Hyde.

—Un silencio atronador, me temo.

Hyde volvió a su tableta.

Lynton vio de reojo la aplicación de Tinder. «Y vuelta —pensó el joven, con una mezcla de sorpresa y desmayo—; estamos en plena crisis nacional y a mi jefe no se le ocurre otra cosa más que pensar en sexo».

Hyde abandonó la sala de manera abrupta para, según le dijo a Lynton, ir a ver a la primera ministra.

Deambuló por la alfombra de color verde oscuro del despacho de la primera ministra mientras esta mantenía a través del altavoz una conferencia telefónica con el jefe del Estado Mayor, el primer *lord* del Mar y el ministro de Defensa. Duró tres minutos y cincuenta y tres segundos: tiempo suficiente para que todos dieran su consentimiento a la implementación inmediata del plan A, unas maniobras de la OTAN que no se habían anunciado, conocidas por Hyde y aquellos al tanto de la situación como NNNE.[21]

—Bueno —dijo Martha Maitland, cruzando los brazos sobre su escritorio tras colgar—, al menos podemos pasar a la ofensiva.

—Bien sabemos que hay filtraciones de información en la OTAN —aseveró Hyde—, pero las NNNE suponen una cobertura perfecta para responder a esta situación de emergencia antisubmarina. Protegemos a nuestro informante y le arruinamos el domingo al presidente Serov.

—Me gustaba ese hombre —comentó Marta Maitland—. Bajo ese fanfarrón parecía haber alguien *accesible*... Perdió a su esposa. Yo a mi marido... Sentía como si hubiese alguna clase

---

21 *No-Notice Nautic Exercise*. Maniobras náuticas no programadas. *(N. del T.)*

de vínculo por ahí, uno que, a lo mejor, pudiese haberme ayudado a llegar a él. Hacerle ver las cosas de modo diferente. Sé qué está pensando. Las mujeres siempre nos creemos capaces de cambiar a las personas… Quizá lo seamos… No sé… En cualquier caso, fue una ilusión. Un error que no volveré a cometer.

—¿Recuerda qué debe decirle a la prensa? —preguntó Hyde a Lynton—. Dígale que un velero solitario se internó en un lugar peligroso y la Marina Real, en su infinita bondad, ha activado el protocolo de búsqueda y rescate. Asegúrese de que la sala de prensa entienda que esas serán *todas* nuestras declaraciones. Ni más ni menos.

—Lo tengo —contestó Lynton, dirigiéndose a la puerta. Aunque en realidad se sentía desconcertado. No habían recibido ni una palabra de Moscú y, a pesar de todo, se desarrollaban las NNNE. ¿Por qué razón? También le desconcertaba que su jefe tuviese *tiempo* para Tinder.

Hyde, sentado a solas en su oficina, se sentía satisfecho de sí. Ayudar a un regatista en apuros fue idea suya. Solo había requerido algún pequeño ajuste por parte del primer *lord* del Mar, como el de proponer una embarcación pequeña y sin un sistema automático de información. «Hasta ahora todo va según lo previsto», pensó Hyde, satisfecho. El comandante supremo aliado en Europa había iniciado la respuesta a la guerra submarina con un apagón informativo de veinticuatro horas y la excusa de estar llevando a cabo el inocuo rescate de un regatista en apuros.

Charlie Pence, el oficial de guardia, estaba deseando ver otro capítulo de *Juego de Tronos* en la tableta cuando sonó el teléfono en su espaciosa oficina de la Base Aérea Naval de Culdrose, cerca de Helston, en la córnica península del Suroeste. A Charlie le gustaba Cornualles, con su cielo azul y sus palmeras. No es que desde la ventana de su despacho viese alguna de esas exóticas delicias; más bien dominaba una fila de hangares con un color indefinido entre verde y gris, una larga pista de despegue y una pesada torre de control cuadrangular hecha de ladrillo marrón. Pero, según su propia reflexión, hubiese sido bastante absurdo esperar ver cualquier otra cosa sentado, como estaba, en medio de una de las mayores bases de helicópteros de Europa.

—Puesto de guardia, al habla el teniente Pence —saludó Charlie con los pies sobre su escritorio, sujetando el auricular con una mano y con la otra escribiendo G-A-M-E en la tableta.

—Hola, Charlie. Aquí el director de operaciones.

—¿Billy?

—El único e irrepetible.

—Soy todo oídos —dijo Charlie, con el inquietante presentimiento de que Billy, el coordinador de operaciones británico en el cuartel general de Northwood, estaba a punto de estropearle el día.

—Activamos el plan de respuesta de emergencia de la OTAN.

—¿Qué cojones es eso?

—Eso, estimado mamerto, es poner a los helicópteros en alerta antisubmarina y enviarlos en busca de un par de aparatos rusos despistados.

—¡Tienes que estar de guasa! Nuestra capacidad operativa vale lo mismo que una escudilla de mierda.

—Aquí, en el panel, pone que tienes seis helicópteros Merlín disponibles.

—Voy a comprobarlo.

—No, no compruebes nada. Ponme con el oficial de operaciones de tu base tan rápido como puedas.

—De acuerdo. Voy a buscarlo.

«No podrá ni tenerse en pie», pensó Charlie mientras marcaba en el dial el número de la posada Halzephron. La taberna de esa posada era célebre por carecer de cobertura telefónica y, por esa misma razón, tremendamente popular entre los hombres deseosos de huir de sus esposas.

—Posada Halzephron, dígame.

—Hola, amigo, soy el oficial de guardia de Culdrose. ¿Me pones con el comandante Gizzet?

—Ah, hablas de Mikey. Ahora te lo traigo.

Pasaron varios minutos antes de que otra voz, esta más animada, se oyese al otro lado de la línea.

—¿Diga?

—A la orden, mi comandante, soy el oficial de guardia, Pence el Penique. Señor, siento decirle que nos han movilizado para realizar unas maniobras de guerra antisubmarina con la OTAN.

—No me joda, Penique. Estoy de permiso.

—Lo siento, mi comandante.

—¿No puede ir otro? Estamos en tiempos de paz, ¿no se ha enterado?

—Lo siento, mi comandante. Nos movilizan.

—Vale, menuda mierda... De acuerdo, teniente, prosiga. Ya me ocupo de esta banda de aquí.

Charlie oía impúdicas risotadas y retazos de una canción entonada por un estridente coro; la sabía de memoria.

Era un chaval
Cuando le pregunté a mi oficial
¿Qué debo hacer?
¿Volar Phantoms
O pajear gatos?
No tardó en responder:
Es más bien lo mismo.
Rotar, rotar y rotar,
El Merlín es nuestro pájaro más listo.
Rotar, rotar y rotar,
Vuela con fe hacia el abismo...

Charlie y el resto de la escuadrilla aérea naval 814 trabajaron toda la noche en la base de la Marina Real en Culdrose llenando las aeronaves de combustible y preparándolas para despegar: seis helicópteros Merlín diseñados para la guerra submarina, con tres motores y potencia suficiente para llevar una combinación de torpedos y cargas de profundidad. Poco antes de la entrega de órdenes, un nervioso oficial de la escuadrilla operativa se acercó aprisa a Charlie, que entonces hablaba con los equipos de mantenimiento dedicados a preparar las aeronaves para la misión. Le preguntó si había visto al oficial al mando. Charlie señaló a un hangar donde se veían hombres arremolinados alrededor de helicópteros Merlín realizando las últimas comprobaciones mecánicas.

—Está allí. Detrás de las cabinas.

Siguió al nervioso oficial hasta el hangar, donde pudo oír una breve conversación.

—A la orden, ¿me permite un segundo de su tiempo? —rogó el oficial.

—¿Qué pasa?

—Verá, Northwood ha autorizado el empleo de munición real

—¿Habla en serio? ¿Qué tipo de munición? ¿Qué hay de las reglas de enfrentamiento?

—Empleo preferente de cargas de profundidad y algún torpedo, señor. En este momento estamos recibiendo las reglas de enfrentamiento.

La cara del oficial al mando era todo un poema, según más tarde les comentaría Charlie a sus amigos. Al comprender que el asunto no trataba de unas maniobras no programadas, como las que suele hacer la OTAN, pareció como si le hubiesen echado un cubo de agua fría; iban a emplear munición letal.

—La puta... —murmuró—. Que corra la voz. Nos vamos de pesca.

Siguieron a Clive durante todo el trayecto a Peredélkino. Fiódor no dejaba de mirar por el retrovisor al Ford blanco situado unos metros por detrás del coche de la embajada.

—Si se pega al culo de esa manera, tiene que ser del FSB —comentó.

—Creen que los extranjeros no valemos para nada bueno —dijo Clive.

—Les conté lo de la mujer casada. Espero que no le haya importado... Me hicieron muchas preguntas —dijo, mirando a Clive por el retrovisor—. Ese ojo morado... ¿Fue el esposo?

Clive hizo una mueca de dolor al sonreír.

—No. No fue el esposo. Y usted hizo exactamente lo que tenía que hacer. Mañana es el gran día. Corro el maratón de Moscú. E inmediatamente después, vuelo a Londres.

Una noche más en Moscú. Al día siguiente dormiría en su piso londinense. Al menos, ese era el plan. ¿Dónde reposaría Marina su cabeza esa noche? Se volvió; el Ford estaba tan cerca que veía el interior. En vez de la sombra con rostro aniñado había dos hombres de más edad y más curtidos.

Fiódor aparcó frente a la despareja cancilla de la dacha de Vera. El Ford continuó hasta el final de la calle, viró en redondo y se detuvo al llegar a cinco metros del Range Rover: un punto muerto.

Vera hizo todo tipo de aspavientos al ver a Clive, obligándolo a sentarse y examinando su rostro, diciéndole que era demasiado tarde para ponerle hielo o árnica y que al día siguiente la magulladura sería grande y negruzca. Después le ofreció té y pastas y le dijo que Ana iba a pasar por allí para examinar una citación judicial entregada en mano esa misma mañana. ¿Qué cargos se presentaban contra ella? Quemar leña y hojas en su propio jardín y eso iba contra la ley. ¿Ley? ¿Qué ley? Se guaseó Vera.

—¿Serán capaces de encarcelarme a mi edad? —le preguntó a Clive con un tono cargado de desdén—. ¿Tú qué crees?

Apenas había terminado de servir el té cuando llegó Ana. Se quedó pasmada al ver a Clive sentado en la mecedora con un ojo morado.

—¿Se puede saber, en nombre de Dios, qué te ha pasado?

—Me asaltaron… Los del FSB —respondió.

—¿Y qué querían?

—Información.

—¿La obtuvieron?

—No. —Luego, mirando a Vera, se apresuró a añadir—: Fue un error. Todo está bien. —Se meció adelante y atrás sin dejar de mirar a Ana, que cogió una silla.

—No sé por qué voy a decirte esto… No es asunto mío… Pero algo me dice que estás hasta el cuello. Permite que te dé un consejo gratuito. Vete. Sal de aquí. Sal mientras puedas hacerlo.

—Me voy mañana.

—Lo sabía —dijo Vera, mirando a Clive con profunda tristeza mientras colocaba un plato de pepino aliñado en la mesa.

—Me voy mañana después del maratón. Por eso estoy aquí. He venido a despedirme.

Vera se sentó junto a Clive y lo cogió de la mano.

—Vas a estar lejos mucho, mucho tiempo. Puedo sentirlo. Ah, espera… Espera. Tengo algo para ti.

Vera corrió a su dormitorio y regresó con una pulsera hecha con pelo de animal.

—Esto te dará buena suerte —le dijo con los ojos llenos de lágrimas.

—Escúchame, Clive, esta es nuestra lucha, no la tuya —señaló Ana—. Vete mientras puedas.

Clive sonrió y colocó una mano sobre el brazo de Ana.

—Anya, necesito tu ayuda.

29

«Ha sido una pena tener que llamar a Rose —pensó Marina, subiendo por Tverskaya en dirección a su piso—. Si Varlamov aún no había sumado dos más dos, ya lo habrá hecho».

«No importa. Continúa. Todo habrá terminado en cuestión de veinticuatro horas. ¿Y después? —se preguntó—. Pues después estarás saliendo de Rusia o entrando en una celda. Así de sencillo».

Encontró a Oxana sentada a la mesa, en el descansillo superior de la escalera, con la cabeza entre las manos. La ascensorista alzó la mirada con los ojos llenos de lágrimas.

—¡Me han despedido! —dijo, llevándose el pañuelo a la nariz—. El administrador me ha dicho que me queda una semana. ¡De patitas en la calle! ¿Qué he hecho mal? ¡Nada! No he hecho nada... ¡Y me van a poner en la calle!

—Calma, Oxanoska, tranquilízate —consoló a su amiga, abrazándola—. Deja que hable con el administrador. Veré qué puedo hacer.

—Gracias, Marina Andreyevna... Gracias. Necesito el dinero... ¿Cómo esperan que vivamos con una pensión de quince mil rublos al mes? No encontraré otro empleo... No a mi edad... Llevo once años aquí... ¿Eso no cuenta para nada? Y aquí tengo amigos... como tú... ¡Este trabajo es mi vida! ¡Mi vida!

—Hablaré con el administrador —repitió Marina, colocando la palma de su mano en la suave mejilla de Oxana—. Intenta calmarte. Arreglaremos las cosas, te lo prometo.

—Gracias —respondió entre sollozos; después levantó la vista hacia la cámara de seguridad y se dirigió al patio. Marina la siguió.

—Sasha dijo que tu amigo parecía majo —comentó Oxana una vez en el exterior, entre los coches, fuera del alcance de la cámara.

—Lo es —convino Marina.

—Mañana tengo el día libre. Estaré en la línea de meta para aplaudir y animar, así que búscame, ¿vale? Sé lo duro que te has entrenado para esto.

Marina lanzó una afectuosa mirada a Oxana, preguntándose cuándo la volvería a ver. Esa mujer merecía una vejez segura y feliz. La abrazó y le dijo:

—Hasta mañana.

—¿A dónde vas? —le preguntó.

—A ver a mi perro.

El viaje a Peredélkino en coche casi le llevó dos horas debido a un camión volcado en la autopista Moscú-Minsk. Un Audi negro la siguió todo el camino hasta detenerse a menos de diez metros de su dacha. Tras el conductor iba sentado un hombre con gafas oscuras.

Ulises acudió saltando y ladrando en cuanto Marina puso un pie fuera del coche, seguido por Tonya, una mujer fuerte que secaba sus manos grandes y rojas en el mandil; estaba pelando patatas.

—Entra —invitó y la llevó a su desordenada cocina con las estanterías atestadas con botes de mermelada casera—. Has tenido visita. Unos tipos con mala pinta, no me gustaron, ¿pero qué podía a hacer? Dijeron que trabajaban en algo de salud y seguridad, y que estaban haciendo un estudio de riesgo de incendios para proteger el bosque; al parecer, eso implicaba la inspección interna y externa de todas estas viejas dachas. Me preguntaron si tenía llaves de tu casa. Por supuesto, les dije que no. No sirvió de mucho; tantearon un rato la cerradura y no tardaron dos segundos en entrar. Aún están ahí, me parece. Además, acaba de llegar otro merodeador; un joven encapuchado husmeando por tu baranda. Tampoco me gustó la pinta de ese. Por cierto, ¿qué hace el Audi aparcado frente a tu casa? Cualquiera diría que estás metida en líos...

—No pasa nada, Tonyeska... En realidad he venido a verte a ti.

—¿A mí?

—A ti y a *Ulises*.

Marina sacó un sobre de su bolso.

—Quiero que cojas esto... No lo abras ahora. Hazlo luego, a solas, en algún lugar seguro... Es dinero, mucho dinero. Es para *Ulises*, para que le compres comida y lo cuides... En caso de...

Tonya bajó la mirada hacia el grueso sobre blanco que sostenía en sus manos.

—¿En caso de qué? ¿Estás enferma?

—No, no estoy enferma, pero voy a tener que irme...

—¿Irte? ¿Cuánto tiempo?

—No lo sé, Tonyeska. Más tarde tengo que regresar a Moscú... ¿Puedo dejártelo antes de marchar?

Marina dejó a Tonya en la cocina y fue hasta su jardín de rosales descuidados, malvarrosas y maleza. Se detuvo un instante en la cima de las escaleras de su baranda. El sol se ponía más allá del bosque tiñendo el cielo de sangre, o eso le parecía.

Encendió el interruptor de la luz, pero no pasó nada. «Otro corte —pensó—. Otra tarde sin electricidad». Dejó a *Ulises* gruñendo en el porche, cogió la linterna que guardaba en la baranda, entró e iluminó la sala de estar con el haz de luz. Estaba vacía. Después abrió la puerta de su dormitorio; también vacío. Dio media vuelta y se encontró con el rostro de un hombre. Chilló.

—¡Buh! —dijo Vanya.

—Casi me da un infarto... Vaniuska, ¿cómo se te ocurre?

—Has tenido visita... —respondió, sujetando a *Ulises* por el hocico y moviéndole la cabeza de un lado a otro.

—Lo sé, me lo ha dicho Tonya —dijo mientras se disponía a encender la chimenea.

—Vi salir a esos bodoques, esperé, entré por la parte de atrás y les fastidié todo el trabajo. Hice un barrido con un cacharro maravilloso, capaz de detectar cualquier aparato electrónico. Me lo consiguió un amigo que tengo en el FSB. Cuesta una pasta. Pero está forrado, así que da igual. He encontrado cuatro cámaras y micrófonos. Corté los cables. De todos modos, para asegurarme, cambié el fusible principal de la caja.

—¿Cómo supiste que vendría?

—Liuba llamó a su abuela; nos dijo que fuiste a ver al perro. Cogí un taxi y le ofrecí el doble de la tarifa para que arrease. Comprobó el navegador de Yandex y decidió tomar carreteras secundarias, pues había un embotellamiento en la autopista. Llegué hace cosa de veinte minutos. A tiempo de ver marchar a esos gorilas. Por cierto, hay otro tío ahí fuera, en un coche.

—Lo he visto. Este es el último lugar del planeta donde deberías estar, Vaniuska.

Vania se mantenía entre las sombras, pero su silueta se recortaba a la luz de la hoguera.

—¿Te puedo ayudar de alguna manera? —preguntó.

—Sí. Abandona Rusia.

—Esos hijoputas del FSB no se molestaron en disimular su paso... Querían que supieses de su presencia... Dejaron huellas por todos lados.

Marina dirigió la luz de la linterna hacia el sofá, donde habían arrojado los libros de la estantería; después encontró una taza con café frío en la cocina y el tubo de pasta de dientes destapado en el cuarto de baño.

En ese momento, y de un modo bastante repentino, Marina comprendió que esa especie de acoso no significaba nada. No era más que Varlamov exhibiendo su poder. Estaría a salvo durante otras catorce horas, quizá dieciséis; hasta concluir del maratón. «¿Cómo dijo mi viejo amigo Igor, allá en Crimea? —pensó—. Sí, mientras paseamos juntos por el césped frente a villa Nadezhda... "Si Nikolai Nikolayévich quiere algo, lo consigue". Bueno, el presidente quiere la fotografía de Clive arrodillado. Si me detienen ahora, Clive no correrá. Así que, de momento, estoy a salvo».

Marina se volvió hacia su viejo transistor a pilas, encontró una emisora de música clásica y subió el volumen. Vania continuaba en el rincón más oscuro de la sala, invisible. Se acercó a él entre las sombras, mientras la música atronaba.

—¿Entonces, funcionó? ¿El inglés es libre?

—Sí, gracias a ti. Está libre, sano y salvo en la residencia del embajador.

—¿Estás segura de eso? Hay otra sombra del FSB en la calle Lermontov y he visto a un tipo entrar en una dacha vieja, un cuchitril con la puerta cayéndose a pedazos. Salió una anciana y lo abrazó. ¿No será ese tu amiguete inglés? ¿Un tío alto? ¿Pelo negro, abundante y revuelto?

Hubo un fuerte golpe en la ventana. Vania se metió en el dormitorio como un rayo y Marina cruzó la sala para encontrarse con la silueta del rostro de Tonya mirando por el cristal. La dejó entrar.

—He venido a ver si estabas bien —dijo, sonriendo ante la resplandeciente hoguera—. ¿Aún sin luz?

—Aún sin luz, pero mira cómo tira la chimenea; y ahí está *Ulises*.

—Pensé que quizá tuvieses hambre. —Le ofreció una caja de fresas, un bote de compota de manzana y un recipiente con mermelada casera de frambuesa. Marina, agradecida, aceptó la comida. Instantes después, en un rincón oscuro, Vania engullía las viandas sentado en un taburete.

—¿Cómo piensas volver a Moscú, Vaniuska? Vigilan la dacha.

—No hay mucha luna. Me escabulliré al abrigo de la oscuridad. Haré dedo. Cogeré un autobús. Lo que sea.

—Si vas a un aeropuerto, serás detenido. Todo el mundo busca a Iván Orlov.

—Tengo un par de nombres. Y un par de pasaportes. Te preocupas demasiado. Siempre lo has hecho.

Marina negó con la cabeza, aceptando la derrota. Vania siempre iba por libre.

—¿Dónde está Liuba? —preguntó.

—Ha vuelto con su madre. Pero mañana vamos a veros correr el maratón… A ti y a tu amigo inglés.

Era inútil discutir, y lo sabía; el muchacho era terco como una mula. Pidió vodka. Y Marina le sirvió un chupito. No, no era correcto servir uno; le puso dos. Antes de que Vania saliese por la puerta trasera para escabullirse en la oscuridad con un trozo de papel sujeto en la mano, Marina le hizo una pregunta que nunca le había planteado:

—¿Te gusta bailar, Vaniuska?

—¿Quién está ahí? —preguntó Ana, levantándose de un salto de la mesa de la cocina, donde estaba sentada frente a Clive, hablándole de Varlamov y su interrogatorio. Abrió la puerta trasera que daba al huerto, pero allí no había nadie. A sus pies encontró un trozo de papel—. Es para ti —dijo, tendiéndole la nota al hombre.

Se encontraron en la oscuridad, junto a la valla, en la parte trasera del manzanal de Vera. Ninguno llevaba linterna o teléfono. El único sonido era el lejano zumbido de un avión aproximándose al aeropuerto de Vnukovo. Un haz de luz procedente de la cocina de Vera caía sobre una magnífica rama de altramuces; el rayo le mostró a Clive el camino hasta la casa de verano... Si así se podía llamar a la cabaña de madera situada en la parte trasera de la dacha.

Dentro, Marina se sentó cerca de Clive, en un banco de madera rodeado por una bicicleta rota, una tetera eléctrica sin cable y una mesa volcada a la que le faltaba una pata. Fuera estaba oscuro como boca de lobo. Vania tenía razón: no había luna, aunque de vez en cuando se abrían las nubes y un rayo de luz plateada caía sobre los pinos y la enmarañada maleza.

—Mantuviste tu promesa... Hyde sabe todo lo que necesita saber.

—No, no lo sabe. Y tú tampoco. Mañana no vas a correr, Clive. No te encuentras bien. Volarás a Londres. Con el embajador. Dile que debe ir contigo. Supongo que Varlamov no osará detenerte si te acompaña Luke Marden.

—¿A qué viene este pánico repentino?

Le habló de Kolomna, de León y de su advertencia: *Tu amigo, ese con el que sales a correr, el inglés... Dile que tenga cuidado.*

—Es complicado cuando uno está corriendo.

—¿Qué pasa contigo, Clive? ¿Qué no entiendes?

—Mañana corremos un maratón. Punto. Y ahora dime algo que me interesa más, ¿cómo vas a salir? ¿Cuál es tu plan?

—Mi plan es... —respondió pasándole un dedo por la mejilla—. Mi plan es... —Entonces comenzó a cantar—: Nos volveremos a ver, no sé dónde ni cuándo...

—Dios Todopoderoso —murmuró Clive.

Marina descansó su cabeza sobre él, preguntándose si alguna vez volvería a hacer algo así: apoyarse en él, sentir su brazo alrededor de los hombros o sus besos en la frente.

—No corras mañana —le pidió, intentándolo por última vez.

—Tuve un sueño —dijo Clive.

—Ay, *por favor...*

—Deja que te lo cuente —pidió, acariciando su frente, un gesto que siempre recordaría—. Estábamos juntos en Torcello. Y no sé por qué, pero no podía sacarme de la cabeza a J. Alfred Prufrock. La oía una y otra vez... *Dejémonos ir, pues, tú y yo...*

—En Rusia, los finales felices son escasos y espaciados, amor mío.

—Repite eso.

—En Rusia...

—No, no. Solo el final.

—Amor mío.

30

«De momento, todo bien», pensó Viacheslav Konstantinovich Fiódorov, almirante general y comandante en jefe de la Armada rusa, al sentarse en la sala de operaciones sin ventanas construida en el edificio del Almirantazgo de San Petersburgo, dos pisos por debajo del nivel de la calle. El parpadeante panel de pantallas dispuesto frente a él le informaba de todo lo que necesitaba saber acerca de la operación Hades. Iba bien. Los dos submarinos de operaciones especiales clase Bélgorod se encontraban exactamente donde se supone que habrían de estar. El *Kamchatka* se posicionaba a diecisiete millas náuticas de la costa córnica; el *Viborg* ya estaba en su lugar, una milla más próximo al litoral, y había desplegado a su primer dron, un minisubmarino de cinco metros bautizado por la tripulación como «el Bastardo de Viborg».

Un capitán de fragata con gafas y pinta de empollón, un especialista en inteligencia artificial al que le encantaba ponerse técnico frente a sus superiores, recibió la orden de colocarse frente a la pantalla de su ordenador para informar al almirante con todo lujo de detalles acerca de qué pasaría a continuación.

Los drones sabían exactamente a dónde ir y qué hacer, explicó el capitán. Se habían programado por adelantado, de hecho hacía meses, durante la extensa fase de reconocimiento para la operación. Cada aparato iría directamente a un punto predeterminado del lecho marino donde yacía el cable de multifibra óptica y, guiado por su propio sistema de navegación inercial, localizaría su objetivo para colocarse sobre él como una mantis religiosa antes de sacar un brazo y sujetar una carga envolvente con forma de silla de montar diseñada para cortarlo en tres centésimas de segundo. Después el minisubmarino no tripulado se retiraría unos cien metros y esperaría, flotando a poca distancia del lecho marino, a trece millas náuticas de la costa córnica, cerca de un pequeño pueblo llamado Porthcurno. En el momento señalado, el dron emitiría un código de disparo audible y se detonaría la carga. En cuestión de segundos, el aparato aceleraría automáticamente hacia el punto de detonación, atravesando barro y revueltas nubes de arena removida con un solo objetivo en su mente artificial: fotografiar el corte. Una vez conseguido, viraría todo a babor y se dirigiría a su submarino nodriza con la elegancia del deber cumplido, si al capitán de fragata se le permitía la expresión.

El almirante Fiódorov, encantado con tan vívida descripción, saludó a cada uno de los drones como un héroe digno de una medalla. Alabó la perfecta precisión y calificó la operación como un gran tributo a la ciencia e ingeniería rusas.

Llegó entonces el turno del contralmirante al mando de la Flota del Norte, un hombre delgado y enjuto, submarinista de pies a cabeza, de hablarle al almirante Fiódorov acerca de las fases de la operación Hades. El *Viborg* iría primero: tres drones salidos de su vientre cortarían otros tantos cables subacuáticos exactamente al mismo tiempo, aunque a distancia suficiente para que las detonaciones no interfiriesen entre sí. Después los tres regresarían a su nave nodriza y el *Viborg* se internaría en aguas más profundas para dejar al *Kamchatka* en posición de cortar otros tres cables. El almirante Fiódorov podría observar cualquier detalle de la operación Hades a través de una pantalla de seguimiento dispuesta en la sala de operaciones.

El almirante general, de haberse salido con la suya, habría ejecutado la operación Hades dos meses antes. Los británicos se consumían intentando encontrar una nueva función en el mundo posterior al Brexit y ese hubiese sido el momento ideal para sorprender al enemigo con la guardia baja.

«¿Enemigo? ¿He dicho enemigo? Sí, supongo que sí —pensó Fiódorov—. Bueno, eso son los americanos y los británicos, con sus gazmoñas lecciones acerca de sus democracias liberales y sus malditas sanciones. Ya va siendo hora de que entiendan que Rusia es una potencia mundial, igual que China, igual que Occidente. Ya es hora de que *nosotros* tengamos la sartén por el mango, y eso es lo que vamos a conseguir con la operación Hades. ¡Por fin! Ya comenzaba a desesperarme. El presidente estaba indeciso. A decir verdad, me sorprendió recibir la llamada cuando la recibí. Estaba convencido de que Serov continuaría con su parsimonia... Otra semana, otro mes... "¿Por qué ahora?", le pregunto. Y me da la más extraña de las respuestas. "Hamlet", me dice. "¿Quién?". "Hamlet", repite, "como el de Shakespeare". Un día de estos pienso averiguar a qué se refiere».

El almirante levantó la mirada al oír el súbito estallido de aplausos; los oficiales que habían pasado horas sentados, encorvados sobre sus pantallas, se encontraban en pie, todo sonrisas y carcajadas. El capitán de navío Artyom Smirnov, llegado de Moscú apenas unas horas antes, se apresuró a informar a su comandante en jefe de que el *Viborg* se había elevado a profundidad de periscopio y enviado una señal vía satélite: MISIÓN CUMPLIDA. *VIBORG*.

—¡Excelente! —chilló el almirante Fiódorov, dándole una palmada en la espalda a su edecán.

Cuando Clive regresó a la dacha de Vera, esta dormía recostada en una butaca. Pero Ana estaba perfectamente despierta, sentada en la mesa del comedor frente a su ordenador portátil. Al entrar Clive, inclinó la cabeza a un lado y pasó los dedos por su liso cabello castaño oscuro.

—¿Recogiendo champiñones en la oscuridad?

Vera se despertó con un respingo.

—¡Dios mío! ¿Qué hora es? ¿He pasado todo este tiempo dormida? Clive, aún estás aquí... Y Ana... —sonrió complacida—. Hacéis una pareja encantadora.

—Mamá, ¿no tienes ojos en la cara? Esa silla está ocupada.

Incluso entonces, y a pesar de sí mismo, Clive buscó un equivalente en inglés, pero no lo encontró.

La sombra del FSB informó de que la dacha de Marina Volina estuvo sumida en la oscuridad (debió de haber una caída de tensión) y que el objetivo hubo de encender la chimenea (lo pudo ver a través de la ventana). También informó de una visita, una vecina llamada Tonya, y que a medianoche había dejado a su perro en casa de la citada vecina y regresado a Moscú en su Prius; una vez en la ciudad, acudió al restaurante de la High Tide, la discoteca del Muelle Savvinskaya.

En la High Tide se había formado una gran cola y la gente pugnaba por entrar, aunque terminaba rechazada por dos porteros provistos de auriculares y músculos. El guardia de seguridad detuvo a Marina, hizo una llamada y luego le permitió el paso. La sombra del FSB intentó seguirla, pero el mismo portero lo detuvo sin dejarse impresionar por la identificación falsa y le dijo que últimamente todo el mundo pretendía trabajar para el FSB y que se podía ir a tomar por saco.

«Solo pasan las chicas monas», pensó el agente del FSB al ver a una jovencita pelirroja ataviada con minifalda acercarse al portero y decirle su nombre: Liuba. El portero dijo algo por su transmisor. Se permitió el paso de la chica y de su novio, que llevaba el rostro oculto bajo una capucha.

La sombra del FSB informó de que Marina Volina había abandonado la High Tide a las 02:05. Poco después vio por el espejo retrovisor a la inglesa del Consejo Británico saliendo de la discoteca tambaleándose, dando tumbos hasta llegar al coche de la embajada. El conductor, Fiódor, uno de los nuestros, confirmó que la mujer estaba ebria. Marina Volina condujo su coche hasta Tverskaya 25; llegó a su domicilio a las 02:25.

Por otro lado, el inglés había dejado la dacha de Vera Seliverstova a las 23:00 en un coche de la embajada y llegó a la residencia británica, situada en el Muelle Sofiyskaya, a las 23:43.

«¿Por qué no hay más noticias? —se preguntaba el almirante Fiódorov mientras deambulaba por la sala de operaciones ubicada en las entrañas del Almirantazgo—. ¿Qué los contenía? ¿Por qué el *Kamchatka* no despliega sus drones? ¿Cuál es el problema?».

Nadie parecía saberlo.

¿Alguna complicación técnica? ¿Una interferencia externa? El almirante ordenó a Artyom Smirnov, su edecán, contactar con el observador destacado en Bruselas, en el cuartel general de la OTAN. Imposible, fue la respuesta. El hombre había apagado su teléfono. Después de todo, era fin de semana.

Fiódorov escupía improperios entre dientes merodeando frente a las pantallas de los ordenadores en busca de respuestas. Mientras, el capitán Smirnov respondía a las ansiosas llamadas del secretario personal del presidente. Una oleada de ansiedad barrió el búnker; las sonrisas se desvanecieron. El almirante Fiódorov deambulaba por la sala de operaciones; pidió un café que no consumió.

La operación Hades se abortó el domingo a las 05:33, hora de Moscú. Fue una agónica decisión para Estanislao Kuznetsov, comandante del *Kamchatka* y oficial al mando de la muy secreta y especial operación submarina.

Todo había comenzado muy bien. El comandante Kuznetsov recibió el siguiente mensaje del capitán del *Viborg*: «Todo correcto. Tres cables cortados. Drones a salvo y de nuevo a bordo. Abandonamos el mar de operaciones. Buena suerte». Los presentes en la sala del control del *Kamchatka* prorrumpieron en aplausos, no solo por las buenas noticias, sino también porque *el modo* en el que se había transmitido la información, de un submarino a otro, era revolucionario y fruto de una idea exclusivamente rusa. Un joven oficial de Kaliningrado había diseñado un código basado en los sonidos emitidos por las ballenas en las profundidades oceánicas que se podía transmitir bajo el agua. Para el enemigo, esos tristes cantos de ballena serían precisamente eso, los melancólicos cantos de un cetáceo; no obstante, para los oficiales al mando del *Viborg* y el *Kamchatka* eran mensajes codificados de vital importancia para la nación.

La actuación del *Viborg* había sido impecable. A continuación llegaba el turno del *Kamchatka*. El comandante Kuznetsov quería que su nave brillase. La adrenalina corría por sus venas al tomar asiento en la sala de control con el fin de colocar en posición a su submarino de operaciones especiales clase Bélgorod. Los drones estaban preparados para su despliegue, dispuestos a cortar otros tres cables subacuáticos. «Ya casi estamos», pensó Kuznetsov.

Y entonces se abrieron las puertas del infierno.

Las aguas córnicas se llenaron con el penetrante sonido de una agresiva medida antisubmarina pillando al comandante completamente por sorpresa. ¿Qué demonios estaba pasando «en la azotea»? ¿Por qué en ese preciso instante la Armada Real estaba pateando su parcela? De momento no había señales de submarinos británicos, sino de barcos de guerra enviando fuertes golpes de sonar a las profundidades. No hacía falta ser un genio para asumir la participación de una aeronave en la fiesta, dispuesta a enviar cientos de sonoboyas activas y pasivas. Aquello era lo último que, según los informes, debía esperar.

Pero Kuznetsov no era un hombre que se dejaba dominar por el pánico. Se quedó sentado en la sala de control con la mirada fija en la pantalla de operaciones, escuchando al suave zumbido de la maquinaria y los amortiguados movimientos de los hombres. Y había algo más. Aunque muy ligero, podía *oír* a esos sonares británicos penetrando en las profundidades. El comandante sopesó sus opciones. De ninguna manera lo iban a atrapar. Esas eran sus órdenes básicas. Pero entonces, de pronto, se presentó un verdadero riesgo de detección e identificación. Y, por si fuese poco, aún no había sido capaz de colocarse en posición. Se enfrentaba a un problema serio y las posibilidades de caer atrapado en aquella miríada de focos entrelazados eran demasiado elevadas. Salía de allí.

Treinta minutos después, el *Kamchatka* recibió un mensaje por radio procedente de su cuartel general anunciándole que la OTAN estaba ejecutando una serie de maniobras no programadas en aguas córnicas.

—No me digas —murmuró Kuznetsov.

Una hora más tarde, en las más profundas aguas meridionales, el *Kamchatka* subió a profundidad de periscopio para sacar su antena UHF y que el entonces alicaído comandante Kuznetsov pudiese enviar un mensaje codificado a su base en San Petersburgo: Operación Hades abortada. Se habían cortado tres cables submarinos y no seis; o, dicho de otro modo, en el lecho marino yacían intactos cinco cables de fibra óptica y no dos.

31

A las 06:35 del domingo, día del maratón de Moscú, un desfile presidencial con coches y guardia motorizada pasó bajo el arco de la torre Borovitskaya e ingresó en el Kremlin. Nadie osó preguntar por qué el presidente había escogido viajar en coche y no en helicóptero desde su villa a las afueras de Moscú; el mandatario estaba hecho una furia. Serov no había pegado ojo y tampoco León, que luchaba por mantenerse despierto en el asiento trasero de la limusina presidencial (un Aurus Senat de fabricación rusa cuyo coste ascendía a ciento cuarenta mil euros, nuevo y, por supuesto, blindado, lo cual explicaba su peso de seis toneladas y media). Esas características de la limusina retumbaban en la cabeza de Serov cada vez que se acomodaba en el asiento trasero y lo hacían ronronear orgulloso. Pero no ese domingo.

Si el presidente no hubiese estado tan preocupado, habría advertido el desarrollo de los preparativos para el maratón en toda la ciudad: se estaba acordonando la ruta y las grúas llevaban todos los coches aún aparcados en el recorrido señalado bajo la vigilante mirada de la policía. Empleados de la organización, ataviados con brillantes chaquetas de color naranja hechas de PVC, disponían puestos de avituallamiento, primeros auxilios y servicios a lo largo de los 42,195 km de carrera. Pero el presidente no advirtió nada de eso. Salió del coche con el rostro adusto, ingresó en el edificio senatorial y recorrió el largo pasillo con paso deliberadamente airado, atravesando las doradas puertas abiertas sin apenas dedicar un gesto de saludo a los soldados haciendo guardia en posición de firmes. Una vez en su despacho, se dejó caer sobre la silla de cuero dispuesta tras el escritorio y descansó la cabeza entre las manos. Luego levantó la mirada hacia León, retirado en su esquina, y le dijo que llamase al almirante Fiódorov.

Serov bramaba al teléfono instantes después.

—¿Qué dices? ¿Qué acabas de decir? ¿Que tenemos una filtración aquí? ¿Que alguien se lo dijo a los británicos? ¿Alguien de aquí? ¿Y por qué no de ahí?... ¡Cualquiera en el Almirantazgo se lo podría haber dicho a los británicos! ¿Que no tienes filtraciones? ¿Que la armada rusa no tiene filtraciones? ¿Son siempre los políticos los que se van de la lengua? ¡Vete a la mierda!

El presidente interrumpió la llamada. Le temblaban las manos.

—Llama a Marina.

León estuvo a punto de decir «¿No es un poco temprano?», pero una mirada a la atronadora expresión plasmada en el rostro de su jefe le hizo cambiar de idea. En cualquier caso, sabía que era madrugadora. La llamó desde el teléfono del presidente y le dijo que debía acudir de inmediato. Un coche iba a recogerla.

Marina cerró la puerta de su apartamento preguntándose si volvería a abrirla alguna vez. Vestía un chándal sobre su equipamiento de correr y llevaba una mochila. Encontró a Oxana en el descansillo, sentada en su mesa, bebiendo té y suspirando por su inminente despido. Aún no eran las siete de la mañana. Marina se acuclilló a su lado.

—Necesito tu ayuda, Oxanoska. Escucha con atención. Y dime si te pido demasiado.

—¿Pedir demasiado? —repitió, indignada—. No hay nada que no haría por ti.

Veintiocho minutos después, Marina, con zapatillas de deporte, un chándal sobre sus pantalones cortos y la camiseta del maratón con su pechera identificativa se presentó en el despacho del presidente, donde se encontró a Serov sentado en su escritorio con la mirada perdida en el vacío. Al principio pareció como si no reconociese a la mujer situada frente a él. Después, con voz cansada, derrotada, anunció:

—Se acabó… Un aborto. Un fracaso. Estéril como un mortinato.

—Perdona, Nikolái Nikolayévich —dijo Marina con tono apenado—, pero no sé de qué me hablas.

—Escucha, escucha esto —indicó apurado, tendiéndole una tableta—. El enlace… ¡Pincha ese enlace y dime exactamente qué dicen!

Marina entró en el enlace.

—*Un velero solitario se encuentra en problemas frente a la costa córnica* —tradujo Marina—. *La Marina Real ha emprendido una misión de rescate aeronaval.*

El presidente Serov dio un puñetazo en la mesa.

—Rescate aeronaval… ¡Mis cojones! ¡Maniobras de la OTAN a gran escala y no programadas! ¡Eso emprendieron! Los británicos lo sabían. Alguien los avisó.

Serov se hundió en la silla y apretó con las manos su espesa mata de cabello blanco. Atravesó a Marina con la mirada.

—Nos han traicionado —dijo en voz baja, con el puño cerrado sobre el escritorio. Después repitió las palabras, pero gritando—: ¡Nos han TRAICIONADO!

Nunca había visto a Serov tan enfadado.

—¿Puedo preguntar algo? —dijo con voz suave—. ¿Es posible que haya sido una coincidencia? ¿Una cuestión de pura mala suerte?

—¡No creo en la mala suerte! —chilló el presidente—. Tampoco creo en la buena. ¡Creo en la eficiencia! Esa filtración salió de alguna parte, ¡y todo el mundo es sospechoso hasta que averigüe quién ha sido! ¡Ya sea Kirsanov, Grisha o incluso Fiódorov! Sí, hasta Fiódorov. Después de todo, bien podría haber salido de la Armada. ¿Por qué no? De la Armada o del Ministerio de Asuntos Exteriores o del FSB o de esta misma habitación. Quizá fuiste tú, León.

—¿León? —repitió Marina, sin dar crédito.

—Acabarás diciendo que fue Marina Andreyevna —murmuró León, irritado. Serov lanzó un vistazo a Marina, negó con la cabeza y se apartó.

***

—¿A cuánto asciende el daño? —preguntó la primera ministra a Hyde, desde el otro lado de la mesa de su cocina. Eran las seis y cuarto de la mañana. El hombre había conseguido dormir tres horas en su cercano apartamento de la calle Cowley antes de regresar a Downing Street cuando apenas eran las cuatro. Allí encontró a Lynton esperándolo con los detalles de tres grandes episodios de sobretensión en el servicio de internet y una estimación del alcance del impacto, recopilada por el propio Lynton después de pasar toda la noche trabajando junto a un ejército de funcionarios pertenecientes a todos los departamentos gubernamentales.

—Puede darnos cierta idea del caos causado ahí fuera —dijo al entregar el delgado documento, demasiado cansado para sonreír.

Hyde subió las escaleras del número 10 de Downing Street poco después de las seis de la mañana para reunirse y tomar un café con tostadas con la primera ministra en su apartamento del piso superior bajo el más pálido de los amaneceres.

—Los daños —repitió Martha Maitland—. ¿A cuánto ascienden?

—Será un trastorno considerable —respondió Hyde—. Tres cables cortados. El treinta y cinco por ciento de nuestro tráfico de internet está buscando cómo atravesar el Atlántico. No sentiremos la totalidad del impacto hasta mañana. Y será considerable. Prepárese. Mañana, la apertura de los mercados financieros va a ser un caos. ¿Cómo de grande? No tenemos modo de saberlo. Esa es la pura verdad. Ahora mismo navegamos a ciegas. Alrededor de una quinta parte del tráfico cibernético desplazado encontrará un camino alternativo de modo automático... Pero el resto tendrá que ponerse a la cola, por decirlo de alguna manera, o entrar en una calma chicha. Ya estamos sintiendo algunos efectos colaterales bastante desagradables.

—¿Por ejemplo? —preguntó la primera ministra, con voz tensa.

—Los datos del tráfico aéreo se han visto comprometidos. Hoy no despegará ni aterrizará ningún vuelo en todo el país y, posiblemente, mañana tampoco.

—¿Qué más?

—No funciona la línea directa con Estados Unidos.

—¿Entonces, no puedo hablar con el presidente?

—Puede... Y debe. Nuestra gente está en ello...

Hyde se sirvió más café de la cafetera. Le gustaba cómo la primera ministra siempre hacía un buen café en la privacidad de su cocina.

—De momento nuestras agencias no pueden comunicarse entre ellas —prosiguió—. Y eso no es bueno... Nada bueno. El servicio de contraespionaje ha estado trabajando toda la noche en lo que pueda pasar.

—¿Qué más?

—El sistema bancario quedará... quedará suspendido.

—¿Cómo?

—Aunque no durante mucho tiempo, con un poco de suerte, pero nadie hará transacciones hoy. Mañana, a la hora del almuerzo, todo el país se estará preguntando qué diantres pasa. Tiene que adelantarse y hacer una declaración. Esta noche a más tardar.

—Hemos asistido a varias reuniones acerca de planes de contingencia dirigidas por usted, Martin...

—Que nunca iban a ser infalibles porque solo podíamos suponer el alcance del daño. Lo importante ahora es lo rápido que podamos arreglar los cables rotos. Eso llevará tiempo, aunque hayamos podido llegar antes gracias a nuestro agente en Moscú. Ya han empezado las reparaciones. Mientras tendremos que prepararnos, primera ministra. Vamos a sufrir unas cuantas sacudidas, así que será mejor no dejarnos llevar por el pánico.

—El pánico no puede conmigo, Martin, ya lo sabe —replicó la señora Maitland con un toque de irritación en la voz llevando la taza de café a sus labios.

—Va a encontrar mucha hostilidad en la Cámara de los Comunes, y los miembros del Parlamento exigirán respuestas.

—Durmiendo en el turno de guardia, ¿no?... Es como si los estuviese oyendo —comentó con una risita desdeñosa—. Presentemos una declaración ahora mismo. ¿Por qué esperar? No quiero mencionar el asunto de los cables... Aún no. Podemos insinuar que se trata de un ciberataque, ¿no le parece? Basta con que sepan que estamos al tanto de la situación. Mañana haré una declaración más detallada en la cámara. Quizá necesite mencionar un cable… Se ha cortado un cable… Después, poco a poco, subiremos a tres. ¿O debería coger al toro por los cuernos?

—Coja al toro —aconsejó. La primera ministra sonrió. Hyde era un amigo bueno y fiable.

—Gracias a Dios, es domingo. Eso nos da algo de tiempo.

Miró directamente a Hyde.

—Y habría que agradecerle todo lo demás, ¿no le parece? Hemos evitado una catástrofe nacional, gracias a Dios, aunque hoy no iremos a misa.

—Desde luego. Podría haber sido mucho peor.

—Nos hemos salvado, nos hemos librado de una buena —dijo la primera ministra, untando una tostada con mantequilla—. Nuestras vidas, y no solo aquí, en el Reino Unido, sino en Europa y Estados Unidos… *Todas nuestras vidas* habrían quedado arruinadas, sí, arruinadas, durante semanas, incluso meses si Rusia hubiese completado la operación Hades. Estuvimos a pocas horas de ser testigos de la perdición de millones de personas. La Marina Real, con la ayuda de nuestros aliados de la OTAN, ha sido capaz de obligar a los rusos a abortar su actividades hostiles. Se han cortado tres cables. Es una situación seria, por supuesto, y sus consecuencias son graves, pero todo eso es *temporal* y el daño no es nada (repito, no es nada) en comparación con lo que podría haber sido.

Fuera caía una lluvia fina y las húmedas calles londinenses se veían vacías. Los pelícanos estaban situados en su roca favorita, por encima del camino en el parque de St. James, mientras las gotas de lluvia pinchaban la superficie del estanque.

—¿Cuándo regresa Clive a casa? —preguntó la primera ministra.

—Esta noche.

—Avíseme en cuanto aterrice, por favor. No sé por qué, pero siento ansiedad. Le debemos mucho. ¿Podríamos darle alguna recompensa? ¿Qué le parece?

—No estoy seguro de que le gusten esas cosas. Es un individuo muy discreto.

—Y no nos olvidemos de la mujer rusa. María no-sé-qué.

—Marina. Marina Volina.

—¿Cómo saldrá?

—Esa no es la pregunta adecuada.

—¿De qué demonios me está hablando, Martin?

—La cuestión es *si saldrá*.

—¡Todo el mundo es sospechoso! —repitió el presidente ruso, recorriendo la habitación con mirada frenética, sin apenas advertir a Marina, o a León revisando su teléfono.

—El general Varlamov ha llegado.

—¡Que lo traigan aquí! —ordenó Serov—. Cuantos más, mejor.

El general Varlamov entró y se detuvo un instante, sorprendido de ver a Marina.

—¿Se ha enterado? —preguntó el presidente. Varlamov asintió—. ¿Y qué piensa? ¿Qué es una simple casualidad? ¿Qué ha sido *mala suerte*?

—Según las noticias de la radio local, había un velero en apuros...

—¡La OTAN no realiza maniobras no programadas por un velero solitario! —gritó Serov—. ¿Esa es su respuesta? ¿Cree que soy un perfecto imbécil?

—No ha sido esa mi respuesta, Nikolái Nikolayévich —insistió el general con su tono más suave—. La historia del velero solitario es un excusa, por supuesto. Los británicos recibieron un aviso, pero no antes de que pudiésemos cortar tres cables submarinos. No nos equivoquemos, eso va a causar un daño considerable.

—¡Nuestro objetivo eran seis! Deje de presentarlo como una especie de éxito... Es una operación fallida. Nuestra intención era lisiar a Occidente. Eso no va a suceder. Y lo considero a usted responsable. Usted estaba encargado de su coordinación. ¡La ha pifiado!

—Casi lo conseguimos —recalcaba Varlamov, con voz firme y sin rastro de arrepentimiento—. Nuestros microsatélites funcionan muy bien, por cierto.

El general Varlamov no iba a mostrar ni remordimiento ni ansiedad. Su compostura irritaba a Serov, que regresó a su asiento tras el escritorio.

—¡General Varlamov, la operación Hades se abortó a mitad de su ejecución!

—Nikolái Nikolayévich, la pregunta clave probablemente sea quién avisó a los británicos. La OTAN necesita entre seis y ocho horas para emprender este tipo de maniobras, así que los británicos debieron de recibir la información ayer por la tarde.

El general estaba decidido a dirigir la conversación, a desplazar al visceral presidente y reafirmar su posición, su importancia.

—El FSB realizará una investigación exhaustiva; no quedará agujero sin mirar —prosiguió el general—. Siempre podrá contar con nosotros si el honor de Rusia está en juego. Nikolái Nikolayévich, debo recordarle que nuestros recursos son considerables. Miraremos a todos con lupa. Le presentaré una respuesta en menos de veinticuatro horas.

Sus nervios de acero y su aire de autoridad parecieron sosegar a Serov.

—No se entretenga conmigo, general —advirtió Serov, posando las manos sobre la encuerada superficie de su escritorio. Luego, murmuró algo entre dientes lo bastante alto para que lo oyesen todos—: ¡Póngase a ello!

León sujetaba la puerta para franquear el paso de Varlamov, cuando este se detuvo volviéndose hacia Marina.

—¿Siempre visita discotecas la noche antes de correr un maratón?

Marina solo pareció sorprenderse a medias.

—Perdone, general, ¿qué tiene eso que ver con nada de esto?

—Estamos investigando a fondo a todo el mundo y bien sabemos que el tiempo es esencial. Ya que la tengo aquí, Marina Andreyevna, me gustaría preguntarle, aunque solo sea… ¿Cómo pasó la tarde de ayer?

Marina miró al general directamente a los ojos. Al hablar, lo hizo con voz firme.

—Le he enviado mi informe por correo electrónico esta mañana, a las seis en punto, general. ¿Desea consultar su bandeja de entrada?

—¿Y dónde estuvo *usted* ayer por la tarde?

La pregunta del presidente los sorprendió a todos.

—¿Yo?

—Sí, usted.

Varlamov pareció ponerse nervioso un instante. El presidente le estaba pidiendo, a él, al vicedirector del FSB, que se explicase, que rindiese detalles acerca de su paradero frente a sus subordinados. Era indignante.

—¡Usted! ¿Dónde estaba usted? —persistió el presidente.

—Donde siempre estoy. En mi despacho de Lubianka o de camino aquí. ¿Dónde iba a estar en tan crítico momento?

En la cama con Dasha, pero no sería muy inteligente confesarlo ante los presentes. Le había enviado cincuenta rosas y diez mil dólares en efectivo; la joven cambió de parecer acerca de su mudanza. Con la operación Hades en marcha, Varlamov no tenía nada más que hacer sino esperar. Necesitaba una distracción, un placer físico que le ayudase a matar el tiempo, calmar sus nervios, hacerlo sentirse bien consigo mismo. Dasha le proporcionó eso y más.

El presidente se inclinó hacia delante con las manos asentadas sobre el escritorio y los ojos fijos en Varlamov.

—Ya sabe, Grisha… Rodarán cabezas.

En ese momento, un reloj de bronce dorado dio las horas y Marina consultó su reloj de pulsera.

—Nikolái Nikolayévich… Como llegue tarde, me descalifican… Si no te importa…

—Vete —dijo Serov, despidiendo a Marina con un gesto de la mano. Después, lo repitió con tono más apremiante—: ¡Vete!

Marina corrió por el pasillo y bajó las escaleras de mármol saltando los escalones de dos en dos. Casi había llegado a la puerta cuando oyó la voz de León.

—¡Espérame!

Llegó junto a ella, si resuello.

—El jefe no quiere que te pierdas la carrera. Cojamos la moto. Se muere por correr.

Mientras León apartaba la cubierta plateada de su adorada motocicleta, Marina se quitó el chándal en el patio exterior del palacio y se lo entregó a un guardia, al que le preguntó si tendría la amabilidad de llevarlo a su despacho. Se quedó en el patio adoquinado del Kremlin con sus pantalones cortos y su camiseta sin mangas con la referencia C104 en la pechera.

—¿Va a correr el maratón? —preguntó el guardia, mirando a la pechera, impresionado. Marina asintió. El guardia alzó un puño y entonó—: ¡A por ellos! —Que ella contestó con el clásico "oé".

Despúes se sentó detrás de León, sobre su destellante máquina blanca, rodeándole la cintura con los brazos.

32

Clive se encontraba justo donde se suponía que debía estar: esperando por Marina en la línea de salida del maratón de Moscú bajo un enorme amplificador y una cámara de televisión con grúa. Estaba rodeado por cientos de corredores calentando, saltando, moviendo la cabeza, sacudiendo brazos y piernas, tocándose los dedos de los pies, estirando cuádriceps e isquiotibiales, hablando, riendo y ansiosos por comenzar.

Había seguido las instrucciones especificadas en el paquete de bienvenida y sujetó la pechera, C105, con los imperdibles de seguridad proporcionados. También leyó la totalidad del panfleto; este explicaba cómo un chip colocado en la pequeña banda negra de su pechera iba a registrar su tiempo y distancia. En la muñeca llevaba la pulsera de pelo animal, regalo de Vera. Se suponía que le iba a dar suerte, ¿funcionaría? Clive pensó en los desafíos planteados frente a él. El primero consistía en sobrevivir al maratón. El segundo, encontrarse a bordo del vuelo a Londres esa misma noche. ¿Lo detendrían en el aeropuerto? Podían, según admitió Luke Marden la velada pasada, pero lo consideraba muy improbable, sobre todo porque él, en calidad de embajador británico, estaría a su lado durante todo el viaje. «Bueno—pensó ataviado con sus pantalones cortos mientras esperaba junto al estadio Luzhnikí a que llegase Marina—, suba o no suba a ese vuelo, tengo un pasaporte diplomático y con eso acabaré llegando a casa. ¿Dónde se ha metido Marina?».

Las dos sombras del FSB llamaban poderosamente la atención con sus flamantes pantalones, zapatillas y calcetines nuevos; llevaban hasta muñequeras, también nuevas. Clive decidió llamarlos Boris y Gleb.

—¿Vuestro primer maratón?

Los agentes parecieron sorprendidos. No había entrenamiento para situaciones como esa. Su trabajo consistía en seguir. En secreto. No en enredarse a charlar a plena luz el día con el objetivo de su vigilancia.

—No te llamas Boris, ¿verdad?

Silencio.

—¿Quizá Gleb?

Silencio.

—Ya sabes, los hijos mártires de Vladimiro el Grande.

En ese momento Marina llegó corriendo junto a Clive con un jadeante «siento llegar tarde». Apenas lo dijo, advirtió la presencia de las sombras del FSB.

—Bueno, hola, otra vez —sonrió. Los hombres se volvieron para atarse los cordones.

—Boris y Gleb —susurró Clive, tomando nota mental de sus referencias deportivas: Boris era el C206 y Gleb el C207.

—¿De verdad?

—No. Es una mala costumbre tomada de Rose... Le encantan los motes. En cualquier caso, ya conocemos a estos caballeros, ¿no?

—Desde luego. Son el Equipo A.

«¿Cómo voy a defenderme? —se preguntó Clive, viendo calentar a Boris y a Glen—. Esos tipos son todo músculo. ¿Y cómo puede estar tan despreocupada, cuando el resto de su vida depende de lo que pase hoy? Parece como si no tuviese otra preocupación».

Una voz tronó en el amplificador, primero en ruso y después en inglés: «Corredores de élite, colóquense al frente, por favor». A las nueve en punto se realizó el disparo de salida y la élite de los maratonianos, sus pecheras mostraban apellidos, no referencias, se lanzaron a la carrera entre los gritos y vítores de la multitud.

—No salimos hasta dentro de media hora —anunció Marina, saltando de un pie a otro—. A y diez salen los mejores corredores aficionados; esos tienen la referencia «A». A y veinte es el turno de los que llevan la referencia «B». Así que salimos a y media.

—¡Me cago en la puta! —mugió una voz entre el gentío. Rose miraba directamente a Clive inclinada sobre la valla—. Ese moratón está negro —comentó medio despierta y bostezando, ataviada con vaqueros negros y una camiseta de color negro sucio; la sombra de ojos empleada la noche anterior corría bajo sus pequeños y cansados ojos.

—Tienes una pinta horrible —le dijo a Clive.

—Tú también.

Rose mordisqueaba una barrita energética y tenía un mapa de la ruta.

—Bien —continuó, metiendo la barrita en un bolsillo—. Aquí la enfermera Friedman de servicio. Le prometí a Lucky Luke que haría las comprobaciones finales. ¿Te parece bien, Marina? Vale... ¿Insulina? ¿Glucómetro? ¿Tiras de prueba? ¿Dextrosa? ¿Todo en orden?

Clive alzó los pulgares.

—La enfermera Friedman necesita saber si has comprendido el proceso que he intentado meter en esa espesa mollera tuya durante el desayuno. Marina, tú también tienes que saberlo. Clive, larga el rollo.

—Al correr, quemo glucosa más rápido y necesito menos insulina, alrededor de un treinta o un cuarenta por ciento de mi dosis habitual. Una pequeña inyección debería bastar. Dos son más que suficientes. Conmigo llevo tres, por si acaso. Y llevo una bebida edulcorada. Si quemo demasiada glucosa, me desmayaré, así que debo parar cada media hora para pincharme el dedo y controlar el nivel empleando un glucómetro y la cinta. ¿Cómo voy?

—Podría pasar —sentenció Rose—. Comprueba tu boli de insulina. Asegúrate de no haberlo dejado por ahí. —Clive sacó el aparato del bolsillo y lo mostró—.Mira qué cosita —dijo, cogiéndolo. Lo estaba volteando en la mano cuando Marina trastabilló hacia atrás.

—¿Qué pasa?

—Un idiota ha chocado conmigo. Cuanto antes salgamos, mejor.

—Aquí tienes el boli —indicó Rose—. Y dale recuerdos al famoso Café Pushkin, ¿vale? Los mejores Whisky Sour de la ciudad. Buena suerte, muchachos.

—¡Buena suerte, Marina! —gritó una voz conocida desde el otro lado de la valla.

Marina se volvió y, con gran desmayo, encontró a Vania a poco más de un metro de ella, rodeando a una sonriente Liuba con el brazo

—No deberías estar aquí... —susurró, dando media vuelta.

Al volverse de nuevo, Vania y Liuba habían desaparecido.

El presidente descargó su ira sobre Varlamov durante cinco minutos de reloj.

—¿Se da cuenta del coste? Miles de millones... Le di un cheque en blanco... El FSB, la marina... Le dije: «haga lo que sea necesario»... Eso les dije a todos: a usted, al FSB, a la armada... «¡No reparen en gastos!». —llegado a ese punto, el presidente se dio una palmada en la frente—. ¡Es un idiota! ¡Y pensaba que podría contar con usted! Ni loco hubiese pensado que usted, precisamente usted, la cagaría. ¿Quién filtró la información? Grisha, quiero que llegue al fondo de todo esto. Rápido. Quiero una cabeza servida en una bandeja, ¿lo comprende?

La imagen bíblica no era una casualidad. La madre de Serov fue una fiel devota de la Iglesia ortodoxa rusa durante la época de Stalin y le había narrado historias bíblicas, en secreto, con todos los aterradores y sangrientos detalles que tanto lo fascinaban. Su favorita era la de Salomé llevando la cabeza de san Juan Bautista en una bandeja.

—Lo entiendo perfectamente, Nikolai Nikolayévich.

De pronto Serov se calmó y habló con voz tranquila.

—Bien... Bien. Porque esa cabeza será la suya, general, si no averigua quién ha hecho esto.

El presidente subió el volumen del televisor de pantalla plana colgado en la pared de su despacho a tiempo para oír al locutor de noticias ruso anunciar que el Reino Unido estaba sufriendo una serie de problemas de conectividad en sus servicios cibernéticos que la portavoz de Downing Street describió como «temporales».

—¡Problemas temporales de conectividad! —resopló Serov—. No se entretenga conmigo, general. Tiene trabajo que hacer.

Varlamov abandonó el edificio senatorial a bordo de su BMW negro; le ordenó al conductor ir directo a Lubianka.

—Lo siento, señor, pero la calle está cortada. Es por el maratón. Tendremos que dar un rodeo.

—El maratón aún no ha comenzado —señaló el general con tono imperioso—. Usted tomará la ruta habitual.

Y la tomaron. Un policía, al ver la matrícula, saludó y soltó una de las barreras de metal alineadas a lo largo de la ruta del maratón; el BMW cruzó la calle vacía.

Varlamov siempre pensaba con más claridad en el cuartel general del FSB. Era su ambiente natural y en menos de un año iba a ser el jefe de la jauría. Eso había llegado a decir el presidente. El futuro se presentaba radiante, siempre y cuando no lo estropease.

El general había conocido a muchos espías a lo largo de los años. Y a traidores. ¿Cómo podría él, el general Grigory Mijáilovich Varlamov, aplicar sus considerables conocimientos al asunto que traía entre manos? No podía aplicarlos directamente porque, por primera vez en su vida, o eso le decía su inteligencia emocional, estaba tratando con aficionados.

Quizá estuviese equivocado, por supuesto. El traidor podía vestir el uniforme de la marina; o lucir traje y corbata, sentado en un despacho del Ministerio de Asuntos Exteriores; o quizá llevase un pase especial colgado al cuello y estuviese en el despacho del presidente, sin corbata y sin calcetines; o incluso allí, deambulando por los pasillos de Lubianka...

«Regresa —se dijo—. Regresa. Al momento en el que Marina mostró sus cartas. Deja ir al inglés o atente a las consecuencias... Esas habían sido sus palabras. ¿Pero por qué hacerlo en ese momento concreto? Para salvar al inglés, claro. Él es su debilidad. Su talón de Aquiles. Para salvarlo tenía que volar su tapadera. ¡Enternecedor! ¿Cómo supo que Franklin estaba conmigo?».

—Son un equipo: Volina, Franklin e Iván, el hermano de Pavel —dijo el general en voz alta. Llamó al teniente Maxim Mishin por el intercomunicador de su despacho.

El oficial entró con un delgado documento de papel. Estaba nervioso; no había logrado detener al limpiabotas armenio y sabía que eso contaría en su contra.

—En su mensaje dice que tiene dos datos.

El teniente sacó un programa del Bolshói de su maletín, el de *Jovánschina*. En la segunda y última página, bajo el anuncio del patrocinador, Credit Suisse, habían garabateado unas cuantas letras y números: *H 15* y después *T25 1502*.

—*H 15* es un asiento. *T25* es...

—La dirección de Volina. Tverskaya 25. Y 1502 será el código de entrada, ¿no?

Mishin asintió y permaneció en una rígida posición de firmes. Tenía mucho que arreglar.

—Eso indicaría, si me permite —empezó a decir, con cuidado—, que Volina nunca estuvo en la ópera. Envió en su lugar a Narek, el limpiabotas, y se encontraron después para que le pudiese dar el programa.

—¿Ya lo ha encontrado?

—Voló a Ereván el viernes por la noche. En las aerolíneas armenias.

—No me importa con *qué* compañía voló —espetó Varlamov—. Lo vio hablando con Volina en el Metropol. Ella lo puso sobre aviso, por supuesto... ¿Y dice que tenía una amiga? ¿Una recepcionista? ¡Tráigala!

—Ayer fui a casa de su madre. Y ayer, a las cinco en punto de la mañana, Liza Ushakova tomó un vuelo a Bodrum. He comprobado la lista de pasajeros. Está en ella.

—¡Su incompetencia va más allá de lo imaginable! —estalló Varlamov—. Huyeron *los dos*. Bravo, teniente. ¿Qué más?

Mishin colocó una hoja de papel frente al general, una transcripción de la conversación de Marina con Rose Friedman el sábado por la tarde, a las tres y media.

—Ya lo he visto. Sabemos de la obsesión del inglés por Chéjov. ¿Y?...

—La compañía de teatro Perm representa *Tío Vania* en el teatro al aire libre Minack. La última actuación de la temporada es el próximo miércoles. Usted me dijo que no dejase agujero sin mirar, así que busqué Minack en Yandex. Es un anfiteatro situado en un acantilado de la costa córnica, por encima de Por... Por... No estoy seguro de cómo se dice... No sé si se pronuncia la hache o no.

—¡Dígalo de una santa vez!

—Porthcurno.

—¿Cómo?

—Porth-curno. O Port-curno, como se diga en inglés... Bueno, el teatro Minack domina la playa. No sé por qué, pero creo que puede ser relevante.

—Y así es, teniente.

«Ya la tengo —se dijo el general—. Nikolái Nikolayévich ha dejado claro que no cree en coincidencias. Pues yo tampoco».

—Ah, y una cosa más —añadió Mishin—. El embajador británico ha sacado un pasaje en el mismo vuelo de British Airways que Clive Franklin y Rose Friedman.

—Bueno, eso no le hará ningún bien —respondió el general, entornando los ojos al recostarse en su silla. Atraparía a los dos, al inglés y a Volina, pues retener al inglés ablandaría a Volina y sería más fácil de quebrar; a través de ella cogería a Iván y lo enviaría a la más dura de las prisiones rusas, donde pasaría años realizando trabajos forzados y, probablemente, moriría de tuberculosis. Interrogaría al inglés tanto como lo soportase, esa sería su venganza. Varlamov sabía cómo quebrar a un hombre desde dentro. Pero el verdadero dolor de Franklin, el que permanecería con él constantemente, todos los días de su vida, sería saber el sino de Marina Volina. El general ya había decidido hacía mucho tiempo que en cuanto confesase, no volvería a interpretar nunca nada, ni siquiera iba a recordar una sola cita de Shakespeare. Tendría suerte si se acordaba de su nombre. La dejaría en un hogar para discapacitados en algún lugar cerca de Saratov.

Tres corredores mantenían su vista puesta en Clive, ¿Por qué? ¿Qué había hecho él para merecer tanta atención? En su opinión, dos de ellos, con las referencias C98 y C99, eran los típicos corredores de maratón, delgados y desgarbados, pero el tercero, con la referencia C100 en la pechera, era un gigantón, el tipo de persona que nunca se ve corriendo un maratón: estructura gruesa y bíceps abultados.

—¿Por qué no dejan de mirarme esos tres mosqueteros? —preguntó a Marina en inglés.

—Debe ser por tu ojo morado.

Clive se relajó.

—Entonces, ¿qué objetivo tienes? ¿Batir tu marca?

—Lo dudo. No te lo tomes a mal, pero no eres precisamente Mo Farah.[22]

—No te contengas por mí. ¡Ve por ella! —animó Clive.

Marina miró a las sombras el FSB a su espalda: las dos comprobaban sus relojes inteligentes Garmin.

—¿Y dejarte a merced de Boris y Gleb? —murmuró—. De ninguna manera. Tengo que cuidar de ti.

Marina se apartó de las sombras y comenzó a saltar, mover el cuello y soltar sus miembros.

—Aquí nuestros amigos querrán aprovechar cualquier ocasión —añadió en inglés, señalando con un asentimiento a Boris y a Gleb.

Se miraron y en ese momento comprendieron, por instinto, que estaban pensando lo mismo empujados por una compulsión lingüística. La expresión en ruso era casi idéntica: *¡Kuy zhelezo, poka goryacho!* (Al hierro candente, batirlo de repente).

—Pensamos igual —susurró Clive—, estamos hechos el uno para el otro, ¿no lo ves?

Una voz masculina brotó del amplificador pidiendo a todos los referenciados con la «C» que se colocasen en la línea de salida. Se escuchó el disparo y los corredores salieron como el agua de un río rebasando una represa.

Estaban en marcha.

—Ha comenzado —anunció el teniente Mishin, lanzándole un vistazo a su teléfono. Se hallaba junto al general en el balcón de Lubianka que dominaba la carretera de seis carriles extendida más abajo; normalmente estaba congestionada por el tráfico, pero entonces se encontraba vacía, excepto por los soldados alineados a lo largo de la ruta frente al imponente edificio

---

22 Mohamed Muktar Jama Farah, corredor británico de origen somalí. Uno de los mejores especialistas en media distancia de todos los tiempos. *(N. del T.)*

de Lubianka. Mishin se sorprendió al ver al general fumando. No vapeaba, fumaba.

—Cuando acabe todo esto —anunció Varlamov, dando una calada a su cigarrillo profundamente satisfactoria—, recibirá una recomendación firmada por mí. Teniente Mishin, está comenzando su ascenso.

Clive y Marina corrían hombro con hombro, y Boris y Gleb los seguían unos metros por detrás. Había voluntarios ataviados con fluorescentes chalecos amarillos alineados a lo largo de la ruta; muchos se encontraban detrás de mesas hechas con tablones repletas de gajos de naranja y vasos de papel llenos de agua.

A los treinta y cinco minutos de carrera, Clive se detuvo frente a los destellantes cristales de los rascacielos de la *city* de Moscú, el centro de negocios internacional de la ciudad, para pincharse el dedo y comprobar sus niveles de glucosa. Todo correcto.

Retomaron la carrera: Clive y Marina al frente, Boris y Gleb detrás. Pero no por mucho tiempo. Atravesaban el parque Krasnaya Presnya cuando C98, C99 y C100 hicieron su movimiento. Los tres corredores aceleraron para rebasar a las sombras del FSB, que apartaron a codazos, con el gigantón inmediatamente detrás de Clive, mientras los otros dos lo flanqueaban junto a Marina, encajonándolos. Boris y Glen no tenían nada que hacer, varias veces intentaron recuperar su posición, asignadas detrás de Volina y el inglés, pero siempre fueron rechazados a codazos.

—¿Qué pasa? —preguntó Clive, jadeando—. ¿Quién *es* esta gente?

—Hombres de Kunko. Te están protegiendo. Tú corre.

El jefe de los hombres de Kunko, el grandote con la referencia C100, siempre dijo que sería pan comido, y lo fue. Con quince mil dólares en su bolsillo trasero y sin comprobaciones de identidad el día del maratón, no tuvo problema para convencer a tres amigos, todos corredores de categoría C, de que le cediesen sus pecheras rojas a cambio de dinero contante y sonante. En vez de corriendo el maratón, esos amigos se encontraban entonces en una cafetería de la zona, con la mirada fija en el dinero en metálico mientras planeaban las vacaciones de sus vidas.

—Boris y Gleb no parecen muy alegres —comentó Clive, echando un vistazo a los agentes del FSB a su espalda, que corrían con empeño mientras hablaban apurados por sus móviles.

«¿Qué plan tienen? —se preguntó Clive—. Continúa corriendo. No, mejor aún, habla con Marina. Di algo».

—¿Me has oído?

—No.

—Preguntaba por qué Kunko está haciendo esto.

—Te debe una. Salvaste a su hija de sufrir un desfiguramiento permanente, ¿recuerdas?

Clive se detuvo de nuevo, esta vez, y por los viejos tiempos, frente al Ministerio de Asuntos Exteriores (lugar donde había derrochado tanto tiempo y energía) para comprobar su nivel de glucosa con los tres mosqueteros formando un escudo humano a su alrededor. Los niveles de glucosa se mantenían, pero, como le había advertido el doctor McPherson, podían elevarse en cualquier momento bajo la presión del ejercicio intenso. Pronto debería pincharse. «No importa —se dijo—. Concéntrate. Concéntrate en averiguar cuál es el plan de Boris y Glen. ¿Un arma de fuego? ¿Un cuchillo? ¿O una aguja?

No pasó nada. Clive rebasó la Casa Blanca, destellante bajo el sol, y pasó cerca de la imponente estatua de Pedro el Grande preguntándose si, después de todo, no se trataría de una falsa alarma.

Dos horas y media después se acercaban al río Moscova, casi en la marca de la media carrera: Clive, Marina, los tres mosqueteros, Boris y Gleb trotaron por el muelle Sofiyskaya frente a las murallas de ladrillo rojo del Kremlin. Clive disminuyó el ritmo al acercarse al elegante edificio situado más allá de la calle en el que hondeaba la Union Jack en lo alto de un mástil. Luke Marden se encontraba en el balcón con unos prismáticos en los ojos. Clive saludó con la mano y un instante después el embajador le devolvió el saludo. Y los tres hombres musculosos, sin mostrar signos de fatiga, continuaban cortando el paso a las sombras del FSB, manteniéndolos a varios metros de distancia.

Cruzaron Tverskaya y Marina recorrió su calle con la mirada. ¿Volvería a ver su piso? Cogió dos gajos de naranja en una de las mesas de tablones colocadas a lo largo de la ruta y le dio uno a Clive. Un voluntario gritaba palabras de ánimo: «¡Vamos, vamos, vamos!». Pero Marina no tuvo energía para contestar; se limitó a saludar con la cabeza.

En el paseo Tverskoy se detuvieron frente al Café Pushkin. Marina odiaba ese edificio, pues con su pretencioso interior simulaba ser decimonónico, pero a los extranjeros les encantaba y el portero, con chistera y abrigo, ganaba una fortuna en propinas.

Los tres mosqueteros rodearon a Clive mientras abría el bolsillo del cinturón y sacaba un bolígrafo de insulina. Al mismo tiempo, Boris se acuclillaba para tensar sus cordones y sacar una cerbatana de su calcetín con la que apuntó al gemelo de Clive. Pero el gigantón con referencia C100 no había apartado sus ojos del agente y saltó con la ligereza de un boxeador para apartar al inglés. El dardo se estrelló contra el suelo. Disparó un segundo, pero no se clavó en el cuerpo de su objetivo, sino en el brazo de C100. El hombretón trastabilló y se desplomó. Una voluntaria corrió a preguntar si debía llamar a la ambulancia.

—Este mierdoso sí va a necesitar una ambulancia —dijo C99, sujetando a Boris por la nuca antes de retorcerle un brazo con un fuerte movimiento y barrerlo haciéndole caer al suelo. Gleb estaba inmóvil en su sitio, aterrado. Extendió las palmas de las manos para mostrar que no empuñaba ningún arma mientras Boris yacía en el suelo, gimiendo.

—Se te ha caído esto —indicó Marina, entregándole a Clive su bolígrafo de insulina. Solo que no era su bolígrafo: era un sustituto y estaba lleno de flunitrazepam. Recordó con cuánta gracia Rose los había cambiado antes del comienzo de la carrera. Clive se inyectó y cayó de rodillas. Los mosqueteros C99 Y C98 lo ayudaron a mantenerse erguido y lo llevaron a una calle lateral.

—No me puedo ir sin Marina —dijo, arrastrando las palabras.

—Iré muy pronto, amor mío —le susurró ella al oído.

C100 se encontraba de nuevo en pie, todo su cuerpo combatía el producto inyectado en su perfecto organismo. Se las arregló para estabilizarse y renqueó detrás de sus compañeros.

Boris también estaba en pie, aunque solo unos segundos antes de caer sobre la valla mientras veía, sin poder dar crédito, a su atormentador, C100, *caminando*. ¿Qué había salido mal? Según los expertos en armamento «alternativo» del FSB, el tranquilizante de la cerbatana podía dormir a un rinoceronte. Mientras, crecía el sonido de la sirena de una ambulancia requerida por la voluntaria. Con todo, los corredores del maratón continuaban la carrera observados por espectadores con pancartas, y casi nadie reparó en Boris, entonces agarrándose el hombro dislocado con el rostro crispado de dolor.

—¡No pierdas al inglés! —le gritó a Gleb, que saltó la valla de inmediato y siguió a la cada vez más alejada figura de C100. Los voluntarios ayudaron a Boris a entrar en la ambulancia mientras los espectadores más cercanos se preguntaban qué demonios estaba pasando. Con la llegada de una nueva ola de corredores todos los ojos volvieron a concentrarse en la carrera en apenas unos segundos y Boris y su recuerdo se fueron encerrados en la parte trasera de la ambulancia.

A pocos cientos de metros, en una calle lateral, ni el embajador ni su conductor parecieron sorprenderse cuando uno de los hombres de Kunko depositó a Clive seminconsciente en el asiento trasero del coche insignia de la embajada. El Jaguar salió pausado con la Union Jack hondeando en la capota.

Marina continuó su carrera. Ella nunca dejaba un maratón *sin* concluir, y ese no iba a ser una excepción.

—¿Se ha ido? ¿Qué quiere decir «ido»? —bramó el general al teléfono—. ¿A dónde? ¿En un coche de la embajada británica? Pues bien, ¡encuentre el puto coche! Alerte a la policía de tráfico; a *toda* la policía. Se trata de un coche de la embajada británica con la bandera del Reino Unido, no es precisamente invisible.

Varlamov se volvió hacia Mishin con los ojos encendidos de furor.

—Han perdido al inglés. Teniente, quiero que se ponga al mando. Salga y encuentre el coche. Alerte a la policía de tráfico. Y a los aeropuertos. Aún no he terminado con Franklin. ¿Y Volina? ¿Dónde está Volina? Pregunte a esos idiotas. ¡Pregúnteles dónde está!

Mishin obtuvo una respuesta en menos de dos minutos.

—El inglés se detuvo frente al Café Pushkin, cerca de la línea de los treinta kilómetros, a doce de la meta. Si asumimos que Volina continúa corriendo, entonces…

—¿Qué significa eso de «asumir»? ¿Qué dicen nuestros agentes?

—El inglés tenía protección: tres guardaespaldas haciéndose pasar por corredores. Cuando uno de los agentes intentó neutralizarlo, como se le había ordenado, lo… asaltaron, derribándolo. Está de camino al hospital, señor. Tiene un hombro dislocado. Y cuando el inglés se desplomó…

—¿Cómo ha dicho?

—Se desplomó.

—¿Y la fotografía? Les dije que sacasen una fotografía…

—Lo siento, señor, pero los guardaespaldas del inglés lo hicieron imposible…

—La palabra «imposible» no existe para el FSB. ¿Lo ha entendido, teniente?

—A la orden de vuecencia, mi general. Franklin se inyectó a sí mismo y se desmayó. Nada que ver con nosotros. Sus guardaespaldas lo llevaron al coche del embajador británico que esperaba en una calle adyacente. Uno de nuestros agentes fotografió la matrícula y al inglés en el asiento trasero. Iba inconsciente o dormido.

—¿Y Volina no se fue con el inglés?

—No. Nuestro agente informa de que el coche de la embajada viró en Novy Arbat; creo que se dirigía al aeropuerto de Domodédovo.

—¿Y Volina? ¿Dónde está Volina?

—Creemos que sigue corriendo. No se preocupe, mi general. Nuestro hombre se ocupará de ella.

33

Marina podía sentir el aliento de Varlamov en la nuca. Lanzó un nervioso vistazo a su espalda, pero aún no había rastro de la sombra del FSB. Podría saltar la valla, escabullirse por una de las calles adyacentes y huir corriendo. ¿A dónde? ¿A su casa? A buen seguro la estarían esperando. En cualquier caso, no llevaba su pasaporte encima. Ni el teléfono.

«Estoy sola», pensó.

El teléfono prepago comenzó a vibrar en el fondo del bolsillo de sus pantalones de correr; se lo había dado Vania la noche anterior en la High Tide, en medio de la estridente mezcla de música electrónica realizada por uno de los mejores pinchadiscos moscovitas. Lo sacó y aceptó la llamada.

—¿Cuál es tu tiempo estimado de llegada? —preguntó Vania. Marina ralentizó el paso y le dijo con voz jadeante que acababa de rebasar el Bolshói y la marca de los treinta y cinco kilómetros. Aún le quedaban siete kilómetros de carrera y su velocidad era de unos siete minutos por kilómetro, así que, a ese paso, calculó que llegaría a la línea de meta en cuarenta y nueve minutos.

Volvieron a levantar a Clive ocho minutos después de que los hombres de Kunko lo llevasen al asiento trasero del coche insignia de la embajada, aunque esta vez fueron el embajador y Fiódor para colocarlo en la parte trasera de un viejo Nissan que aguardaba en una calle lateral. Rose Friedman estaba sentada al volante. El hombre junto a ella salió del coche.

—Te pondrás bien —le dijo el doctor McPherson, sujetándolo; Clive aún se encontraba mareado y vacilante.

Fiódor, el conductor de la embajada, tocó la ventanilla de Rose. Sonreía. La joven salió del coche, lo abrazó y le susurró:

—No fundas la pasta de una tacada.

Luego regresó a su puesto al volante. El Nissan se dirigió al oeste para salir de Moscú.

No fundas la pasta de una tacada. Las palabras de Rose resonaron en los oídos de Fiódor mientras acompañaba al embajador de regreso al coche insignia e intentaba asentar en la cabeza lo sucedido en las últimas doce horas. Para empezar, era diez mil dólares más rico gracias a Rose Friedman, a quien había recogido en la High Tide a las dos de la mañana. Estaba bastante ebria, o eso creyó, hasta que se despejó como por ensalmo y propuso un paseo de despedida por el jardín, pues se iba al día siguiente. La joven le planteó su propuesta bajo una pálida luna creciente y con un ruso espantoso, aunque el significado resultó cristalino, y Fiódor la aceptó. Rose le entregó el dinero allí mismo. Diez mil dólares. Lo suficiente para sacarlo de Rusia. Quizá incluso para llegar a Londres, donde podría encontrar un empleo al servicio de algún oligarca. ¿Qué le había dado el FSB? Nada. Ni un rublo. Solo amenazas.

Fiódor se ajustó su gorra de conductor y se dirigió al aeropuerto Domodédovo con el embajador primorosamente acomodado en el asiento trasero.

El general dirigía las operaciones desde el asiento posterior de su BMW, a veinte metros de la línea de meta. Se sentía mejor. La policía de tráfico había detectado al coche insignia de la embajada británica en la MKAD, dirigiéndose al aeropuerto de Domodédovo tal como predijo Mishin. Varlamov envió a su teniente y al comandante Ivanov, de la policía local, con la orden de detener el vehículo.

El coche de policía se lanzó a doscientos kilómetros por hora por la carretera de circunvalación exterior con la sirena encendida hasta rebasar al Jaguar con la Union Jack hondeando en su capota, momento en que redujo la velocidad y se colocó inmediatamente detrás de su objetivo, que rodaba al límite permitido.

—Nos siguen —anunció Fiódor.

—Era de esperar —comentó el embajador—. En cualquier momento nos obligarán a detenernos.

Las órdenes del teniente Mishin eran claras: parar al coche de la embajada, detener al inglés y dejar a los demás (a la mujer del Consejo Británico, Rose Friedman, y al embajador, Luke Marden) continuar su camino. Había practicado la pronunciación de los nombres en inglés, despacio y con claridad, después de oír la pronunciación correcta en el traductor de Google.

El embajador pondría el grito en el cielo, le advirtió el general, pero debía mantener su posición. Sin disculpas ni explicaciones. Por supuesto, Luke Marden se enfurecería ante la detención de un ciudadano británico con pasaporte diplomático. Quizá incluso llamase al ministro de Asuntos Exteriores, pero era domingo, y las dependencias del ministerio estaban cerradas. ¿Tenía el número particular del ministro ruso? Era improbable, pero en el caso de tenerlo y lograr contactar con él, e incluso en el caso de que el político llamase al presidente y el presidente al general, él, el general Grigory Mijáilovich Varlamov, no contestaría a la llamada. Esta vez no. No antes de obtener lo que quería del inglés.

Varlamov había comprobado personalmente la lista de reservas de British Airways: Clive Franklin y Rose Friedman realizaron sus reservas casi con una semana de antelación en el vuelo 16.05 BA a Londres. El embajador había reservado su pasaje esa misma mañana: la mañana en la que se abortó la operación Hades.

¿Luke Marden regresaba a casa para celebrarlo? ¿O para proteger a Franklin? Bueno, nada ni nadie podría protegerlo del helado furor el general Grigory Varlamov.

—¿Cómo? —preguntó el general, acercando el teléfono a su oído, sentado en la parte trasera de su BMW negro, a veinte metros de la línea de meta.

—*El embajador estaba solo en el coche* —repitió Mishin.

Hubo un silencio. Varlamov no dijo nada

—Ya veo —susurró, al final.

Pero no lo veía, al menos de momento, aunque casi podía rozar la explicación con los dedos; estaba frente a él, como un espejismo centelleando a lo lejos.

—¿Con quién habló Volina ayer, en Kolomna?

—*No tengo el informe conmigo, mi general, así que hablaré de memoria* —comenzó a decir Mishin, dubitativo—. *Habló con*

la mujer del Consejo Británico, Rose Friedman, y con Boris Kunko.
También habló con el viceprimer ministro, Romanovsky, y con la chica
que estaba con él, Katia Bogdanova.

—Y la última noche fue a esa discoteca, High Tide, que pertenece a…

—*Boris Kunko.*

Varlamov, hasta entonces recostado sobre el reposacabezas del BMW con los ojos medio cerrados, dio un respingo hacia delante.

—Contacte con el aeropuerto Vnukovo… Hable con la torre de control. Busque un avión privado perteneciente a Boris Kunko. Ese aparato no debe despegar. ¿Está claro? Y preséntese allí en persona. Franklin está a bordo de ese avión.

El general Varlamov se irritó al descubrir que estaba sudando. Era un hombre escrupuloso y detestaba la vulgaridad, sobre todo en lo concerniente al cuerpo humano: marcas de sudor, olores o una barbilla mal afeitada; no soportaba el pintalabios mal puesto o el rímel corrido en las mujeres y durante una fracción de segundo pensó en Dasha, en su espantoso gusto para vestir y en su delicioso y flexible cuerpo.

*** * ***

Rose llegó al aeropuerto Vnukovo en menos de una hora, pero no sin incidentes. Al acercarse a su destino, Clive, que se había quedado dormido apoyado en el hombro del doctor McPherson, levantó la cabeza y miró a su alrededor.

—¿Dónde estamos? —preguntó con voz pastosa—. El maratón… ¿Por qué no estoy corriendo?

—Vamos, vamos… Te pondrás bien —lo tranquilizó el médico—. Solo ha sido una pequeña sedación… No habrá efectos a largo plazo.

—¿Qué estoy haciendo en este coche? —dijo Clive, esforzándose por mantener los ojos abiertos—. ¿Dónde está Marina? No puedo dejarla.

—Marina estará bien —apuntó Rose.

—Tómate esto —ordenó el doctor McPherson colocándole dos pastillas en la mano y entregándole una botella de agua.

Clive obedeció. Esas pastillas, fuese cual fuese su composición, lo dejaron manso como un cordero hasta encontrarse a bordo del avión privado de Kunko. No obstante, cuando estaba a punto de despegar, Clive, encajonado entre Rose y el médico, se despertó lleno de energía y, con un supremo esfuerzo, comenzó a desabrochar su cinturón de seguridad.

—Marina —repetía sin cesar—. No te abandonaré, Marina.

No había nada que hacer, aparte de ponerle una inyección, la cual administró el doctor McPherson pinchándole en el muslo. Clive se despertó en algún lugar cercano al puerto de Tilbury.

—¿Alguna novedad? —gritó Varlamov al teléfono, imponiéndose al ruido de los amplificadores, los cánticos y los vítores a los deportistas cuando estos se acercaban y atravesaban la línea de meta. Si el general no hubiese estado tan preocupado, habría visto a una bonita muchacha pelirroja mirando arrobada al rostro de un joven, oculto a los demás por una capucha, pero no advirtió nada, ni siquiera la ambulancia que se había situado a pocos metros de la línea de meta.

—*He hablado con los del control de pasaportes* —dijo Mishin, por teléfono—. *Despegaron hace treinta minutos. Dos pasajeros con pasaportes diplomáticos británicos: Clive Franklin, que no se encontraba muy bien, y Rose Friedman. También iba un médico inglés, el doctor McPherson, además de Boris Kunko y su hija Zoya. El oficial de inmigración dijo que los pasaportes estaban en regla.*

—¿Han salido del espacio aéreo ruso?

—*No. Pero, mi general, si me permite decirlo, creo que es demasiado...*

—¡Cállese!

Mishin tenía razón. *Ya* era demasiado tarde y Varlamov lo sabía. Solo el presidente podía ordenar la interceptación de un avión civil dentro del espacio aéreo ruso. ¿Y por qué Serov habría de hacerlo a la vista de aquellas pruebas circunstanciales?

—¿Dónde se encuentra ahora? —preguntó Varlamov.

—*En la MKAD, dirigiéndome a Vnukovo. A unos veinticinco kilómetros.*

—Dé media vuelta y regrese aquí. ¡Aprisa!

El general pudo oír a Mishin gritarle algo a su conductor y después el sonido de una sirena de la policía. A Varlamov le gustaba el sonido de las sirenas.

La sombra del FSB alcanzó a Marina, tal como ella sabía que haría. Gleb debió de haber tomado un atajo en coche o en moto para unirse después a la carrera. Era de esperar. Se jugaba el empleo.

Marina oyó a los colegiales corear el nombre de su escuela y los de los profesores que corrían el maratón.

—¡Colina de los Gorriones! ¡Colina de los Gorriones!

—¡Petia! ¡Ira! ¡Xenia! ¡Ánimo!

—¡Bien! ¡Bravo!

El Nokia vibró. Marina leyó el mensaje de texto de Vania sin dejar de correr: el Lobo la esperaba en la línea de meta.

En la línea de meta también se agolpaba contra las vallas una multitud de jóvenes espectadores singularmente grande, y cada vez más gente se unía al grupo en respuesta a los mensajes que Vania y Liuba habían estado enviando desde el amanecer a VK, Twitter y WhatsApp acerca de una protesta espontánea contra el cambio climático que iba a tener lugar aquella misma tarde en la línea de meta del maratón de Moscú. Nada político. Solo cambio climático. ¡No te olvides de traer una pancarta!

El general Varlamov se encontraba justo detrás de la barrera, disfrutando de una vista perfecta de la línea de meta. Pero algo interrumpía su concentración. Justo frente a él, al otro lado de la pista, se encontraba una pareja de jóvenes: una pelirroja y un hombre encapuchado; el hombre lo miraba fijamente. No podía ver mucho de su rostro, pero sí podía sentir la fuerza de su mirada. ¿Cómo un desconocido osaba mirarlo de modo tan invasivo? Entonces la capucha cayó hacia atrás y el general lo reconoció de inmediato.

«Iván es clavado a su hermano —pensó el general mientras deslizaba una mano bajo la chaqueta, donde pudo sentir el frío acero de su Makarov—. Ese mierdecilla cree que se va a salir con la suya. Mira la sonrisa de suficiencia que tiene».

Vania y el general se miraron a los ojos desde los lados opuestos de la ruta del maratón. Era un duelo de voluntades, y el general perdió; fue el primero en apartar la mirada. Pudo sentir un golpe de calor, de *odio ardiente*, atravesándolo. «Absurdo —se dijo—. Ese chaval es un donnadie. Puedo destruirlo con solo chasquear los dedos. Esto es ridículo». Cuando volvió a mirar, Vania se había ido.

Pero la pelirroja aún estaba allí, agitando una pancarta casera donde se podía leer un mensaje escrito con brillantes letras rojas: El ~~AMOR~~ CO$_2$ ESTÁ EN EL AIRE. Llevaba una camiseta con la imagen de Nikita Strelnikov y su guitarra; además, gritaba: «¡Escuela de la Colina de los Gorriones!».

El general atravesó una ruidosa multitud de colegiales para regresar a su BMW, donde encontró a Mishin, que acababa de llegar y estaba encantado consigo mismo por haber cubierto veintiocho kilómetros en solo doce minutos.

—Detenga a la muchacha del cabello rojo; esa de ahí —ordenó el general—. Y no falle esta vez.

—¿De qué se le acusa?

—¡Usted hágalo!

Vania fue el primero en advertir al hombre de traje gris claro abriéndose paso a través de la multitud directamente hacia Liuba. Estaba sentado en el asiento frontal de la ambulancia, cerca de la línea de meta, junto a Ana Seliverstova y su amiga Lena, la conductora del vehículo. Lena era una mujer grande y con el cabello teñido de naranja que había perdido la cuenta de cuántas veces había llevado en camilla y luego en ambulancia a jóvenes rusos ensangrentados o inconscientes. Su esposo, Sergei, era el médico y solía sentarse al frente, a su lado, pero en esta ocasión, con el fin de dejar espacio para Vania y Ana, quedó relegado en la parte trasera de la ambulancia, incómodamente sentado junto a una bombona de oxígeno.

Vania supuso que el hombre del traje gris era del FSB, pues lo había visto hablando con Varlamov. Llamó al teléfono de Liuba deseando que respondiese, pero no había manera de que la muchacha oyera el tono. «¡Contesta!», rogó a Liuba, que se había acercado a la línea de meta y saltaba arriba y abajo gritando.

—¡Petia!... ¡Ira!... ¡Xenia!... ¡Colina de los Gorriones!

Liuba estaba haciendo exactamente todo lo que se le había pedido: chillar a voz en cuello animando a sus profesores y vitoreando a la escuela. «No te preocupes por mí —le había dicho Vania más de una vez—. Estaré bien». Mientras, el móvil sonaba en su bolsillo.

Vania sabía que nunca podría acercarse a ella a tiempo y tuvo que ver, impotente, al teniente Mishin poniendo una mano sobre el hombro de Liuba. La muchacha pareció sorprenderse. Lanzó un vistazo hacia la ambulancia y luego, a regañadientes, siguió al oficial.

—Mierda —dijo Vania abriendo la puerta de la ambulancia, pero Ana lo detuvo.

—Lo estropearás todo si vas tras ella —le advirtió—. Tienes un trabajo que hacer, Vania, Y yo también. Lenoska, enciende la sirena.

—Pero ¿por qué, Anya? ¿Qué motivo hay? —preguntó Lena con sus manos regordetas sobre el volante. Al mismo tiempo, miró a su famosa amiga, a quien conocía desde la infancia, y supo que haría cualquier cosa que le pidiese.

—Enciéndela, Lenoska —indicó con tono apremiante y los ojos fijos en el hombre del traje gris claro que llevaba a Liuba hacia un coche de policía. Conocía esa cara. Estuvo en la sala mientras Varlamov la interrogaba. Permaneció en un rincón, silencioso. Y allí lo encontraba de nuevo, el típico funcionario comunista con cara de hurón, bajo, bien vestido, ambicioso y con ganas de complacer. «El acólito de Varlamov entra a matar», pensó.

La sirena de la ambulancia rasgó el aire y ni el teniente Mishin ni nadie advirtió al joven escabulléndose del asiento frontal del vehículo y desaparecer rodeando su parte trasera. Pero unos minutos después todo el mundo advirtió la presencia del oso polar que, de alguna manera, había saltado la valla y hacía cabriolas por la zona de enfriamiento contribuyendo al ambiente carnavalesco. Incluso posó para un autorretrato con un exhausto corredor.

Marina se encontraba a menos de cincuenta metros de la línea de meta. Gleb, su sombra del FSB con la referencia C207, iba inmediatamente tras ella.

Los gritos se convirtieron en chillidos. Cientos de colegiales comenzaron a saltar arriba y abajo lanzando cánticos con creciente entusiasmo.

—¡Petia!... ¡Ira!... ¡Xenia!... ¡Petia!... ¡Ira!... ¡Xenia!... ¡Colina de los Gorriones! ¡Colina de los Gorriones!

—Acércate —indicó Ana. La ambulancia avanzó con la sirena puesta.

Marina cruzó la línea de meta y los maestros también; y al hacerlo levantaron un rugido entre la multitud. Durante un segundo, alzó los brazos al aire cerrándose al mundo y a su temor. Después vio a Varlamov en pie junto a la valla. Aún sin resuello, se abrió paso hasta la zona de enfriamiento, donde había corredores tirados por el suelo dando bocanadas, cayendo de rodillas o sacándose fotos. Un voluntario le entregó una manta isotérmica y Marina se envolvió con la hoja plateada. Otro le entregó una medalla.

Mientras, el agente del FSB con la referencia C207 se inclinaba, boqueando, con los ojos fijos en Marina. De pronto, el oso polar saltó, agarró a C207 por la mano y comenzó a bailar la *Marcha de los campeones*, de Isaak Dunayevsky, que tronaba en el amplificador. La sombra del FSB intentó zafarse del acercamiento no deseado, pero el oso no lo dejó en paz, inclinándose y haciendo cabriolas frente a él, dificultándole, o haciendo imposible, tener a Marina Volina bajo vigilancia.

Ella, aún con la manta isotérmica sobre los hombros, se acercó a una dama de cabello blanco y mejillas suaves situada tras la valla con una pancarta pintada a mano donde se leía: El planeta antes que los beneficios. En la cabeza lucía una gorra con el lema «Feliz cumpleaños, Moscú» y llevaba una mochila al hombro.

Y entonces llegó el desastre. Una sección de la valla colapsó bajo el peso de los vociferantes colegiales al lanzarse alrededor de sus maestros. Marina y la anciana dama estuvieron a punto de caer al suelo. Oxana se estabilizó, se quitó la mochila y la entregó a Marina, que había perdido su plateada manta isotérmica en el tumulto y estaba bloqueada por todos lados. De alguna manera logró sacar una chaqueta de chándal de la mochila, la abrochó por encima de la pechera y cogió la gorra de su amiga. De pronto, mostraba un aspecto similar al de cualquier otra persona entre la multitud. Las dos mujeres intercambiaron un vistazo y entonces, con una fuerza sorprendente para alguien de su edad, Oxana se abrió paso internándose de nuevo entre el alborotado gentío.

El segundo accidente fue incluso más ruidoso que el primero. Cientos de niños salieron corriendo, desparramándose por la ruta justo después de la línea de meta al caer otra sección de la valla. Marina vio una pancarta con el mensaje: EL CLIMA CAMBIA, ¿POR QUÉ NOSOTROS NO?

Entonces comenzó a sonar un nuevo cántico. Casi parecía una canción, creciendo con magnífica potencia. *¡Salvemos nuestros bosques! ¡Salvemos nuestra Rusia! ¡Salvemos nuestro mundo!*

De pronto se impuso un grito, los colegiales interrumpieron su canto y dejaron espacio para el paso de una camilla. Una dama de pelo blanco y unos setenta años de edad se había desmayado justo a los pies del teniente Mishin, a quien Sergei, el médico, le pidió que se apartase.

Para entonces, el general Varlamov ya había ido a refugiarse a su BMW, cansado ya de que la multitud lo empujara y zarandease, y ordenó a Mishin y a los demás agentes del FSB que se reuniesen con él. Estudió el rostro enrojecido y los ojos asustados del agente con la referencia de carrera C207 y le recordó que su tarea, su *única* tarea, consistía en seguir a Marina Volina.

—¿Por qué tengo la sensación de que la perdió? —preguntó el general.

—A la orden de vuecencia, mi general, lo siento de verdad, pero se plantó frente a mí ese tipo disfrazado de oso polar y después hubo la estampida esa…

El agente se preparó para recibir un fuerte rapapolvo. Pero no; el general permaneció en silencio. Varlamov no estallaba en momentos de auténtica crisis; al contrario, se convertía en un ser frío como el hielo y con una claridad de pensamiento absoluta.

Se dirigió a Mishin.

—¿Y la cría del cabello rojo?

—Está detenida en un coche de la policía.

—Bien. A través de ella llegaremos a ese criminal de Iván. En cuanto a Volina, no puede huir. Tiene un pasaporte biométrico y todos sus detalles personales están en él, incluido su nivel de seguridad que no le permite viajar al extranjero a no ser con la autorización del ministro de Asuntos Exteriores. Necesita un permiso oficial. No hay manera de que abandone el país.

—A no ser que vaya en tren hasta Minsk empleando el pasaporte interno.

Varlamov miró a Mishin, cuyas pupilas parecían enormes tras las gruesas lentes de sus gafas.

—Bien pensado —reconoció el general—. Envíe de inmediato un mensaje de alerta a la estación de Bielorrusia. Ordene a los guardias que redoblen su vigilancia. Y ponga en circulación una foto de Volina. Asegúrese de que llega a *todas partes*. A todas las estaciones de ferrocarril y aeropuertos; también a la policía de tráfico. Volina intentará subirse a un avión o tomar un tren o sentarse en un coche, y vamos a encontrarla. Dígale al jefe de seguridad de la estación que quiero a nuestra policía de transporte a bordo de todos los trenes con destino a Bielorrusia y que vuelvan a revisar las identidades en cuanto los pasajeros se sienten. Y asegúrele al director de la policía de transporte que dispondrá de tantos refuerzos como necesite. Las próximas horas serán decisivas.

Mishin ya había sacado su teléfono y tecleaba en la pantalla.

—Si sale pitando a Simferópol, a su villa, la podemos atrapar en Sheremetyevo esta misma tarde.

—Ponga un rastreador en su teléfono.

—Ya está hecho.

Varlamov decidió que no debía esperar; tenía que reunirse con Serov de inmediato y desenmascarar a Volina, esa puta. Aun sin confesión, las pruebas contra ella eran abrumadoras. También decidió llevar consigo al teniente Mishin; podría ser útil.

El general estaba a punto de decirle al conductor que los trasladase al Palacio del Senado cuando oyó con claridad el inconfundible himno ruso. Consultó su teléfono y solo entonces vio que tenía cinco llamadas perdidas de su esposa. Salió del coche y apretó el teléfono contra la oreja protegiéndose como pudo de los ruidosos adolescentes. Raisa estaba histérica. No sabía cómo dar la noticia, pero el caso es que alguien había entrado en su cuenta bancaria y se había llevado todo su dinero. Todo *su* dinero. Un millón de dólares. El miércoles pasado.

—¿El miércoles? —berreó el general—. ¿Y te das cuenta cuatro días después?

Raisa se defendió: pues claro que no comprobaba su cuenta todos los días, ¿quién lo hace? De hecho, apenas revisaba su cuenta. ¿Por qué habría de hacerlo? Siempre estaba llena de dinero.

Varlamov le gritó llamándola idiota y la amenazó con el divorcio antes de cortar la llamada.

Entonces tuvo una extraña sensación. Comprendió que lo estaban cazando como a un animal. Guardó su teléfono en el bolsillo y las yemas de sus dedos tocaron un trozo de papel que antes no estaba allí. Era el extremo roto de un folleto del maratón con un mensaje garabateado con letras mayúsculas: No PUEDES ESCONDERTE.

El general sintió perlas de sudor brotando en su frente. Sacó un pañuelo perfectamente planchado del bolsillo, se limpió el entrecejo y, al hacerlo, los sonidos se difuminaron: el griterío atronador y los aplausos de los espectadores, incluso los rotores del helicóptero situado en lo alto… Todo se evaporó mientras él permanecía en su silencioso mundo. Y en ese momento comprendió con perfecta lucidez cuál era el peligro inmediato que enfrentaba. Su enemigo era un joven vigoroso, un cinturón negro en las artes marciales de la guerra cibernética decidido a destruirlo.

Se sintió solo en el espacio, flotando, sin ningún lugar a dónde ir. Por primera vez en su vida, se encontraba perdido, desesperado, incapaz de defenderse. Observó con la mirada perdida a la ambulancia (una GAZ vieja, con la sirena encendida) internándose en la ciudad.

Marina se metió en la parte trasera de la ambulancia sin ser detectada mientras cientos de chicos entonaban consignas para salvar al planeta; allí encontró a Oxana tumbada en la camilla. Marina la besó en la mano, después se vistió el chándal y recuperó su pasaporte, su cartera y su teléfono. Miró por la ventana para ver dónde se encontraba. En ese momento, la anciana se incorporó con el rostro enrojecido por la emoción y sacó un paquete de cigarrillos. Marina la detuvo.

—¿Me prometes una cosa? Si garantizo tu empleo, dejarás de fumar. ¿Vale?

Los ojos de Oxana se llenaron de lágrimas.

—Te vas, ¿verdad?

Marina llamó con fuerza al cristal de la pequeña ventanilla a través de la cual podía ver a Lena, la conductora. La ambulancia se detuvo frente a las almenadas murallas de ladrillo rojo del Kremlin y Ana abrió la puerta trasera.

—¿Pasa algo?

Marina la miró a los ojos. La cruda animosidad había desaparecido. Había algo nuevo en sus ojos: quizá sospecha, pero también curiosidad.

—Aquí me bajo —respondió Marina.

—Pero esta no es la estación de Bielorrusia.

—No voy a tomar el tren.

—No puedes volar a Minsk. Te detendrán.

—No voy a Minsk. Cambio de planes. Gracias por todo.

Ana le lanzó una dura mirada, después se estiró y le colocó una mano en el hombro.

—No sé qué planes tienes, pero buena suerte, vieja amiga.

—¿Podrías guardarme esto, por favor? —preguntó de pronto, colocando la medalla del maratón en la mano de Ana.

La mujer se quedó en la ambulancia observando cómo Marina desaparecía por el paso subterráneo y reaparecía al otro lado, donde mostró su pase a los guardias de seguridad destacados en la torre Borovitskaya. Después la vio pasar bajo un pórtico que le recordaba a una boca: la ávida boca del Kremlin acababa de devorar a Marina.

34

Los pasillos estaban silenciosos. Después de todo, era domingo. Marina rebasó la puerta de su despacho sin detenerse. Al final del largo pasillo se veían las puertas doradas cerradas y a los dos guardias del FSO en posición de firmes. Reconoció a uno de ellos; se llamaba Bogdán.

—¿Puedo ver a León Lvovich, por favor? — le preguntó al tal Bogdán. El guardia sonrió y abrió la hoja dorada. León estaba en una esquina de su despacho, sentado en el suelo, meditando. Marina se aclaró la garganta.

—León, tengo que ver al presidente. Debo verlo de inmediato. Es de crucial importancia.

—¿Acabaste la carrera? —preguntó, levantándose de un salto—. ¿Sí? ¡Bravo! ¿Estás segura de que quieres verlo? Está de un humor de perros... Pero, bueno, la verdad es que le sobran los motivos. Su querido proyecto se acaba de ir al traste justo delante de sus narices. Además, Romanovsky se ha presentado con noticias aún peores hace un rato. Supongo que no traes nada agradable, ¿no? Eso me parecía. Pareces agotada. ¿Cómo le fue al inglés? ¿El jefe ha conseguido su foto?

—No. Pero le traigo algo mucho mejor que eso. Una cabeza en una bandeja.

—Eso debería de animarlo. En una hora va a mantener una reunión de seguridad nacional.

—Necesito diez minutos.

—Es todo tuyo.

León la siguió hasta el despacho del presidente y ocupó su lugar habitual en una esquina. Serov miraba por la ventana.

—¿Qué ocurre, Marina? —preguntó, volviéndose, sin rastro de su acostumbrado afecto en la voz. La mujer tomó una profunda respiración.

—Nikolái Nikolayévich —comenzó, colocándose frente al presidente con tanta formalidad como pudo reunir—. Como sabes, siempre he intentado mantenerme al margen de la política interna y las intrigas. Pero me alegró aceptar ayudarte en tus investigaciones cuando me lo pediste. Sin embargo, ahora conozco la perpetración de muchos hechos inquietantes y…, bien…, no podría soportar no decirte lo que sé acerca de Varlamov.

El presidente escuchó en silencio a Marina exponiendo su caso contra el general. Era muy metódica.

—Comencemos con el individuo particular. Está involucrado en muchos asuntos, como bien sabes. El primero: fraude. Le ha robado a Rusia; te ha robado a ti, Nikolái Nikolayévich. El general se hizo con mil millones de dólares durante los Juegos de Invierno. Tuvo cómplices, por supuesto, pero él fue el máximo beneficiario. El dinero se transfirió a una cuenta domiciliada en las islas Vírgenes británicas y, desde allí, a Panamá. Tengo los detalles. El segundo: extorsión. Actúa como protector de una docena de negocios, entre ellos la discoteca de Boris Kunko, por lo cual recibe varios cientos de miles de dólares mensuales de cada cliente. También tengo los detalles de este asunto. El tercero: seguridad. Hay un vídeo suyo manteniendo relaciones sexuales con su amiga, Dasha; esta misma mañana se ha difundido en las redes. No cabe duda de que es un riesgo para la seguridad.

—Ya sé lo del vídeo —dijo Serov. Su voz sonaba débil, cansada—. Lo he visto. Romanovsky pasó antes por aquí. También me dijo que habían entrado en la cuenta particular de Grisha.

Marina engoló la voz. Había llegado el momento.

—Nikolái Nikolayévich, todo eso es secundario ante la profunda sospecha que debo hacerte saber por una cuestión de honor. No tengo pruebas concluyentes, pero creo que tu amigo

Grisha es el topo; lo juro por la memoria de mi padre. Y, más aún, quiere tu puesto.

Serov frunció el ceño y se apartó de la ventana para ir a su escritorio. Habló con tono calmado y reflexivo.

—¿Qué te hace pensar eso?

—Se abortó la operación Hades. Has fracasado a ojos de nuestros ministros más veteranos, Nikolái Nikolayévich, siento decírtelo. No pasará mucho tiempo antes de que el general proponga que quizá debieses pensar en retirarte y, en tal caso, lo lógico sería nombrar como sucesor a tu viejo y fiable amigo, Grigory Mijáilovich Varlamov.

Marina se detuvo y dejó que el silencio inundase la sala. León no le quitaba los ojos de encima; el presidente tampoco.

—Desde el principio he tenido la impresión de que el general deseaba el fracaso de la operación Hades para desacreditarte. Tuvo un sinfín de oportunidades para encontrarse con Oswald Martindale, consejero político británico y espía residente. De hecho, hace un par de semanas estuvieron juntos en tu villa cuando te reuniste con la primera ministra británica. Pero, en mi opinión, el general empleó una vía diferente. Filtró información clasificada acerca de la operación Hades a tu enemigo y oligarca en el exilio, Sergei Yegorov, que vivía en Inglaterra y pasó esa información a los británicos. Varlamov y Sergei Yegorov trabajaban juntos en tu contra. Una vez el general hubo proporcionado a los británicos la información suficiente para actuar, ordenó la muerte de Yegorov bajo el pretexto de suponer un peligro para ti. ¿Acierto si digo que su eliminación fue propuesta de Varlamov?

—La verdad es que fue idea suya. Decía que estaba minando su autoridad.

León mantenía sus ojos fijos en Serov.

—Una cosa más —añadió Marina con voz suave y letal—, y esta viene con el título de «engaño». El general Varlamov es un importante accionista de ese fraude que es la empresa de la longevidad de la profesora Tabakova. ¿No lo sabías? ¿En serio? Nikolái Nikolayévich, lo que quiero decir es que Grigory Mijáilovich no es lo que parece.

Los dedos de Serov, entonces sentado tras su escritorio, tamborileaban sobre el brillante tablero de caoba; el sonido se mezclaba con el tictac del reloj de bronce dorado.

Sonó el intercomunicador en el escritorio del presidente. León se apresuró a coger el auricular.

—Es el general Varlamov —anunció.

—Que pase —dijo Serov, sentándose muy derecho en su silla.

El general Varlamov entró en la sala con paso resuelto, pero al ver a Marina ataviada con su chándal, se detuvo en seco. Sus ojos saltaron de Serov, a León y después regresaron a la mujer.

—Bien, ella ha llegado primero. Déjeme adivinar… Marina Andreyevna ha tejido una red de mentiras para desacreditarme. Correcto, ¿verdad? ¿No ve que lo está haciendo para salvar el pellejo? —La señaló con el dedo—. Esta mujer es una traidora. Ella le habló a Clive Franklin, el inglés, acerca de la operación Hades y este se lo dijo al embajador, que remitió la información a Londres.

El presidente no apartaba la mirada de Varlamov.

—General, parece olvidar que Marina no tuvo acceso a información clasificada. No asistió a ninguna reunión.

—Estuvo a bordo del *Moskva*. Incluso pasó al departamento confidencial.

—Todos estábamos a bordo del *Moskva*. Y Marina no estuvo sola en ningún momento.

—Quizá no fue en el *Moskva*. Quizá fuese en alguna otra reunión social… Siempre está a su lado, Nikolái Nikolayévich. Gracias a usted, Marina Volina se mueve entre los círculos más elevados y disfruta de todo tipo de oportunidades para recabar información… Todo lo que sé es que, de alguna manera, supo de la operación Hades —afirmó Varlamov, enfático—. Lo averiguó y lo filtró.

—O quizá fuese *usted* —replicó el presidente, con la mirada aún fija en Varlamov—. Quizá usted se lo dijo a su amiguita y su amiguita se lo contó a los británicos. He visto el vídeo, Grisha. Menudo espectáculo. Y, al parecer, lo han reenviado a buena parte de sus contactos. Incluida su esposa.

Varlamov comprobó su teléfono y vio cómo, en efecto, el vídeo había sido reenviado a docenas de sus contactos apenas tres minutos antes. Y ya tenía un wasap de su hija de dieciséis años, su hermosa Verónica. «Te odio», le había escrito, perfectamente y sin los habituales emoticonos. «No quiero volver a verte».

El general mantuvo la voz calmada.

—No niego que tenga una amiga. Pero esa ni siquiera sabe mi nombre.

—¡No me preocupa su vídeo! —bramó Serov en un estallido de cólera—. ¡Me ha traicionado! ¡Ha traicionado a Rusia!

Varlamov estaba a punto de decir algo cuando León se acercó a Serov para mostrarle una cosa en el teléfono.

—La guinda del pastel —prosiguió Serov con voz agua y temblorosa—. Sus correos se han publicado en WikiLeaks. Hace cuatro minutos... ¿No ve el ridículo que estamos haciendo? ¿La vergüenza que ha de pasar el FSB? ¿Rusia? ¿Y yo? Yo soy el hazmerreír...

El presidente tomó el intercomunicador e impartió una orden breve. Dos guardias armados entraron en la sala y saludaron.

—Arresten al general.

Los soldados se quedaron petrificados. Varlamov lanzó una mirada llena de reproche a Serov. El presidente le devolvió la mirada, implacable. El general casi podía oír la voz de su hija chillándole al oído con su voz aguda, llena de furia: «Te odio. No quiero volver a verte».

Varlamov llevó una mano al interior de su chaqueta y desenfundó su Makarov. Durante una fracción de segundo el cañón apuntó al presidente y después a Marina. Disparó. Marina cayó. Y luego se desplomó Varlamov.

León había desenfundado su arma, también una Makarov, y apuntado a la cabeza de Varlamov para matarlo de un tiro. Más soldados irrumpieron en la sala tras el estampido de los disparos, apuntando frenéticos con sus armas a todas partes, pero quedaron inmóviles al ver el cuerpo del general Varlamov despatarrado en el suelo con las piernas retorcidas y a Marina inconsciente con sangre manando de su cuello.

—Una ambulancia... ¡Llama a una ambulancia! —gritó el presidente a León, que estaba acuclillado junto a Marina, presionando su pañuelo en la herida. El secretario podía sentir el calor de la sangre en la mano.

—Resiste, Marina Andreyevna —susurró—. Por favor.

Esa misma tarde, la silla del general Varlamov permaneció vacía durante la reunión del Consejo de Seguridad. El presidente anunció el terrible suceso pálido y visiblemente tembloroso. El general Varlamov estaba limpiando su arma, cargada, cuando esta se disparó. Una tragedia, una gran pérdida para la nación. La sorpresa causó cierto alboroto entre los presentes, pero nadie osó poner en duda sus palabras. El presidente, con un hilo de voz y temblando por la emoción, admitió sentirse devastado por la pérdida de un amigo tan cercano y leal.

Al final, Serov dominó su pesar y se dirigió al Consejo de Seguridad nacional.

—Hoy nos hemos reunido para discutir cómo abordar la presente crisis. Tres cables de fibra óptica desplegados en aguas del Atlántico han quedado inutilizados en alguna parte frente a la costa meridional córnica. No sabemos por qué, pero el Reino Unido ya está señalando a Rusia con su dedo acusador.

Un murmullo barrió la sala y se escucharon palabras como «indignante», «bulos» y «rusofobia».

Serov no tenía intención de mencionar la operación Hades, solo conocida por un puñado de individuos, algunos de los cuales, por cierto, estaban sentados alrededor de la mesa. Pero no eran tontos. Si querían conservar sus empleos, mantendrían la boca cerrada.

—¿Cuál será nuestra respuesta? —preguntó el presidente, inclinándose hacia delante en la silla, con sus cansados ojos relampagueando—. Como vuestro presidente, miraré a los ojos de la primera ministra británica y le diré: «¿Cómo osa acusar a Rusia? ¿Qué pruebas tiene?».

—Es una provocación, pura y dura —comentó Kirsanov, ministro de Asuntos Exteriores, con toda la indignación que fue capaz de reunir—. Y, en cualquier caso, ¿a qué viene tanto escándalo? Gran Bretaña continúa en contacto con Estados Unidos.

—¡Eso es! —convino el presidente—. ¡Una descarada provocación! ¿Es culpa nuestra que el Reino Unido sea incapaz de proteger sus cables? Puede tratarse de un caso de mantenimiento deficiente. ¿Quién sabe? Quizá lo hiciesen las redes de los pesqueros o los tiburones, o ambas cosas.

Todos en la sala estaban anonadados. No sabían si reír o no.

—¿De verdad hay tiburones en el canal de La Mancha? —preguntó Víctor Romanovsky, el viceprimer ministro.

—No es el canal de La Mancha —apuntó el ministro de Asuntos Exteriores, que no confiaba en Romanovsky—. Cornualles está casi en el Atlántico. Consulta un mapa.

El presidente se puso en pie y dio por concluida la reunión. Solo el ministro Kirsanov se quedó con él.

—¿Qué ha pasado, Nikolái Nikolayévich?

—El traidor era Grisha. Marina lo averiguó y fue a decírmelo. Grisha le disparó a ella y León le disparó a él.

—Dios mío, ¿Y está…?

—Viva —dijo el presidente—. Pero grave. No sabemos si sobrevivirá.

El lunes, no solo Gran Bretaña tuvo graves problemas con el servicio de Internet, sino también buena parte de Europa y de la costa este de los Estados Unidos. Millones de negocios acusaron sus efectos. Esa jornada se suspendieron las actividades de las bolsas de Londres y Nueva York. Cayeron los servicios en línea; las tarjetas de débito dejaron de funcionar y las empresas de ciberseguridad comenzaron a emplear todos sus medios para proteger la infraestructura clave del Gobierno.

La primera ministra pudo informar a la Cámara de los Comunes de que se habían sufrido ciertos daños en tres cables submarinos dedicados al servicio de Internet; pero ya habían comenzado a llevarse a cabo las reparaciones pertinentes y estaban logrando redireccionar el tráfico de información con otros cables y satélites.

El teniente Mishin declaraba en una sesión a puerta cerrada mantenida en Moscú. Según declaró, el general sufría un desequilibrio psíquico y estaba obsesionado con Marina Volina, quien a todas luces era inocente. El hecho de que Mishin no creyese nada de eso carecía de importancia. Deseaba un ascenso.

Y lo obtuvo. También se ocupó de asegurar la inmediata liberación de la activista estudiantil, Lyubov Zvezdova. Quería su nombre libre de máculas.

Quedaron muchas preguntas en el aire. ¿Quién había entrado en la cuenta del general? ¿Quién lo había filmado con su amiguita? Mishin explicó que el general sospechaba de Vania, el hijo de acogida más joven de Marina Volina y hermano de Pasha, el prodigio cuya muerte no fue tan accidental como se supuso en un principio, o eso dijo a la selecta audiencia. El general Varlamov había ordenado su asesinato. La situación se ponía cada vez más turbia.

Sin embargo, el general murió con su reputación no solo intacta, sino mejorada. Se publicaron elogios en la prensa dando a entender que Varlamov se encontraba en una misión encubierta dedicada a luchar contra el terrorismo y, según decían los rumores, había muerto en acto de servicio. El Canal 1 retransmitió en directo el breve discurso pronunciado en el funeral por el viceprimer ministro, Víctor Romanovsky. Durante la ceremonia se pudo ver al teniente Mishin situado justo detrás de la viuda de Varlamov, Raisa, tocada con un velo negro junto a su desconsolada hija. El teniente era un invitado especial: había estado allí, en el Kremlin; había oído los disparos.

Marina pasó siete meses entre la vida y la muerte. Hubo innumerables complicaciones y momentos en los que estuvo a punto de morir. El presidente le envió flores todos los domingos. El primero incluyó una nota manuscrita: *A mi brillante e inteligente Marinoska, que desenmascaró al traidor oculto entre nosotros. Con mi eterna gratitud.*

Marina, convaleciente en la cama del hospital, tuvo tiempo de sobra para revivir el momento en el que sufrió el disparo. Pudo sentir el furor de Varlamov en cuanto este ingresó en la sala y su sensación de impotencia al ver que Serov la creía a ella y no a él. El general comprendió que estaba acabado; Marina lo sabía. También sabía que tenía un arma y que la emplearía. Se dijo que habría de mover su cabeza hacia un lado u otro; escogió moverla hacia la izquierda y la bala estuvo a tres milímetros de seccionar su vena yugular. Y gracias a Dios, allí estaba León. Tuvo suerte. No... Fue algo más que suerte. Fue *sudba*.

León la visitaba una vez a la semana; acostumbraba a sentarse a los pies de su cama mascando chicle. La gente preguntaba por ella, le dijo; por ejemplo, diplomáticos de alto nivel, como los embajadores alemán y británico. Según la tesis oficial, la había atropellado un coche y se recuperaba en el hospital. Y, gracias a León, Oxana tuvo permiso para visitarla de vez en cuando: lo primero que le dijo a Marina fue que había dejado de fumar; utilizaba un cigarrillo electrónico. La anciana aceptó mudarse a la dacha de Marina en Peredélkino como encargada, remunerada, del mantenimiento de su jardín, del de su vecina, Tonya, y de su perro, *Ulises*. Durante los meses subsiguientes, Oxana y Tonya llegaron a ser buenas amigas, pasearon juntas a los perros y se hicieron compañía durante las largas veladas invernales; de hecho, Oxana entabló amistad con todo el mundo, incluida Vera; e incluso Ana.

Marina sintió no poder asistir a la boda de Vania y Liuba en Tiflis, pero vio el vídeo en WhatsApp. Semanas después, el joven le envió una postal del palacio de Buckingham diciéndole que estaban comenzando una nueva vida en Londres. Le prometió enviarle su nueva dirección; ella aún esperaba recibirla. De nuevo el gato callejero había desaparecido de su vida.

También se perdió la boda del año (la mayor campanada que se había oído en mucho tiempo), la del viceprimer ministro, Víctor Romanovsky, y Katia. La novia lució arrebatadora con un vestido de Valentín Yudashkin que costó veinte mil dólares (ella quería uno de Victoria Beckham, pero el ministro de Asuntos Exteriores indicó que no era el momento de mostrarse simpáticos con los británicos). La exclusiva el acontecimiento la tuvo la edición rusa de la revista *¡Hola!* Oxana llevó al hospital un número, de modo que Marina tuvo tiempo de sobra para admirar a la novia adolescente y a su atractivo novio, que tenía edad para ser su padre y parecía destinado a desempeñar la próxima presidencia. En las redes sociales se hablaba de Katia como la primera dama rusa.

35

Los médicos le dieron el alta a Marina Volina en junio del año siguiente. Tenía un aspecto frágil y delgado. Había padecido incontables complicaciones y durante tres meses hubieron de alimentarla por sonda.

El portero del Metropol no la reconoció cuando pasó por el hotel en busca de Liza. Según le dijo el director, se había marchado, y no solo del Metropol, sino de Rusia, para desempeñar un nuevo empleo en el departamento de atención al cliente en un hotel de cinco estrellas en Ereván.

El aspecto de Marina impresionó al presidente Serov cuando, por fin, fue a visitarlo en el Palacio del Senado.

—Necesitas unas vacaciones —le dijo.

—Precisamente en eso estaba pensando —convino Marina—. Tengo que pedirte un favor, Nikolái Nikolayévich.

—Lo que sea, Marinoska. Lo que sea.

—Desclasifícame y permite que vaya a Italia. He pasado siete meses en el hospital. ¿Qué mal puedo hacer?

Y así Marina Volina cerró su apartamento en el número 25 de la calle Tverskaya y se fue al extranjero. Se instaló en Roma y desde allí envió postales a Oxana y a León, facilitándoles sus señas: vía Gregoriana, justo por encima de la Escalinata de la plaza de España, junto al Hassler y Villa Médici. El presidente Serov le pidió al director del servicio de inteligencia militar que lo comprobase, como un favor, y así lo hizo; confirmó que Marina Volina vivía, efectivamente, en vía Gregoriana y había entablado amistad con un diplomático italiano retirado y su esposa, que la invitaban a fiestas en su azotea verde. Marina envió otro correo electrónico a León en primavera; en este le dijo que iba a visitar todas las ciudades importantes del país, comenzando por el sur, en Lecce, para ir después a Nápoles y Pompeya, evitar Roma y viajar directamente a Florencia, Siena y todas las ciudades del norte... Ferrara, Verona, Vicenza y Padua hasta llegar, por fin, a Venecia. El director de los servicios de inteligencia en el exterior le pidió instrucciones al presidente Serov: ¿Qué nivel de vigilancia requería Marina Volina? Dejadla en paz, respondió el presidente. Dejadla ir.

Serov tenía otras cosas en la cabeza. Llevaba casi un año apartado de la vida pública, rumiando sin cesar la traición de Varlamov y el fracaso de la operación Hades. Noche tras noche se despertaba bañado en sudor frío, oyendo las voces de los británicos y los oficiales de la OTAN jactándose de su éxito, regocijándose con la incompetencia rusa. «¡Yo reiré el último!», se juró a sí mismo. Había llegado el momento de mirar al futuro. ¿Dónde podría él, Nikolái Serov, dejar su impronta? ¿Qué glorioso e inolvidable legado sería? Al final puso a trabajar en el asunto al ministro de Defensa y a Kirsanov, el de Asuntos Exteriores. ¿No había llegado el momento de proteger las fronteras rusas frente a la insidiosa y artera influencia occidental? ¿De golpear a Occidente donde más le dolía? ¿De humillar a la OTAN? A la misma institución que había detenido la ejecución de la operación Hades y aún nos acechaba. ¡Había llegado el momento de contraatacar!

Una mañana, mientras Serov recorría la alfombra de Aubusson en dirección a las doradas puertas de su despacho en el Palacio del Senado, vio con meridiana claridad el tipo de acción que habría de llevar a cabo por la gloria y la seguridad de Rusia. La cita de *Hamlet* brotó en su cerebro sin trabas: «Así, ¡oh, conciencia! De todos nosotros haces unos cobardes...». Pues bien, él, Serov, no era un cobarde. Se sentó en su escritorio y llamó a León, que entonces vestía con más descuido de lo habitual y parecía más delgado, y triste. León echaba de menos a su amiga Marina, y esos días pasaba hasta el último segundo de su tiempo libre recorriendo a toda velocidad carreteras comarcales en su hermosa motocicleta sintiendo el viento en el rostro.

—Tráeme un mapa —dijo el presidente.

—¿Qué tipo de mapa? —preguntó arrastrando las palabras.

—Un mapa de Ucrania.

La pareja terminó una buena comida en la pequeña isla de Torcello, en la laguna de Venecia, y caminó despacio hacia la basílica del siglo XI. El hombre era alto, tenía el cabello oscuro y rizado y llevaba a la mujer firmemente cogida de la mano. Volvía a ser septiembre, otro verano de San Miguel, y la cálida luz del sol caía oblicua sobre el lago.

—Nunca creí... —dijo Marina.

—¿Nunca creíste? —preguntó Clive.

Llevaban juntos apenas unas horas.

—Nunca pensé... No, no es eso. Nunca esperé ser...

—¿Ser?

—Feliz.

Clive le cogió una mano y la besó.

—Y yo nunca pensé que volvería a verte.

Le había contado su parte de la historia durante la comida. La prensa publicó la muerte del general Varlamov, pero no se mencionaba a Marina por ningún lado y, durante semanas, Clive creyó que estaba muerta. Pasado casi un mes, Ana lo llamó y le contó las noticias del mundo diplomático según radio macuto: un coche había atropellado a Marina y se encontraba ingresada en el hospital en estado crítico. Un día o dos después, Ana volvió a llamarlo para darle información actualizada y decirle que la historia del coche era un bulo; su fuente era Oxana, entonces en Peredélkino. Le habían pegado un tiro. Pero estaba viva.

—No me sorprende lo más mínimo —dijo Rose al oír la noticia—. Es una mujer dura.

Para Clive, y también para Martindale, que estaba bastante indignado, fue toda una sorpresa saber que Rose trabajaba para Hyde y era su agente encubierto en Moscú. Ese septiembre, su misión prioritaria consistió en sacar a Clive de una pieza. Y lo hizo. En cuanto al asunto de Tinder, fue idea suya. Le contó con detalle cómo Martin Hyde y ella habían pasado una hora muy entretenida en la residencia de Moscú preparando sus perfiles en la aplicación, concretando sus ajustes de distancia a un kilómetro para después pasar media hora rechazando invitaciones hasta aceptarse mutuamente: Stafford Knight conoce a Mary

Bingham. Su canal seguro estaba abierto y Rose podría contarle a Hyde todo lo que necesitase saber. Esa tarde de sábado, mientras Clive dormía y no atendía a las llamadas de Marina, Rose pasó la ubicación del ataque ruso sin perder un segundo gracias al canal seguro proporcionado por Tinder. El embajador hizo otro tanto al enviar la misma información pocas horas después, pero ese tiempo extra resultó crucial y Rose fue la heroína del momento. Como muestra de gratitud, la primera ministra le dedicó una ceremonia privada en su piso de Downing Street para «darle las gracias» y colocarle una medalla en su camisa de seda púrpura. Clive asistió. También Hyde, que llevó el champán y besó a Rose en la mejilla. Y le dio una tremenda sorpresa a Clive cuando sacó una medalla dorada del maratón de Moscú, enviada a Londres en un correo especial por las oficinas de Justicia para Todos. En su nota, Ana explicaba que se trataba de la medalla de Marina y que ella quería que la tuviese Clive. El disco dorado colgaba de un lazo rojo, blanco y azul; Rose y la primera ministra aplaudieron cuando Hyde le colocó la medalla; a continuación, Rose pronunció unas palabras hablando un ruso cristalino, lo cual fue el colmo para el traductor.

—Me alegro mucho de que recibieses la medalla —murmuró Marina al llegar a la basílica. Torcello estaba casi vacía: las altas hierbas del pantano susurraban al viento y de vez en cuando una lavandera salía volando entre graznidos—. ¿Y tu libro?... El de los relatos de Chejov.

Va muy bien, le dijo. Hyde le consiguió un agente y en menos de una semana tuvo un editor. Se estaba vendiendo de maravilla, sobre todo en línea, y había comprado un nuevo par de botas de la marca Clarks. El día que las compró se encontró con Fiódor, el conductor de la embajada británica, sentado al volante de un Bentley estacionado en una doble línea amarilla frente al Ivy de Kensington High Street. Fiódor parecía muy contento consigo mismo y le dijo a Clive que trabajaba al servicio de cierto oligarca asentado en Londres. ¿Quién? Le preguntó, aunque ya sabía la respuesta. Boris Kunko. ¿Quién si no?

Clive sujetaba la mano de Marina.

—Eres feliz. También yo. Vamos a ver a la Virgen negra.

—No me digas que te has vuelto religioso.

—¡Nunca! Pero me gustan las iglesias por su arte y, además, podemos encender una vela por Alexei. Creo que le gustará saber que estamos… —Clive dudó. No quería forzar la situación—. Juntos.

«Durante unas vacaciones en Italia y quién sabe durante cuánto tiempo —pensó—. Pero al menos Marina está fuera de Rusia y no tiene que andar mirando por encima del hombro ni buscar una nueva identidad. Puede ser ella misma y comenzar de nuevo».

La basílica, de estilo bizantino-veneciano, estaba casi vacía, a excepción de una pareja con un bebé y el típico fiel rezando o quizá solo sentado en un banco admirando los mosaicos que destellaban en la penumbra. Un rayo de luz atravesaba una cristalera y caía en la pila situada sobre el suelo de piedra. Ambos encendieron una vela y por un instante observaron a la llama prender con un chisporroteo; los dos pensaron en Alexei. Se sentaron un rato en uno de los bancos de madera y después pasearon despacio alrededor de la iglesia hasta llegar al ábside abovedado, una de las joyas del siglo XI. La bóveda estaba cubierta por un mosaico dorado que aún brillaba a media luz a pesar de los siglos transcurridos. Por debajo podían ver a los doce apóstoles y por encima, dominándolo todo, a la serena y alargada figura de la Virgen María vestida de negro con el Niño; su mano izquierda tocaba sus pequeños pies y la derecha apuntaba hacia su corazón.

—Se llama Virgen Hodigitria —comentó Martin Hyde, saliendo sin prisas de entre las sombras—. Viene del griego. Significa «la que muestra el camino». Todos necesitamos una guía en los momentos aciagos. ¿No les parece? Encantado de ver que se encuentra completamente recuperada, señora Volina. Nuestra deuda con usted es inmensa. Pero me temo que el presidente Serov está a punto de ponerse en pie de guerra y vamos a necesitar de nuevo sus servicios. ¿Les puedo invitar a una copa? ¿A cenar, quizá?

Concluyó la edición de este libro, realizada por Almuzara, el 2 de agosto de 2024. Tal día de 1938 fallece Yákov Yurovski, revolucionario ruso conocido por ejecutar junto a su familia al último emperador ruso, el zar Nicolás II, tras la Revolución de 1917.